W0316277

CHRISTINE EICHEL

DER RACHE SÜSSER ATEM

rütten & loening

CHRISTINE EICHEL

DER RACHE SÜSSER ATEM

ROMAN

rütten & loening

MIX
Papier aus verantwortungsvollen Quellen
FSC® C083411

ISBN 978-3-352-00667-8

Rütten & Loening ist eine Marke der Aufbau Verlag GmbH & Co. KG

1. Auflage 2016
© Aufbau Verlag GmbH & Co. KG, Berlin 2016
Einbandgestaltung www.buerosued.de, München
Gesetzt aus der Whitman durch Greiner & Reichel, Köln
Druck und Binden CPI books GmbH, Leck, Germany
Printed in Germany

www.aufbau-verlag.de

Für Anton,
meinen Schützenkönig

PROLOG

Sie riss die Smith & Wesson hoch. Zu schnell. Verdammt. Jetzt bloß nicht die Nerven verlieren, tief einatmen, ganz ruhig.

Im Ausatmen senkte sie die Waffe kontrolliert ab, so lange, bis Kimme und Korn die nackte Brust des Mannes fokussierten, der etwa drei Meter von ihr entfernt saß. Auf seinem Bett, die Augen weit aufgerissen. Ein letzter Funken Hoffnung, der in jäh hochschießender Panik erlosch.

»Scheiße, Prinzessin, das meinst du nicht ernst.«

Und ob. Todernst. Ihr rechter Zeigefinger legte sich um den Abzug, langsam, ganz langsam zog sie das kühle, gebogene Stück Metall zu sich heran. Von irgendwoher hörte sie die Stimme ihres Vaters: *Nicht bewusst abdrücken, Kleines, durch die Schießerwartung zuckt deine Hand, dann verreißt du die Waffe. Nähere dich dem Druckpunkt wie absichtslos. Lass es einfach geschehen.*

Millimeterweise schob sich ihr Zeigefinger weiter. Der Revolver war schwer. Sie musste die Muskeln ihrer ausgestreckten Arme aufs äußerste anspannen, um den silberfarbenen Lauf präzise auszurichten. Sechs 44er Magnum-Patronen steckten in dem Trommelmagazin, eine würde nach den Gesetzen der Zielballistik reichen: hohe Penetrationskraft, gute Splitterbildung, schnelle Tötungswirkung, das war das Wichtigste. Ein mit Adrenalin gefluteter Körper konnte sonst ungeahnte Energien mobilisieren.

»Prinzessin, was habe ich dir denn getan?« Die Stimme des Mannes bekam etwas Flehendes. »Denk dran, wie wir …«

Nicht hinhören. Alles ausblenden. Konzentrier dich.

Das Blut pochte in ihren Ohren. Sie hatte keinen Blick mehr für das weitläufige Loft, für die großformatigen Bilder an den Wänden, die Stahlrohrmöbel, den matt glänzenden dunkelbraunen Pitchpineboden. Das zerwühlte Bett. Auch das Gesicht des Mannes sah sie nicht mehr, weder seinen sprachlos geöffneten Mund noch seine wasserhellen Augen, die sich selbst in Momenten größter Lust nie verdunkelten. Für sie existierte nichts auf der Welt außer dieser nackten, aufgepumpten, haarlosen Brust.

Sie zielte aufs Herz. Was sonst.

Von draußen drang Sirenengeheul in den Raum. Sie versuchte, es zu ignorieren. Unmöglich. Die Sirenen wurden lauter, der Kopf des Mannes fuhr herum, zum Fenster, von wo blau zuckendes Licht auf das Bett fiel.

»Die sind hinter dir her! Die kriegen dich, Prinzessin!«

Wie von selbst erreichte ihr Zeigefinger den Druckpunkt, ein Knall zerriss die Luft, doch ihre Hände hatten im letzten Moment gezittert, ganz leicht nur, aber was hieß das schon, wenn es auf äußerste Präzision ankam. Mit einem scharfen Plopp bohrte sich das Geschoss in das gepolsterte Kopfteil des Betts. Verrissen.

Der Mann sprang auf. Sein überdefinierter, muskulöser Körper flog, seine Halsadern pulsierten. Wie hypnotisiert hatte er dagesessen, jetzt machte er einen Schritt auf sie zu, ohne den Revolver aus den Augen zu lassen, den sie für den nächsten Schuss spannte. Das Trommelmagazin drehte sich und rastete klickend ein. Plötzlich ging alles ganz schnell. Vom Hausflur hörte man Fußgetrappel, der Mann sprintete los, sie wirbelte herum, rannte ins Badezimmer, der zweite Schuss löste sich, verfehlte knapp ihren rechten Fuß. Herrgott, du machst Fehler wie eine Anfängerin! Fluchend verriegelte sie die Badezimmertür hinter sich, sicherte den Revolver und schob ihn in den linken Stiefel. Mit einem Satz war sie am Fenster, dessen Flügel weit geöffnet waren, eiskalte Nachtluft legte sich wie eine Maske auf ihr Gesicht.

Na los doch, spring!

Den Bruchteil einer Sekunde lang schätzte sie die Höhe ab. Knapp drei Meter, zu hoch, aber sie kletterte schon auf das Fensterbrett und ließ sich einfach fallen.

Großer Gott, was tue ich da?

Wie eine Katze landete sie auf allen vieren, stechende Schmerzen in Unterarmen und Knien, ihre Handflächen wie zerfleischt, was Scharfkantiges im Dreck, vielleicht Scherben, sie achtete nicht darauf. Im Zickzack lief sie über den dunklen Hinterhof, sah das Blaulicht in der Toreinfahrt, wich zurück, stürzte die Stufen zum Kellereingang des Nachbarhauses hinunter. Die Holztür ließ sich leicht aufstoßen. Atemlos hastete sie durch muffige Schwärze, ertastete Wände, stolperte keuchend durch die Gänge, raus, raus, bloß raus hier, fand die Kellertreppe, erreichte den Hausflur.

Obwohl sie kein Licht einschaltete, sah sie im Halbdunkel das Blut an ihren Händen. Egal, später. Hart klopfte ihr Herz gegen die Rippen, während sie zum Hauseingang schlich und die Tür öffnete. Als hätte sie alle Zeit der Welt, schlenderte sie gemächlich hinaus. Schaulustige strömten heran, Sirenen gellten, die ganze Straße voller neugieriger Gesichter, vom flackernden Blaulicht zerhackt. Alle sahen zum Nachbarhaus.

Tief zog sie ihre Mütze in die Stirn, dann mischte sie sich ohne Eile unter die Gaffer, ihre blutenden Hände in den Manteltaschen vergraben. Stimmengewirr umgab sie. »Was'n da los?« – »Schießerei.« – »Bestimmt wieder Ausländer.« – »Ja, die ballern rum wie bekloppt.« – »Hey, mach mal Platz für den Krankenwagen.« – »Nee, ist ein Mercedes mit Blaulicht.« – »Kiek ma, was will der feine Pinkel denn hier?«

Aus dem Augenwinkel sah sie den Mann, der aus der silbergrauen Limousine stieg, im Trench, elegant wie immer, mit diesen unerträglich geschmeidigen Bewegungen, formvollendet, das Gesicht schmal und blass, die dunklen Augen … O Gott. Bloß nicht hinsehen. Und doch trafen sich ihre Blicke, aber vielleicht bildete sie sich das auch nur ein, vielleicht schützte sie die Dunkelheit, beschattete ihr Gesicht, vielleicht …

»Bleib stehen!«

Er hatte sie erkannt. Blitzschnell tauchte sie ab, glitt in die Menge, bahnte sich mit eckigen Schwimmbewegungen ihrer Arme einen Fluchtweg, schlug Haken, fing an zu laufen, da, hinter der nächsten Ecke die Straßenbahn, rein da, spring rauf, los doch, schnell jetzt, die Türen schlossen sich hinter ihr.

»Bleib stehen, verdammt!«

Sein heiserer Schrei durchdrang das Zischen der Türen, das elende Gebimmel der Straßenbahn, das Rumpeln der Räder auf den Schienen. Es war noch nicht vorbei.

KAPITEL 1

Vier Wochen zuvor

Ein Vorhang aus Nieselregen. Das Geräusch sirrender Reifen auf nassem Asphalt. Zeitlupenhaft vorbeigleitende Passanten, deren Konturen in den Wasserschlieren auf der Fensterscheibe verschwammen wie in einem Aquarell. Bleierner November.

Untätig saß Maria am Empfangstresen der *Contemporary Cum Gallery*. Der hohe, langgestreckte Raum war fast leer. Aber was sollte man schon erwarten an einem verregneten Novembertag außer ein paar gestrandeten Gestalten, die vor dem Mistwetter ins Trockene flohen? Weder das Touristenpaar in identischen magentafarbenen Nylonjacken würde etwas kaufen noch die beiden jungen Mädchen, die sich gegenseitig mit ihren Handys fotografierten. Kichernd standen sie vor einem Bild, das einen schönen jungen Mann zeigte, in einer Badewanne, den nackten Körper in Plastikfolie gehüllt.

Maria fegte nichtexistente Stäubchen vom Revers ihres grauen Blazers. Grau ist das neue Schwarz, hatte Henry gesagt. Grau entsprach ihrer Gemütsverfassung. Zum hundertsten Mal an diesem Vormittag checkte sie ihr Smartphone. Keine Nachricht. Nichts.

Mein Handy, meine Hölle. Dennoch griff sie immer wieder danach und wischte über das glatte Rechteck, als könne sie ihm das Ersehnte durch die Beschwörungsmagie dieser Geste entlocken.

Jedes Mal, wenn das Display leer blieb, fühlte es sich an wie eine persönliche Niederlage.

Es hatte schon zu viele Niederlagen gegeben. Marias Selbstbeherrschung glich dem mürben Firnis eines alten Gemäldes – ein Craquelé feiner Haarrisse, ein Zustand fortschreitender Auflösung. Wieder und wieder strich sie eine Haarsträhne aus der Stirn, rieb an ihrem Revers, knetete ihre Hände. Nur eine tiefe innere Erschöpfung hinderte sie daran, wild um sich zu schlagen.

Die letzte Nachricht von Tom war zehn Tage her, zehn lange Tage und Nächte. Der Fluch des Schweigens. Es ließ so viel offen, eigentlich alles. Ihre anfängliche Enttäuschung hatte sich längst in Panik verwandelt. Warum meldet er sich nicht? Zweifelt er an unserer Liebe? Oder denkt er ernsthaft und in Ruhe darüber nach, wie es mit uns weitergeht?

Sie fürchtete sich vor den Antworten.

Manchmal weiß ich selbst nicht mehr, was ich denke, hatte Tom bei ihrem letzten Treffen vor vier Wochen gesagt, und der ratlose Blick aus seinen wasserhellen, nahezu eisblauen Huskyaugen hatte Maria frösteln lassen. Sagte man so etwas nach einem vollen Jahr Beziehung? Sagte man es, wenn man darüber sprach, wie es wäre, zusammenzuleben?

Der Schock plötzlich einsetzender Kälte vereiste ihre Lungen und ließ ihren Atem gefrieren. Er verlässt dich. Mein Gott, Tom verlässt dich.

Nein. Sie parkte diesen Gedanken in einer weit entfernten Sackgasse ihres Bewusstseins. Eher hielt sie für möglich, dass ihm etwas zugestoßen war. Vor ihrem inneren Auge sah sie Tom schwer verletzt auf einer Krankenstation, mit verbundenem Kopf und bandagierten Händen, außerstande, ihr auch nur ein einziges Wort zu schreiben.

Unsinn. Man kann nicht nicht kommunizieren. Auch Schweigen ist eine Botschaft. Es interessiert Tom nicht, wie es dir geht, was du denkst, was du fühlst. Es interessiert ihn nicht einmal, dass auch du ihm nicht schreibst. Sein Schweigen ist laut und unbarmherzig, dein Schweigen verhallt ungehört.

Sie seufzte tief. Ach, Maria, du und dein Herzeleid, was für eine abgedroschene Geschichte.

Sonderliches Glück mit Männern hatte sie nie gehabt. Ihr Liebesleben glich einem Wagen mit stotterndem Motor, über den sich sorgenvolle Mechaniker in Form von Freundinnen beugten, die seit Jahren ergebnislos darüber debattierten, wie man die unbrauchbare Karre flottmachen könnte.

Nachdenklich beobachtete Maria das Touristenpaar. Die Frau, eine geländegängige hochrote Mittsechzigerin, kramte ein Butterbrot aus ihrem Rucksack und reichte es dem Mann. Die Art, wie er danach griff, wortlos, vertraut, und dann lächelnd nickte, als er auch noch ein gekochtes Ei in Empfang nahm, hatte etwas Rührendes. Eigentlich war Essen nicht erlaubt in der Galerie, aber Maria ließ die beiden gewähren. Sollten die doch ihren Spaß haben, inklusive Rucksack, Ei und Stulle. Sollten die doch ihre komischen Beziehungsrituale ausleben, um die Maria sie hilflos beneidete.

Warum bestanden ihre eigenen Beziehungen aus einem verwirrenden, unübersichtlichen, immer nur vorläufigen Ausprobieren von etwas, was nie eintraf?

Oder täuschte sie sich? Schließlich hatte es schon häufiger Phasen gegeben, in denen Tom sich zurückzog, Tom, der Künstler, der Einzelgänger, der einsame Wolf, der von Zeit zu Zeit ganz allein den Mond anheulen muss. Er braucht halt viel Zeit für sich selbst. Lass ihm seinen Freiraum. Die lange Leine.

Mit ihren Butterbroten schritten die beiden Touristen so zackig an den Bildern entlang, als nähmen sie eine Truppenparade ab. Es war offensichtlich, dass ihnen nicht gefiel, was sie sahen. An den kalkweißen Wänden hingen großformatige Fotoarbeiten einer russischen Künstlerin. Auf dem größten krümmte sich ein skelettartig abgemagertes Mädchen im Herbstlaub, ihre nackte Haut schimmerte bläulich. Die anderen Bilder wirkten nicht minder verstörend. Eine clownesk geschminkte Frau posierte breitbeinig in ihrer vermüllten Küche, wie aufgebahrt lag ein lebloser Mann im blauen Trainingsanzug zwischen Essensresten auf einem Tisch. Nur der schöne Jüngling in der Badewanne war dem gnadenlosen Blick der Künstlerin entronnen.

Mit einem Ausdruck größter Missbilligung studierte das Paar die ausgelegte Preisliste. Längeres Räuspern.

»Zehntausend Euro?«, erkundigte sich die Frau ungläubig. »Sie verlangen zehntausend Euro für diese – Bilder? Was sollen sie überhaupt bedeuten?«

Immer dieser Erklärungsbedarf. Maria hatte nie verstanden, warum das Schauen und Staunen in Vergessenheit geraten waren. Jeder wollte heute eine Gebrauchsanleitung für die Kunst. Sie hätte gern eine Gebrauchsanleitung fürs Leben gehabt.

»Die Ausstellung heißt ›Vom Vernichten der Musen‹.« Ihr Blick richtete sich auf das Bild einer Hochschwangeren, notdürftig von weißer Gaze verhüllt, dem Blick des Betrachters schutzlos ausgeliefert, erdenschwer. »Die Künstlerin will herausfinden, wie weit sich ein Mensch einem anderen ausliefern kann. Deshalb verstrickt sie ihre Modelle in ein Spiel von Macht, Abhängigkeit und Hingabe, bis hin zur völligen Vernichtung.«

So stand es jedenfalls im Katalog. *Ein Akt der Wahrhaftigkeit. Eine Hommage an die Vergänglichkeit.*

Zwei entsetzte Augenpaare starrten Maria an.

»Komm«, sagte der Mann, »wir gehen.«

An der Tür stieß er fast mit Henry zusammen, Marias Chef, ihr bester Freund. Die obligatorische schwarze Lederjacke über ein weißes T-Shirt geworfen, kam er herein und schwenkte eine Flasche Champagner. Während er Maria umarmte, schloss sie die Augen. Ihr verwaister Körper verzehrte sich nach Berührungen. Es tat so gut, den Kopf an Henrys graublondem Bart zu reiben, sich in seinen rheinisch gefärbten, singenden Tonfall fallen zu lassen.

»Miami war super, ich habe zwei große Arbeiten verkauft, die Leute stehen auf ultravisionäre Totalutopisten, ich sag immer: Queer läuft, weil die ungelüftete Normalität das Wünschen beleidigt, wir brauchen die Wunderkammern der Imagination, es muss sich radikal indiskret anfühlen, Schatzi, ich habe dir Mandelmousse mitgebracht, das ist ayurvedisch, ich glaube, du könntest Soulfood gebrauchen, oder?«

Er brach in Lachen aus, erheitert über seine eigenen quecksilbrigen Assoziationsketten.

Obwohl er auf die fünfzig zuging, wirkte er wie ein großes Kind, vergnügt, verspielt, unzerstörbar. Den Erfolg seiner Galerie in der noblen Charlottenburger Fasanenstraße verdankte er einem seismographischen Kunstgespür, gepaart mit untrüglichem Geschäftssinn, wesentlich jedoch der Gabe, das Gewicht der Welt in Schwerelosigkeit zu verwandeln. Selbst Marias Anfälle von Schwermut nahm er hin, als seien es amüsante Fehlleistungen.

»Wie läuft es mit Tom? Immer noch geräuschvolles Schweigen?«

Als flehe sie unsichtbare Gottheiten an, hob Maria die Hände.

»Ja, aber das ist bestimmt nur eine Phase.«

Henrys graue Augen lächelten matt.

»Schatzi, du lebst in einem Traumland der guten Feen und tanzenden Plüschbären. Wach mal auf.«

Kopfschüttelnd entfernte er das Stanniolpapier von der Champagnerflasche und drehte am Korken.

»Glaub mir, ich weiß, was es heißt, Sex mit Liebe zu verwechseln. Die Oxytocin-Falle. Nach einer guten Nummer kuscheln – und baam, baam, baam ist es passiert. Du bist emotional unterzuckert. Deshalb verliebst du dich immer gleich, wenn du mit einem Mann im Bett landest, und erwartest, dass er dich gefälligst zurückliebt.«

Maria funkelte ihn an.

»Du bist schamlos.«

»Danke.«

»Das war kein Kompliment, Henry.«

Mit einem Knall, der wie ein Pistolenschuss von den Wänden widerhallte, sprang der Korken aus der Flasche. Während Maria in die Teeküche ging, um Gläser zu holen, spürte sie einen nadelfeinen Stich. Hatte Henry recht? Verliebte sie sich zu schnell? Und war das überhaupt Liebe? Oder ein lachhafter Wahn, hervorgerufen durch körperliche Vertrautheit, die sie für emotionale Nähe hielt? Was konnte man schon wissen über die Maschinenräume der menschlichen Seele, über das, was tief im Unterbewusstsein vor sich ging?

Als sie mit zwei Gläsern in den Galerieraum zurückkehrte, waren auch die beiden jungen Mädchen verschwunden. Henry lehnte am Empfangstresen, mit diesem Gesichtsausdruck, den Maria an ihm kannte – besorgt und belustigt zugleich. Er nahm ihr die Gläser ab und goss sie voll.

»Auf uns Mädels.«

Sie tranken einen Schluck.

»Maria, Liebes, ich versteh ja, dass du leidest. Dein Gefühlsleben besteht aus lauter Sollbruchstellen, aber glaube mir – Ghosting ist ein verbreitetes Phänomen.«

»Ghosting?«

»Na ja, wenn der Lover abtaucht. Passiert mir öfter. Sogar mit Jim, obwohl wir schon über zwei Jahre zusammen sind. Irgendwie. Und irgendwie eben auch nicht.«

Klirrend setzte Maria ihr Glas auf dem weißlackierten Empfangstresen ab.

»Tom ist kein Lover, das ist eine echte Beziehung. Wir kennen uns seit einem Jahr. Wir wollten sogar zusammenziehen.«

»Du wolltest mit ihm zusammenziehen, Schatzi. Was macht dich so sicher, dass auch er es wollte?«

Was macht dich so sicher? Dass er eine eigene Zahnbürste in deinem Badezimmer hat? Einen Stapel Wechselwäsche in deinem Kleiderschrank? Dass ihr sonntags gemeinsam eure Lieblingsserie angesehen habt?

»Tom hat ein Nähe-Distanz-Problem. Das meint auch sein Therapeut.«

»Also, mit Distanz hat er ganz offensichtlich keinerlei Probleme«, grinste Henry. »Der will nur spielen und hält sich alle Optionen offen. Kein Heiratsmaterial, wenn du mich fragst.«

Touché. Wie ertappt zuckte Maria zusammen. Seit langem schon wünschte sie sich einen Mann, der blieb, der sich zu ihr bekannte. Sie wünschte sich ein Kind. Ein Zuhause. Nichts davon hatte sich erfüllt. Bis zu ihrem dreißigsten Geburtstag war sie mit Spaßaffären zufrieden gewesen, angstlos und unverliebt. Danach hatte sie sich auf die Suche nach der echten Liebe begeben, nach dem märchenhaften Glück, und wenn sie nicht gestorben sind, dann leben sie noch heute. All ihre Freundinnen waren mittlerweile verheiratet oder konnten feste Beziehungen vorweisen, die meisten hatten Kinder. Nur Maria war irgendwie übrig geblieben.

Wieder knetete sie ihre Hände und betrachtete den leeren rechten Ringfinger, den sie zunehmend als Schmach empfand.

»Tom ist meine letzte Chance.«

»Ach, was. Du bist attraktiv, du bist klug, du bist …«

»In sieben Wochen werde ich vierzig!«, unterbrach sie Henry heftiger als gewollt. »Vierzig ist die Schallgrenze, danach kommt nichts mehr, kein Mann, kein Kind, nichts.«

»Aber …«

»Ausgerechnet am Heiligen Abend Geburtstag zu haben, war für mich schon als Kind eine unverdiente Strafe. Doch jetzt wird ein Countdown runtergezählt, verstehst du das nicht? Wenn Tom mich verlässt, wartet nur noch der Boulevard der Dämmerung auf mich.«

Mit den Tränen kämpfend hastete Maria zur Toilette. Vier Quadratmeter graugekachelte Zuflucht, wo sie sehnsuchtsbesoffen weinen durfte, ohne den Vorwurf, sie solle gefälligst ein wenig Selbstachtung zeigen. Mit beiden Händen stützte sie sich auf das Waschbecken. Wer war die Frau auf der anderen Seite des Spiegels?

Für knapp vierzig wirkte Doktor Maria Hafner, promovierte Germanistin und Gelegenheitskunsthändlerin ohne jegliches Talent für Liebesangelegenheiten, noch fast mädchenhaft. Schulterlanges rotes Haar rahmte ein ebenmäßiges, ovales Gesicht mit einem rührenden Grübchen im Kinn. Aber hier, im gnadenlosen Neonlicht, sah Maria die Spuren der Erschöpfung, die Schatten unter den grünen Augen, die Falten, die wie mit einem scharfen Messer eingeritzt von den Nasenflügeln abwärts verliefen. Sie sah auch den ungeküssten Mund, für den sie sich schämte.

Glücklichsein war nie ihre Stärke gewesen. Ihre Mutter nannte sie therapiebedürftig, ihre Freundin Evi sozial kompliziert, Henry sprach von einem emotionalen Pflegefall. Und Tom?

Ghosting. Eigentlich ein passender Begriff. Tom hatte sich entmaterialisiert, ein durchsichtiger Schemen aus Erinnerungen und Hoffnungen. War diese Beziehung jemals real gewesen? Maria schluckte. Oder hatte sie eine bedeutungslose Affäre nachträglich beseelt? Ihr Spiegelbild schien nicht ganz sicher zu sein. Als ob ihm das Wirklichkeitsvertrauen abhandengekommen sei.

Doch, doch, alles real, sagte sie sich. Aber was habe ich dann falsch gemacht? Womit habe ich Tom vertrieben? Mit meiner Liebe? Die habe ich doch immer runtergespielt.

Nur ein einziges Mal hatte sie ihm die drei verräterischen Worte gesagt, in einer klirrend kalten Winternacht, als sie nackt unter seiner Felldecke gelegen und wie in einem sentimentalen Film die Sterne im dunklen Viereck des Fensters gezählt hatten. Er hatte sie vage angelächelt, ohne »ich dich auch« zu sagen. Trotzdem war sie sicher gewesen, dass er es fühlte. Zumindest hatte sie es gedacht. Oder eher gehofft. Ihre Augen füllten sich erneut mit Tränen. Ich denke zu langsam und hoffe zu schnell.

»Maria!« Henrys Stimme hinter der Tür. »Komm sofort da raus, Schatzi. Vergiss Tom. Lass uns lieber noch ein Glas trinken.«

Vergessen? Tom vergessen? Sie vermisste ihn so sehr, dass es körperlich weh tat. Ihr Brustkorb eine Bleikammer, ihr Herz ein Brandherd, ihr Kopf ein Schmerzzentrum. Aus der Handtasche holte sie eine Migränetablette, drehte den Wasserhahn auf und schöpfte mit der hohlen Hand Wasser, um die Tablette hinunterzuspülen.

Ich muss mein Leben ändern. Ich will nicht mehr kontrolliert verzweifelt sein.

Ein feines Glöckchenklingeln ließ sie zusammenzucken. Mit zitternden Fingern griff Maria nach dem Handy. Eine SMS. Von ihm! Sie war kaum in der Lage, die Buchstaben zu entziffern, so heftig tanzten sie vor ihren Augen.

Liebe Maria, ich melde mich morgen. Tom.

Von einem Moment auf den anderen taumelte sie in eine Wolke des Glücks. Tom! Endlich! Sie las die Nachricht ein weiteres Mal. Mit der ganzen Kraft ihres wunden Herzens versuchte sie, den Worten einen vielversprechenden Sinn zu verleihen. *Liebe Maria*, klang das nicht fast zärtlich? Und dann das *ich melde mich morgen* – was für eine Verheißung!

»Maria! Was tust du da drin? Muss ich mir Sorgen machen?«

Nein, sie war kein emotionaler Pflegefall. Ihr Herz war leicht, alles fühlte sich leicht und richtig an. Das geduldige Warten hatte sich gelohnt. Sie beglückwünschte sich, dass sie nicht die Nerven verloren und Tom bedrängt hatte. Gut gemacht, Maria. Du hast nicht geklammert, ganz so, wie es in allen Ratgebern und Chatforen steht. Kompliment. Du bist die Souveränität in Person.

Vermutlich war es ein Test gewesen. Sie hielt den Atem an. Ein Test wofür? Für eine echte Beziehung, spätere Heirat nicht ausgeschlossen?

KAPITEL 2

Am nächsten Morgen wachte Maria um viertel nach fünf Uhr auf und konnte nicht mehr einschlafen. Heute war der Tag, an dem Tom sein Schweigen brechen würde. Alles schien verwandelt, verzaubert. Wie ein Kind am Morgen der weihnachtlichen Bescherung genoss sie die Wonnen der Vorfreude.

Während sie sich die Zähne putzte, entdeckte sie im Spiegel einen eigentümlichen Glanz in ihren Augen. Beschwingt lief sie in die Küche, stellte die Espressomaschine an und lehnte sich an die Küchenzeile, späte Siebziger, knalliges Orange. Weder die scheußliche Farbe noch der schadhafte grau-weiß gekachelte Küchenboden konnte ihrer guten Laune etwas anhaben. Selbst der doppelte Espresso schmeckte besser als sonst.

In einem mohnroten Kleid erschien Maria pünktlich um elf in der Galerie, erklärte Besuchern die Kunst, entwarf Einladungen für die nächste Vernissage, erledigte Anrufe, beantwortete Mails. Und das alles in der Gewissheit, dass die Zeit des Wartens ein Ende hatte. Keine Tränen mehr, kein Hoffen, kein Bangen, nur selige Gewissheit. Sie hätte jeden einzelnen Besucher umarmen können.

Tom blieb stumm. Er blieb den gesamten Donnerstag tagsüber stumm. So oft Maria auch auf ihr Handy schaute: keine Nachricht, kein Anruf, nichts.

Ihre Vorfreude war längst unruhiger Anspannung gewichen, als sie am Abend die Wohnungstür aufschloss. In hohem Bogen flog das mohnrote Kleid aufs Bett, dann zog sie einen alten grauen Jogginganzug an, um die Küche und das Bad zu putzen. Es war ein psychohygienischer Akt, den sie mit rituellem Ernst verrichtete. Saubere Wohnung, reine Seele. Andere Leute meditierten oder saßen ihre Zeit in Selbsthilfegruppen ab, Maria putzte mit nahezu hysterischer Hingabe.

Auch im Wohnzimmer gab es einiges zu tun. Wie die übrigen Räume war es eher studentisch eingerichtet. Eine verblichene rote Couch, ein paar zusammengewürfelte Sessel, ein alter Bauernschrank aus Kirschbaumholz. Der Schreibtisch bestand aus einer aufgebockten Glasplatte, an den Wänden hingen Kunstplakate, und die weißen Regale stammten aus einer Zeit, als der Name Billy gleichbedeutend mit der Aufbewahrung von Büchern gewesen war.

Weit habe ich es nicht gebracht.

Sie setzte sich auf die Couch. Wenn alles gut gegangen wäre, würde ich jetzt nicht in dieser Bude hocken, zwei Zimmer im Kreuzberger Wrangelkiez, Altbau, dritter Stock, sondern als geachtete, wohlbestallte Professorin Vorlesungen halten. Es war aber nicht gut gegangen. Genau genommen war gar nichts gut gegangen.

Wehmütig schweifte ihr Blick über die Regale, in denen hoch oben neben großformatigen Kunstbänden ihre Fachbücher über die Epoche der späten Romantik standen. Dort verstaubte auch die zerlesene Eichendorff-Gesamtausgabe, und wer, wenn nicht Eichendorff, hatte der Sehnsucht betörend schöne Verse abgerungen? *Sie stand wohl am Fensterbogen, Und flocht sich traurig das Haar, Der Jäger war fortgezogen, Der Jäger ihr Liebster war.* Einst hatte Maria als Expertin für den Meister der beschädigten Seelenlandschaften gegolten. Zehn Jahre war das her. Ein Mann hatte damals ihre akademische Karriere zerstört. Natürlich ein Mann. Einer dieser narzisstischen, rücksichtlosen Kerle, von denen Maria viel zu vielen begegnet war.

Sie stand auf und goss sich in der Küche ein Glas Rotwein ein. Versonnen betrachtete sie die schimmernde Flüssigkeit, von der jemand behauptet hatte, sie zu trinken sei, als ob einem der liebe Gott mit roten Samthosen die Kehle hinunterspaziere. Welch famoser Spaß. Sie presste die Lippen aufeinander. Ich habe alles verloren, meine Unschuld, meinen Leichtsinn, meine Fröhlichkeit. Vielleicht auch meine Zukunft.

Mit dem Glas in der Hand ging Maria zurück ins Wohnzimmer. Deprimiert brütete sie vor sich hin. Nach ihrem Scheitern an der Universität hatte sie eher planlos weitergemacht – mit Artikeln für lokale Zeitungen, Gelegenheitsjobs, sogar gekellnert hatte sie. Etwas war damals aus den Fugen geraten. Eine seltsame Schwäche hatte sie erfasst, zum Entsetzen ihrer Mutter. Wenn Vater das noch erleben müsste. Wir hatten so große Hoffnungen in dich gesetzt. Wir haben dir immer alles ermöglicht. Und jetzt? Du kellnerst?

Vor zwei Jahren hatte sie dann Henry kennengelernt, bei einer Party, und es war Freundschaft auf den ersten Blick gewesen. Wenig später hatte sie in seiner Galerie angefangen, Bilder aufgehängt, Preislisten getippt, auf Vernissagen Wein serviert. Mittlerweile verkaufte sie die Kunstwerke. Hier und da eine Provision, wenn sie ein Bild loswurde, es reichte, um über die Runden zu kommen.

Diese Lautlosigkeit. Halb acht schon. Noch immer keine Nachricht von Tom.

Frierend umschlang Maria ihre Knie mit den Armen, als sie plötzlich ein elektrisierender Gedanke durchzuckte: Fanden Bescherungen nicht immer abends statt? Mit Musik und Kerzenschein? Vielleicht steht Tom ja gleich unangemeldet vor der Tür, mit einem Strauß Rosen oder einer Flasche

Wein. Von einer Sekunde auf die andere schlug ihre Lethargie in hektische Betriebsamkeit um. Sie duschte, zog einen schwarzen Spitzenbody an und streifte ihren Morgenmantel aus roter Seide darüber, ein Geschenk von Tom. Zum Schluss entzündete sie die Kerzen im Schlafzimmer.

Dann wartete sie.

Die Zeit verstrich, ohne dass etwas geschah. Zum Glück gab es immer noch etwas zu tun. Während in ihrem Hinterkopf das einseitige Zwiegespräch mit Tom weiterlief – bitte melde dich, ich flehe dich an –, sortierte sie abgelaufene Joghurts aus und polierte die Küchenarmaturen. Als ihr partout nichts mehr einfallen wollte, faltete sie Toms Wäsche neu und legte sie in den Schrank zurück.

Nach und nach wich ihre Hyperaktivität tiefer Niedergeschlagenheit. Sie legte sich aufs Bett. Immer wieder tippte sie das Handy an, doch nichts geschah, außer dass die Minutenanzeige geisterhaft geräuschlos weitersprang. Es hatte Epochen gegeben, in denen sehnsüchtig Wartende auf das Ticken der Uhr horchten, doch das Resultat ereignislos vergehender Zeit war immer noch dasselbe. *Mir ist zu wehe zum Weinen – Die Uhr so gleichförmig pickt, Das Rädlein, das schnurrt so in einem, Mir ist, als wär' ich verrückt.*

Ihre Augen wanderten über die rot-weiß gestreifte Tapete des Schlafzimmers, über den cremefarbenen Teppich, die silbernen Kerzenleuchter, und blieb schließlich am Kamin hängen, einem elektrisch betriebenen Fake mit klassizistischer Holzumrandung. Möglicherweise hatte sie ihn in der Hoffnung gekauft, sein künstliches Feuer könne ihre Seele wärmen und die Männer ans – wenn auch imaginäre – Lagerfeuer locken. So weit die Idee. Sie fror erbärmlich. Das wärmende Nest, das sie gebaut hatte, war kalt und verlassen.

Immer noch keine Nachricht. Ob sie Tom schreiben, ihn anrufen sollte?

Leider gab es ungeschriebene Regeln im Kommunikationszeitalter, und die wichtigste lautete paradoxerweise: Wer zu viel kommuniziert, verliert. Maria wusste, dass sie Tom nicht schreiben durfte, bevor er seinerseits antwortete. Setz ihn nicht unter Druck. Tu so, als mache es dir nichts aus, dass er sich nicht meldet. Seit einem Jahr ging das so. Take it easy, die größte Lüge überhaupt. Kein Wort über ihre Sehnsucht, kein Wort über ihre Verstörung, wenn er sich tagelang in Schweigen hüllte. Falls Maria ihm überhaupt schrieb, dann in einem Tonfall demonstrativer Lässigkeit. Wie geht's denn so? Alles schön bei dir? Ich wünsch dir einen sonnigen Tag.

Heute musste sie die Regel brechen, sie konnte nicht anders. Um viertel nach acht Uhr schrieb sie mit bebenden Fingern: *Hi Tom, hoffe, bei dir ist alles okay. xxx, Maria.*

Dann wartete sie wieder, unfähig, etwas anderes zu tun, als ihr Handy anzustarren. Es wurde halb neun. Viertel vor neun. Tom, wo bist du? Was machst du? Denkst du denn gar nicht an mich?

So viel Vorfreude, so viel Enttäuschung. Mittlerweile war es neun Uhr. Maria hypnotisierte ihr Handy. Bitte. Mein Gott, Tom, du hast es versprochen!

Langsam verließ sie aller Mut. Sie war todmüde, nicht nur, weil sie in der Nacht zuvor kaum geschlafen hatte. Die vergangenen zehn Jahre hatten sie ausgelaugt. Rasendes Glück, jäher Absturz. Romantische Dates, große Gefühle, und dann – Schluss. Mehr oder weniger hatte sie stets das Gleiche von ihren Exfreunden gehört. Du bist eine tolle Frau, ich schätze so vieles an dir. Aber. Dann kam immer das Aber. Ich bin noch nicht so weit für eine feste Beziehung. Ich will mich nicht binden. Ich fühle mich außerstande, Verantwortung für Kinder zu übernehmen. Ich mag dich, aber ich brauche meine Freiheit.

Im Nachhinein war es ihr ein Rätsel, woher sie die Kraft

genommen hatte, bei jeder neuen Liebe auf ein glückliches Ende zu hoffen. Es war immer bei unverbindlichen Beziehungen geblieben. Wenn auch Tom sie verließ, war ihre Kraft zu hoffen aufgebraucht. Dann war ihre Kraft zu leben aufgebraucht. Und es sah ganz danach aus, als ob sie unaufhaltsam auf diesen Nullpunkt zuraste.

Ihr wurde unheimlich zumute. Das Warten hatte ihre Sinne geschärft statt abgestumpft, alles nahm sie überdeutlich wahr, schmerzhaft deutlich, die Kerzenflammen, die Lichtreflexe auf der seidenen Bettwäsche, das Rechteck des Handys. Währenddessen spürte sie die dunkle Gewalt des Scheiterns, und es wurde ihr eng in der Brust. Die Wände des Schlafzimmers schienen sich auf sie zuzubewegen, in ihrem Kopf hallten höhnische Stimmen, die zeitversetzt, wie im Kanon, den immerselben Satz wiederholten:

Du bist es nicht wert, geliebt zu werden.

Mit einem dumpfen, erstickten Laut vergrub sie ihr Gesicht im Kopfkissen. Ich habe Angst. Ich kann nicht mehr. Wenn er sich heute nicht meldet, bringe ich mich um.

Es war eine sehr konkrete Option. In ihrer Speisekammer lagerte ein ganzes Waffenarsenal, in einem Tresor, mit drei Schlössern und einem Zahlenfeld gesichert. Niemand wusste davon, niemand hatte jemals auch nur die Tresortür gesehen, weil Maria einen Schrank davorgeschoben hatte.

Ich habe alles, was ich brauche. Pistolen, Revolver, Gewehre, Munition. Es wird schnell gehen.

Sie dachte an ihren Vater. Die Waffen waren sein Vermächtnis. Er hatte sie wiederum von seinem Vater geerbt, einem hochdekorierten Kriegsteilnehmer und Scharfschützenausbilder in Hitlers Wehrmacht. Darüber sprach man nicht gern in ihrer Familie. Es war irgendwie peinlich. Klar, man war pazifistisch, Marias Mutter, die friedensbewegte *taz*-Leserin, sowieso und ihr verstorbener Vater, dessen Eltern stramme Nazis gewesen waren, im Bewusstsein ererbter Schuld. Deshalb hatte er Marias Mutter versprochen, die Waffensammlung nach dem Tod des Großvaters zu entsorgen.

Er hatte es nie getan.

Eines Tages, Maria war damals knapp vierzehn gewesen, hatte sie ihren Vater im Keller dabei ertappt, wie er eine Smith & Wesson reinigte. Neben ihm auf dem Tisch hatten so viele Munitionsschachteln gelegen, als wolle er die halbe Stadt umbringen. Bitte verrate es keinem, hatte er sie beschworen, er, der Pazifist und menschenfreundliche Allgemeinmediziner, der einen Eid zur Erhaltung des Lebens geschworen hatte. Und Maria, überrascht, fasziniert, hatte ihn angebettelt, dass er ihr im Gegenzug für ihr Stillschweigen das Schießen beibrachte.

Er war ein großartiger Lehrmeister gewesen. Alles hatte er ihr gezeigt, das Bestücken der Magazine mit Munition, den Umgang mit Kurzwaffen und Langwaffen, das Präzisionsschießen auf Metallscheiben und Schießscheiben, im Sitzen, im Stehen, im Liegen, in der Bewegung.

Welche Waffe eignet sich am besten für einen Selbstmord? Eine Pistole? Oder etwas Größeres?

Maria erschauerte. Noch ist die Nacht nicht vorbei, noch gibt es eine gewisse Chance, dass Tom sich später meldet. Um sich abzulenken, versuchte sie es mit Galgenhumor. Wäre doch zu blöd, wenn er zu dir zurückwill und nur noch eine Leiche schänden kann. Wäre doch krank, wenn er dir Rosen mitbringt und sie auf einen Sarg schmeißen muss. Dann fing sie an zu weinen.

Maria hatte viel und oft geweint, nicht erst, seit sie Tom kannte, aber dieses Weinen war anders. Es schüttelte sie. Es verwüstete sie. Es sog alle Kraft aus ihrem Körper. Ohne Tom bist du ein Nichts, ein Niemand, eine tote Hülle. Nur wenn er dich berührt, erwacht die Hülle zum Leben. Das hier ist kein Leben mehr. Kann man sich totweinen, so wie man sagt, jemand lache sich tot? Dann lieber einen Pistolenlauf in den Mund stecken. Worauf wartest du noch? Auf den nächsten Mann? Machst du Witze?

Es war wie ein Sog. Tränenblind stand Maria auf, holte ein Schlüsselbund aus der untersten Wäscheschublade und lief in die Speisekammer. Es war so lachhaft leicht. Sie musste nur den Tresor öffnen und beenden, was nicht mehr gut enden konnte.

KAPITEL 3

Mit ihrem ganzen Gewicht stemmte sich Maria gegen den Schrank. Er war eine Hinterlassenschaft des Vormieters, ein uraltes Monstrum, bis oben hin vollgestopft mit kulinarischen Extravaganzen, die Maria für gemeinsame Essen mit Tom gekauft hatte. Essen, zu denen es nie gekommen war. Vergeblich warteten eingelegte Artischocken, Trüffelöl und Kokosmilch auf ihren Einsatz. Maria hätte den Schrank ausräumen müssen, um ihn leicht beiseiteschieben zu können, doch dafür fehlte ihr die Geduld. Mit beiden Händen rüttelte sie an den schartigen Holzkanten.

Ein brennender Schmerz. Sie schrie auf.

Etwas Spitzes hatte sich in ihre rechte Handfläche gebohrt, ein messerscharfer Splitter, wie sich bei näherem Hinsehen herausstellte. Schwer atmend starrte Maria die Wunde an und das Blut, das auf den gekachelten Boden tropfte. Es war, als erwache sie aus einem absurden Traum. Einen flaumigen Moment lang wurde ihr schwarz vor Augen, dann lief sie in die Küche, holte Pflaster aus einer Schublade und verband die Wunde. Wie betäubt sank sie auf einen Stuhl.

Ich brauche Hilfe. Sofort.

In ihrer Not rief sie Evi an, ihre Freundin aus Studienzeiten. Schluchzend stammelte sie Zusammenhangloses ins Handy. Evi war nicht im Mindesten überrascht. Genau das habe sie kommen sehen bei einem wie Tom. Es sei doch immer dasselbe mit Marias Kerlen, das größte Katastrophenmovie aller Zeiten.

»In deinem Zustand kannst du nicht allein bleiben«, befand Evi. »Wir müssen uns sehen, sofort.«

Widerspruch war zwecklos. Marias resolute Freundin fühlte sich zur Fachfrau für Liebesdinge berufen, seit sie Mann und Kind hatte, Gefühlsdiplomatie war ihre Sache nicht. Sie schlug ein Treffen in einer nahen Trattoria vor.

Es kostete Maria ungeheure Energie, überhaupt aufzustehen und sich anzuziehen. Seit Jahren führte sie Krisengespräche, die stets mit ihrer sozialen Bankrotterklärung endeten. Sie bekam es einfach nicht hin, das Leben, die Liebe. Wäre es nicht doch besser gewesen, sie hätte sich ein Neun-Millimeter-Geschoss in den Mund gejagt?

Nach zwei Blocks Fußmarsch erreichte sie das Lokal. Stimmengewirr erfüllte den hellen Raum, dessen Wände alte Filmplakate zierten. Evi war schon da. Ernst sah sie aus, aber gefasst. Die Rolle der Depressionsbetreuerin hatte sie zu oft gespielt, um noch erschüttert zu sein. Sie begrüßten einander mit flüchtigen Wangenküsschen.

»Jetzt bloß nicht den Kopf hängen lassen«, sagte Evi im Tonfall einer ungeduldigen Krankenschwester. »Du siehst ja furchtbar aus, selbst Tote sind besser drauf. Komm, lächle doch mal. Ein Sprizz, und die Welt ist wieder bunter.«

Kaum saß Maria auf einer der Bänke aus rotem Kunstleder, als sie es auch schon bereute. Nicht nur Evis aggressiver Optimismus, auch die Anwesenheit der vielen Familien mit Kindern peinigte sie. Wo sie auch hinschaute, überall schien das große Glück ausgebrochen zu sein. Eine Mutter wiegte lächelnd ihr Baby auf dem Schoß, am Nebentisch spielten zwei Jungs mit ihren Nintendos, unablässig explodierte irgendetwas, was die Eltern zu fröhlichem Gelächter veranlasste. Entsetzlich. Was machten Kinder überhaupt um diese Uhrzeit in Lokalen?

Maria liebte Kinder über alles, sie wünschte sich ja selbst

ein Kind. Doch genau deshalb ertrug sie das alles nicht, diese Munterkeit, das Kinderlachen, die Normalität eines Familienlebens, das ihr verwehrt blieb. Zu viel. Es war alles zu viel. Auch Evi, für die ein gelungenes Leben eine Frage soldatischer Disziplin war. Über den Tisch hinweg langte sie nach Marias Hand.

»Was ist das da? Du hast dich verletzt? Wie ist das passiert?«

»Eine Bagatelle. Ich war völlig in Gedanken wegen Tom und habe mich aus Versehen geschnitten.«

»Tom ist ein Psycho«, legte Evi los. »Warum verliebst du dich bloß immer in diese kalten, unnahbaren Mistkerle? Warum, Maria? Hast du mal mit deiner Mutter darüber gesprochen?«

Um Gottes willen. Marias Mutter war Therapeutin, eine von der alles verstehenden, alles zerredenden Sorte. Maria zog ihre Hand so heftig zurück, dass ein leeres Weinglas umfiel und über die rot-weiß karierte Tischdecke rollte. Am Nebentisch starben virtuelle Krieger im prasselnden Kugelhagel, das Baby fing an zu weinen. Maria zerkrümelte ein Stück Brot.

»Bitte lass meine Mutter aus dem Spiel. Seit Jahren belästigt sie mich mit Ratschlägen. Wie finde ich den Mann fürs Leben? Wie binde ich ihn? Wie formuliere ich meine Erwartungen? Wie gebe ich ein adäquates Feedback? Komm mir bloß nicht mit diesem Psychokrempel.«

Evi setzte eine überlegene Miene auf.

»Aha, Wut also. Dir sind die Phasen der Trauer nach Kübler-Ross geläufig?«

Maria kannte sie in- und auswendig, kein Wunder bei einer therapeutisch versierten Mutter. Erste Phase: Nicht-wahrhaben-Wollen. Zweite Phase: Zorn. Dritte Phase: Verhandeln. Vierte Phase: Depression. Fünfte Phase: Akzeptanz. So weit die Theorie. Sie war direkt in die Depression gerutscht.

Entnervt spielte sie mit einem riesigen Pfefferstreuer aus Holz, der auf dem Tisch stand.

»Seit wann bist du denn auch noch Hobbypsychologin?«

»Ich weiß«, Evi lachte vergnügt, »bisher beschränkten sich meine psychologischen Kenntnisse darauf, dass in Lokalen mit großen Pfefferstreuern die Kellner kleine Penisse haben. Aber die Kübler-Ross-Sache hab ich echt drauf.«

Großmütig überging Maria diese Albernheiten.

»Einfach von Frau zu Frau: Was stimmt nicht mit mir, Evi? Du bist meine Freundin. Sei ehrlich. Sag es mir, bitte.«

Der Kellner kam und erkundigte sich nach ihren Wünschen. Mit der großartigen Geste eines kommandierenden Befehlshabers bestellte Evi diverse Vorspeisen und Spaghetti carbonara. Maria verspürte keinen Appetit, nur eine würgende Übelkeit. Nachdem der Kellner sich entfernt hatte, beugte sie sich vor.

»Was, Evi? Was stimmt nicht mit mir?«

»Falsche Frage.« Marias Freundin winkte ab. »Viel aufschlussreicher ist doch: Was stimmt nicht mit den Typen?«

Ein längerer Vortrag folgte. Über die Spaßgesellschaft. Über Männer wie Tom, die nicht erwachsen werden wollten und weder Nähe noch Verbindlichkeit zuließen. Über Frauen wie Maria, die genau diese unerreichbaren Männer anziehend fanden. Und über Evis eigenen Mann.

»Du kennst Alex. Ein stinknormaler Superlangweiler, mit dem unschätzbaren Vorteil, dass er heiraten und Kinder haben wollte. Sieh mich an. Mein Liebesleben findet jenseits des messbaren Bereichs statt, aber ich habe eine Familie. Du musst dich entscheiden, Maria. Entweder verrennst du dich weiter in attraktive, aber bindungsschwache Männer, oder du suchst dir endlich was Solides.«

Maria kannte Alex. Ein sympathischer, freundlicher Mann, vielleicht ein wenig antriebsschwach. Und komplett asexuell. Sie musterte ihre Freundin. Das kantige Gesicht mit dem etwas angestrengten Zug um den Mund, die penibel zurechtgeschnittene Bobfrisur, den leeren Ausdruck von Zufriedenheit in ihren Augen. Wenig erinnerte an die kesse Studentin von einst, mit der Maria eine chaotische Wohnung und zuweilen die Lover geteilt hatte. Vor ihr saß eine Frau, die alles hatte und nichts mehr erwartete.

Der Kellner brachte zwei Aperol Sprizz. Schweigend nippten die beiden Frauen daran. Es gab nichts, worauf sie hätten anstoßen können. Maria knetete ihre Hände, wischte Stäubchen von ihrem Jackett, fuhr sich durchs Haar. Sie hatte Trost erwartet, doch Evi schien entschlossen zu sein, sie auf den eigenen Kurs umzubiegen. Jetzt sag bloß nicht Beuteschema.

»Du musst dein Beuteschema ändern«, sagte Evi. »Was willst du mit diesen gefühllosen Kerlen? Mittlerweile hasse ich all diese Toms, aber dieses Exemplar ganz besonders. Ist ja nicht das erste Mal, dass er dich …«

Nein, nicht das erste Mal. Und doch – es war vertrackt. Sobald jemand schlecht über Tom sprach, spürte Maria den Impuls, ihn zu verteidigen.

»Er ist kein schlechter Mensch, nur etwas schwierig, ein komplizierter Charakter eben.«

Und sie liebte ihn bis zum Wahnsinn, auch wenn er unerreichbar war. Oder weil er unerreichbar war?

»Du bist eine tolle Frau, Maria. Du hast es nicht nötig, diesen Typen hinterherzurennen, die dich nur benutzen und …«

Maria hörte gar nicht mehr hin. Sie wusste, was folgen würde: eine Kontroverse, bei der Evi ihren rabiaten Feminismus gegen weibliche Demut in Stellung brachte. Verstohlen checkte sie das Handydisplay. Nichts. Keine Nachricht, dabei war es schon kurz vor zehn. Was hatte Evi gesagt? Benutzen? Ihr Kopfkino sprang an. Tom im schwarzen Morgenmantel, wie er sie in seinem Loft empfing. Wie er sie zeichnete, während sie nackt für ihn posierte. Wie der Morgenmantel von seinem muskulösen Körper glitt und er sie ins Bett trug. Nein, Tom benutzte sie nicht. Er feierte ihre Weiblichkeit.

»Ich glaube, ich möchte jetzt gehen, Evi.«

»Möchtest du nicht«, widersprach ihre Freundin. »Warte noch …«

Maria wollte gerade fragen, worauf, als eine schlanke, etwa sechzigjährige Frau an den Tisch trat. Sie trug einen eisgrauen Kurzhaarschnitt und hatte ihre schmalen Lippen in abstoßendem Violett geschminkt. Mit ihrer versteinerten Miene und ihrem langen schwarzen Wollmantel verbreitete sie den Frohsinn einer Leichenbestatterin.

»O Gott«, entfuhr es Maria.

»Freu mich auch, dich zu sehen«, erwiderte ihre Mutter und setzte sich, ohne den Mantel auszuziehen. »Ich bin hier, um dich nach Hause zu holen. Wie geht es dir?«

»Sag du's mir doch, du bist ja die Expertin. Übrigens habe ich bereits ein Zuhause und gehe nirgendwo mit dir hin.«

Maria verschränkte die Arme. Sie schätzte die mütterlichen Fachgespräche ohnehin nicht sonderlich, aber in ihrem überreizten Zustand war diese doppelte Betreuungsoffensive mehr, als sie ertrug.

»Danke, dass Sie so schnell gekommen sind, Frau Hafner«, wisperte Evi mit einem verlegenen Seitenblick auf Maria. »Ich glaube, das war dringend nötig.«

Nein, das war Verrat. Maria ballte die Fäuste, woraufhin die Wunde wieder zu schmerzen begann. Ein Komplott also. Zwei gusseiserne Amazonen gegen eine Frau, die sich zu ihrer Schwäche für einen Mann bekannte – das bedeutete einen Feldzug gegen antiemanzipatorische Umtriebe. Erbittert betrachtete sie ihre Mutter, die eigentümlich körperlos auf dem Stuhl saß, jeder Zoll eine Seelenvollzugsbeamtin.

»Oh, Wut, endlich, wie schön, das ist ein Fortschritt. Darauf habe ich lange gewartet. Nimmst du auch regelmäßig deine Tabletten, Maria?«

»Bitte.« Sie stöhnte auf. »Lass es, ja?«

Während ihre Mutter wieder ihr Sphinxgesicht aufsetzte, betrachtete Evi stirnrunzelnd die Eiswürfel in ihrem Sprizz.

»Erstens bist du bekanntlich grundlabil und solltest die heutige Nacht nicht allein verbringen. Zweitens habe ich mit deiner Mutter über deine verkorksten Beziehungen gesprochen.«

»Über deine Bindungsfähigkeit«, schaltete sich Gundula Hafner ein und bedachte ihre Tochter mit einem jener nachsichtigen Blicke, die an Überheblichkeit grenzten. »Hast du mal darüber nachgedacht, wie viel Nähe du überhaupt erträgst?«

Was für eine Frage. Marias Erbitterung wuchs.

»Ich liebe Nähe!«, rief sie so laut, dass die Jungen am Nebentisch kurz von ihren Spielkonsolen aufsahen. »Ich kann gar nicht genug davon bekommen!«

Wie eine Staatsanwältin vor der Anklageverlesung nahm ihre Mutter Haltung an. Es war ihr anzusehen, wie sie ihre professionelle Distanz genoss, die Fähigkeit, vollkommen emotionslos über Gefühle zu sprechen.

»Warum lässt du sie dann nicht zu? Bei Männern, die Nähe geben und Nähe wollen?«

»Kann es sein«, übernahm Evi, »dass du dich genau deshalb in diese bindungsschwachen, psychopathischen Scheißtypen verliebst, weil sie keine Gefahr für deine supercoole Singleexistenz bedeuten? Kann es sein, dass du es in Wahrheit darauf anlegst, Männer zu daten, die mit dem Penis denken, damit du nur ein Sexspielzeug bleibst und bloß nicht …«

»Stopp.« Beschwichtigend legte Gundula Hafner eine Hand auf Evis Arm. »Eine Intervention basiert auf bestimmten Regeln. Wir sollten nicht zu emotional werden und jeden saloppen oder allzu expliziten Sprachgebrauch vermeiden.«

Das Geballer am Nebentisch steigerte sich zu einem knatternden Stakkato. Hätte Maria jetzt einen Revolver dabeigehabt, sie hätte dreimal in die Decke geschossen, um sich Respekt zu verschaffen. Die Art und Weise, wie ihre intimsten Gefühle über ihren Kopf hinweg verhandelt wurden, quälte sie mehr, als sie mit Worten ausdrücken konnte. Und jetzt spürte sie auch noch den salzigen Geschmack von Tränen auf der Zunge.

»Seit wann bist du denn eine Spezialistin für Nähe?«, wandte sie sich heiser an ihre Mutter. Du hast mich nie getröstet, wenn ich hingefallen bin, du hast mich nie vor dem Einschlafen in den Arm genommen, du warst immer die neutrale Therapeutin, fügte sie innerlich hinzu.

»Deine Mutter steht hier nicht zur Debatte«, sagte Evi scharf. »Mal ehrlich – du bist die klassische Einzelgängerin, sonst hättest du längst eine Familie. Wer braucht denn dauernd Zeit für sich selbst? Wer vergräbt sich stundenlang in irgendwelchen Büchern und putzt manisch seine Wohnung?«

Mit gesenktem Kopf hörte Maria zu. Sie fühlte sich, als würde sie verbal verprügelt.

»Das sind tote Fakten und lebhafte Irrtümer«, flüsterte sie. »Ich möchte Nähe, aber ich habe nun mal meine Gewohnheiten.«

Gundula Hafner öffnete den obersten Knopf ihres Beerdigungsmantels. Indigniert schaute sie zum Nebentisch, wo der Kampf um die Weltherrschaft gerade in eine noch geräuschvollere Phase eingetreten war, dann presste sie die violetten Lippen aufeinander und sammelte sich.

»Ja, das Putzen grenzt an einen Waschzwang, was nur logisch ist, weil mangelnde Ich-Identifikation zu zwanghaftem

Verhalten führt«, begann sie zu dozieren. »Du identifizierst dich zu stark mit den Männern, und wenn sie dich verlassen, bricht deine temporäre Ich-Konstruktion zusammen. So wie jetzt bei Tom.«

»Ich identifiziere mich zu stark mit dem Mann, den ich liebe? *Des Mädchens Seele wird nicht sich selbst, dem Liebsten nur geboren. Da irrt sie nun verstoßen und verloren* …«, murmelte Maria, wohl wissend, dass Eichendorffs unzeitgemäße Verse keine Begeisterung an diesem Tisch auslösen würden.

»Frauenfeindlich«, knurrte Evi.

»Wir sollten das alles in Ruhe besprechen«, erklärte Gundula Hafner milde. »Etwa neunzig Prozent meiner Klienten haben Beziehungsprobleme. Bindungsängste sind nicht die Ausnahme, sondern die Regel.«

Maria griff zu ihrem beigefarbenen Blazermantel, den sie neben sich gelegt hatte.

»Seit ich denken kann, gibst du mir zu verstehen, dass ich einzigartiger Durchschnitt bin. Schluss mit der Erziehungsdiktatur. Ich bin austherapiert.«

»Wie gesagt, es ist durchaus angemessen, dass du zunächst deine Wut auslebst«, erwiderte ihre Mutter kühl. »Ich gebe dir ein lithiumhaltiges Phasenprophylaktikum, wenn du willst, es wirkt stimmungsstabilisierend und antidepressiv.«

Währenddessen war Maria aufgestanden. Die Wunde in ihrer Hand brannte.

»Danke, dass du der emotionale Anteil unserer Mutter-Tochter-Beziehung bist.«

Sie wartete keine Antwort ab, sondern stürmte aus dem Lokal, vorbei am Kellner, der mehrere gefüllte Teller auf Fingern und Handballen zu ihrem Tisch balancierte, vorbei an all den glücklichen Familien mit all den glücklichen Kindern. Keuchend und schluchzend rannte sie den gesamten Weg nach Hause, das Handy umklammert, auf dessen Herzschlag sie immer noch wartete, auf den Glöckchenklang der Bescherung.

Schon aus Trotz putzte Maria in dieser Nacht die Wohnung noch einmal aufs Neue. In der höheren Realität ihrer Phantasie war es eine heilige Handlung. Sie putzte ihre Schwäche weg, ihre Zweifel, sogar den Kopfschmerz, der hämmernd einsetzte. Erst als der letzte Fleck getilgt und das letzte Staubkorn weggesaugt war, wankte sie ins Badezimmer. Der Spiegel zeigte ihr ein Gesicht, das aus lauter Ermüdungsbrüchen bestand. Männer altern brutaler, dachte Maria, aber es steht ihnen besser. Ich bin neununddreißig Jahre alt und habe Angst.

KAPITEL 4

Auch der Freitagmorgen blieb ohne Nachricht von Tom. Maria litt stumm. Zähne zusammenbeißen, weitermachen, auch der steinige Weg führt zum Ziel. Jede Minute, die sie durchhielt, ohne ihn anzurufen, erschien ihr wie eine Einzahlung auf das gemeinsame Beziehungskonto. Ja, sie sparte ein Zeitguthaben an. Als Lohn ihres disziplinierten Schweigens winkte die Wiedervereinigung mit Tom, und dann würde alles vergessen sein, auch der Schmerz, der in ihr wütete.

In der Mittagszeit verkaufte sie ein Bild, jenes mit dem schönen jungen Mann in der Badewanne. Der Käufer, ein vierschrötiger Herr im dunklen Nadelstreifenanzug, brauchte »was Anregendes fürs Schlafzimmer«, wie er mit spöttischer Höflichkeit erklärte, ob für sich selbst oder eine Frau, war schwer zu erraten. Danach betrat eine Dame im silbergrauen Nerz die Galerie. Mit einem üppig beringten Finger deutete sie auf das Badewannenbild. Natürlich auf dieses Bild. Manche Besucher, meist waren es männliche, fragten sogar, ob es möglich sei, die Handynummer des jungen Mannes zu bekommen.

»Ist leider verkauft«, erklärte Maria. »Sehen Sie sich ruhig ein bisschen um, auch die anderen Arbeiten sind hochinteressant. Es geht um das Vernichten der Musen. Ein Akt der Wahrhaftigkeit. Eine Hommage …«

»Besten Dank.« Naserümpfend betrachtete die Dame das Bild, auf dem der Mann zwischen Essensresten lag. »So was passt nicht in meine Wellnesslandschaft.«

Sie verließ die Galerie, ohne sich zu verabschieden, und Maria konnte sich wieder Tom widmen. Wie aus dem Nichts erfasste sie plötzlich ein Hochgefühl. Heute meldet er sich. Heute ist der Tag! Ein Fest wird es werden, ein großes Wiedersehensfest, möglicherweise hat er sogar einen Ring gekauft! Wenn wir dann endlich zusammenleben, werden wir darüber lachen, dass es vorher eine kleine Krise gegeben hat.

Und dann dehnte sich die Zeit. Vom Fenster der Galerie aus beobachtete Maria das Stückchen Himmel über den Hausdächern auf der anderen Straßenseite, registrierte bang das schwindende Tageslicht, bis sich die Dämmerung in Schwärze verwandelte, die alles verschluckte, auch ihre Hoffnung auf Toms erlösende Nachricht. Das Erwartungsleuchten der Mittagsstunden war längst erloschen, sie hatte einen bitteren Geschmack im Mund.

Diese furchtbare Ohnmacht.

Am liebsten hätte sie laut geschrien, die Bilder von den Wänden gerissen, sämtliches Geschirr in der Teeküche zertrümmert, mit aller Wucht gegen irgendetwas getreten. Stattdessen bohrte sie einen Fingernagel in die kaum verheilte Wunde auf ihrer Handfläche, so dass sie zu bluten begann. Von der nachlassenden Selbstkontrolle bis zur Selbstverachtung war es nur noch ein kleiner Schritt. Du bist es nicht wert, geliebt zu werden, schoss es ihr wieder durch den Kopf, du bist nicht einmal eine SMS wert.

Stöhnend presste sie ein Taschentuch auf die blutende Wunde. Binnen Sekunden war der weiße Stoff rot durchtränkt. Herzblut, dachte sie, hier fließt mein Herzblut.

Als sie am Abend die Beleuchtung im Galerieraum ausschaltete, erschien vor dem Eingang die dunkle Silhouette von Henry. Mit Einkaufstüten beladen, schob er die Glastür auf. Im Zwielicht der von draußen hereinschimmernden

Straßenbeleuchtung spürte sie die besorgte Frage in seinen Augen fast körperlich.

»Nein, Tom hat sich nicht gemeldet, aber es ist okay«, sagte sie mit belegter Stimme.

Henry hatte lange im Finanzbusiness gearbeitet, was ihm die Menschenkenntnis eines professionellen Pokerspielers eingetragen hatte. Ihn konnte sie nicht täuschen. Eine nach der anderen stellte er seine Tüten ab. Dann lehnte er sich auf den Empfangstresen, stützte das Kinn in die Handflächen und lächelte bedrückt, als würde er einem Schauspiel beiwohnen, dessen tragisches Ende er kannte.

»Er ist einfach nur verspielt. Er will dich nicht verletzen. Stell ihn dir als einen jungen Hund vor, der dich liebhat, aber neugierig herumschnüffelt. Da ist er eben manchmal abgelenkt.«

Sie erstarrte.

»Du meinst – eine andere Frau?«

»Vergiss nicht zu atmen, Schatzi. Ich würde dir gern etwas anderes erzählen, aber ich glaube, du solltest deinen Frieden damit machen, dass Tom …«

»Nein!« Sie richtete sich kerzengerade auf. »So ist es nicht! Er hat eine depressive Phase, da wäre er gar nicht in der Lage dazu.«

»Hm. Gab es denn etwas, das auf eine gemeinsame Zukunft hindeutete? Eine Absprache, einen Plan, einen Ring – irgendetwas?«

»Unser Aidstest«, flüsterte sie.

Henrys Augenbrauen schoben die Haut seiner hohen Stirn ziehharmonikaartig zusammen.

»Wie bitte?«

Ja, es war das Romantischste, was Maria jemals mit Tom erlebt hatte. Hand in Hand waren sie über den verregneten Campus eines Reinickendorfer Klinikums gegangen, Hand in

Hand durch die feuchte Kälte eines Wintertags. In einem barackenartigen Gebäude, wo ein kümmerlicher Gummibaum den Flur schmückte, hatten sie den Test absolviert. Maria erinnerte sich gut an den Blick des Arztes, als er ihr das Blut abnahm. Ein Wieso-geht-eine-Frau-wie-Sie-zu-einem-HIV-Test-Blick. Tom hatte er beim Blutabnehmen mit einem Wie-passt-ein-Mann-wie-Sie-zu-dieser-Frau-Blick bedacht.

»Das war sein Wunsch – ein gemeinsamer HIV-Test. Wir haben zusammen auf das Ergebnis gewartet. Zweimal negativ. Danach haben wir uns umarmt, und es war«, Maria suchte nach den richtigen Worten, »so unfassbar schön, wie eine Verlobung, oder zumindest wie ein Versprechen.«

Lange ruhte Henrys Blick auf ihr, so wachsam, als betrachte er ein Haus, das jeden Moment einstürzen konnte.

»Versprichst du mir, dass du mich anrufst, bevor du komplett durchdrehst?«

»Es geht mir gut«, erwiderte sie beschämt. »Ich habe sogar ein Bild verkauft.«

Zart legte er eine Hand auf ihre Schulter. »Du musst dringend etwas für dich tun, Schatzi, auf mich wirkst du wie kurz vor dem Pupillenstillstand. Wenn du willst, buche ich dir für heute Abend einen Termin bei meinem Tantrameister. Yamyang wird dich zu deinen authentischen Gefühlen zurückführen. Er berührt die Seele.«

»Vielen Dank, aber ich möchte lieber allein sein.«

»Wie du willst. Und vergiss nicht, morgen geben wir den Empfang für den Förderverein der Oper.« Er umarmte Maria zum Abschied und hielt sie fest umschlungen, wie ein Kind, das ganz allein in die Ferien geschickt wird. Manchmal erinnerte er sie an ihren Vater. Vor zehn Jahren war er gestorben, und sie vermisste ihn mehr als je zuvor. Die Gewissheit, geliebt zu sein, das Gefühl, alles könne doch noch gut werden.

Henrys rechte Hand strich über ihren Kopf, mit der linken zupfte er sie scherzhaft am Ohrläppchen. »Pass auf dich auf, meine kleine Diva. Keine Dummheiten machen, ja?«

Zögernd löste sich Maria aus seiner Umarmung. Dann wandte sie sich abrupt ab, damit Henry ihre Tränen nicht bemerkte, und lief hinaus auf die Straße. Es war neblig geworden, um die Gaslaternen schwebten milchige Lichthöfe. Schon lange fand Marias Leben wie hinter einer beschlagenen Scheibe statt. Wann hatte das eigentlich angefangen? Dieses Gefühl, unter einer chronischen Krankheit zu leiden? Wann war sie das letzte Mal glücklich gewesen, ohne die Hintergrundmusik ihrer Ängste? Sie konnte sich nicht erinnern.

Resigniert schloss sie ihren Wagen auf, eine feuerrote alte Alfa Romeo Giulia Super. Der einzige Mensch, der ihre Liebe jemals mit Gegenliebe vergolten hatte, war Lea, Evis vierjährige Tochter. In Leas Gegenwart lebte Maria auf, spürte das große, lachende Leben, arglose Zärtlichkeit, das Wunder grenzenlosen Vertrauens. So oft sie konnte, besuchte sie die Kleine, gerührt von der kindlichen Verve, mit der sie ihre »Tante Mia« ins Herz geschlossen hatte.

Bevor Maria den Wagen anließ, dockte sie das Handy in die Musikanlage. Auf ihrer Playlist suchte sie nach Toms Lieblingsmusik, um ihm nahe zu sein. *Deine Gehirnhälften sind im Streit, Dein Gesicht ist entzweit*, dröhnte es aus den Lautsprechern. Maria startete den Motor und parkte aus. *Doch das Universum hält auch für dich Licht bereit, Damit du sehen kannst, Dass du in mir nichts sehen kannst.* Was sah sie in Tom? Was sah er in ihr?

Die Versuchung war groß, zu seiner Wohnung zu fahren, um ihm auch räumlich einen Moment lang nahe zu sein. Vielleicht könnte sie aus der Art der Beleuchtung schließen, ob er zu Hause war, ob er malte oder kochte oder schlief. Die

Versuchung wurde übermächtig. Maria schämte sich dafür, dennoch gab sie ihr nach. Während sie den vertrauten Weg zum Prenzlauer Berg einschlug, verwünschte sie ihre elende Schwäche. Warum besaß sie nicht wenigstens eine Spur jener steifleinenen Contenance, mit der Evi durchs Leben marschierte?

Nach einer halben Stunde Fahrt quer durch die Stadt hielt sie vor einem ehemaligen Industriegebäude, dessen gelber Klinker im spärlichen Licht der Straßenlaternen wie die Haut eines Todkranken wirkte. Gebannt starrte sie hinauf in den ersten Stock. Alle Fenster des Lofts waren hell erleuchtet, Maria meinte sogar, bewegte Schatten zu sehen. Plötzlich fühlte sie sich wie ein Eindringling, obwohl sie unten im Auto saß.

Du stalkst ihn. Weißt du eigentlich, wie krank das ist?

Sie gab so unvermittelt Gas, dass sie fast einen Transporter gerammt hätte, der vor ihr aus einer Parklücke ausscherte. Maria flüchtete, vor Tom, vor den Schatten, im Grunde floh sie vor sich selbst, das ahnte sie dunkel, und fast sehnte sie sich danach, dass ein Unfall all dem ein Ende setzte, schepperndes Blech, Glas, das splitternd zerbrach, der letzte Aufprall und dann das erlösende Nichts.

Nichts von alldem geschah. Ein ungnädiger Schutzengel geleitete sie zurück in den Westen.

Auf dem Ku'damm geriet sie in einen Stau. Im Schritttempo bremste sie sich von Ampel zu Ampel, während sie Henry eine SMS schrieb. *Danke für deine Freundschaft.* Erst im letzten Moment sah sie eine Bewegung und stieg hart auf die Bremse. »Hey! Blödmann!«

Aufgebracht hupte Maria einen Fahrradfahrer an, der direkt vor ihrer Stoßstange quer über die Straße jagte. Gleich darauf stellte sie erschrocken fest, dass sie ihn nur zu gern überfahren hätte. Etwas lang Unterdrücktes brach in ihr auf, mit beiden Fäusten hämmerte sie auf das Holzlenkrad ein, bis die Ampel auf Grün sprang und sie schockiert über sich selbst weiterfuhr.

So geht das nicht weiter. Am Ende bringst du noch jemanden um. Ruf Tom an. Was hast du schon zu verlieren?

Maria rief ihn nicht an. Sie schickte ihm auch keine SMS. Ihren Abend verbrachte sie im Bett. Sie konnte weder essen noch lesen noch schlafen noch fernsehen, nur warten, das Handy aufs Kopfkissen gebettet. Duldungsstarre, das traf es am ehesten.

Es war nach elf Uhr, Maria betrachtete gerade Fotos von Tom, die sie auf dem Handy gespeichert hatte, als die ersehnten Glöckchenklänge sie aufschreckten. Ja, die SMS war von ihm. Sie erkannte es sofort, weil sie wie ein Teenager ein rotes Herz neben seinen Namen auf der Kontaktliste gesetzt hatte. Ihre Hände zitterten. Jetzt, jetzt, jetzt! Es ist so weit!

Eine Minute später ließ sie das Handy sinken. Ich dachte, wir hätten noch viele gemeinsame Jahre. Ich dachte, wir hätten jede Menge Zeit. Vorbei. So sieht also das Ende aus. Eine SMS. Eine simple SMS.

Lautlos brach alles zusammen, die ganze wackelige Konstruktion aus Hoffnung und Selbstbetrug stürzte ein, begrub Maria unter sich. Wimmernd wälzte sie sich auf dem Bett und presste die Fäuste auf die Lippen. Dennoch drang ein tierhafter Laut aus ihrem Mund, der Schmerz war zu stark, der Schrei ein grässliches heiseres Wehklagen. Sie spürte sich nicht mehr. Nur den Schmerz. Eine Stunde verging, vielleicht waren es zwei, sie hatte jegliches Zeitgefühl verloren, als sie den Kopf vom Kissen hob. Apathisch starrte sie das Handy an. Wieder und wieder hatte sie die SMS gelesen, die längste, die sie jemals von Tom bekommen hatte.

Mit den Handrücken wischte sie sich über die nassen Wangen. Alles umsonst. Ihre Vorsicht, ihre unendliche Behutsamkeit. Mit Samthandschuhen hatte sie ihn angefasst. Bloß nicht klammern. Klammern war die Todsünde. Lange Leine, dann kommt er von selbst zurück. Tagelang, wochenlang hatte sie am anderen Ende der Leine ausgeharrt. Auf keinen Fall Schuldgefühle erzeugen, Schuldgefühle sind unsexy. Sag ihm nicht, wie sehr du ihn vermisst, dass du halb wahnsinnig vor Sehnsucht bist. Lass ihm Luft zum Atmen.

Sie war fast erstickt daran.

Schluchzend las sie Toms SMS ein weiteres Mal.

Liebe Maria, ich verstehe mich und mein Leben gerade selber nicht – was ich will und was ich nicht will, noch weniger. Alles, was ich gestern für richtig hielt, hat heute keine Berechtigung mehr und umgekehrt. Selbst mein scheinbarer Anker, die Malerei – keine Motivation … Grob gesehen habe ich jetzt die Hälfte meines Lebens gelebt, mehr unglücklich als glücklich. Ich verletze Menschen, weil ich Nähe nicht aushalte. Auch dich habe ich verletzt. Ich mache dich unglücklich. Das muss aufhören. Lass uns auseinandergehen, Maria. Ich kann deinen Ansprüchen nicht gerecht werden. Du hast was Besseres verdient. Sehr traurig, Tom.

Schluss. Das war die Botschaft hinter seinem Betroffenheitssprech. Schluss, aus, vorbei, und sie konnte ihm nicht einmal einen Vorwurf machen. In einem absurden Anfall mathematischer Logik rechnete sie aus, wie alt Tom zu werden gedachte. Er war siebenunddreißig. Was bedeutete, dass er sich gerade mal vierundsiebzig Lebensjahre zugestand. Wenn überhaupt.

Sie musste an den Nachmittag denken, als sie ihm gegenübergesessen hatte, am Zeichentisch seines weitläufigen Lofts. Manisch hatte er mit seiner Kalligraphie-Feder die immergleichen Worte auf immerneue Papierbogen gekratzt: *Trauer, Energie, Sehnsucht*. Dann hatte er die Zwischenräume schraffiert, Ornamente hinzugefügt, Strichmännchen dazugekritzelt. Von seinen Selbstmordversuchen hatte er erzählt. Ich bin ein Borderliner, Maria, immer an der Kante. Fassungslos hatte sie zugehört, versucht, ihn zu trösten, aufzubauen, um jeden Preis. Auch um den Preis der Selbstverleugnung.

Ich wollte ihn retten. Wollte ich nicht immer alle Männer retten? Ihnen etwas Besonderes geben? Sie haben alle gern genommen, und dann sind sie gegangen. Reich beschenkt. Satt. Maria presste ihre Wange an das tränenfeuchte Kopfkissen. Mit einer Hand strich sie über die champagnerfarbene seidene Bettwäsche. Hier hatte sie die Männer geliebt, bedient, verwöhnt, beschenkt, mit ihrer unendlichen Güte zugedeckt. Kaputtgepampert.

Die wichtigsten Jahre waren nun vertan, Jahre, in denen andere Frauen den Richtigen fanden. Gedankenverloren schaute Maria ins künstliche Feuer des Elektrokamins. Obwohl sie wusste, dass es eine Täuschung war, erlag sie der Illusion, dass tatsächlich Flammen an den Scheiten aus Kunststoff leckten. Wer hatte noch gesagt, Liebe sei ein Rendezvous mit der Illusion?

In ihre Trauer mischte sich Trotz. Schluss? Vorbei? Nein, nein, nein, das ist nur eine besonders lange Durststrecke. Das wird schon. Ich kriege ihn zurück. Der kommt schon wieder. Ich schaffe das. Dann eben dreifache Samthandschuhe, zehnfach, hundertfach. Eine noch längere Leine. Ist schon okay, Tom, nimm dir ruhig eine Auszeit, kein Problem, denk in Ruhe nach, ich bin dir nicht böse, ehrlich, ich komme super ohne dich klar, mach dir keinen Kopf, alles in Ordnung.

Ihre Hand verharrte plötzlich, ihre Finger krallten sich in die Bettdecke. Oder würde sich alles klären, wenn sie einander gegenüberstanden? Maria war sich ihrer physischen Wirkung auf Tom voll bewusst. Im Bett hatte es nie Flauten gegeben, nur Ekstase, stundenlang, nächtelang. Sie sah auf die Uhr. Es ging auf Mitternacht zu. Was Tom jetzt wohl machte?

Sie musste nicht lange überlegen. Es war Freitag. Seit seinem achtzehnten Lebensjahr ging Tom fast jeden Freitagabend in den *Kit Kat Club*. Tom, der Erotomane. Tom, der auf Fetischklamotten stand, auf Handschellen und Analdildos und Brustwarzenklemmen. Sie hatte eine ganze Schublade voll von dem Zeug, dazu Lackkorsagen, Lederröckchen, Latexstrapse, Masken aus durchbrochenem schwarzem Metall. Was man eben so kaufte, wenn man einen Mann mit gewissen Vorlieben liebte.

Nicht, dass Maria sich sonderlich etwas daraus machte. Blümchensex reichte ihr vollauf, und am Wichtigsten war ihr die Zärtlichkeit danach. Aber für Tom hätte sie alles getan. Nein, für Tom *hatte* sie alles getan, auch Dinge, die sie einige Überwindung gekostet hatten. Doch das spielte jetzt keine Rolle. Endlich hatte sie eine Idee, wie sie das Schweigen durchbrechen konnte.

KAPITEL 5

Mit einem Satz sprang sie aus dem Bett. Schnell jetzt. Sie riss die unterste Schublade der Wäschekommode auf, und nach kurzem Herumwühlen fischte sie ein kurzes, tief dekolletiertes Kleid aus rotem Latex heraus, dazu halterlose schwarze Strümpfe und schwarze Lack-Stilettos. Es würde unmöglich sein, sie zu übersehen.

Eine halbe Stunde später hatte sie sich geduscht, rasiert, ihr rotes Haar zu einem nachlässigen Knoten aufgesteckt, die Leichenblässe weggeschminkt, ihre Augen dick mit schwarzem Kajal umrandet. Das Handy ließ sie im Schlafzimmer liegen. Handys waren im *Kitty* verboten. Sie warf eine schwarze Lederjacke über, dann bestellte sie ein Taxi. Wie Kastagnetten klapperten ihre Highheels auf den ausgetretenen Stufen des Treppenhauses. Oh, Tom. Warum bin ich nicht schon eher darauf gekommen? Gleich sehen wir uns. Gleich wird alles wieder gut.

Das Taxi hielt schon vor dem Haus. Sie riss den hinteren Schlag auf und ließ sich auf den Sitz fallen. Der Fahrer musterte sie im Rückspiegel.

»Na, Mädel«, er grinste anzüglich, »haste dir ’ne Menge vorgenommen heute Nacht, was?«

»U-Bahnhof Heinrich-Heine-Straße«, erwiderte sie knapp.

Die Fahrt schien endlos zu dauern, so wie das Anstehen vor dem düsteren Gebäude, das von massigen Türstehern bewacht wurde. Maria wartete, Maria fror. Aber irgendwann stand sie glücklich an der Garderobe des Kit Kat Club. Der enge, niedrige Vorraum war völlig überfüllt, es roch nach der animalischen Wärme nackter Körper. Sie streifte die Lederjacke von den Schultern und sah zu, wie sich auch andere neu angekommene Gäste auszogen.

Die beiden Garderobieren, ein junger Mann im Ledertanga und eine hochblondierte Frau, die nur ihre Brustwarzen mit gekreuzten schwarzen Klebestreifen bedeckt hatte, achteten peinlichst darauf, dass niemand zugeknöpft blieb. Im tadelnden Tonfall strenger Lehrer befahlen sie einem jungen Mädchen, es solle ihre weiße Bluse ablegen, auftrumpfend wiesen sie einen mittelalten Herrn im Anzug darauf hin, er müsse schon Hemd, Hose und Handy abgeben oder gefälligst verschwinden.

Niemand widersprach.

Endlich konnte Maria hineingehen. Das Kitty war gerammelt voll. Nacktes Fleisch, jede Hautfarbe, jedes Alter. Es roch nach Schweiß, Zigarettenrauch und dem bergamotteartigen Aroma von Joints. Entblößte Brüste reckten sich ihr entgegen, tätowierte Arme, zur Schau gestellte Popos. Eine grell bemalte Matrone führte ihren Sklaven mit sich, vom Scheitel bis zur Sohle in einen Latexanzug gepresst wie in eine Wurstpelle. Blind und taub hing er an einer Hundeleine, nur die Mundpartie seines Anzugs war ausgespart. Am Rand der Tanzfläche saß ein uralter Mann und onanierte. Alles, was er trug, war eine schwere Kette, die er sich um den dürren Körper geschlungen hatte.

Kopfüber stürzte sie sich in die Nacht. In das Zucken von Blitzen, heller als hell, in Schlagschatten, schwärzer als schwarz, in die überbelichteten Bässe, die verschwitzten Leiber, mittenrein in diese Jetzt-erst-recht-Stimmung, als hätten alle gerade die Pest überlebt. Bodycheck. Was Mageres in Leder rempelte Maria an, eine Silhouette mit Stachelhaar wuchs aus dem künstlichen Nebel, ein halbnackter Hüne mit gigantischem Schädel und Schultern wie Bergmassive stellte sich ihr in den Weg. Sie schlüpfte unter seinen gespreizten Beinen hindurch. Echolose Klänge, hart und trocken, trieben sie vorwärts, bis sie wie von selbst an einem der Tresen landete.

Im Spiegel hinter der Bar sah sie sich selbst im zuckenden Licht. Eine Frau, die nicht ganz in diesen Club passte, trotz ihres Latexkleids. Maria lächelte, wie Menschen nach anstrengungslosem Sex lächeln. Dabei hatte sie nur die anderen stöhnen und schreien hören auf dem Weg zur Tanzfläche. Nein, sie lächelte wegen Tom. Die Chancen, ihn hier zu treffen, standen bestens. Freitagnacht, zwei Uhr, sein Club, seine Zeit. Ja, plötzlich war sie ganz sicher, dass sie ihm begegnen würde.

Lass uns auseinandergehen, Maria. Ich kann deinen Ansprüchen nicht gerecht werden. Du hast was Besseres verdient.

»Das ist nur eine Phase, nur eine Phase, nur eine Phase«, murmelte sie das Mantra, das sie seit Wochen begleitete.

In ihren Ohren dröhnte Toms Lieblingsmusik. *Ich zerlege Fremdkörper und konstruiere daraus mein Ich, Im Krieg besiege ich, wenn überhaupt, dann mich.* Leise sprach sie die Worte vor sich hin. *Die Landschaft war postkartenreif, Münchhausen …* Jemand tippte ihr auf die Schulter. … *und schrieb seiner Geliebten in leserlicher Handschrift: Wenn ich ein Feuer für uns lege – springst du mit mir rein?*

Eine Hand legte sich auf ihren Arm, sie drehte sich halb um. *Wenn ich ein Feuer für uns lege …* O Gott, Tom!

Ach so. Maria schluckte. Die Ähnlichkeit mit Tom war frappierend. Einen winzigen Augenblick lang hatte ihr Herzschlag ausgesetzt, das Blut war ihr in die Wangen geschossen, ihre Knie waren weich geworden. Enttäuscht verzog sie den Mund. Nein, es war nicht Tom, vor ihr stand Victor, einer seiner besten Kunden. Mindestens zehn riesige Gemälde hatte er Tom schon abgekauft, für schwindelerregende Summen, die obskuren Geschäften entstammten und stets in bar den Besitzer wechselten.

Victor vergötterte Tom. Er war ebenfalls Mitte dreißig, hatte das gleiche jungenhafte Gesicht, trug den gleichen Dreitagebart wie sein Idol und war genauso extrem durchtrainiert. Sogar eine Glatze hatte er sich rasieren lassen, nachdem Tom es getan hatte. Seine Kopfhaut glänzte im aufblitzenden Licht.

»Hi«, Victor musste schreien, um die Musik zu übertönen. »Alles klar?«

Er zeigte auf eine dunkelhaarige Elfe im schwarzen Lackmini, keinen Tag älter als sechzehn. Sehr blass. Riesige Sailor-Moon-Augen. Victor presste das Mädchen an sich.

»Das ist Lisa, war gerade mit ihr rattern. Wir haben so was von auf den Punkt genagelt … Egal, anderes Thema: Wusstest du, dass Tom heiratet?«

Maria brach in Lachen aus. Victors rüden Sprachgebrauch kannte sie, dass er Humor hatte, war ihr neu.

»Was ist so komisch daran?«, rief er.

»Na, du hast doch …«, sie prustete wieder los, »… weil du gesagt hast, Tom heiratet.«

»Ja, stell dir vor. Den hat's voll erwischt. Große Liebe und so.«

Von einer Sekunde auf die andere wurde es totenstill in Maria. Nur in ihren Ohren begann es zu rauschen. Sie suchte Halt am Tresen, griff ins Leere, das Rauschen wurde stärker, eine Riesenwelle rollte heran und erfasste sie mit brachialer Gewalt. Der Raum kippte, plötzlich stellte sich der Boden senkrecht. Sie hatte den Aufschlag nicht einmal gespürt, nur den explosionsartigen Schmerz in ihrer Brust.

Ein Schuss ins Herz.

Hände schoben sich unter ihre Achseln und stellten sie

zurück auf die Füße. Schwankend rang sie mit der Schwerkraft. Tom, o Gott, Tom. Die Elfe knabberte an ihrer Unterlippe.

»Hast du was genommen?«

Maria schüttelte den Kopf, während sie sich zitternd an den Tresen lehnte, vielleicht war es auch irgendein Rücken. Einfach weiteratmen. So tun, als könne sie den Schock überleben. Tom hatte sie belogen. Tom, der Beziehungsphobiker, heiratete. Und sie war auf seine angebliche Bindungsschwäche hereingefallen in ihrer grenzenlosen Gutartigkeit und Naivität.

Victor machte eine wegwerfende Handbewegung.

»Vergiss Tom. Hau drauf, reiß die Hütte ab. Komm, wir trinken was.«

Er hakte Maria und Lisa unter und zog sie zu einem Tisch neben der kochenden Tanzfläche. Widerspruchslos ließ Maria es geschehen. Sie war soeben verstorben. Mausetot.

»Hier«, Victor stellte Gläser und eine Flasche Wodka auf den Tisch, »trink erst mal was.«

Er goss die Gläser randvoll. Maria trank nie harte Sachen, doch sie leerte ihr Glas auf einen Zug. Den Schmerz vernichten, das Denken verschieben, was mach ich hier, Herrgott, wo soll ich denn sonst hin. Ein säuerlicher Geschmack verätzte ihren Mund. Das nächste Glas. Noch eins. Der Wodka schmeckte merkwürdig. Maria erhob sich schlingernd, um zu tanzen, um Tom wegzutanzen und mit ihm die tödliche Verwundung.

Hedo legte auf. Mit der Arroganz eines Königs, der sich herablässt, sein Volk zu belustigen, residierte er am Mischpult, die Haare hochgegelt, ein glitzerndes Achtziger-Jahre-Jackett über der nackten Brust. Das irrwitzig schnelle Gewehrfeuer sich überlagernder Rhythmen prasselte auf Maria ein, peitschte sie über die Tanzfläche und wieder zurück zum

Tisch, wo sie beim Versuch, sich zu setzen, zwei Stühle umwarf. Lisa kicherte. Irgendwas stimmte nicht.

»War außer W-wodka noch w-was anderes in meinem Glas?«, stammelte Maria und versuchte, die glasigen Schlieren vor ihren Augen wegzublinzeln.

Victor grinste verschlagen.

»Nur ein kleiner Stimmungsaufheller.«

Es hatte keinen Sinn, nachträglich zu protestieren, Maria hätte auch gar nicht sprechen können. Eine eiserne Faust presste plötzlich ihren Brustkorb zusammen. Röchelnd machte sie Victor Zeichen, dass sie keine Luft bekam. Er riss sie hoch, und alle drei wankten sie durch die schubsende Menge hindurch nach draußen, zum Poolbereich. Das türkisschimmernde Wasser des Bassins wurde von Kunststoffpalmen und niedrigen Daybeds gesäumt, auf denen unter glühenden Heizstrahlern Körperteile miteinander verschmolzen. Mit tierhafter Zielstrebigkeit fielen alle übereinander her, in der künstlichen Hitze der Nacht, und Maria dachte an Tom, während sie keuchend Luft holte, obwohl sie lieber erstickt wäre.

Lisa zog sich aus. Kreischend sprang sie in den Pool, zwei Männer in schwarzen Lederhosen sprangen hinterher, Piranhas, die sich auf ihr Opfer stürzten, aufspritzendes Wasser, Schreie, kreisende Lichter.

Arme, die Maria wegzerrten. Auf einmal saß sie in Victors Sportwagen, eingeklemmt zwischen johlenden Mädchen. Der Motor brüllte auf, schleudernd ging es quer durch die Stadt, Richtung Westen. Hellwach, überwach sah Maria aus dem Autofenster, alles wirkte kristallin, Farben schrien, Konturen wurden diamantscharf, Neonschriften sprangen sie an, verbrannten ihre Iris, flackerten nach im Augenhintergrund, als sie längst vorbeigeflogen waren. KaDeWe, las Maria in hüpfenden Leuchtbuchstaben. Victor ließ den Motor aufjaulen. Er fuhr ein Wettrennen mit einem Ferrari, mit hundertzwanzig über den Tauentzien, mit hundertvierzig auf den Ku'damm, Victor schrie was auf Russisch, und immer dieses Kreischen, warum kreischten die Mädchen immer so.

Der nächste Club war noch voller. Ohne Widerstand ließ sich Maria in den vorderen Raum des *Pearl* schieben. Als würde sie mit den Splittern explodierender Discokugeln beworfen, raste ihr blauglitzernd eine Wand entgegen. Der große runde Hochglanztresen war belagert von Menschentrauben, von Sugardaddys, die Frauen aufreißen wollten, von Frauen, die sich von wem auch immer aufreißen lassen wollten, und von Damen, die nicht zum Vergnügen, sondern aus professionellen Gründen hier waren. Maria nahm es kaum wahr. Innerlich wundgescheuert, inzwischen praktisch ohne jede schützende Membran, trank sie weiter Wodka, an eine Säule gelehnt.

Das Schluchzen wegdrücken. Die Panik in Schach halten. Tom heiratet. Von Selbstzweifeln hatte er ihr geschrieben, von seinem verpfuschten Leben. Nichts da. *Große Liebe und so*. Sie wand sich in ihrem Schmerz. Nach dem Schmerz kam die Übelkeit, nach der Übelkeit die Verzweiflung. Ihr Mund öffnete sich zu einem Stöhnen, vielleicht war es ein Schrei, die Musik war zu laut, um es unterscheiden zu können.

Ain't nobody, loves me better, Makes me happy, makes me feel this way, jaulte es in ihren Ohren. Sie besaß noch gerade genug Geistesgegenwart, um sich von dem Text verhöhnen zu lassen, heiser schrie sie ihn mit, stolpernd und taumelnd, die Hände erhoben, mit zappelnden Fingern, als ob sie irgendwo da oben etwas von Tom erhaschen könnte, rempelte irgendwen an, schlug um sich.

»Hey, Maria«, Victor legte ihr einen Arm um die Schulter, »komm mal 'n bisschen runter.«

Er drückte ihr eine Tablette in die Hand und zwinkerte verschwörerisch.

»Ist Xanax, gut gegen Panikattacken.« Grinsend reichte er ihr ein Glas, in dem Eiswürfel schwammen. »Hier, spül's mit 'nem Wodka Tonic runter.«

Ich nehme so was nicht, ich nehme überhaupt keine Drogen, wollte Maria sagen, doch etwas war mit ihrer Zunge passiert, sie fühlte sich taub an, wie geschwefelt, Maria brachte kein Wort heraus.

»Nimm schon«, insistierte Victor.

Schlimmer konnte es eigentlich nicht werden, nur besser vielleicht. Gehorsam legte sie die Tablette auf ihre pelzige Zunge, nippte an dem Wodka Tonic und schluckte alles hinunter. Sanft begann der Raum sich zu drehen, ganz sanft, wie im Traum, die farbigen Neonröhren unter der Decke schaukelten sacht, ein großes Kreiseln erfasste Maria, egal, alles so egal, auch Tom, sie wollte sich nur noch in dieses Kreiseln gleiten lassen. Das Glas fiel zu Boden. Mit beiden Händen hielt sie sich an Victor fest und riss ihn dabei fast um.

»Schwin… schw…lig«, stammelte sie.

»Kipp mir bloß nicht weg«, knurrte er, »komm, ich hab was dagegen.«

Er musste Maria regelrecht mit sich schleifen, weil ihre Beine nachgaben, alles Pudding, mein Gott, was lief hier? Im schmalen, schummrigen Gang vor der Toilette machte Victor halt. Ein unscheinbarer Typ in verwaschener Jeans und einem zu großen hellen Oberhemd trat zu ihnen.

»Wollt ihr was?«

»Hab schon«, antwortete Victor und raunte Maria ins Ohr: »Den Loser kenn ich, der hat nur Ritalin, das Koks für Arme.«

Das – was? Immer noch hielt sie sich an ihm fest, das Kreiseln war wieder stärker geworden. Victor lehnte sie an die Wand und holte ein Glasröhrchen mit weißem Inhalt heraus.

»Halt mal kurz.«

Gehorsam griff sie nach dem Röhrchen, während er ihre andere Hand nahm und sein Smartphone hineinlegte.

»Gerade halten«, befahl er.

Durch irisierende Nebelschwaden hindurch sah Maria, wie er ihr das Röhrchen abnahm und mit seinem Zeigefinger darauftippte. Ein weißes Pulver rieselte auf das Handydisplay, Victor holte seine Brieftasche heraus, zückte eine Kreditkarte und schob das Pulver zu einer Linie zusammen. Dann entnahm er der Brieftasche einen Hunderteuroschein, den er zusammenrollte und Maria hinhielt.

»Will… n…ich«, protestierte sie matt.

»Mach.« Seine Stimme wurde hart. »Hab keine Lust, dich nach Hause zu tragen, weil du hier 'nen Abflug hinlegst. Das Zeug bringt dich wieder auf die Beine.«

Nein, ich will nicht. Aber was, wenn ich zusammenbreche? In Marias schlingerndem Bewusstsein nahm die Angst überhand, sie könnte kollabieren, hier im Club oder draußen auf der Straße, könnte einfach hilflos irgendwo liegen bleiben, und was dann? Sie nickte. Victor half ihr, den zusammengerollten Geldschein in eines ihrer Nasenlöcher einzuführen, und dirigierte ihn zu der weißen Linie.

»Los, zieh.«

Tief atmete sie ein, sog alles vom Display auf, bis nur noch zwei winzige Krümel übrig waren.

Wuuuuusch. Mit einem Ruck wurde ihr Kopf emporgezogen, ein silberner Fahrstuhl katapultierte sie in luftige Höhen. Der Nebel lichtete sich schlagartig, weißes Licht flammte vor ihren Augen auf. Plötzlich stand sie wieder aufrecht, ihre Sinne schärften sich, sie fühlte sich stocknüchtern und kristallklar. In der Nase und im Rachenraum kratzte es bitter, aber das machte überhaupt nichts, denn ihre Zunge war wieder da, auf einmal redete sie wie ein Wasserfall, sie lachte, und auch Victor lachte, es ging ihr blendend, nie war es ihr besser gegangen, und Tom war ihr vollkommen gleichgültig. Tom? Wer war noch mal Tom?

Arm in Arm lief sie mit Victor zur Tanzfläche, wild gestikulierend, während sie ihm irgendetwas erzählte, was, war nicht so wichtig, sie hörte sich selbst gar nicht zu, plapperte nur drauflos, und garantiert redete sie nicht über Tom. *Wenn ich ein Feuer für uns lege – springst du mit mir rein?* Spring doch selber. Maria tanzte wie in Trance. Jemand steckte ihr eine Tablette in den Mund, und sie wollte gar nicht mehr wissen, was es war, nur tanzen, tanzen, auf den Schaumkronen nie gekannter Euphorie.

Wie ein Meteorit raste sie durch die lichtertrunkene Nacht. Endlich das Nichts. Systemabsturz.

KAPITEL 6

Ein Klingeln. Aus der Schwärze heraus sacht anschwellendes Grau. Maria öffnete die Augen und tastete nach dem Handy. 16.32 Uhr, behauptete es. Draußen war es schon wieder dunkel. Wie sie nach Hause gekommen war, wusste sie nicht, nur, dass etwas in ihr wütete, das schlimmer war als ihre Übelkeit und ihr Kopfschmerz. Es kostete sie einige Anstrengung, ihren Ellenbogen aufzustützen und das Handy ans Ohr zu halten.

»Ja?«

»Mein Schatz, du denkst an den Empfang heute Abend?«

»Henry.« Ihre Stimme war nur ein Krächzen. »Ist es wirklich schon halb fünf?«

»Der Empfang beginnt in drei Stunden. Was ist los mit dir? Bist du krank?«

»Bisschen gefeiert.« Sie versuchte, munter zu klingen, damit sich Henry keine Sorgen machte. »Ist, wie in einem Picasso-Gemälde aufzuwachen, du weißt schon, kubistische Periode, die Körperteile auseinandergesägt, der Kopf von vorn und von der Seite gemalt, die Farben zu grell, aber alles in allem gelungen und …«

Tom heiratet. Die Erinnerung an diese beiden Worte traf sie wie ein Faustschlag in den Magen.

»Schatzi?«

»Ich – ich kann jetzt nicht sprechen. Bis später, Henry.«

Kraftlos sank sie zurück. Noch immer trug sie das rote Kleid, wie ein riesiger Blutfleck lag sie auf dem hellen Laken.

Tom heiratet. Ein Anfall von Übelkeit trieb sie ins Badezimmer. Das bin nicht ich, dieses leichenblasse Gesicht im Spiegel, die verquollenen Augen, die verfilzten roten Haare. Nachdem sie sich übergeben hatte, war es um die Ähnlichkeit nicht besser bestellt. Ihre Wangen wirkten hohl, die grünen Augen wie von einem milchigen Film bedeckt. Sie zog ihr Kleid über den Kopf und rollte die Strümpfe von den Beinen. *Wenn ich ein Feuer für uns lege* … Niemand würde mit ihr springen, Tom nicht und auch kein anderer Mann. Sie hasste sich dafür, dass man sie nicht lieben konnte.

Fröstelnd streifte sie ihren Morgenmantel über und tapste in die Küche. Ihre nackten Füße erschauerten, als sie die weißgrauen Fliesen berührten. Mechanisch stellte sie die Espressomaschine an, wie ferngesteuert.

Sie ließ einen doppelten Espresso in ihre dickwandige braune Lieblingstasse laufen, nahm eine Migränetablette und ging mit steifen Schritten zurück ins Schlafzimmer. In das verwaiste Nest. Ans Kopfkissen gelehnt, schlürfte sie den Espresso. Nach den überhitzten Wochen des Wartens und grotesken Rätselratens überkam sie auf einmal eine polarkalte Nüchternheit.

Ghosting. Machte sie es den Männern zu leicht, zu verschwinden? Natürlich, was sonst. Stets hatte sie alles akzeptiert und alles entschuldigt. So war sie erzogen worden, von kultivierten, liebevollen Eltern, die eine Männerversteherin aus ihr gemacht hatten. Eine empathische Idiotin, besser gesagt. Sie hatte immer demütig gelitten, verstehend, verzeihend, hatte sich verkrochen und heimlich ihre Wunden geleckt. Keine großen Szenen, kein Geschrei, kein zerbrochenes Geschirr, nur stumme, selbstquälerische Trauer.

Aber diesmal war es anders. Diesmal spürte sie eine Katastrophe heraufdämmern.

Eine neue Welle von Selbsthass überlief sie, die Wunde

in ihrer Hand pochte. Am liebsten hätte sie sich mit einem Messer am ganzen Körper die Haut blutig geritzt. Du bist das Letzte. Eine jämmerliche Gestalt. In sieben Wochen wirst du vierzig, was so viel bedeutet, dass du unbemannt und kinderlos sterben wirst.

Diese Erkenntnis gab ihr den Rest.

Schluss jetzt. Wer hatte das gesagt? Sie stand auf. Ohne Zögern holte sie das Schlüsselbund mit dem Patronenanhänger aus der untersten Schublade der Wäschekommode und lief zur Speisekammer. Mit beiden Händen räumte sie den Vorratsschrank aus, warf alles achtlos auf den Boden, was nutzlos darin lagerte, Vorräte, die niemand mehr brauchte. Mehltüten platzten, Gläser und Flaschen zerbrachen, Maria trat barfuß in Wasserlachen und Scherben, doch sie spürte keinen Schmerz.

Schluss jetzt!

Ächzend schob sie den Schrank ein Stück beiseite, noch ein Stück, mit ihrem ganzen Körper stemmte sie sich gegen das Ungetüm, Holz schrammte kreischend über die weißgrauen Fliesen, Lacksplitter fielen zu Boden. Dann strich sie mit den Fingern über das stählerne Viereck. Über die drei Schlösser und das Zahlenfeld, mit dem der Tresor gesichert war. Sie griff zu dem Schlüsselbund.

Öffne nie die Büchse der Pandora.

Schwer lagen die Schlüssel in ihrer Hand. Tu es. Lass es. Herrgott, tu es endlich, worauf wartest du denn noch? Etwa auf den nächsten Mann? Beim nächsten Mann wird alles anders? Sieh den Tatsachen ins Auge, Maria, du bist am Ende. Ein Wrack.

In Windeseile steckte sie nacheinander die Schlüssel in die Schlösser und gab den Code ein, ihr Geburtsdatum. Ein leichtes Klacken antwortete ihr, und sie zog die schwere Stahltür auf. Es war ein metallischer, etwas abgestandener Geruch, der ihr entgegenschlug. Gebannt heftete sich ihr Blick auf die Waffen, die ordentlich aufgereiht in den Fächern lagen. Mit den Fingerspitzen berührte sie das kalte Metall. An jedem Stück hafteten Erinnerungen an Nachmittage mit ihrem Vater, die sie angeblich im Zirkus oder im Konzert, in Wahrheit aber auf Schießständen verbracht hatten. In einer Welt ernster, in sich gekehrter Männer, die ohne ein Wort ihre Waffen auspackten, durchluden und abdrückten.

»Halte sie in Ehren«, war der knappe Kommentar ihres Vaters gewesen, als er ihr kurz vor seinem Tod die Waffenkiste übergeben hatte.

Damals hatte sie den Tresor in die Speisekammer einbauen lassen, alles hineingepackt und nie wieder angerührt. Des Öfteren war sie versucht gewesen, die Pistolen, Revolver und Gewehre zu verkaufen, jetzt war sie heilfroh, dass sich der Tod in greifbarer Nähe befand.

Sie wählte eine SIG Sauer P226, eine kleine, kompakte Pistole aus grauem Metall. Die hatte ihr Vater nicht geerbt, sondern einem in Geldnöten befindlichen Polizisten abgekauft, unter Waffenbrüdern, unter der Hand. Die Berliner Polizei benutzte diese Pistole, das BKA, der amerikanische Secret Service, die israelische Armee und einige weitere Streitkräfte. Maria wollte nichts dem Zufall überlassen. Es war eine äußerst zuverlässige Waffe, Kaliber neun Millimeter. Ein Schuss, dafür würde ihre Kraft reichen, und für den Exitus reichte das allemal.

Ungeduldig riss sie eine Pappschachtel mit Munition auf. Eigentlich musste man Waffen und Patronen getrennt aufbewahren, eigentlich musste man sogar die Waffen je nach Klassifizierung in getrennten Tresoren lagern, so sah es das Gesetz vor. Maria pfiff darauf. Sie hatte ja nicht mal eine Waffenbesitzkarte, geschweige denn einen Waffenschein. Niemand ahnte, was sie in ihrer Speisekammer versteckte.

Es gab Dinge, die man nie verlernte. Fahrradfahren zum Beispiel, oder eine Waffe laden. Geschickt drückte sie zwei Patronen ins zweireihige Magazin, schob es von unten in den Griff und drückte auf den seitlich angebrachten Entsicherungshebel. Dann steckte sie sich den Lauf in den Mund. Die letzte Fellatio, irgendwie obszön. Das kalte Metall schmeckte scheußlich.

Maria hatte weder Angst vor dem Tod noch vor dem Sterben. Es würde schnell gehen. Man würde sie in einer Blutlache finden, ohne Gesicht, ohne Abschiedsbrief.

Genug gejammert, tu es endlich.

Das Glöckchenklingeln des Handys lenkte sie ab. Tu es, verdammt! Das Klingeln verstummte, um sofort wieder einzusetzen. Hastig sicherte sie die Pistole, legte sie auf den Boden und rannte ins Schlafzimmer.

»Hier ist Tom.«

Ein Adrenalinstoß durchschoss ihren Körper. Sie musste sich aufs Bett setzen, so schwindelig wurde ihr. Also meldete er sich doch noch. Vermutlich hatte Victor ihm von dem nächtlichen Desaster erzählt.

»Warum?«, brach es aus ihr heraus. »Warum hast du mich verlassen?«

Die Antwort kam stockend. Maria hatte Schwierigkeiten, Toms weichgespültem Küchenpsychologiejargon zu folgen, doch sie hörte ganz andere Botschaften heraus als aus seiner SMS – erstens, dass er skrupellos glücklich, und zweitens, dass sie keine Frau zum Heiraten war. Nur eine Zwischenfrau, die man lobte, benutzte und wegwarf.

»Du bist etwas ganz Besonderes, Maria«, beteuerte er. »Eine Muse, der ich einige gute Bilder verdanke. Das werde ich dir nie vergessen. Aber seien wir ehrlich – unsere Begegnungen waren dazu da, die Kunst zu feiern, nicht den Alltag. Zu mehr hat es leider nicht gereicht.«

Von seinen Depressionen war nicht mehr die Rede. Er hatte sie belogen und perfide hintergangen. Maria umklammerte das Handy.

»Deine verdammte Muse war ich? Du hast mich hingehalten, mir kostbare Zeit gestohlen, ein ganzes Jahr lang alle Annehmlichkeiten einer Beziehung genossen, meine Hingabe, mein Verständnis, meine Duldsamkeit, ohne dass es dir jemals ernst gewesen wäre?«

»Na ja, so inspirierend warst du nun auch wieder nicht. Eher so eine Art – Intermezzo.«

Welch eine unsägliche Gefühllosigkeit. Wieder flammte etwas Ungewohntes in Maria auf: Wut, heiße, alles verzehrende Wut. Die geladene SIG Sauer in der Speisekammer kam ihr in den Sinn. Plötzlich hatte sie nicht übel Lust, Tom eine Salve zu verpassen, und erschrak im selben Moment darüber. Dennoch musste sie sich eingestehen, dass ihr die Vorstellung gefiel. Einmal am oberen Ende des Machtgefälles stehen. Einmal die Kontrolle behalten, nur ein einziges Mal. In all ihren Beziehungen hatte sie sich ausgeliefert gefühlt, zum Hoffen und Bangen verurteilt. Widerspruchslos hatte sie sich demütigen und entwerten lassen, so sehr, dass sie sich umbringen wollte. Wie würde es sich anfühlen, eine Waffe auf jene Männer zu richten, die ihr jede Selbstachtung genommen hatten?

»Maria, bist du noch dran?«

Sie drückte das Gespräch weg. Wie würde es sich anfühlen?

An den Fingern zählte sie die Lover der zurückliegenden zehn Jahre ab. Sieben waren es. Tonlos flüsterte sie die Namen. Johannes. Diego. Herrmann. Konstantin. Cedrick. Daniel. Tom. Ein Professor, ein Kellner, ein Politiker, ein Banker, ein Musiker, ein Schriftsteller, ein Künstler. Du hast das falsche Beuteschema, sagte Evi. Du hast überhaupt kein Beuteschema, sagte Henry. Er hatte vollkommen recht.

Sie wunderte sich selbst, wie unterschiedlich die Männer waren. Alter, Herkunft, Milieu – es gab kein erkennbares Muster. Jeder hatte sie auf seine eigene Weise erobert, jeder hatte sie auf seine ganz eigene Weise verletzt. Alle zusammen hatten sie Maria zerstört, mit der Grausamkeit kleiner Jungen, die nur zum Spaß Frösche anzündeten und sich dann aus dem Staub machten.

Sicher, es gab auch Erklärungen. Ich weihe mein Leben der Arbeit. Ich hatte eine schwere Kindheit. Ich muss warten, bis die Kinder größer sind. Ich stehe zurzeit in der Öffentlichkeit. Ich bin noch nicht über die letzte Beziehung hinweg. Ich bin kein Mann für nur eine Frau. Männer sind Schweine, das habe ich dir doch gleich am ersten Abend gesagt. Aber es gab noch mehr: Heimlichkeiten, Demütigungen, Verrat, das Sexvideo im Internet, das Kind, das sie geopfert hatte, bevor es überhaupt geboren war.

Ihr Bauch krampfte sich zusammen. Das war das Schlimmste. Alles hatten ihr die Männer genommen, sogar die Chance, Mutter zu werden. Jetzt war es zu spät. Wie eine Stichflamme kehrte die Wut zurück, loderte auf, brannte auf ihrer Haut. Viel zu lange war sie ein Opfer gewesen. Kein Gesetzesparagraph stellte unter Strafe, was Männer Frauen antaten, kein Richter verurteilte einen Mann, der eine Frau seelisch zerstörte. Liebesverbrechen blieben ungeahndet. Es sei denn, eine Frau war Manns genug, die Dinge selbst in die Hand zu nehmen. Was, wenn sie jetzt das Gesetz des Handelns an sich riss?

Schluss mit der Demut. Knall sie ab, alle sieben.

Vorerst war es nur ein Gedankenspiel ihres Möglichkeitssinns. Unbeweglich starrte Maria in die gleichmäßig flackernden Flammen des Kamins, während ihr Hirn mit der Präzision einer Schnellfeuerwaffe arbeitete. Sie könnte systematisch vorgehen. Jeden einzelnen Ex aufsuchen, ihn zur

Rede stellen und exekutieren. Einen pro Woche, genau in der Reihenfolge der Affären, beginnend mit Johannes, der sie vor zehn Jahren verlassen hatte. Sie könnte? Warum tat sie es dann nicht?

Es war ein Sog, ein anderer Sog diesmal. Er führte sie zurück in die Speisekammer, sie musste nur den Blutspuren folgen, die ihre zerschnittenen Fußsohlen auf den Dielen hinterlassen hatten.

Eine flirrende Erregung erfasste sie, als sie die Pistolen, Revolver und Gewehre aus dem Tresor holte und nebeneinander auf den Küchentisch legte. Jeder Waffenliebhaber hätte sich die Finger danach geleckt. Es waren fast ausschließlich alte Exemplare aus der Zeit vor 1945, manche bereits vom Status teurer Raritäten, wie Maria wusste. Genauso gut wusste sie, dass solche Mordwerkzeuge tabu waren in einem Land mit einer unheilvollen Geschichte. Doch sie sah nicht vorrangig Todbringendes auf dem Tisch. Was dort ausgebreitet lag, waren meisterlich ersonnene Präzisionsinstrumente, Zeugnisse ballistisch ausgeklügelter Handwerkskunst, geschaffen, um Wahrnehmung, Konzentration und Augenmaß des Schützen herauszufordern.

Fast zärtlich nahm sie eine Mauser C96 in die Hand, eine schlanke, verblüffend elegante Pistole, die ihrem Großvater gehört hatte, mit der Besonderheit, dass das Magazin vor dem Abzugshahn lag, nicht im kolbenförmigen Griff. Marias Vater hatte erzählt, dass es Winston Churchills Lieblingswaffe gewesen sei, die er unter anderem im Burenkrieg abgefeuert habe. Jetzt könnte sie einem anderen Krieg dienen, dem gerechten Krieg gegen die Toms dieser Welt.

Tom. Immer noch wühlte der Schmerz in Maria, unberechenbar, als führe er ein Eigenleben, aber er flachte bereits ein wenig ab, als sie sich vorstellte, wie sie es ihm heimzahlen würde. Ihr Zeigefinger strich den Lauf entlang. Es würde ein grandioses Gefühl sein, Abhängigkeit mit Macht zu vertauschen. Endlich würde sie den Männern sagen, was sie ihr angetan hatten, mit vorgehaltener Waffe würde sie ihnen ihre Wut entgegenschleudern, und dann würde der Schuss fallen, ein Abgrund absoluter Wirklichkeit in ihrem fingierten Liebesleben. Ein Akt der Wahrhaftigkeit. Eine Hommage an die Vergänglichkeit.

Tief atmete sie den Geruch von Schießpulver und Waffenöl ein, den der Tresor konserviert hatte. Etwas Abenteuerliches, Tollkühnes haftete daran, die übermütig hochschießende Intensität des Lebens im Angesicht des Todes. *Und küss noch im Flug mich, wildschönes Kind, Geschwind, Denn der Tod ist ein rascher Gesell.*

Ihr Handy klingelte, und zum ersten Mal seit Jahren schaute sie nicht einmal auf das Display. Auge um Auge, Zahn um Zahn. Ihr Großvater, der Hitler als Scharfschütze gedient hatte, war nach dem Krieg Pfarrer geworden, Maria verdankte ihm eine gewisse Bibelfestigkeit. Auge um Auge, Zahn um Zahn, Hand um Hand, Fuß um Fuß, Brandmal um Brandmal, Beule um Beule, Wunde um Wunde, so stand es im zweiten Buch Mose.

»Wunde um Wunde«, flüsterte sie.

Wie viele Frauen hatten wohl schon mit dem Gedanken gespielt, einen Mann umzubringen, der sie verletzt und herabgewürdigt hatte? Und wie viele Frauen hatten diese Rachephantasie in die Tat umgesetzt? Viel zu wenige, fand Maria. War denn Mord nicht der konsequente Akt der Befreiung, die ultimative emanzipatorische Tat?

Sie setzte sich und betrachtete ihre Schätze. Nur Unwissende verkannten die eigentümliche Würde der Waffen, die Schönheit der Griffe und Läufe, der Hebel und Abzugshähne. Durch ihren Vater hatte Maria ein fast persönliches Verhältnis zu jeder einzelnen Waffe. So wie Autonarren die Wagentypen am Motorgeräusch erkannten, konnte sie aus dem Knall darauf schließen, ob eine Walther PPK, ein Colt Government oder eine Smith & Wesson abgefeuert wurde.

Für jeden Mann würde sie eine passende Waffe auswählen. Das Risiko war äußerst gering. Niemand würde sie ausfindig machen, denn sie besaß ja alte Exemplare, die offiziell nicht registriert waren, also quasi nicht existierten.

Leichtfüßig lief sie ins Badezimmer, der Morgenmantel glitt auf die Fliesen, sie drehte die Dusche auf und hielt ihr Gesicht in den heißen Strahl. Alles wurde weggespült, die Enttäuschung, die Trauer, die Verzweiflung. Nur die Wut blieb übrig. Wenn alles gut ging, würde sie sich an ihrem Geburtstag von ihrer Vergangenheit befreit haben. Dann konnte sie sich immer noch umbringen, genau am Heiligen Abend.

In ein Handtuch gewickelt, ging sie ins Wohnzimmer. Die zerlesene Gesamtausgabe von Eichendorff sprang ihr ins Auge. Der *Taugenichts*. Ja, als Expertin hatte sie gegolten, als hoffnungsvolles Talent, doch Johannes hatte alles zunichtegemacht. Jäh flammte ihre Wut aufs Neue auf. Er würde der erste Kandidat auf ihrer Liste sein, und sie würde es so schnell wie möglich hinter sich bringen. Wozu warten? Ihm hatte sie zu verdanken, dass ihr Leben ins Abseits geraten war.

Unter einem Stapel Kunstzeitschriften fand sie ihr altes Adressbuch. Nach kurzem Blättern hatte sie ihn gefunden: Prof. Dr. Dr. Johannes Bernheimer, stand in Blockbuchstaben auf dem vergilbten Papier, daneben die E-Mail-Adresse und seine Telefonnummern. Aber wurden nicht alle Telefonverbindungen irgendwo gespeichert? Auf Servern, in Clouds? Sie musste sich etwas anderes überlegen.

Bevor sie in die Galerie fuhr, steuerte Maria ein Internetcafé an, in dem man auch Zeitungen, Getränke, Toilettenpapier und orientalisches Gebäck kaufen konnte. Neben einigen arabisch aussehenden Männern, die mit dunklen, kehligen Stimmen skypten, gab es niemanden in dem vollgestopften Laden, der ihr Beachtung schenkte. Schon gar nicht die drei dicklichen Jungs, die mit weit aufgerissenen Augen Call of Duty spielten.

Maria wartete, bis ein Rechner frei war. Sie wusste, was zu tun war. Ein E-Mail-Account war schnell eingerichtet und ohne die heimische IP-Adresse nicht zu ihr zurückzuverfolgen. Noch schneller hatte sie den Text geschrieben, mit dem sie Johannes ködern würde. Als Absender improvisierte sie eine Dr. Ellen Müller-Weißenborn, First Class Consulting.

Es war ein heiliger Moment, als sie auf *Senden* klickte. Der Startschuss für eine höhere Mission. So mussten sich die Kreuzritter gefühlt haben, als sie gen Jerusalem zogen, waffenstarrend, ihr altes Leben hinter sich lassend, erfüllt von ihrem heiligen Auftrag. Und als stehe ein guter Stern über ihrem Vorhaben, antwortete Johannes sofort. Danach wusste Maria, dass der nächste Tag ein guter Tag werden würde.

Eine halbe Stunde später erschien sie strahlend beim Empfang der Galerie. Kleine Grüppchen dunkel gekleideter Leute standen beisammen, Gläser klirrten, man hörte höfliches Gelächter. Henry, im hocheleganten dunkelblauen Anzug, schob sich, nach allen Seiten grüßend, durch die Gäste und umarmte Maria.

»Schatzi, du siehst großartig aus, der Kater steht dir gut! Komm, ich stelle dich einem Sammler vor. Champagner?«

Maria nickte. Sie fühlte sich befreit, das erste Mal seit Jahren. Die Nacht würde sie damit verbringen, sämtliche Waffen zu reinigen und einsatzbereit zu machen. Der letzte Satz des *Taugenichts* fiel ihr ein: *Und es war alles, alles gut!*

KAPITEL 7

Es goss in Strömen am Sonntagabend. Blindlings schlug der Regen auf die Stadt ein, hämmerte auf Dächer und an Fensterscheiben, strömte gurgelnd in die Gullys. Maria hoffte inständig, dass der Wolkenbruch anhalten würde. Obwohl sie einen Schalldämpfer mitgenommen hatte – dessen Benutzung für Privatleute streng verboten war –, beschäftigte sie die Frage, ob ein Schuss eventuell Nachbarn aufschrecken könnte. Noch nie hatte sie in einer Wohnung geschossen. Es gab zwar die Option, die Waffe durch ein Kissen abzufeuern, aber das erschien ihr wenig attraktiv. Jemanden direkt in eine Mündung schauen zu lassen, das hatte was.

Zügig ging sie durch menschenleere Straßen. In ihrer Schultertasche lag die Walther PPK ihres Großvaters. Im Hosenbund ihrer Jeans klemmte das gefüllte Magazin, der Schalldämpfer steckte in ihrem linken Stiefel.

Wie viele andere Offiziere auch hatte ihr Großvater die PPK nach dem Krieg noch lange bei sich getragen, weil die Geschichten plündernder russischer Soldaten die gesamte Familie traumatisierte. Ob er sie in den Nachkriegsjahren abgefeuert hatte, wusste Maria nicht, doch sie erinnerte sich daran, wie gern ihr Vater die Waffe benutzt hatte. *Schau, wie gut sie in der Hand liegt, fass sie nie einfach an, lass sie locker in die Hand fallen, dann schmiegt sie sich von selbst hinein, aber pass auf, Kleines, das Sicherungssystem bringt es mit sich, dass du ein höheres Abzugsgewicht beim ersten Schuss einkalkulieren musst.*

Eine Windbö trieb ihr Regen ins Gesicht. Sie zog das Basecap tiefer in die Stirn und klappte den Kragen ihres Blazermantels hoch. Falls sich überhaupt jemand an sie erinnerte, dann an ein gesichtsloses Wesen in Allerweltskleidung.

Auf der Playlist wählte sie Rihanna an. *Man down.* Schon nach den ersten Takten wusste sie, dass sie sich diesen Song für einen anderen Mann aufheben musste. Die luftigen Reggae-Klänge passten nicht zu Johannes, zu seinem breitbeinigen, humorfreien Ernst. Nach kurzem Überlegen entschied sie sich für das zweite der Vier letzten Lieder von Strauß. *Der Garten trauert, kühl sinkt in die Blumen der Regen …*

Nicht nur wegen der elegischen Musik wurde ihr feierlich zumute, als sie in der Mommsenstraße stehen blieb. Zweifellos konnte man ihr Vorhaben eine feierliche Sache nennen. Keine herzlose Exekution, nein, ein fulminantes Finale würde sie dem Delinquenten bescheren, mit einem unvergesslichen Schlussakkord.

Im trüben Licht einer Gaslaterne studierte sie die Klingelschilder an dem Gründerzeitgebäude. Natürlich residierte Johannes im alten Westen. Ganze Häuserzeilen der Charlottenburger Mommsenstraße verströmten noch die pompöse Grandeur des Kaiserreichs, verschont vom städtebaulichen Vandalismus der Nachkriegszeit, als man im maroden Berlin alles von den Fassaden schlug, was Passanten hätte auf den Kopf fallen können. Aber hier hatten Blumenfriese überlebt, kraftstrotzende Karyatiden, Medusenhäupter.

Es war überraschend leicht gewesen, ihren ersten Kandidaten für ein Treffen zu gewinnen. Immerhin galt Prof. Dr. Dr. Johannes Bernheimer als vielbeschäftigter Mann. Unablässig reiste er umher, hielt Vorträge, glänzte auf Podiumsdiskussionen. Man rühmte seinen Scharfsinn, seine hochfeine Sprache, man bewunderte seinen schier unerschöpflichen Bildungsfundus. Nicht zuletzt hatte er zahllose preisgekrönte

Bücher veröffentlicht. Mit seinen dreiundsechzig Jahren stand der Literaturwissenschaftler kurz vor dem Ende seiner akademischen Karriere, doch sein Stern strahlte heller als je zuvor.

Maria hatte ihn mit einer Schwindelei zu einem Treffen bewogen. Ein großer Konzern wolle ihn in den Aufsichtsrat berufen, für ein stattliches Salär selbstverständlich, und habe sie beauftragt, sich nach seinem Interesse zu erkundigen. Sie wusste, dass man Johannes nicht mehr mit Ehrungen verführen konnte. Aber Geld, viel Geld, besaß für verbeamtete Akademiker wie ihn eine magische Anziehungskraft, auch wenn er öffentlich gern den schnöden Mammon attackierte.

Sie schaute auf ihr Handy und wartete, bis die Minutenanzeige auf die Fünfzehn sprang. 20.15 Uhr. Professor Bernheimer liebte es pünktlich. Als sie den Klingelknopf drückte, ertönte sofort der Summer. Johannes musste oben direkt neben der Tür auf sie gewartet haben. Voller Ungeduld. Gut so.

Eine schlafwandlerische Ruhe überkam Maria, während sie die großen Spiegel des Entrées passierte und das Treppenhaus erreichte. Alles wirkte zu groß für das menschliche Maß – die viel zu hoch angebrachten Messingknäufe der Türen, die ungewöhnlich breiten, mit grünlichem Teppich bedeckten Holzstufen, das wuchtige Geländer, der Messingkandelaber auf dem Treppenabsatz. Übermenschenarchitektur. Ja, das war nach Johannes' Geschmack.

Langsam tut er die großen, müdgewordenen Augen zu. Sie wartete, bis die letzten Streichertöne des Lieds verklungen waren, dann nahm sie die Earphones heraus und stieg die Treppe hoch.

Johannes stand im ersten Stock vor der geöffneten Wohnungstür. Zu Marias Verblüffung wirkte er kaum gealtert. Sein gerötetes, leicht feistes Gesicht zeigte keine Falte. Nach wie vor hielt er sich gerade, trotz des Rotweinbäuchleins, über dem sich der Stoff seines Hemds spannte. Nur das farblose, strohige Haar hatte sich gelichtet, wie ein ramponierter Heiligenschein schwebte es über seinem Kopf. Ob er es toupierte? Zuzutrauen war es ihm.

»Maria?« Unwirsch stemmte er die Hände in die Hüften. »Was machst du denn hier? Ich erwarte Besuch!«

»Ich bin dein Besuch. Frau Doktor Müller-Weißenborn ist verhindert und hat mich gebeten, mit dir über den Job zu sprechen. Falls es dir nichts ausmacht.«

»Nein, nein«, seine Stimme klang auf einmal samtig, »wie überaus schön, dich zu sehen.«

Die Großtrompete der deutschen Geisteselite war wie immer erlesen gekleidet. Johannes trug ein cognacfarbenes Kaschmirjackett, darunter ein kobaltblaues Hemd mit roter Fliege. Etwas verlegen versuchte er, Maria zu umarmen. Nein, nicht verlegen – linkisch. Johannes war Bewegungslegastheniker, wie viele seiner Kollegen. Er besaß keinerlei Körperbewusstsein, hatte nie Sport getrieben, nie sich selbst gespürt. Sie erstarrte bei seiner flüchtigen Berührung. Zehn Jahre war es her, dass sie ihm verfallen war, zwei Wochen nach der Beerdigung ihres Vaters. Doch dieser Mann war alles andere als eine Vaterfigur. Sie nahm das Basecap ab.

»Tja, Johannes, so sehen wir uns also wieder.«

»Hm, ja. Warst du nicht früher blond?«

»Die Zeiten haben sich geändert.«

»So komm doch bitte rein, meine Liebe, doch, doch, gut siehst du aus, hübsch wie eh und je. Ich hoffe, du bist nicht allzu sehr durchnässt.«

Dass er sich demonstrativ um einen freundlichen Ton bemühte, war unüberhörbar. Ölige Artigkeiten. Wenn Maria nicht die Walther dabeigehabt hätte, sie wäre auf der Stelle geflohen. Stattdessen betrat sie den langen Wohnungsflur, von dem mehrere Räume abgingen. An den Wänden hingen alte Stiche. Jagdszenen. Wie passend. Das Parkett knarrte unter ihren schweren Stiefeln. Zur Jeans trug sie eine weiße Bluse, ganz schlicht, ganz mädchenhaft, ihr rotes Haar hatte sie zu einem strengen Knoten frisiert.

Servil wie ein Oberkellner nahm Johannes ihr den triefenden Mantel ab und hängte ihn an einen Garderobenständer. Sein Rasierwasser hatte eine Lavendelnote, immer noch. Nicht sentimental werden, ermahnte sie sich. Zieh es durch. Er hat es verdient.

»Lass uns in die Bibliothek gehen.« Johannes vollführte dirigierende Gesten. »Ich habe mir erlaubt, einen Château Pétrus zu öffnen. Falls du Hunger hast, stehen Gänseleberpastete und eine Auswahl bester Rohmilchkäse im Kühlschrank.«

»Später vielleicht.«

Allmählich begann Maria, das Vorgeplänkel zu genießen. Das hier war ganz großes Kino. Château Pétrus, Gänseleberpastete. Sicherlich sah er sich schon so gut wie im Aufsichtsrat. Während ihrer Affäre hatte er sie allenfalls zu Pizza eingeladen oder mit Supermarktkäse und einem namenlosen Roten abgespeist. Zwar gerierte er sich gern als Weltumarmer und Bonvivant, im Grunde seines Herzens aber war er ein knauseriger Kleinbürger.

Sie folgte ihm ins Arbeitszimmer, einen gut vier Meter hohen Raum mit üppigem Stuck. Einst hatten die deckenhohen Eichenregale sie fasziniert. Wie ein kleines Kind hatte sie davorgestanden, überwältigt von den vielen Lederrücken mit schimmernden goldenen Lettern. Jetzt war es nur noch die Kulisse einer Hinrichtung.

»Bitte sehr.«

Johannes deutete auf zwei gepolsterte Ohrensessel, die einen Beistelltisch im englischen Landhausstil flankierten.

Flasche und Gläser standen schon da. Dieser Mann verlor wahrlich keine Zeit.

»Also«, er setzte sich umständlich, mit Daumen und Zeigefinger die Bügelfalten seiner dunkelblauen Hose umfassend, »was ist das für ein Angebot, das du mir unterbreiten möchtest?«

Auch Maria nahm Platz. Sie lauschte auf etwaige Geräusche aus den hinteren Gemächern der riesigen Altbauwohnung. Alles ruhig. Offenbar bewohnte Johannes seine dreihundert Quadratmeter immer noch allein. Mit allergrößter Beiläufigkeit holte sie die Walther aus ihrer Tasche.

»Es handelt sich um ein Gesprächsangebot, Johannes.«

Entgeistert starrte er die Pistole an. Dann lachte er kurz auf. Es klang blechern.

»Maria, Liebste, wie soll ich das verstehen?«

»So, wie es gemeint ist.« Seelenruhig zog sie das Magazin aus dem Hosenbund und führte es ein. »Erzähl mir, wie es für dich war. Das mit uns.«

Sein Atem beschleunigte sich. Unverwandt sah er zur Pistole, die Maria auf die breite gepolsterte Lehne des Sessels gelegt hatte. Noch zeigte der Lauf zur Tür.

»Das mit – mit uns«, er rang sichtlich um Fassung, »war sehr, nun, sehr schön. Äh, großartig.«

»Ach ja? Und warum hast du dann unsere intimsten Momente preisgegeben? Mich quasi nackt durch die Straßen getrieben?«

Sein Gesicht nahm einen gequälten Ausdruck an.

»Du warst meine Muse, Maria. Meine Inspiration.«

»Ach wirklich? Ein Satz mit Wiedererkennungswert.«

Sacht strich sie über den Griff der Walther und genoss das Gefühl natürlicher Dominanz. Man konnte diese Art der Überlegenheit für einen billigen Triumph halten, keine Frage, doch es war so wunderbar real, das Bewusstsein, jemanden völlig in seiner Gewalt zu haben. Nicht eine Sekunde lang hätte sich Johannes auf dieses Gespräch eingelassen, wenn sie mit leeren Händen gekommen wäre.

»Du hast mit mir geschlafen und alles detailliert in deinem Roman über den weiblichen Orgasmus beschrieben. Jeden Millimeter meiner Haut, jedes Seufzen, jeden Schrei. Selbst meine Gefühle hast du mit dem kalten Interesse eines Insektenforschers analysiert und ausgebreitet.«

Mit verkniffenem Mund sah er sie an. Beide wussten, dass dieser Roman vor knapp fünf Jahren sein Durchbruch zum Ruhm gewesen war. Die Kritik hatte gejubelt. Nie sei der Höhepunkt einer Frau dermaßen zartfühlend wie explizit geschildert worden. Seither wurde Johannes auf dem Silbertablett herumgereicht. Von seinem Liebesverrat hatte er immens profitiert.

Seine Hand zitterte, als er die Gläser füllte. Der Wein besaß eine satte, bräunliche Farbe. Johannes musste sich vorbeugen, um Maria eines der Gläser zu reichen. Instinktiv umschlossen die Finger ihrer rechten Hand die Waffe, während ihre linke das Glas ergriff. Alarmiert verfolgte er jede ihrer Bewegungen.

»Es war eine Hommage, Maria. Ich trinke auf dein Wohl.«

»Es war ein Verrat, Johannes. Ich trinke auf deinen Nachruhm.«

Sein schiefes Lächeln amüsierte sie. Eine Pause entstand, während sie den Wein kosteten. Er verschluckte sich. Hustend setzte er das Glas ab.

»Ich nehme an, die Geschichte mit dem Aufsichtsrat …«

»… kannst du vergessen, ja.« Sie betrachtete die Bücherwände. »Du hast einmal gesagt: Wahre Schriftsteller nehmen sich ihren Gegenstand so sorgfältig vor wie Kannibalen einen Säugling. Und weißt du was? Die gleiche Sorgfalt hast auch du verdient.«

Er lehnte sich zurück, mit diesem überheblichen Hochziehen der linken Augenbraue, das sein Markenzeichen geworden war.

»Anscheinend wusstest du nicht, dass ich bei dem Kannibalenvergleich Benjamin zitierte.«

»Aber du weißt, dass die Leute mich gemobbt haben, als dein Roman über den weiblichen Orgasmus erschien. Ach, was sag ich – das Maul zerrissen haben sie sich. Jeder wusste doch, dass wir miteinander ins Bett gingen. Ich war verbrannt, Johannes. Das reine Spießrutenlaufen. Ich hatte gerade promoviert, wollte mich habilitieren, eine Professur war mir so gut wie sicher. Doch nach deinem Roman war ich persona non grata. Zum Betthasen degradiert, zum schwachsinnigen Mäuschen, das keiner mehr ernst nahm.«

»Jetzt übertreib mal nicht. Wer warst du denn schon? Wer kannte dich denn?«

Das war seine Taktik. Erst hochjubeln, dann fallen lassen. Gar nicht auszudenken, was sie hätte erreichen können, wenn er nicht diesen vermaledeiten Humbug geschrieben hätte. So war Johannes. Er opferte alles und jeden auf dem Altar seiner Eitelkeit. Maria, das winselnde Flittchen, so hatte er sie dargestellt, und jeder wusste, dass sie gemeint war. Ihre Hand umklammerte die Waffe.

»Darf ich deiner Erinnerung aufhelfen?«

Er erhob sich mit einem Ausdruck größter Missbilligung. Maria sah, dass er sich eine schauspielerische Höchstleistung abverlangte, um so zu tun, als sei die Walther gar nicht da.

»Du solltest gehen. Meine Zeit ist zu schade für deine makabren Spielchen. Beruhige dich. Such dir einen netten Mann. Es wird alles gut enden, wenn du jetzt verschwindest.«

»Setzen! Sofort!«

Sie richtete die Pistole direkt auf ihn. Erschrocken sank Johannes in den Sessel zurück. Ihn unverwandt fixierend, zog

Maria den Schalldämpfer aus dem Stiefel und schraubte ihn auf das Gewinde des Adapters, den sie bereits zu Hause auf die Mündung montiert hatte. Ihr Daumen zog am Entsicherungshebel. Dann feuerte sie einen Schuss auf eine Nymphe aus weißem Porzellan ab, die wenige Zentimeter von Johannes entfernt im Bücherregal stand. Scherben rieselten aufs Parkett. Johannes blieb der Mund offen stehen.

Zufrieden stellte Maria fest, dass sich das gedämpfte Plopp des Schusses auf Zimmerlautstärke beschränkt hatte. Niemand würde verdächtige Geräusche hören.

»So viel zum Thema Spielchen. Du hast meinen Ruf zerstört, Johannes. Du hast meine Karriere zerstört, und dann hast du mich weggeworfen. Bist nicht mehr ans Telefon gegangen, hast keinen Brief, keine Mail beantwortet. Wenn ich deine Sekretärin anrief, behauptete sie immer, du seist verreist.«

Stumm hörte er zu. Sie wartete, doch es kam kein Wort des Bedauerns, keine Entschuldigung. Nichts. Schnaufend starrte er vor sich hin, das Glas in seinen Händen hin und her drehend. Damit besiegelte er sein Schicksal.

»Bevor ich dich töte, möchte ich, dass du mir etwas vorliest.« Sie holte einen Papierstapel aus ihrer Tasche und warf ihn ihm vor die Füße. »Ich habe unsere Mails ausgedruckt. Ist lange her. Weißt du noch? Die erste Mail schriebst du mir, nachdem ich dich wegen der Assistentenstelle aufgesucht hatte.«

Es bedurfte eines zweiten Schusses auf die Schreibtischlampe, original Tiffany, ein buntes Scherbeninferno, ein bleiernes Skelett, das übrig blieb, um Johannes dazu zu bewegen, die Blätter aufzuheben. Verdrossen ordnete er sie und zog eine Lesebrille aus der Innentasche seines Jacketts.

»Du bist ja vollkommen wahnsinnig geworden«, ächzte er.

»Lies«, befahl Maria.

Johannes schüttelte unmerklich den Kopf. Resigniert schaute er zur Pistole und leckte sich mit der Zunge abscheuliche kleine Bläschen aus den Mundwinkeln, bevor er das Papier leicht anhob und zu lesen begann.

»30. Januar, 0.02 Uhr

Betreff: Nachwort

Liebe Maria, ein kleines Nachwort zu unserer Begegnung von heute Abend. Sie haben mir das Vorrecht gewährt zu wissen, dass Sie eine liebesbegabte Frau sind. Analoges habe ich Ihnen anvertraut. Ich vermute, wir haben heute aus unseren emotionalen Überschüssen einen elektrischen Bogen erzeugt. Darüber bin ich überglücklich.«

Es kostete ihn größte Überwindung, den Text vorzutragen. Seine Lippen kräuselten sich, als hätte er auf etwas Bitteres gebissen.

»Weiter«, befahl Maria.

»Da Sie viel von den Dingen zu wissen scheinen, über die ich als Romancier schreiben möchte, darf ich Sie fragen, ob Sie mir irgendwann auf physischem Wege ein paar sachdienliche Informationen übermitteln möchten, die mir weiterhelfen? Ich habe mir ja ein schwieriges Thema vorgenommen. Ich bin sicher, Ihre Hilfe wäre unendlich wertvoll. Dabei will ich nicht verhehlen, dass frisch erwachte Gefühle meinerseits eine kardinale Rolle spielen. Bitte betrachten Sie mein Romanprojekt deshalb lediglich als den Vorwand eines schüchternen Mannes, Sie wiederzusehen. Johannes.«

Er sah auf, unangenehm berührt. Unter seinem rechten Auge zuckte es. Wie absichtslos spielte Maria mit der Pistole.

»Hat es dir die Sprache verschlagen, Scheherazade?«

Plötzlich kam Leben in den sonst so lethargischen Mann. Angewidert schlug er mit der flachen Hand auf die Blätter, sein Gesicht verzerrte sich vor Zorn.

»Himmel, du hast wirklich einen abgeschmackten Sinn

für Theatralik. Und dafür bist du hier aufgekreuzt, nach all den Jahren? Ganz plötzlich ist dir eingefallen, dass ich ein Schuft bin, den man umbringen muss?«

»Ich habe zehn Jahre gewartet. Man kann nicht gerade sagen, dass meine Reaktion überhastet wäre.«

Auch mit ihrer ersten Antwort hatte sich Maria Zeit gelassen. Genau vierzehn Stunden und zwanzig Minuten.

»Lies«, befahl sie. »Lies vor, wie ich mich in dich verliebt habe, weil ich in dir eine Lichtgestalt sah.«

Indigniert rückte er seine Lesebrille gerade.

»30. Januar, 14.22 Uhr

Betreff: Aw: Nachwort

Lieber Johannes, ja, es scheint ganz so, als sei ein besonderer Magnetismus wirksam gewesen, der uns gestern einander zuführte. Auch ich war überglücklich, als ich aus Ihnen Cherubino sprechen hörte: ›Voi che sapete che cosa è amor …‹ Amor. Love. Liebe. Und wie Sie mich anschauten … Sie leuchteten, Johannes. Fast hatte ich Angst, geblendet zu werden. Bitte verzeihen Sie mir meine Offenheit – ich glaube, Sie haben gestern Abend mein Herz erobert. In Vorfreude auf unser Wiedersehen, Maria.«

Die letzten Worte hatte Johannes mehr ausgespien als vorgetragen. Doch er fuhr fort, nachdem Maria seinen lachhaft überdimensionierten, von innen beleuchteten Globus mit einem gut platzierten Schuss aus der Messinghalterung gefegt hatte.

»30. Januar, 14.36 Uhr

Betreff: Re: Aw: Nachwort

Liebste Maria, Ihnen braucht man wohl nicht zu erklären, dass Herzen Luftsprünge machen können? Anatomisch scheint es unmöglich, da das arme Ding von seinem Ort nicht wegkann, und doch geschieht es hin und wieder. Dann schlägt es nicht nur pflichtbewusst vor sich hin, es springt wirklich in die Höhe, und der Herzbesitzer mit ihm. So geht es mir, während ich Ihren zau-

berhaft freimütigen Brief lese. Was bleibt mir anderes übrig, liebste Voi-que-sapete-Dame, als auf Ihre Liebe …«

Johannes verdrehte entnervt die Augen. Es war nicht ganz klar, was ihn mehr ärgerte: seine eigenen Worte oder die Tatsache, dass er sie vorlesen musste.

»*… auf Ihre Liebe zu hoffen? Im letzten Satz Ihres Schreibens verwenden Sie das Wort Vorfreude. Wissen Sie, dass dies das ansteckendste Wort unserer Sprache ist? Sie sprechen es aus. In mir gehen die Lichter an. Reichen Sie mir Ihre Hand, meine Liebe, mein Leben. Seien Sie meine Zerlina, lassen Sie sich von mir auf mein Schloss führen. Johannes.«*

Gott, diese prätentiöse Anspielung auf Don Giovanni. Der große Herr lässt sich herab, die Magd aus dem Staub zu erheben, für eine erzwungene Liebesnacht. Was für ein dünkelhaftes Zeug. Sogar Johannes schien die unsägliche Arroganz seiner Zeilen zu bemerken. Die Vorleseaktion wurde ihm immer peinlicher. Unruhig ruckelte er an seiner Lesebrille herum.

»Lass es gut sein, Maria. Erschieß mich, oder erschieß mich nicht, aber behellige mich nicht weiter mit diesen alten Geschichten.«

»Knick meine Antworten«, schlug Maria vor. »Lies nur, wie du mich rumgekriegt hast.«

»Aber …«

Ein Neun-Millimeter-Geschoss, das direkt zwischen seinen beige bestrumpften Waden in die Sesselpolsterung einschlug, brachte ihn zur Räson.

»31. Januar, 1.05 Uhr

Betreff: Vorfreude

Liebste Maria, das Leitwort Vorfreude taucht in Ihrer liebenswerten Botschaft erneut auf. Ich könnte bereits am kommenden Wochenende eine Begegnung ins Auge fassen. Oder ist das übereilt? Auch der Frühling und der beginnende Sommer könnten uns geeignete Augenblicke bringen. Die Vorfreude in mir hat kein Datum. Aber sie hat ein Bild, ein Gefühl, eine Evidenz: Wie wir gestern nebeneinandersaßen und wie der Magnetismus zwischen uns wirkte.

Doch Sie verstehen sicher, warum Neugier und Ungeduld ein Paar sind. Seien Sie dessen ganz gewiss: Da ich überzeugt bin, Sie können mir auf meine älteren Tage etwas geben, worauf ich ein Männerleben lang gewartet habe, spielt Zeit keine unwesentliche Rolle. Also: Je früher, desto schöner. Johannes.«

»Worauf ich ein Männerleben gewartet habe.« Maria blies die Backen auf. »Geht's noch?«

Wie ein Verdurstender schnappte er sich das Weinglas und trank es fast aus.

»Erspar mir den Rest, ich flehe dich an, Maria. Auch ich war in dich verliebt.«

»Unsinn.«

»Doch, doch!« Er überflog schon die nächste Mail. »Hier steht es, schwarz auf weiß.«

Ein letzter Schluck, und er begann hektisch weiterzulesen.

»31. Januar, 16.25 Uhr

Betreff: Re: Aw: Vorfreude

Liebste Maria, hoffen wir, Ihr Kalender ist nicht unfreundlich mit uns und zeigt ein Fenster in dem Monat, der morgen beginnt. Was mich angeht: Ich habe die Zeit angehalten von dem Moment an, als ich Sie zum Abschied küssen durfte – viel zurückhaltender, als es meinen Gefühlen entsprach. Was Sie mir von den freimütig wehenden Seidenvorhängen Ihres Zeitfensters schrieben, berührt mich mehr, als ich zu sagen imstande bin. Dass man sich leicht in Sie verlieben kann, dafür bin ich naturgemäß nur ein Zeuge unter anderen. Aber dass Sie dem Vorgefühl von Zuneigung eine solche Wendung geben können, das ist, wie soll ich es anders ausdrücken, ein Zauberspruch, wie nur Sie ihn sprechen. J.«

Unvermittelt hielt er inne. Auf einmal schien er sich brennend für die Weinflasche zu interessieren. Jedenfalls musterte er das Etikett so eingehend, als sei darauf der rettende Fluchtplan verzeichnet.

»Was ist?« Maria legte den Kopf schräg. »Wäre das erste Mal, dass du dich nicht an deinen eigenen Texten berauschst.«

Sein Blick wurde unstet, langsam hob er eine Hand. Jetzt erst bemerkte Maria das Handy, das neben der Weinflasche auf dem Beistelltisch lag. Auf dem Display leuchtete eine Nummer auf.

»Ich warne dich, Johannes. Nicht einmal dran denken!«

Mitten in der Bewegung fror seine Hand ein und blieb in der Luft hängen. Verstohlen schielte er aufs Display. Sehr wahrscheinlich überlegte er gerade, wie lange es dauern würde, das Gespräch anzunehmen und Alarm zu schlagen oder die Polizei zu rufen. Länger als ein abgefeuerter Schuss allemal. Es schien ihn maßlos zu ärgern, so finster, wie er die Augenbrauen zusammenkniff.

»Herr im Himmel, nun pack schon endlich die alberne Pistole weg. Ich erwarte einen dringenden Anruf.« Er erhob sich halb. »Wir alle machen Fehler, Maria, doch ich bin bereit, dir zu verzeihen. Jetzt raus mit dir, ich habe zu tun.«

Sie stoppte ihn mit einem Schuss in die Heinrich-Heine-Gesamtausgabe, die sich schräg hinter seinem Kopf befand. Innerlich entschuldigte sie sich bei dem Autor, wohl wissend, dass er sich an dem Geschehen ergötzt hätte.

»Du wirst diese Wohnung nicht verlassen, Johannes, es sei denn, in einem billigen Sarg. Komm schon, die nächste Mail.«

Schwerfällig fiel Johannes in den Sessel zurück. Jetzt erst ließ er die erhobene Hand sinken und strich damit die oberste Seite des Papierstapels glatt.

»5. Februar, 10.41 Uhr
Betreff: Abenteuer in Sicht
Liebe Sabrina, nun habe ich mich für ein paar Tage vom Terminstrudel unserer Hochschule mittragen lassen und blieb wortlos.« Seine Aussprache wurde undeutlich. Er nuschelte sich geradezu durch den Text. »*Doch jetzt, wieder am halbwegs sicheren Ufer, denke ich natürlich als Erstes an unsere Exkursion in das Land der Freuden. Wenn Sie den 24. Februar bestätigen, liebste Sabrina, halte ich mir den Tag frei.«*

»Stopp!« Maria rutschte nach vorn zur Sesselkante. »Du hast dir nicht einmal meinen Namen gemerkt. Schon nach ein paar Tagen hattest du ihn vergessen. Ich war irgendeine Frau für dich, vollkommen austauschbar. Ich war nie gemeint.«

Johannes verzog das Gesicht. Schuldbewusstsein konnte man seinem Mienenspiel nicht entnehmen. Vermutlich dachte er fieberhaft darüber nach, wer zur Hölle diese Sabrina gewesen sein mochte. Maria zielte auf die Rotweinflasche. Sie zerbarst im Nu, Glassplitter flogen durch die Luft, ein roter Tröpfchenschauer sprenkelte Johannes' teures Jackett. Heiser las er weiter.

»6. Februar, 00.20 Uhr
Betreff: Re: Aw: Abenteuer in Sicht
»Oh, liebe Maria, was bin ich für ein Esel. Dabei kenne ich keine Sabrina und habe nie eine gekannt. Eine Dagmar, meine frühere Frau, eine Inge, das wäre erklärlich, als über mehr als ein Jahrzehnt eingeprägte Anreden. Doch keine Sabrina weit und breit. Ich weiß nicht, was meine Namensimagination mir hier für einen Streich gespielt hat. Vermutlich ist es die Unsicherheit hinsichtlich der Identität einer schönen Frau, die ein lebendes Silbenrätsel sein könnte? Jedenfalls leiste ich ernsthafte Abbitte und freue mich über die im Voraus gewährte Absolution.«

»Schwachmat«, zischte Maria. »Weiter im Text.«

Mit versteinertem Gesicht hing Johannes über dem Papierstapel. Nur seine Nasenflügel bebten.

»Wenn wir uns sehen, mache ich alles wieder gut. Ich werde Ihnen den Unmut von Ihrer schönen Stirn küssen, an einem Ort, der Ihnen wohlvertraut ist. Denn nichts ist wahrer, als dass wir durch unser Unternehmen in die eigene Haut schlüpfen wollen. Während ich das niederschreibe, merke ich, wie meine Ohren zu glühen anfangen. Alles andere wird sich fügen, sagen Sie. So märchenhaft es klingt, ich glaube es auch.«

Wieder leuchtete das Display auf. Maria kickte das Handy mit der Stiefelspitze von der Tischplatte. Kreiselnd schlitterte es übers Parkett und blieb unter dem Schreibtisch liegen. Johannes hatte mit waidwundem Blick verfolgt, wie es sich entfernte, und las ohne weitere Aufforderung weiter.

»Ich nehme an, Ihre Arbeit über Eichendorff gibt Ihnen viel zu denken und zu tun. Sie vergessen dabei doch nicht, dass wir ab morgen einen privaten Adventskalender anlegen sollten? Der begleitet uns Kästchen für Kästchen zu dem Datum, das wohl nicht zufällig ein 24. ist. Ein Heiliger Abend im Februar, das musste einmal versucht werden. Ein Fest der Liebe erwartet uns. Haben Sie wunderbare Tage, verehrte, liebe, liebenswerte Maria. Mit den aufrichtigsten Gefühlen, Johannes.«

»Okay, das reicht.«

Sie stand auf, die Pistole im Anschlag. Schritt für Schritt ging sie rückwärts, bis eine Distanz von etwa zwei Metern zwischen ihnen lag. Sicherheitsabstand. In Johannes' Gesicht wechselten Blässe und Röte einander ab und verschatteten sich zu einem fahlen Grau. Raschelnd entglitten die Blätter seinen Fingern.

»Ich – ich war ein zärtlicher Liebhaber, vergiss das nicht. Ich habe deine Weiblichkeit gerühmt.«

»Falsch. Du hast irgendwelche angelesenen Techniken an mir ausprobiert. Das habe ich leider zu spät begriffen. Alles, was im Bett passierte, diente einzig und allein deiner literarischen Materialsammlung. Auch ich war nur dein Material, ein Stück Fleisch, mit dem du herumexperimentiert hast. Und nicht einmal sonderlich geschickt, wenn ich das hinzufügen darf.«

Mit ihrer letzten Bemerkung traf sie ihn an seiner empfindlichsten Stelle, das wurde ihr klar, noch während sie es sagte. Unterschätze nie männlichen Stolz. Ein Stimmungsumschwung ging plötzlich mit Johannes vor. Seine Finger gruben sich in die gepolsterten Armlehnen. Hasserfüllt stierte er sie an.

»Und wenn es so wäre?« Er schrie fast. »Ich hatte jedes Recht dazu! Was denkst du denn, mit wem du es zu tun hast? Mit der Fabrikware der menschlichen Natur? Nein, Maria, ich bewege mich in anderen Sphären, aber du, du bist nur Mittelmaß. Ach, was sag ich, ein Nichts bist du. Ein erbärmliches Nichts!«

Die Situation drohte zu entgleisen. Maria zwang sich zu regelmäßigen Atemzügen. Ja, er beleidigt dich. Ja, er tritt dich in den Staub, so wie er es immer gemacht hat. Kein Grund, die Nerven zu verlieren. Sie straffte ihre Schultern.

»Du hast dich erhoben und erhoben, über mich, über andere Frauen, über jeden. Jetzt hast du die perfekte Fallhöhe. Und ehe ich's vergesse: Deine letzte Mail kenne ich auswendig.«

Unvermittelt wurde ihr heiß. Die Erwähnung der letzten Mail war ein Fehler gewesen, denn auf einmal kam der Schmerz zurück. Brannte in ihrem Schoß, bahnte sich einen Weg durch das Becken nach oben, stieg hoch wie eine heiße Fontäne, durchstieß den Brustkorb, flutete ihre Kehle, drang vor bis zu den Jochbeinen, schoss in ihre Augen, rann die Wangen hinunter. Tränenüberströmt stand sie da.

»Ich habe deine Mail so oft … gelesen, bis ich völlig …« Vergeblich versuchte sie, das Schluchzen zu unterdrücken, das ihre Stimme zu ersticken drohte. »Hör es dir an, dein elendes Meisterdenkergesülze: *Liebe Maria, ich danke Dir für die wunderbare Zeit. Leider eigne ich mich nicht für Beziehungen. Ohnehin ist mein Leben der Arbeit gewidmet, jetzt werde ich für einige Wochen in Klausur gehen, um zu erschaffen, woran Du keinen geringen Anteil hast. Wir müssen verzichten, meine wundervolle Geliebte, denn es gibt etwas Größeres als uns beide – die Literatur, an deren Herausforderungen ich mich erstmals versuchen werde. Bleibe glücklich, Maria, Du hast das Talent dazu.*«

Eine Weile hörte man nur sein verachtungsvolles Geschnaufe und Marias Schluchzen.

Nur mühsam fing sie sich wieder. Lass es los. Ruhig jetzt. Zentrieren, fokussieren, an nichts denken. Mit beiden Händen umfasste sie die Waffe. Ein Zurück gab es nicht mehr. Wenn man erst einmal angelegt hatte, entwickelte sich das Folgende selbsttätig, mit tödlicher Logik.

»Großer Gott, nein, Maria!« Die wässrigen Augen über der Lesebrille zwinkerten nervös. »Verdammt, nimm sofort das Ding weg!«

Maria konzentrierte sich auf die Brusttasche des Sakkos, aus der ein rot-blau gepunktetes Einstecktuch lugte.

»Bitte …«

Seine Stimme brach. Auf seiner Stirn bildeten sich winzige Tröpfchen. Sie meinte, den Angstschweiß riechen zu können. Den Angstschweiß eines Mannes, der soeben von der Höhe seiner Gottähnlichkeit stürzte. Nie, wirklich nie war er um ein geistreiches Wort verlegen gewesen, jetzt bebten seine Lippen, unfähig, auch nur eine weitere Silbe zu formen.

Nicht bewusst abdrücken, Kleines, hörte Maria die Stimme ihres Vaters. *Lass es einfach geschehen.*

Es geschah. Mit einem tiefen Ächzen bäumte sich Johannes auf und knickte seitlich weg. Rund um die Eintrittswunde färbte sich das Jackett mohnrot.

Die Stille nach dem Schuss war ohrenbetäubend, nur die leere Patronenhülse sprang klackernd übers Parkett. Maria ließ die Pistole sinken. Perfekter Schuss. Na ja, Kunststück, bei der geringen Entfernung. Ihr Brustkorb vibrierte von der Detonation, ein gutes Gefühl. Sie hatte so etwas wie Bedauern befürchtet, doch alles, was sie empfand, war Genugtuung. In der Liebe gibt es keine Gerechtigkeit, hatte Johannes einmal gesagt. Damals, als sie seinetwegen fast irre vor Liebeskummer geworden war. Er hatte sich getäuscht.

Eine Weile stand Maria unbeweglich da. Sie hatte es tatsächlich getan. Gerechtigkeit, endlich.

Nachdem sie das Magazin aus der Waffe herausgenommen hatte, las sie die Patronenhülsen vom Boden auf und steckte sie ein, wegen der Fingerabdrücke. Ja, sie sah Krimis, und sie hatte sich alles genau überlegt. Dann näherte sie sich dem leblosen Körper und beugte sich über ihn. Johannes atmete nicht mehr. Blicklos starrten seine Augen an ihr vorbei. Erledigt. Innerlich strich sie den ersten Namen von ihrer Liste.

Sie packte das Weinglas ein, an dessen Rand ein schwacher Lippenstiftabdruck klebte. Johannes' Handy wanderte ebenfalls in ihre Tasche. Es war unwahrscheinlich, dass er ihre Nummer gespeichert hatte, aber sie wollte kein Risiko eingehen. Auf dem geschnitzten Eichenschreibtisch stand sein Laptop, übersät mit bunten Scherben. Ihre Tasche war groß genug. Auch das ledergebundene Adressbuch nahm sie mit und sammelte zum Schluss die verstreuten Blätter auf, eng bedruckt mit bedeutungslosem Liebesgeschwätz.

Als sie schon fast an der Tür war, drehte sie sich noch einmal um. Betrachtete die deckenhohen Bücherregale, die antiken Beistelltischchen, die Bibliothekslampen aus Messing, die den Raum in honigfarbenes Licht tauchten. Und mittendrin Johannes. Fast musste sie darüber lachen, dass dieser Hypochonder schon über einen simplen Schnupfen immer wie über eine Nahtoderfahrung lamentiert hatte.

Lange noch bei den Rosen bleibt er stehn, sehnt sich nach Ruh. Langsam tut er die großen, müdgewordenen Augen zu. Gute Reise, alter Freund. Leider hast du den elektrischen Bogen zwischen uns ein wenig überspannt.

Wenige Minuten später stand Maria auf der nächtlichen Straße. Noch immer goss es wie aus Eimern. Wasserkaskaden trafen sie, spritzten an ihr hoch, durchnässten ihren Mantel. Maria setzte das Basecap auf und schlenderte zwei Blocks weit. Dann warf sie das Käppi weg und begann zu rennen. Der Regen schlug ihr ins Gesicht, das Haar klebte strähnig an ihren Schläfen, während sie rannte und rannte und eine Befreiung spürte wie noch nie in ihrem Leben. Gerechtigkeit. Endlich.

In dieser Nacht schlief Maria zum ersten Mal seit Wochen durch.

KAPITEL 8

Es war früher Nachmittag, als Maria erwachte. Hinter ihrer Stirn wetterleuchtete ein blitzartig aufzuckender Schmerz. Jeder Muskel ihres Körpers brannte, ein Tribut an die Anspannung des Vorabends. Mit einer Waffe umzugehen, erforderte nicht nur mentale Konzentration, es verlangte volle Körperkontrolle. Die geringste Unachtsamkeit konnte gefährlich für den Schützen werden, das hatte ihr Vater ihr immer wieder eingeschärft. Jetzt konnte sie ermessen, wie viel Kraft sie die Begegnung mit Johannes gekostet hatte.

Träge blinzelte Maria in das matte rosafarbene Licht, das durch die roten Vorhänge sickerte. Ihr erster Blick galt dem Handy. Ein eingeübter Reflex. In den vergangenen Jahren hatte es stets einen Mann gegeben, auf dessen Nachricht sie wartete, stundenlang, tagelang, manchmal wochenlang.

Keine Nachrichten. Sie legte das Handy auf den Nachttisch zurück. Es gab keinen Mann mehr, auf den sie warten musste.

Eine beängstigende Leere breitete sich in ihr aus. Irgendwo am Rande entfernte sich Tom, seine Konturen verblassten schon, nur der Schmerz, den er hinterlassen hatte, wollte einfach nicht vergehen. Ja, sie vermisste Tom noch immer, sie sehnte sich nach seiner Berührung, nach dem Moment, wenn er morgens die Augen aufschlug und einen Arm nach ihr ausstreckte. Unvermittelt schob sich das Bild von Johannes dazwischen. Wie er dagelegen hatte, seitlich weggesunken, die starren Augen ins Jenseits gerichtet.

In blutigen Lettern baute sich ein Satz vor Maria auf: Ich habe getötet.

Von ihrer Genugtuung war wenig übrig geblieben. Stattdessen überfielen sie Schuldgefühle. Hatte Johannes wirklich den Tod verdient? Hatte irgendwer den Tod verdient? Sie betrachtete ihre Hände. Feingliedrige Finger, gepflegte, rot lackierte Nägel. Hände, denen man nicht ansah, dass sie töten konnten. Hände, die nicht zum Töten bestimmt waren.

Hör auf damit. Lass es gut sein. Du bist keine Mörderin. War eine abgefahrene Idee, die Todesliste, okay. Wenigstens hat dich dein Racheplan davor bewahrt, dass du dich selbst ins Jenseits beförderst. Aber jetzt ist Schluss. Sei froh, wenn du dieses eine Mal davonkommst.

In Gedanken ging sie jedes Detail des vorherigen Abends durch. War sie von jemandem gesehen worden? Hatte sie Spuren hinterlassen? Soweit sie es beurteilen konnte, nein. Weder auf der Straße noch im Haus war ihr jemand begegnet. Das Weinglas hatte sie in einen Mülleimer am anderen Ende der Stadt geworfen, zusammen mit der zertrümmerten SIMcard des Handys. Laptop, Adressbuch und Handy lagen auf dem Dahlemer Friedhof begraben, wo sie ihre letzte Ruhestätte neben der Walther-Pistole gefunden hatten.

Ohne Eile stand Maria auf. Montags blieb die Galerie geschlossen, sie sehnte sich nach einem heißen Bad, um ihren Muskelkater zu besänftigen. Das Handy nahm sie mit. Im Badezimmer setzte sie es in die Dockingstation, die auf einem verschnörkelten schmiedeeisernen Handtuchhalter stand. Wenige Sekunden später erfüllte die warme Stimme von Ella Fitzgerald den Raum. *Embrace me, my sweet embraceable you.*

Das Wasser schoss schon dampfend in die Wanne und türmte Badesalz zu Schaumbergen, als die Musik von Harfenklängen unterbrochen wurde. *Mutter,* las Maria auf dem Display. Sie stöhnte auf. Sicherlich sorgt sie sich um mich, weil der gewohnte Anruf am Sonntagabend ausgeblieben ist. Aber wie hätte ich denn anrufen sollen? Sie nahm das Gespräch an und hockte sich auf den Badewannenrand.

»Tut mir leid, ich habe es gestern nicht geschafft, weil …«

»Hast du es schon gehört?«, fiel ihre Mutter ihr ins Wort.

»Was denn?«

»Professor Bernheimer ist ermordet worden. Gerade hörte ich es in den Nachrichten. Du warst doch seine Assistentin, wenn ich mich recht erinnere?«

Maria strich sich eine Haarsträhne aus der Stirn.

»Ja. Aber nur kurz, und das ist viele Jahre her. Hm. Er wurde erschossen, sagst du? Ein Überfall?«

»Das wurde nicht berichtet. Aber, Kind, du weißt ja, wenn du mit jemandem reden möchtest …«

Geistesabwesend ruderte Maria mit einer Hand im heißen Wasser herum. Ob sie sich ihrer Mutter anvertrauen sollte? Wie würde sie reagieren? Wie hätte ihr Vater reagiert, wenn er noch am Leben gewesen wäre? Was hätte er dazu gesagt, dass sein kleines Mädchen einen Mann umgelegt hatte?

»Hörst du mir überhaupt zu, Maria?«

»Entschuldige, bin etwas im Stress. Ich rufe dich später zurück.«

Kaum hatte Maria das Gespräch beendet, als es erneut klingelte. Unbekannte Nummer. Sie drückte den Anruf weg und setzte das Handy zurück auf die Dockingstation. Sogleich umarmte sie wieder die tröstlich warme Stimme von Ella Fitzgerald. *Don't be a naughty, naughty baby, come to Mama, Mama, do …* Ihre Mutter war immer kalt und unnahbar gewesen. So wie Marias Männer. Seltsam. Was hätte ein Psychologe dazu gesagt? Dass sie ihren Vater suchte und mit ihrer Mutter ins Bett ging?

Wie eine Robbe, die das Meer vermisst hatte, glitt sie in die Badewanne und ließ sich vom Wasser verschlucken, bis ihr

Gesicht unter der knisternden Schaumdecke verschwand. Nichts denken, nichts fühlen, nur eins werden mit der flüssigen Wärme, die alles abmilderte, die Schwerkraft, die Musik, die Erinnerung an eine prächtige Bibliothek, deren Besitzer ein Buch zu viel geschrieben hatte. Sie hielt die Luft an, bis ihr schwindelig wurde, und tauchte keuchend auf. Wasser schwappte über den Wannenrand, glitzernde Schaumbläschen zerplatzten. Wie schmal doch der Grat zwischen Leben und Tod war. Menschen ertranken in der Badewanne, erstickten an einer Fischgräte, erlagen einer Grippe. Manche wurden erschossen.

Nachdem sie fast eine halbe Stunde im Wasser gelegen hatte, stieg Maria benommen aus der Wanne. Der Spiegel war beschlagen, wie sie erleichtert feststellte. Man wollte sich nicht unbedingt in die Augen schauen nach solch einer Nacht. Nass, wie sie war, hüllte sie sich in ein Badehandtuch und wählte die Mailbox an. Sie musste die Ansage ein zweites Mal abhören, um deren Tragweite zu erfassen.

»Hauptkommissar Tesoro, Kriminalpolizei Berlin. Frau Doktor Hafner, bitte rufen Sie mich umgehend zurück unter der Nummer …«

Krachend fiel das Handy auf die Fliesen. Wie konnte das sein? Wie war die Polizei so schnell auf sie gekommen? Was hatte sie übersehen? Das Herz klopfte ihr bis zum Hals, ihr Atem flog. Unschlüssig starrte sie auf das Handy zu ihren Füßen.

Ruf sofort zurück. Nein, warte. Sie werden dich fragen, wo du gestern Abend warst. Du hast kein Alibi.

An alles hatte sie gedacht, nur nicht daran. Sie hatte sich zu sicher gefühlt. Ganz ruhig. Denk dir was aus. Was macht eine alleinlebende Frau sonntagabends? Womit vertreibt sie sich die Zeit, womit vertreibt sie ihre Einsamkeit? Lesen? Musikhören? Putzen? Fernsehen? Fernsehen. Allmählich verlangsamte sich ihr Herzschlag. Ja, das war es. Sie googelte das Fernsehprogramm des vorhergehenden Abends und fand sinnigerweise den *Tatort*, dazu eine kursorische Inhaltsangabe. Später würde sie sich die Sendung in der Mediathek anschauen. Dann hatte sie zwar kein besonders belastbares Alibi, konnte aber immerhin behaupten, in der fraglichen Zeit zu Hause gewesen zu sein. Viertel nach acht am Sonntagabend war *Tatort*-Zeit in Deutschland.

Gurgelnd und gluckernd lief das Badewasser ab, so wie am Abend zuvor das Regenwasser. Mit einem Lappen wischte Maria die Wanne sauber. Nein, das war nicht genug. Sie holte Scheuerpulver und rieb alles sorgfältig ab, auch die Armaturen. Mit dem gekachelten Boden machte sie weiter. Auf Knien bearbeitete sie die Fugen, beseitigte unsichtbaren Schmutz und ebenso unsichtbare Kalkablagerungen, mit schnellen, energischen Bewegungen. Sie gab sich erst geschlagen, als mit der Gewalt eines Vorschlaghammers der Kopfschmerz zurückkehrte.

Zwei doppelte Espresso und eine Migränetablette später saß Maria an ihrem Schreibtisch, das Handy ans Ohr gepresst, und hörte die Mailbox ein weiteres Mal ab. Angenehme Stimme, aber Tesoro, was war denn das für ein Name? Fahrig kritzelte sie die angegebene Telefonnummer auf einen Block.

Nicht gleich anrufen. Sammle dich. Du hast Johannes seit zehn Jahren nicht gesehen. Hast einen anderen Weg eingeschlagen, dich mit zeitgenössischer Kunst beschäftigt, arbeitest jetzt in einer völlig anderen Szene. Am besten, du lässt einen Tag verstreichen und rufst erst morgen zurück. Und die Liste? Noch in der Nacht hatte Maria alle Namen der Todeskandidaten auf einen Zettel geschrieben, jetzt erschien es ihr völlig wahnsinnig, dass sie jemals vorgehabt hatte, sieben Männer zu erschießen.

Andererseits … Mit einiger Erbitterung dachte sie an Diego, den smarten Barmann, mit dem sie eine Weile zusammengearbeitet und in den sie sich verliebt hatte. Warum nur hatte sie sich hinreißen lassen, ihm zehntausend Euro zu leihen, eine Summe, die sie gar nicht besaß? Maria, der rettende Engel. Sie hatte einen Kredit aufgenommen und das Geld nie wiedergesehen. Selbstverständlich auch Diego nicht. Er hatte sich einfach nicht mehr gemeldet, war abgetaucht, keiner wusste, wohin, nicht einmal seine Handynummer hatte noch funktioniert. Ghosting. Verschwindibus, wie Marias Vater gesagt hätte.

Wider Willen musste sie lächeln. Diego war das Gegenprogramm zum schwerblütigen Johannes gewesen. Ein Hallodri, ein Schlitzohr, der geborene Illusionskünstler. Keiner konnte Drinks mixen wie Diego. In irrwitzigem Tempo jonglierte er mit Flaschen und Gläsern, schnitzte skurrile Dekorationen aus Gurken und Melonen und warf Oliven aus einer Distanz von zwei Metern punktgenau in die Cocktails. Mit Diego konnte man die Nächte durchmachen, von Bar zu Bar ziehen, es war eine flippige Zeit gewesen. Zurückgelassen hatte er zwei Brandflecke auf dem Schlafzimmerteppich, einige Schrammen auf ihrer Seele und einen Haufen Schulden.

Es würde nicht leicht sein, Diego zu finden. Aber wollte sie das überhaupt noch? Marias Lächeln erstarb. Sei nicht schon wieder so verdammt nett und verständnisvoll. Wohin hat dich das damals geführt? Schon vergessen? Es ist Diego, dem du die erbärmlichste Phase deines Lebens zu verdanken hast.

Schaudernd dachte sie an die andauernden Geldsorgen, an die drei Jobs gleichzeitig, um ihre Schulden abzutragen. Tagsüber hatte sie Lokalnachrichten für eine Agentur zusammengestümpert, eingepfercht in eine stinkende Besenkammer, hochtrabend News Office genannt. Abends hatte sie gekellnert, nachts Büros geputzt. Sie war zu stolz gewesen, ihrer Mutter die Wahrheit zu sagen und sie um Geld zu bitten. Lieber hatte sie sich als Textsklavin verdingt, von Betrunkenen angrabschen lassen, die unsäglich verdreckten Toiletten höherer Angestellter geschrubbt.

Das willst du ihm durchgehen lassen? Bist du verrückt?

Nein, sie musste Diego finden. Der Chronologie folgend, war er der zweite Kandidat auf ihrer Liste. Vielleicht würde sie ja nur mit ihm reden, ihn dazu bringen, sich zu entschuldigen. Aber welcher Mann führte schon freiwillig Beziehungsgespräche? Noch dazu, wenn er sich feige rausgemogelt hatte? Welcher Mann würde sich weibliches Gefühlsgedöns anhören, es sei denn mit vorgehaltener Pistole?

Ein schrilles Klingeln ließ Maria zusammenfahren. Sie horchte. Inzwischen schellte es Sturm. Wer auch immer im Hausflur stand, er ließ sich nicht so leicht abweisen. Mit wenigen Schritten war sie an der Tür, legte die Kette vor und öffnete sie.

»Ja, bitte?«

Das Gesicht eines Mannes erschien in dem Spalt. Braune Augen, die sie neugierig musterten, darunter ein laminierter Dienstausweis.

»Hauptkommissar Tesoro, Mordkommission. Frau Doktor Hafner, nehme ich an?«

Ein Zittern überlief Marias Körper. O Gott, die Polizei. Wie haben die mich gefunden? Das geht alles viel zu schnell, darauf bin ich nicht vorbereitet. Sie raffte das Handtuch vor der Brust zusammen.

»Verzeihung, ich komme gerade aus dem Bad. Geben Sie mir eine Minute, ja?«

Ohne eine Antwort abzuwarten, schlug sie die Tür zu und rannte ins Schlafzimmer. Die schmutzstarrende Jeans vom Vorabend warf sie in die Kommode, zusammen mit der weißen Bluse, auf der ein winziger Blutfleck klebte. Vermutlich war es passiert, als sie sich über den Toten gebeugt hatte. Ihre Gedanken überschlugen sich. Die sind hinter dir her. Zieh was Schlichtes an. Hast du etwa Spuren am Tatort hinterlassen? Ein Kleid wäre gut. Du musst deine Angst niederkämpfen. Ein weißes Kleid, Weiß ist die Farbe der Unschuld. Mach jetzt keinen Fehler.

Wenige Minuten später lief Maria wieder zur Tür, barfuß, in einem wadenlangen weißen Sommerkleid. Es passte überhaupt nicht zum kühlen Novemberwetter, wirkte aber mädchenhaft unschuldig. Sie schob die Kette beiseite. Ihre Finger fühlten sich so klamm an, dass sie kaum den Schlüssel im Schloss drehen konnte, um die Tür zu öffnen.

Instinktiv wich sie einen Schritt zurück. Der Mann war mehr als einen Kopf größer als sie, Maria musste zu ihm aufschauen. Sein sandfarbener Trenchcoat stand ihm ausgezeichnet. Das dunkle Haar hatte er aus der Stirn gekämmt, sein schmales, ernstes Gesicht erinnerte an Hollywoodschauspieler der vierziger Jahre. Komischerweise eher an die Gentleman-Gauner jener Zeit als an die verknitterten Kommissare.

»Normalerweise kommen wir zu zweit, aber mein Kollege Friedhelm Finkbeiner ist leider erkrankt«, erklärte er. »Ich hoffe, es stört Sie nicht, wenn ich Ihnen als Alleinunterhalter ein paar Fragen stelle.«

Als Alleinunterhalter? Sollte das ein Scherz sein? Tief atmen, ganz ruhig. Du brauchst eine Strategie. Spiel ihm die höhere Tochter vor, dann lässt er dich in Ruhe.

»Ich bitte nochmals um Entschuldigung.« Sie bemühte sich um eine gewählte Ausdrucksweise. »Was verschafft mir denn die Ehre Ihres Besuchs? Handelt es sich um einen Einbruch im Haus? Leider wäre es das dritte Mal in diesem Monat. Sie wissen vermutlich, dass wir hier im Wrangelkiez eine hohe Drogenkriminalität zu beklagen haben. Im nahen Görlitzer Park …«

»Nein, kein Einbruch.« Ungewöhnlich volle, ein wenig trockene Lippen, die sich schmollend vorwölbten. »Ich ermittle im Fall des ermordeten Johannes Bernheimer.«

Maria legte ihre rechte Hand auf die Herzgegend. Ein bisschen zu theatralisch vielleicht, doch das Beben ihrer Stimme war echt.

»Wie bitte? Professor Bernheimer ist tot? Der große Germanist? Das kann doch nicht sein.«

Ein schneller Blick durch halb geschlossene Lider, forschend, eine Spur lasziv. Der Blick eines Mannes, der es gewohnt war, Verdächtige zu taxieren und Frauen zu erobern.

»Könnte ich reinkommen, Frau Doktor Hafner? Das sollten wir nicht zwischen Tür und Angel besprechen.«

»Selbstverständlich.«

Wie eine allzu vertrauliche Berührung spürte sie seinen Blick auf ihrem Rücken, als sie ins Wohnzimmer vorging. Aufmerksam sah er sich um, bevor er mit einer auffallend geschmeidigen Bewegung auf der Couch Platz nahm. Pantherhaft. Das elegante Raubtier.

»Ich bin ganz durcheinander«, hauchte Maria. »Ermordet, sagen Sie? Professor Bernheimer wurde ermordet?«

»Erschossen.«

Eine unbehagliche Stille trat ein. Lauernd sah er sie an, als warte er darauf, dass sie sich verriet. Maria sank auf ihren Schreibtischstuhl. Sie ahnte, dass dieser Mann jedes noch so winzige Detail speicherte, begierig darauf, Puzzlesteine zu sammeln, die möglicherweise irgendwann ein verräterisches Bild ergaben. Zugleich hatte die unverhohlene Neugier in seinen Augen etwas Anstößiges.

»Wie tragisch.« Sie senkte ihre Stimme. »Weiß man denn schon, wie es passiert ist?«

»Tut mir leid, beim derzeitigen Ermittlungsstand darf ich keine genaueren Angaben zum Sachverhalt machen. Wobei man nicht außer Acht lassen sollte, dass es bei Mord um eine strafbare Handlung geht, da die Unversehrtheit potenzieller Opfer höchste Priorität hat.«

Das ergab nicht den geringsten Sinn. Nervös drehte Maria eine feuchte Haarsträhne um ihren rechten Zeigefinger. Wollte er sie etwa auf den Arm nehmen? O ja. Seine Mundwinkel zuckten, ganz leicht nur, aber ihr entging nicht, dass er sich bestens amüsierte. Mit geheuchelter Gleichgültigkeit sah sie an ihm vorbei.

»Also, ich wüsste nicht, wie ich Ihnen weiterhelfen könnte. Seit längerem habe ich keinen Kontakt mehr zu Professor Bernheimer. Meine Zeit an der Universität liegt etwa zehn Jahre zurück. Offen gestanden bin ich ein wenig erstaunt, dass Sie mich aufsuchen.«

Wortlos breitete er die Arme auf der Rückenlehne der Couch aus und schlug die Beine übereinander. Ziemlich lässig, dieser Kommissar, und überraschend gut angezogen. Unter seinem Trench trug er einen dunkelblauen Anzug und ein weißes, offenes Hemd, die nussbraunen Lederschuhe mit den orangefarbenen Schnürsenkeln waren tadellos geputzt.

»Wir haben gleich heute früh mit der Umfeldrecherche begonnen«, erklärte er nach längerem Schweigen. »Was die Kollegen und Mitarbeiter an der Universität einschloss. Ich habe bereits mehrere Professoren gesprochen, jetzt konzentriere ich mich auf die Assistenten der letzten Jahre. Viele sind es nicht, die meisten waren lange dabei.«

»Lange dabei«, echote sie.

»Ihr Gastspiel war allerdings kurz, Frau Doktor Hafner. Warum eigentlich?«

Maria registrierte, dass er ihre nackten Zehen betrachtete.

Es hatte etwas verwirrend Intimes. Schnell zog sie die Beine an und versteckte ihre Füße unter dem Kleid.

»Die akademische Welt wurde mir zu eng. Immer nur die Nase in Bücher stecken, den Staub der Bibliotheken einatmen – diese Existenzform besitzt einen gewissen Reiz, doch ich habe mich für das pralle Leben entschieden.«

»Aha. Und das hier«, er zeigte auf die billigen Regale, die abgewohnte Couch, die eingerissenen Plakate an den Wänden, »ist das pralle Leben?«

Was will er von mir? Mich provozieren? Was ist das für ein Spiel? Sie beschloss, seine Frage nicht zu beantworten, und schaute stattdessen lange aus dem Fenster. Viel gab es nicht zu sehen außer den schlecht verputzten Wänden eines Hinterhofs, über den sich die Dämmerung eines trostlosen Novembernachmittags senkte.

»Wenn ich korrekt unterrichtet bin, haben Sie über Eichendorff promoviert«, setzte er neu an.

Damit verwirrte er sie vollends. Sie drehte den Kopf in seine Richtung.

»Ja. Und?«

»Erklären Sie mir Eichendorff.«

Hatte der keine anderen Sorgen?

»Da gibt es nichts zu erklären«, erwiderte sie schnippisch. »Eichendorff muss man lesen. Seine Gedichte zum Beispiel.«

Schmunzelnd rieb er sich das Kinn, auf dem ein fast unmerklicher Bartschatten lag. Dann schnellte er von der Couch hoch, als sei er längst sprungbereit gewesen, und wanderte die Regale entlang, bis er hoch oben die zerlesene Eichendorff-Gesamtausgabe gefunden hatte. Ohne zu fragen, zog er einen Band heraus und schlug ihn auf. Eines stand fest: Dieser Typ war ziemlich durchgeknallt.

»Wer von uns verführt den anderen«, las er vor, »ob es deine Augen taten, meine Laut', des Jägers Blasen …«

»... ach, wir können's nicht erraten«, vervollständigte Maria die Strophe. »Das Gedicht heißt ›Das Zaubernetz‹.«

Da war er wieder, dieser Blick aus tief gesenkten Lidern. Eine dunkle Haarsträhne fiel ihm in die Stirn, wie ein böser schöner Junge sah er auf einmal aus. Sein unergründliches Lächeln traf Maria bis ins Mark. Sie konnte es nicht deuten – interessierte er sich für sie als Mann oder als Polizist? In jedem Fall musste sie ihn schnell loswerden. Sie setzte sich sehr gerade hin.

»Wahrscheinlich möchten Sie von mir erfahren, ob Professor Bernheimer Feinde hatte, Herr ...«

»... Tesoro. Giovanni Tesoro.« Aus der Innentasche seines Jacketts holte er eine Visitenkarte und hielt sie Maria hin. »Nun, Frau Doktor Hafner? Hatte Bernheimer Feinde?«

Eine Todfeindin, werter Herr. Sie musste sich vorbeugen, um die Visitenkarte in Empfang zu nehmen. Dabei witterte sie seinen Duft, Nikotin, Rasierwasser, Mann und noch etwas, etwas sehr Erregendes. Sie zuckte mit den Schultern, während sie die Karte auf die gläserne Schreibtischplatte legte.

»Das entzieht sich meiner Kenntnis. Neider vielleicht. Da müssten Sie jemanden fragen, der ihn näher kannte.«

Brütendes Schweigen. Maria wurde immer nervöser. Wie schlimm stand es um sie? War das hier nur eine, wenn auch originelle, Routinebefragung, oder steckte mehr dahinter? Hatte Johannes' ehemalige Sekretärin geplaudert? Von dem schauderhaften Roman erzählt, vom Klatsch, von ihren Anrufen? Und dieser Tesoro – würde er ihre Wohnung durchsuchen lassen? Die Waffen finden?

Er setzte sich wieder und schob seine volle Unterlippe vor.

»Sich mit Ihnen zu unterhalten ist wie Telefonsex ohne Sex und ohne Telefon.«

Der Satz kam wie aus der Hüfte geschossen. Plötzlich war Maria hellwach. Ich habe ihn unterschätzt. All die Belanglosigkeiten, die ich von mir gebe, sind reine Zeitverschwendung. Er hat mich durchschaut, er wittert das Ungeheuerliche hinter meiner harmlosen Fassade, die tödliche Entschlossenheit, die sich als ruhige Gelassenheit tarnt. Ich muss meine Strategie ändern. Sie wartete einige Sekunden im Versuch, geistesabwesend zu erscheinen, dann presste sie ihre Handflächen an die Schläfen.

»Entschuldigen Sie, Herr, äh«, betont zerstreut schaute sie zur Visitenkarte, »Herr Tesoro, ich habe schwere Migräne. Schon seit zwei Tagen liege ich quasi rund um die Uhr im Bett. Tut mir leid, dass ich Ihnen nicht helfen kann.«

»Im Bett.« Seine Augenbrauen rutschten fast bis zum Haaransatz hoch. »Die Stiefel, die im Flur stehen, sind vollkommen verdreckt und verschlammt. In den letzten Tagen hatten wir trockenes Wetter, erst gestern Abend hat starker Regen eingesetzt. Ich würde sagen, dass Sie noch vor kurzem draußen waren.«

Ihr wurde flau. Die Stiefel im Flur. Du bist so was von dämlich, Maria, fahrlässig dämlich. Sie schlang ihre Finger ineinander.

»Herr Tesoro, könnten wir das besprechen, wenn mein Kopf aufhört zu explodieren?«

Unvermittelt fing er an zu lachen, wobei er makellose Frontzähne entblößte. Kaum zu glauben, wie sich dieser Mann plötzlich veränderte. Es war, Maria überlegte, ein gewinnendes Lachen, das Lachen eines Mannes, der von seiner Mutter geliebt worden war und jede Frau bekam, die er wollte.

Herrgott, Maria, so was Idiotisches. Völlig falsche Richtung. Dies ist kein Date, dies ist ein Verhör. Das Ding kann dir jederzeit um die Ohren fliegen.

Langsam beruhigte er sich. Mit einer Hand fuhr er sich durchs Haar, und Maria wusste auf der Stelle, dass er das mindestens hundertmal am Tag tat, auf die immergleiche aufreizende Weise, mit gespreizten Fingern, die bis zum sauber ausrasierten Nacken hinabglitten. Ein Schauer rieselte ihren Rücken hinab, so als ob sich seine Bewegung auf ihrem Körper fortsetzte.

»Frau Doktor Hafner«, es klang versöhnlich, »Sie gehören definitiv nicht zum Kreis der Verdächtigen. Ungeputzte Schuhe sind kein Verbrechen, es sei denn, ein Verbrechen an gutem Stil.«

Ein kokettes Lächeln gelang Maria, obwohl ihr der Schreck noch in allen Gliedern saß.

»Was Sie nicht sagen. Ist das jetzt die Stelle, wo Sie mir etwas verkaufen wollen? Schuhcreme zum Beispiel?«

Auf ihr Lächeln reagierte er nicht. Nachdenklich ruhte sein Blick auf ihrem Kleid, auf ihrem Busen, wenn sie sich nicht täuschte, und ganz bestimmt länger als sachdienlich notwendig. Maria versuchte es wieder mit regelmäßigen Atemzügen, doch es war schwierig, das beharrliche Klopfen in ihrer Brust zu ignorieren und die gefährliche Erotik, die von diesem Mann ausging. Gottlob besaß er die Güte, seinen Trench zuzuknöpfen, was sie als Signal seines bevorstehenden Aufbruchs deutete. Sie stand auf. Auch der Kommissar erhob sich.

»Rufen Sie mich an, wenn Ihnen noch etwas einfällt. Und«, jetzt lächelte er doch noch, »gute Besserung. Wie fühlt sich das eigentlich an, so eine Migräne?«

Maria seufzte. Diese Frage wurde ihr oft gestellt.

»Um es mit den Worten eines Irrenarztes aus einem irren Film zu sagen: als ob einem jemand den Kopf aufsägt, mit Rasierklingen füllt und dann gut durchschüttelt.«

»Sie Arme.« Er streckte die Hand aus, als wolle er ihre

Wange streicheln, bremste die Bewegung jedoch im letzten Moment ab und fuhr sich langsam durchs Haar. »Immerhin haben Sie berühmte Leidensgenossen, Maler wie Salvador Dalí und Giorgio de Chirico zum Beispiel. Man sagt, dass sie ihre alptraumhaften Bilder nach besonders heftigen Migräneanfällen malten. Haben Sie Alpträume, Frau Doktor Hafner?«

Die Art und Weise, wie er die Frage stellte, ließ Maria das Blut in den Adern gefrieren. Er sucht nach emotionalen Verwerfungen. Er seziert deine Seele. Er wird dir das Herz aus der Brust reißen.

»Keine Sorge, ich schlafe wie ein Baby.«

Maria begleitete ihn zur Tür. Er stand schon im Hausflur, als er sich noch einmal umdrehte, wie Columbo, der schusselige Kommissar aus der alten TV-Serie.

»Wo haben Sie nun eigentlich den gestrigen Abend verbracht? Im Bett oder anderswo?«

Also doch noch die Frage nach dem Alibi. Aber Maria war vorbereitet.

»Tatort«, sagte sie knapp und bemerkte im selben Moment, wie verfänglich das klang. »Ich meine *den* Tatort, im Ersten.«

»Ach. Hatten Sie Sympathien für den Mörder?«

Maria wusste nicht einmal, wer der Mörder war. So ausführlich fielen die Inhaltsangaben der Sendungen nicht aus, zudem war es nicht üblich, dass die Auflösung gespoilert wurde.

»Ich – ich stehe immer auf der Seite des Kommissars«, zog sie sich aus der Affäre. »Ehrensache.«

Zwischen Giovanni Tesoros Augenbrauen erschien eine steile Falte.

»Aber Sie haben gestern den Tatort gesehen? Sicher?«

»Äh – ja? Warum?«

»Interessant«, sagte er nur, schlug den Kragen seines Trenchcoats hoch und ging.

Er war längst verschwunden, als Maria immer noch wie benommen dastand, unfähig, einen klaren Gedanken zu fassen. Wer war Hauptkommissar Giovanni Tesoro? Ein instinktsicherer Jäger? Ein cleverer Psychologe? So wie er mit ihr Katz und Maus gespielt hatte, vermutlich beides. Aber es war noch einmal gut gegangen.

Die nächste Viertelstunde verbrachte sie damit, ihre Stiefel zu säubern. Erst mit Wasser und Bürste, dann mit einem Scheuerlappen, um schließlich mit einem scharfen Messer die letzten Schlammreste des Dahlemer Friedhofs aus den Profilsohlen zu kratzen.

KAPITEL 9

Ein fahler Widerschein der Straßenbeleuchtung drang in Marias Schlafzimmer, zusammen mit den gedämpften Geräuschen des frühen Abends. Hier und da entfernte Stimmen, eine Autotür, die zufiel, das leise Brummen von Motoren. Dann wieder lähmende Stille. Das künstliche Kaminfeuer malte unruhige Schatten auf den hellen Teppichboden, wo Maria zwischen Kissen kauerte, ein Glas Rotwein neben sich. Mit qualvoller Deutlichkeit wurde ihr bewusst, wie viele Abende sie so verbracht hatte, allein, schweigend, dem Warten und der Dunkelheit ausgeliefert.

Töten ist ein einsames Geschäft, dachte sie, es passt zu mir.

Aber sie musste künftig vorsichtiger sein. Maria wurde das Gefühl nicht los, dass Giovanni Tesoro mehr wusste, als er preisgab. Anlass zur Unruhe gab ihr auch das Flirrende, Ungreifbare, das zwischen ihnen vibrierte, sein Blick aus halb geschlossenen Lidern, die Stimmlage, in der er das Gedicht vorgelesen hatte, sein plötzliches Jungslachen.

Durch seinen Besuch am Nachmittag war sie zunächst ins Wanken geraten, dann jedoch zu dem Schluss gekommen, dass nichts und niemand ihre heilige Mission aufhalten würde. Ihren Kreuzzug für die gerechte Sache. Seitdem hatte sie sich an Diegos Fersen geheftet. Nach einigen Telefonaten mit einstigen Kollegen aus der Gastronomie war sie bereits ein Stück weiter. Vier Wochen zuvor hatte ihn jemand in einer Tempelhofer Dönerbude gesehen, vor zwei Wochen kellnernd bei einem Asiaten in Friedrichshain.

Wie ein Jagdhund folgte sie seiner Fährte. Gerade hatte sie eine Nachricht auf der Mailbox von Fee hinterlassen, einer ehemaligen Balletttänzerin, die nach einem Knöchelbruch tagsüber Fastfood servierte und nachts in Stripclubs auftrat. Ängstlich darauf bedacht, keine Spuren zu legen, war Maria vage geblieben, was den Grund ihres Anrufs betraf. Man könne ja mal wieder telefonieren und über die alten Zeiten quatschen.

Nervös strich sie die Kissen glatt, eine mechanische Geste ohne Sinn, da es niemanden gab, der sie besuchen würde, als das Handy klingelte. Es war Fee. Sie hatte ihren freien Tag und Zeit. Eine Weile hörte sich Maria den üblichen Klatsch an, wer wen betrog, wer dealte oder in die Kasse griff, dann fragte sie ganz beiläufig, ganz obenhin nach Diego.

»Du meinst doch den abgedrehten Mixer, oder?«, gluckste Fee. »Der war 'ne Weile in Portugal, hatte 'ne eigene Strandbude, wollte er ja immer schon machen, ist aber voll in die Hose gegangen, jetzt ist er wieder in Berlin, tut sich um, legal, illegal, was weiß ich, kennst ihn doch, neuerdings arbeitet er in der Furchtbar.«

Ja, die Geschichte klang nach Diego. Sofort wechselte Maria das Thema. Sie hörte gar nicht mehr richtig hin, als Fee nun auch das Neueste über Deria, Olaf, Carina und Murat erzählte, allesamt Namen, die ihr nichts sagten, dann verabschiedete sie sich von Fee. Felsenfest versprachen sie einander, sich demnächst auf einen Kaffee zu treffen, und wussten beide, dass sie es nicht tun würden.

Die Furchtbar also, was für ein mieses Wortspiel. Schwerfällig stand Maria auf und ging in die Speisekammer.

Lange stand sie vor dem geöffneten Tresor, dann holte sie eine Rarität heraus, den berühmten Colt M1911, 45er Kaliber, auch Colt Government genannt. 1911 zur Marktreife gebracht, hatte er bis Mitte der achtziger Jahre der amerikanischen Armee als Ordonnanzpistole gedient. Ihr Vater hatte mehrfach hervorgehoben, dass diese Waffe eine wesentlich bessere »Mannstoppwirkung« habe als die Vorgängermodelle. Im Klartext hieß das: sekundenschnelle Ausschaltung aller Vitalsysteme, vulgo Tod.

Maria konnte sich eines Lächelns nicht erwehren. Mannstoppwirkung war die perfekte Umschreibung für ihr Vorhaben.

Zärtlich strich sie über den Lauf der Pistole, und einmal mehr wurde ihr bewusst, dass Millionen Männer mit einem stählernen Phallus in den Krieg gezogen waren, auch ihr Großvater. Jetzt war sie es, die in fremde Körper eindrang, eine Frau, die sich der tödlichen Penetration verschrieben hatte. Johannes, der unverbesserliche Schlaumeier, hätte diese Eroberung einer männlichen Domäne vermutlich einen Paradigmenwechsel genannt. Und es gab noch einiges zu tun.

Jetzt erst recht, dachte sie, während sie die Waffe zurücklegte, den Tresor wieder verschloss und den leeren Vorratsschrank davorschob. Ich gebe nicht auf, bis ich meine Liste abgearbeitet habe. Sie schlenderte ins Schlafzimmer. Wie Diego jetzt wohl aussah? Neun Jahre war es her, seit er sie im Stich gelassen hatte, doch auf ihrem Smartphone befanden sich noch Fotos von ihm. Eine sentimentale Angewohnheit. Maria hatte die Fotos ihrer Exfreunde über mehrere Handy-Generationen hinweg immer bei sich behalten. Sie waren das einzig Reale, was ihr blieb, wenn die Liebe sich verflüchtigte. Gefühle kamen und gingen, die Bilder überdauerten.

Sie brauchte einen Schluck Rotwein, bevor sie die Fotodatei antippte und über das Display wischte. Diego Arm in Arm mit ihr am Wannseestrand, in einer Badehose mit grellbuntem Hawaiimuster. Diego mit ekstatisch hochgerissenen Armen auf einer Clubparty. Diego mit Sonnenbrille neben einem Porsche, der ihm natürlich nicht gehörte. Er war fotogen. Aus welchem Winkel die Kamera ihn auch erwischt hatte, stets wirkte er attraktiv auf seine halbseidene Art. Dunkle Haartolle, herausforderndes Augenzwinkern, freches Grinsen. Die unwiderstehlichen Tricks des Tunichtguts. Sie waren Maria zum Verhängnis geworden.

Baby, ich habe eine irre gute Geschäftsidee. Das wird was ganz Großes, du kannst mit einsteigen, das heißt, du musst, ich habe keinen müden Cent in der Tasche. Nun guck nicht so, Maria, ist ’ne todsichere Sache. Komm, das machen wir. Wir bauen uns was auf, Baby. Himmel, er hatte sie wirklich Baby genannt. Und sie war seiner guten Laune erlegen, seinem Leichtsinn, seinem Übermut. Außerdem war da noch die Sache mit dem Sexvideo.

Sie legte das Handy auf den Teppich und grub ihre Finger in die Kissen, bis die Knöchel weiß hervortraten. Die Wut der vergangenen Tage wich kaltem Zorn. Wieso denken Männer eigentlich immer, dass sie ungestraft davonkommen? Weil Frauen das sanfte Geschlecht sind? Weil sie lieber leiden, als es den Kerlen mit gleicher Münze heimzuzahlen? Weit gefehlt. Die Schonzeit ist vorbei. Wie hatte es Diego immer so schön gesagt? Die Schweine von heute sind die Schnitzel von morgen.

Johannes war nur der Anfang gewesen. Ja, sie würde ihre Liste abarbeiten und für Gerechtigkeit sorgen, mit kühlem Kopf und kühlem Herzen.

Das Klingeln des Handys schreckte sie auf.

»Wo bleibst du denn, Maria?«, fragte Evi aufgebracht. »Wir hatten doch schon vor Wochen ausgemacht, dass du heute zum Babysitten kommst!«

Lea. Wie hatte sie das nur vergessen können?

»Ich – ich bin gleich da!«, rief Maria schuldbewusst. »Wartet auf mich!«

Zwanzig Minuten später klingelte sie an der Haustür eines herrschaftlichen Mietshauses in Wilmersdorf und hetzte die Stufen zur zweiten Etage hoch. Evi empfing sie im grauen Kostüm, eine matronenhafte Perlenkette um den Hals geschlungen. Dahinter stand Alex in Jeans, T-Shirt und Jackett. Seinen schlaffen Schultern und dem stumpfen Gesichtsausdruck war deutlich anzusehen, was er davon hielt, dass Evi ihn zum nützlichen Haustier domestiziert hatte. Er kümmerte sich um den Haushalt, daneben arbeitete er angeblich freiberuflich, was genau, hatte Maria nie herausbekommen. Dennoch reichte es für eine weitläufige Altbauwohnung, fünf große Zimmer, stuckbeladen und geschmackvoll untermöbliert.

»Du bist zu spät«, regte Evi sich auf. »Wir haben ein Essen bei meiner Chefin, die lässt man nicht warten. Lea schläft leider schon. Es wäre besser gewesen, sie hätte dich noch gesehen. Falls sie aufwacht, mach ihr eine Bananenmilch. Hinterher Zähneputzen nicht vergessen. Vorlesen wäre notfalls auch nicht schlecht, das beruhigt sie.«

Den Abend in der Trattoria erwähnte sie mit keinem Wort, und Maria hatte ebenfalls keine Lust, darüber zu reden, obwohl es eine Menge zu sagen gegeben hätte.

»Lea kennt mich doch seit ihrer Geburt, es kann nichts passieren«, erwiderte sie matt.

»Ja, aber nachts ist sie manchmal verdreht. Also vergiss nicht die Bananenmilch, du findest alles im Kühlschrank, und mach die Milch vorher warm.«

»Schön, dass du überhaupt hergekommen bist«, fügte Alex hinzu, dem die herrische Attitüde seiner Frau sichtlich peinlich war.

»Ja, sehr schön.« Evi lächelte dünn. »Kann übrigens später werden. Ist ein wichtiges Essen.«

Schon fiel die Tür hinter den beiden zu. Maria hörte, wie

sich das Getrappel ihrer Schritte auf der Treppe entfernte, dann war alles still. Auf Zehenspitzen schlich sie zum Kinderzimmer. Alex hatte eine Prinzessinnenwelt erschaffen, mit einer weiß-rosa geblümten Tapete, rosafarbenen Möbeln und bunt bemalten Regalen, in denen ganze Batterien von Stofftieren lagerten. Nur ein Nachtlicht erhellte den Raum, der nach Nivea und glücklichem Kind duftete.

Die vierjährige Lea schlief in einem hellrosa Gitterbett. Sie lag auf dem Rücken, die Arme wie in stummem Jubel rechts und links neben den Kopf gelegt. Tief und gleichmäßig atmete sie weiter, als Maria sich neben das Bett auf einen Plüschhocker setzte.

Diese runden Wangen. Dieses winzige, halb geöffnete Mündchen, diese glitzernde Sabberspur am Kinn.

Eine Welle der Zärtlichkeit überrollte Maria, gemischt mit Bedauern. Nie würde sie ein eigenes Kind haben. Diese Wunde würde sich nie schließen, auch nicht durch die Rache, die sie an den Männern nahm.

Sie hatte kaum das Handy stumm gestellt und neben sich auf den Boden gelegt, als Lea erwachte. Mit einem Ausdruck größten Erstaunens schlug sie die Augen auf und streckte die Arme hoch. Ihr Lächeln war das eines geliebten Kindes, das sicher sein konnte, seine Freude am eigenen Dasein mit den Erwachsenen zu teilen.

»Tante Mia!«

Maria holte Lea aus ihrem Bettchen und setzte sich mit ihr auf den Teppich. Schlaftrunken schmiegte sich das Kind an sie, murmelte etwas Unverständliches und schlief sofort wieder ein. Der Duft von Kinderhaar. Der warme, weiche Körper. Unendliches Urvertrauen. Fast gewaltsam stieg es jetzt in Marias Kehle hoch, das Schluchzen, das sie seit Minuten unterdrückte. Warum durfte ich kein Kind haben? Warum gab es nie einen Mann, der Vater werden wollte?

Leise begann sie ein Schlaflied zu summen. Ja, es gab Paralleluniversen, da reimte sich Bäumelein auf Träumelein, und Hänschen klein lief zu seiner Mutter zurück.

Als Evi und Alex um halb eins nach Hause kamen, fanden sie Maria auf dem Teppich des Kinderzimmers liegend, die Arme um Lea geschlungen.

»Jetzt ist sie völlig verrückt geworden«, schnaubte Evi halblaut.

Ihr Mann nahm die Decke aus dem Kinderbett und breitete sie über die Schlafenden.

»Weck sie nicht, bitte. Ich glaube, Maria hat Stress genug.«

Wenn sie genauer hingeschaut hätten, wäre ihnen aufgefallen, dass Maria keineswegs schlief. Mit krampfhaft geschlossenen Augen lag sie auf dem Teppich. Es war keine schauspielerische Glanzleistung, weil ihre Wimpern unkontrolliert flatterten, zeitigte jedoch die erhoffte Wirkung. Lautlos zogen sich Evi und Alex zurück.

Maria atmete auf. Sie fürchtete sich vor ihrem verwaisten Bett, vor dem Tresor mit den Waffen, vor dem Ungeheuerlichen, in das sie geraten war, und wollte für immer hierbleiben, in dem Prinzessinnenzimmer, wo die Welt rosarot war, bei dem kleinen Mädchen, das warm und weich in ihrem Arm lag.

KAPITEL 10

Um sechs Uhr klingelten mehrere Wecker in der Wohnung, kurz darauf kam Evi ins Kinderzimmer gestürmt und rüttelte an Marias Schulter.

»Guten Morgen. Aufstehen. Um halb acht muss Lea in der Kita sein. Kaffee oder Tee?«

»Ein Feldwebel hätte es nicht freundlicher rüberbringen können«, stöhnte Maria.

Erst in den frühen Morgenstunden war sie in einen todesähnlichen Schlaf gefallen. Jetzt musste sie sich zwingen, die schweren Lider zu öffnen, und was sie sah, stimmte sie nicht gerade fröhlicher: einen verwaschenen blau-rot gestreiften Herrenpyjama.

»Entschuldige bitte«, sagte Evi deutlich freundlicher und hockte sich neben sie. »Manchmal funktioniere ich nur noch wie ein Automat. Wie geht es dir eigentlich?«

»Besser. Wirklich.«

Skeptisch betrachtete Evi ihre Freundin.

»Ganz bestimmt? Ich habe mir Vorwürfe gemacht, dass ich neulich so hart zu dir war. Du bist meine Freundin, Maria, und ich kann nicht behaupten, dass ich viele Freundinnen habe. Der Job frisst mich auf, das Familienleben nimmt mich in Anspruch, na ja, ich habe keinen Grund, mich zu beschweren. Also, was möchtest du? Kaffee oder Tee?«

»Ein doppelter Espresso«, Maria gähnte, »wäre schön.«

»Sag's Alex, der ist fürs Frühstück zuständig. Und danke, dass du für Lea da bist.«

Sie beugte sich vor und gab Maria einen Kuss auf die Wange, dann huschte sie davon. Die Bewegung hatte Lea aufgeweckt. Innig schmiegte sie sich an Maria, spielte mit einer ihrer Haarsträhnen, lächelte arglos. Es war herzerweichend, ihre Nähe zu spüren. Warum hielten Männer keine Nähe aus?

»Spielst du mit mir?«, fragte Lea.

»Nein, Süße.« Maria küsste sie auf den seidigen Scheitel. »Tante Mia muss los.«

Sie rappelte sich auf. Dann trug sie Lea in die Küche und übergab sie Alex, der sie auf den Arm nahm.

»Frühstück ist gleich fertig. Einen Espresso für dich?«

Maria nickte beeindruckt. Man hätte in dieser Küche jederzeit ein Fotoshooting für eine Designzeitschrift veranstalten können. Die Möbel waren in dezentem Graubeige gehalten, alles hatte seinen Platz, alles war farblich aufeinander abgestimmt, von den marmornen Arbeitsplatten bis zur Brotbox. Sie trank ihren Espresso im Stehen.

»Danke für den Kaffee, ich muss los.«

Alex gab ihr einen seltsam missglückten Kuss auf die Wange.

»Evi ist noch im Badezimmer. Soll ich sie von dir grüßen?«

Auf einmal tat er ihr leid, wie er so dastand, in einem nicht ganz sauberen T-Shirt, Lea auf dem Arm, den Kopf schräg gelegt. Sein Lächeln wirkte gequält. Vielleicht brauchte er ein wenig moralische Unterstützung.

»Alex, was ich noch sagen wollte …«

»… ja?«

In seinen Augen flackerte etwas auf. Etwas, was Maria nicht einordnen konnte und Evi gewiss nicht gefallen hätte. Es wurde ziemlich still in der Küche. Unwillkürlich trat Maria einen Schritt zurück.

»Ach, nichts. Bis bald.«

Auf der Fahrt nach Hause dachte sie über ihre Freundin nach. Schon länger hatte Maria den Eindruck, dass Evi sie als Bedrohung empfand, als potenzielle Konkurrentin, die es darauf abgesehen hatte, ihr den Mann auszuspannen. Vielleicht erklärte das Evis zuweilen harschen Ton. Ganz bestimmt erklärte es die Tatsache, dass Maria so wenig eingeladen wurde, es sei denn zum Babysitten oder für andere Gefälligkeiten. Eine Singlefrau war verdächtig. Erhöhte Flirtgefahr. Paare bevorzugten Paare, und Maria hatte sich zu selten mit einem Mann blicken lassen, um jemals in dieser Liga mitzuspielen. Aber was machte das schon? War es nicht viel wichtiger, sich endlich von den Männern zu befreien?

Als sie einige Stunden später wieder in den Wagen stieg, wölbte sich ein vergissmeinnichtblaues Zelt über der Stadt, ein unwirkliches Blau, in das die Sonne ein gleißendes Loch brannte. Maria nahm es als gutes Omen. Die graue Zeit war vorbei, Aufbruch lag in der Luft. Selbst der Schmerz, den Tom hinterlassen hatte, wütete nicht mehr so heftig, wenn sie an ihre Mission dachte. Passend zu ihrer frühlingshaften Stimmung trug sie einen weißen Leinenanzug und ein weißes T-Shirt.

Auf dem Weg von Kreuzberg nach Charlottenburg stellte sie das Autoradio an. Wirbelnde Streicherklänge schraubten sich eine Oktave nach unten, gefolgt von Dean Martins samtweichen Seufzern. *Volare*. Eine vergilbte Postkarte von der Amalfiküste schwebte vor ihrem inneren Auge, *nel blu dipinto di blu,* mürbes Blau über blumengesäumten Küstenstraßen, in der Ferne das Meer, *e cantare,* sie sah sich selbst singend in einem Cabrio, ihr Haar flatterte im Wind, neben ihr saß ein atemberaubend schöner dunkelhaariger Mann, der einen Arm um sie legte, *felice di stare lassù*. Moment, was hatte Giovanni Tesoro in ihrer Phantasie zu suchen?

Sie wechselte den Sender. Zischende Elektrobeats trieben

sie vorwärts über die Skalitzer Straße, vorbei an beschmierten Häuserwänden und Gehsteigen voller Müll, an Läden, deren Schilder sie in- und auswendig kannte: *Elektronik Import/Export, Kepir Obst und Gemüse, Backhaus, Bioladen Wurzelmännchen, Ein-Euro-Laden. World of Sex.*

Um Punkt elf Uhr stand sie am Empfangstresen der Galerie, sehr aufrecht und ganz in Weiß, wie eine Braut. Da sich noch niemand blicken ließ, steckte sie die Kopfhörer ihres Handys in die Ohrmuscheln und scrollte durch ihre Playlist. Wie immer, wenn sie gute Laune hatte, wählte sie einen Walzer von Schostakowitsch, der etwas rauschhaft Grelles an sich hatte. Diegos Todestanz würde nicht lange dauern. Er war kein Mann der großen Worte, kein verbaler Gladiator wie Johannes. Mehr als billige Ausflüchte waren nicht zu erwarten. Doch zunächst musste sie ihn in die Falle locken. Verschreck ihn nicht, verführe ihn. Am besten, du überraschst ihn in der Bar, in der er arbeitet. Am kommenden Sonntag vielleicht? Ja, Sonntag ist ein guter Tag für den Tod.

Auf dem Laptop der Galerie googelte sie die Bar. Es schien ein ziemlich verschlafener Schuppen zu sein, das Lokal hatte nicht einmal eine eigene Website. Immerhin fand sie auf einer anderen Website die Information, dass die Furchtbar sonntags geöffnet hatte. Ihr Herzschlag beschleunigte sich, als sie den Namen Johannes Bernheimer eingab. Neue Nachrichten über die Ermittlungen gab es noch nicht, nur die Nachrufe wurden immer zahlreicher. Die Kommentatoren überschlugen sich geradezu. Selten hatte Maria so viele Superlative auf einmal gelesen. Der *wichtigste* Literaturwissenschaftler der Republik. Der *originellste* Denker seiner Zunft. Der *brillanteste* Kopf der Nachkriegszeit.

Aus dem Augenwinkel nahm Maria wahr, dass sich etwas im Raum bewegte. Sie sah auf und zog die Earphones heraus. Eine Seniorenreisegruppe hatte sich in die Galerie verirrt, ein Geschwader steingrauer Popelinejacken und wetterfester Anoraks in allen Regenbogenfarben. Schockiert standen die betagten Besucher vor den Bildern. Man hörte nur ratloses Hüsteln und das Quietschen von Gummisohlen.

»Tja, Herrschaften, das ist Berlin, schräg, aber interessant«, erklärte der Reiseleiter, ein windiger Typ in einer kobaltblauen Daunenjacke. »Und wie man sieht, erfolgreich. Solche Galerien machen kräftig Kohle, Herrschaften. Bedenken Sie – ein einziges Bild kostet zehntausend Euro.«

Wie auf ein geheimes Kommando hin schauten alle zu Maria herüber. Sie konnte förmlich die Gedanken in den Köpfen lesen: So sieht also jemand aus, der den lieben langen Tag nur herumsteht und mit Schund Millionen verdient. Verlegen tat sie so, als sei es richtig harte Arbeit, auf den Monitor des Laptops zu starren.

»Gibt's hier auch einen Kaffee?«, fragte eine ältere Dame mit dünner Greisenstimme.

»O ja, Kaffee«, seufzte eine andere Dame. »Auf den Schreck.«

Auf einmal schämte sich Maria dafür, dass man diesen alten Leuten etwas zeigte, was sie verunsicherte. Sie hatten etwas anderes verdient, etwas Schönes, Erhebendes, wovon sie daheim mit leuchtenden Augen erzählen konnten. Warum ging der Reiseleiter mit seiner Gruppe nicht in die Alte Gemäldegalerie? Warum konfrontierte er sie mit Bildern, die sie verstörten?

»Gern koche ich Ihnen einen Kaffee.« Sie kam hinter dem Tresen hervor. »Wer möchte?«

Wie in der Schule flogen ausgestreckte Zeigefinger hoch. Fünfzehn zählte Maria.

»Einen Moment Geduld, bitte, ich gehe nur kurz in die Teeküche. Und Sie passen solange auf die überteuerten Kunstwerke auf, ja?«

Erlöstes Gelächter. Wenige Minuten später servierte Maria den Kaffee. Gekonnt trug sie ein großes Tablett mit randvollen Tassen durch die Popelinejacken und Anoraks. Es machte ihr sogar Spaß. Ja, sie freute sich über die lächelnden Gesichter, über die allgemeine Erleichterung, dass es selbst in einer Stadt wie Berlin eine Wärmeinsel gab.

»Schatzi? Hab ich was verpasst?«

Henry war hereingekommen. Verdutzt musterte er die kleine Kaffeeparty, und die Besucher betrachteten ihn ebenso verdutzt. Zu seiner schwarzen Lederjacke und dem weißen T-Shirt trug er eine olivfarbene Cargohose, um den Hals hatte er ein schwarzes, nietenbesetztes Ledertuch geschlungen. Schwere schwarze Stiefel rundeten das Outfit ab.

»Ist das etwa der Künstler?«, wisperte jemand.

»Das ist Henry Glockenbach, der Galerist.« Maria tänzelte auf ihn zu und hielt ihm das Tablett hin, auf dem noch eine einzige unberührte Tasse stand. »Ich glaube, seine Einladung zum Kaffee ist einen Applaus wert.«

Alle begannen zu klatschen. Jetzt hatten die Senioren daheim eine Menge zu erzählen. Einer nach dem anderen brachten sie ihre leeren Kaffeetassen in die Teeküche, bevor sie sich von Maria und Henry mit Händeschütteln verabschiedeten, alle fünfzehn einzeln. Sobald sie außer Hörweite waren, zerrte sich Henry das Ledertuch vom Hals und brach in Lachen aus.

»Dein gutes Herz in allen Ehren, aber übertreibst du es nicht ein bisschen? Oder willst du heiliggesprochen werden, Mutter Teresa?«

Sie drückte ihm einen Kuss auf die bärtige Wange. Es gab nicht viele Menschen auf der Welt, die so gelassen reagierten wie Henry. Eigentlich hatte sie eine Standpauke erwartet.

»Es war eine Eingebung, sie taten mir leid, ich wollte freundlich sein.«

»Wie schrecklich, schrecklich nett. Du bist ein Engel, Maria. Aber nicht, dass es zur Gewohnheit wird, dies ist eine Galerie, keine Bahnhofsmission.« Er strich über ihre Wange. »Wie geht's dir heute? Du siehst viel besser aus, steht dir gut, der weiße Anzug. Hast du Tom gesehen? Habt ihr euch ausgesprochen?«

»Nicht direkt«, wich Maria aus. »Sagen wir, ich habe einen Weg gefunden, mit meinen Gefühlen klarzukommen. Mehr möchte ich nicht verraten.«

»Bei Gelegenheit würde ich trotzdem gern erfahren, wie dieser geheimnisvolle Weg aussieht.«

»Bei Gelegenheit, ja.«

Die Tür ging auf, und noch bevor Maria vollends realisierte, wer da hereinspazierte, stellten sich die Härchen auf ihren Unterarmen senkrecht. Hatte sie eine Halluzination?

»Schönen guten Morgen«, begrüßte Henry den Herrn im eleganten Trench. »Ich bin Henry Glockenbach. Was kann ich für Sie tun?«

»Hauptkommissar Tesoro, ich ermittle im Fall des ermordeten Johannes Bernheimer.«

Er war es wirklich. Groß, gut aussehend und mit dieser eigentümlichen Körpersprache, die an einen Panther auf dem Sprung erinnerte. Allein wie er dastand, versetzte Maria in höchste Alarmbereitschaft – kontrolliert, den Oberkörper leicht schräg nach vorn geneigt, Standbein und Spielbein so positioniert, dass er jederzeit lossprinten und einen flüchtigen Mörder hätte verfolgen können.

»Frau Doktor Hafner kannte das Opfer und ist über sein gewaltsames Ableben informiert«, erklärte er. »Ich würde ihr gern noch ein paar Fragen stellen. Übrigens sehen Sie heute besonders reizend aus, Frau Doktor.«

Maria registrierte, dass sich ihre Brust viel zu schnell hob und senkte. Trotz ihres dünnen Anzugs brach ihr der Schweiß aus. Sie lächelte höflich, während sie sich hinter dem Laptop auf dem Empfangstresen verschanzte. Was will der denn noch? Warum kommt er ausgerechnet hierher, in die Galerie, und erwähnt Johannes? Prompt fing sie sich einen verständnislosen Blick von Henry ein.

»Ernsthaft? Du wusstest davon, Schatzi? Du hast keinen Ton von einem Mord erzählt.«

»Ich fand es nicht so wichtig.« Sie klickte rasch die Website weg, auf der sie einen besonders enthusiastischen Nachruf auf Johannes gefunden hatte. »Ist lange her, dass ich mit Professor Bernheimer zu tun hatte.«

Eine Pause entstand. Maria starrte Löcher in die Luft, Henrys Blick blieb an den orangefarbenen Schnürsenkeln des Kommissars hängen, Giovanni Tesoro betrachtete das Bild mit dem leichenhaft blassen nackten Mädchen im Laub.

»Interessante Ausstellung«, befand er schließlich. »Ein wenig morbide, würde ich sagen. Arbeiten Sie gern an der Schwelle des Todes, Frau Doktor Hafner?«

Die Luft zwischen ihnen flirrte wie mit elektrischer Spannung aufgeladen, und Marias stille Hoffnung, sie habe ihn am Vortag täuschen können, schwand von Sekunde zu Sekunde. Es war offensichtlich, dass dieser Mann sich darauf spezialisiert hatte, die menschliche Seele in ihre Einzelteile zu zerlegen.

Sag was, sag was, sag was.

»Die Künstlerin versteht ihre, äh, Modelle als Musen, die sie durch, na ja, ihre ästhetische Inszenierung vernichtet.« Sie merkte, dass sie viel zu hektisch sprach und sich verhaspelte. Ganz ruhig, weiter im Text. »Ein Akt der Wahrhaftigkeit. Eine Hommage an die Vergänglichkeit.«

Der rechte Mundwinkel des Kommissars verzog sich zur Andeutung eines ironischen Lächelns, bevor er Henry anerkennend auf die Schulter schlug.

»Eine tüchtige Mitarbeiterin, Herr Glockenbach. Der Punkt geht an Sie. Sie müssen über exzellente Menschenkenntnis verfügen, wenn sie solch ein Juwel gefunden haben.«

Das Kompliment war ganz nach Henrys Geschmack. Stolz reckte er das Kinn vor. Ohnehin war unübersehbar, dass ihm dieser gut aussehende, gut gekleidete Mann gefiel.

»Danke schön. Gäbe es mehr von Marias Sorte, wäre die Welt ein besserer Ort. Glauben Sie mir, sie ist nicht nur ein kluges Mädchen, sie hat auch das Herz auf dem rechten Fleck.«

»Nicht wahr?« Das Lächeln des Kommissars wurde breiter, wobei seine hübschen Zähne zur Geltung kamen. »Das ist mir auch gleich aufgefallen. Eine überaus liebenswürdige Person, diese Frau Doktor Hafner. Richtig nett.«

»Manchmal zu nett«, griente Henry. »Nicht immer wird es ihr gedankt.«

»Ach ja?«

Mit zunehmender Panik verfolgte Maria das Gespräch. Tesoro, der gerissene Hund, brachte Henry völlig beiläufig dazu, Dinge zu sagen, die für sie gefährlich werden konnten. Ein Schweißrinnsal löste sich in ihrem Nacken und kroch den Rücken hinunter.

»Wir sollten uns unter vier Augen unterhalten, Herr Kommissar. Henry, wenn du nichts dagegen hast, ziehe ich mich mit dem Hüter des Gesetzes in die Teeküche zurück.«

»Nein, nein«, widersprach Giovanni Tesoro. »In meinem Beruf trifft man selten auf sympathische Leute. Apropos, Herr Glockenbach, haben Sie nicht Angst, dass Sie Frau Doktor Hafner verlieren könnten? Ich meine, so eine attraktive Frau ist doch sicherlich in festen Händen und steht womöglich mit einem Bein vor dem Traualtar, und dann, wer weiß, wechselt sie ins Familienbusiness.«

»Keine Sorge«, Henry lächelte sanft, »Maria ist Single. Sie hat zwar viele Qualitäten, aber die Männer behandeln sie leider …«

»Henry!« Sie schrie fast. »Bitte, das reicht!«

Eine, nur eine einzige Schwäche hatte Henry: Manchmal war er allzu freimütig. Es ging diesen smarten Kommissar nichts an, in welch desolatem Zustand sich ihr Liebesleben befand. Möglicherweise würde er gewisse Schlüsse daraus ziehen, zum Beispiel, dass Maria allen Grund hatte, sich zu rächen.

Henry zog einen Flunsch.

»Sorry, Schatzi, in den letzten Wochen warst du ganz schön neben der Spur.«

»Mir ging es blendend«, presste Maria hervor.

Henry war ein schlechter Schauspieler. Irritiert sah er sie an, während Giovanni Tesoro unmerklich mit dem Kopf nickte. Als habe er es gleich gewusst. Als habe er von der ersten Sekunde an ihre Einsamkeit gewittert, ihre Verzweiflung, das ganze Elend einer Frau, die kein Glück mit Männern hatte. Mit gespreizten Fingern fuhr er sich durchs Haar, bis zum sauber ausrasierten Nacken hinab. Heute trug er ein hellblaues Hemd. Himmelblau.

»Da bin ich aber froh. Nun, ich will Sie beide nicht weiter bei der Arbeit stören. Frau Doktor Hafner, in den nächsten Tagen werde ich noch einmal auf Sie zukommen. Bis dahin …«

Er ließ den Satz unvollendet. Auf einmal meinte Maria wieder seinen Duft wahrzunehmen, Nikotin, Rasierwasser, Mann. Und dann noch dieses Unbestimmbare, Erregende. Geh endlich. Geh weit, weit weg, und lass dich nie wieder blicken. Ja, er schickte sich an zu gehen. Aber vorher richteten sich seine Augen noch einmal auf Maria und tasteten ihren Körper ab, als wolle er unter ihrem weißen Anzug nach verborgenen Waffen suchen. Sie fühlte sich wie in einem Nacktscanner.

»Schön, dass sich Ihre Migräne gebessert hat. Wäre doch schade, wenn Sie weiterhin tagelang im Bett liegen müssten.« Er nickte ihr zu und reichte Henry formvollendet die Hand. »Ciao. War mir ein Vergnügen.«

Als er endlich gegangen war, atmete Maria aus, gefühlt zum ersten Mal seit zehn Minuten. Entspann dich. Er ist weg. Dennoch wanderten ihre Gedanken zwanghaft zu ihm zurück. Er würde nicht lockerlassen. Und seine Augen waren nicht braun, sondern hatten im hellen Licht der Galerie einen irisierenden Olivton offenbart.

»Schatzi, was ist los mit dir?« Die Daumen in den Hosenbund gehakt, stand Henry vor ihr und schüttelte den Kopf. »Warum hast du dich so hysterisch aufgeführt? Und seit wann liegst du wegen Migräne tagelang im Bett?«

»Gegenfrage: Warum breitest du vor einem Wildfremden mein Liebesleben aus?«

Er lächelte schlau.

»Weil er kein Wildfremder für dich ist. Und weil er auf dich steht, das habe ich sofort gesehen. Ich wollte ihm nur dezent signalisieren, dass du available bist. Als dein Freund, der dich endlich glücklich sehen möchte.«

Das verschlug ihr die Sprache. Henry wollte sie mit dem Kommissar verkuppeln? Was für eine groteske Idee.

»Schatzi?«

»Schon gut«, murmelte sie. »Lass uns die Einladungsliste für die nächste Vernissage durchgehen.«

In den nächsten Tagen vermied Maria längere Gespräche mit Henry. Gewissenhaft erledigte sie ihre Arbeit. Sie aktualisierte die Einladungsliste, führte Besucher in der Galerie herum, versendete Newsletter an die lokalen Zeitungen und verkaufte ein weiteres Bild – erstaunlicherweise das mit dem leblosen Mann auf dem Tisch. Eine Frau in ihrem Alter hatte sich für das Werk erwärmt. So, ganz genau so wolle sie die Kerle sehen, hatte sie wutschnaubend verkündet, in ihrer ganzen Armseligkeit aufgebahrt, am besten tot. Auf Marias Nachfrage war sie deutlicher geworden: Männer seien Schweine. Alle.

Das verbitterte Gesicht der Frau ging Maria nicht mehr aus dem Kopf. Ja, es liefen viel zu viele Männer auf der Welt herum, die nichts Besseres zu tun hatten, als Frauen zu verletzen und zu verlassen. Bald würden es ein paar weniger sein.

KAPITEL 11

Am folgenden Sonntag stand Maria kurz vor Mitternacht im Badezimmer und stopfte ihr Haar unter eine dunkelbraune Langhaarperücke. Selbst die Verkäuferin in dem kleinen Perückenladen am Adenauerplatz hatte gestaunt, wie dramatisch die Veränderung ausfiel. Maria sei eine ganz andere Frau, gar nicht wiederzuerkennen, also wirklich, was das doch ausmache. Auch Maria selbst erkannte sich im Spiegel kaum. Eine fremde Frau starrte ihr entgegen, die Nachtseite ihres Ichs.

Ihr gefiel, was sie sah. Nicht nur ihr Äußeres, auch ihre Körpersprache wirkte verändert. Etwas Starkes, Selbstbewusstes ging von ihrer aufrechten Haltung aus. Viel zu lange hatte sie alles unterdrückt, die Enttäuschung, die Wut, das Aufbegehren; jetzt stand ihr eine Frau gegenüber, die ihr Schicksal in die Hand nahm, die nicht mehr einsteckte, sondern austeilte. Diego würde sie nicht erkennen, weil er einen sanften Engel in Erinnerung hatte, die duldende, ohnmächtige Maria. Aber er würde reflexartig auf die schwarze Korsage reagieren, die sie unter dem Mantel trug. Danach würde sie improvisieren müssen.

Sie setzte eine schwarze Nerdbrille aus Fensterglas auf, die Daniel bei ihr vergessen hatte. Daniel, der intellektuelle Pfau. Auch einer auf ihrer Liste. Jetzt brauchte sie nur noch die Pistole, die gereinigt und geladen auf dem Küchentisch bereitlag.

Wie hatte sie nur so lange ohne Waffen leben können.

Ohne die Magie des Schusses, die alles andere übertraf, ein zitternder Kulminationspunkt der Wahrhaftigkeit. Kühl und schwer schmiegte sich das Metall an ihre Haut. Sie schloss die Augen und stellte sich vor, was dieser Colt Government erlebt haben mochte, damals im Krieg, in den Händen ihres Großvaters. Heiser gebrüllte Kommandos, tödlich getroffene Leiber, Soldaten, die im Todeskampf um Hilfe schrien. Blut. Erbschuld, gab es das? Was hatte sie geerbt? Die mörderischen Gene ihres Großvaters, der als Scharfschütze im Russlandfeldzug Orden gesammelt hatte wie andere Leute damals Briefmarken?

Es war nach ein Uhr nachts, als Maria ihren Wagen parkte, in einer Moabiter Straße voller Shisha-Bars und Spätkaufläden, vor denen rauchende Männer in Lederjacken und Kapuzenpullovern herumlungerten. Einen Wollschal über Mund und Nase gezogen, schob sie sich an ihnen vorbei. Früher war es ihr immer unangenehm gewesen, an einer Gruppe von Männern vorüberzugehen, doch die Waffe gab ihr Sicherheit und Selbstvertrauen. Ihr Schritt war fest, ihr Gang zielstrebig. Niemand sprach sie an oder bedachte sie mit einem anzüglichen Blick.

Ich strahle es aus, dachte sie. Man spürt, dass ich kein Opfer mehr bin. Gut so. Nur gleich in der Bar muss ich einmal noch das Weibchen spielen.

Nach einigem Suchen fand sie eine dunkle Glastür, auf die jemand den Schriftzug *Furchtbar* mehr geschmiert als geschrieben hatte. Womöglich war es Diego gewesen. Es sah ihm zumindest ähnlich. Abgestandener Zigarettenrauch schlug ihr entgegen, vermischt mit hämmernder Technomusik. Das schummrige, in altmodischen Brauntönen gehaltene Lokal war fast leer. Rechts an der holzgetäfelten Wand drückte sich ein Paar undefinierbaren Alters herum, am Tresen hing ein schmächtiger Mann mit Halbglatze und Karojackett, der aussah, als hätte er vergessen, warum er hergekommen war.

Maria hatte mit deutlich mehr Gästen gerechnet, dennoch fühlte sie sich sicher. Der niedrige Raum wurde nur spärlich von Glühfadenbirnen beleuchtet, die Kerzen auf den Tischen waren heruntergebrannt. Niemand hatte sie durch neue ersetzt, was ebenfalls für die Anwesenheit von Diego sprach. Der war ein Performer, kein gastronomisches Ass. Sie stellte sich an einen Stehtisch und spähte zum Tresen.

Diego. Er war es tatsächlich. Etwas fülliger war er geworden, auch der Schnauzer war neu. Aber es gab noch Spuren des Tunichtguts, der sie einst umgarnt hatte. Du, meine kleine Unterwelt. Die Bürgertochter und der charmante Gauner, eine Weile lang hatte das glänzend funktioniert, zum Entsetzen ihrer Mutter. »Auch Töchter haben leider mal 'nen Hang zum Küchenpersonal«, war ihr schmallippiger Kommentar gewesen, als Maria ihn an einem Sonntagmittag zum Essen mitgebracht hatte.

Nein, Diego konnte man wahrlich nicht als perfekten Schwiegersohn bezeichnen. Mittlerweile sah er aus wie ein moldawischer Zuhälter – die kurzen schwarzen Haare nach oben gegelt, ein schwarzes T-Shirt mit BOSS-Glitzeraufdruck, vermutlich gefälscht, eine dicke Rolex am Handgelenk, ganz sicher gefälscht. Er wirkte nervös. Immer wieder schaute er zur Tür, vermutlich, weil er sich vor Leuten fürchtete, denen er Geld schuldete. So war es immer gewesen. Diego hatte immer Grund zur Nervosität. An diesem Eindruck konnten weder das breite Grinsen noch die auftrumpfende Körpersprache etwas ändern. Mit beiden Ellenbogen stützte er sich auf den Tresen und hörte dem Gast zu, der in einem fort über Musik schwadronierte.

»Hör mir uff mit Techno. Ick bin Pianist, det hat Stil, det wär mal wat für die Bar hier. Ick spiel allet – wat Hochwertiget für die Püppis, wat Fetziget für die Knallköppe, und wenn einer Geburtstag feiert, hab ick ein paar Superlieder uff petto.«

»Uff petto«, wiederholte Diego feixend.

»Wat Nonschalantet eben.«

Maria kannte solche enervierenden nächtlichen Gespräche aus ihrer Zeit als Kellnerin. Manche Gäste hatten schlicht Angst, nach Hause zu gehen, und redeten um ihr Leben, bettelten um Zeit, Aufmerksamkeit, Zuspruch. Was tat sie hier? Warum ging sie nicht einfach selber nach Hause und machte ihren Frieden mit Diego? Du kannst immer noch verschwinden. Niemand wird Notiz davon nehmen, und Diego wird sein gut gelauntes Taugenichtsdasein weiterleben, noch ein paar Herzen brechen, na, und wenn schon.

»Hey, Lady, was darf's sein?«

Es dauerte einen Moment, bis sie die kehlige Sandpapierstimme zuordnen konnte. Vergiss nicht, was Diego dir angetan hat. Denk an die Schulden, die drei Jobs, an die Nächte, in denen du Büros geputzt hast, klebrige Teeküchen, verdreckte Toiletten, und das alles nur, weil er dich skrupellos ausgenutzt hat.

»Hey, jemand zu Hause?«, rief er ihr vom Tresen aus zu.

Instinktiv zog sie die Schultern hoch und legte den Kopf schräg, als sei sie immer noch das Püppchen von einst.

»Einen Gin Tonic, bitte.«

Er streifte sie mit einem interessierten Blick. Nein, er erkannte sie nicht in ihrer Aufmachung.

»Geht klar. Noch einen Wunsch, die Lady?«

Maria öffnete die obersten Knöpfe ihres Mantels. Darunter trug sie eine schwarze Korsage, deren Ausschnitt ihre Mutter offenherzig genannt hätte.

»Welche Wünsche könntest du mir denn erfüllen?«

»Also«, er zupfte an seinem Schnauzer und zwinkerte ihr

zu, »in der Abteilung Wunschkonzert bin ich echt gut. Aber ich habe heute keine Zeit, bin später mit meiner Freundin verabredet. Sorry, Baby.«

»Mann«, mischte sich Karojackett ein. »Det Mädel is heiß. Haste det ma kapiert? Oder soll icket dir eintuppern?«

Mit geisterhaft schnellen Bewegungen warf Diego eine Ginflasche in die Luft, bevor er sie aufschraubte, ein wenig von der wasserhellen Flüssigkeit in ein Glas kippte, aus einigem Abstand Eiswürfel hineinregnen ließ und es mit Tonic Water auffüllte. Dann hobelte er im Handumdrehen zwei spiralförmige Streifen von einer Gurke und versenkte sie gekonnt zwischen den Eiswürfeln.

»Ihr seid doch verrückt, alle beide. Das Gespräch ist beendet.«

»Nich, wenn ick weiterrede.« Der Mann nahm das Glas und stellte es Maria hin, bevor er sich wieder Diego zuwandte. »Ich meine, deine Alte ist doch so anjenehm wie 'ne Darmspiegelung. Aber die da, die is 'n Schuss, wärste ja bekloppt, wenn de die nich, na, immer druff und so.«

Maria rutschte ungeduldig auf ihrem Barhocker hin und her. Es dauerte eine Weile, bis sie den Grund für Diegos demonstratives Desinteresse verstand. Sie machte es ihm zu leicht. Welcher Jäger war schon erfreut, wenn man ihm das Wild mausetot vor die Flinte trug?

»War nur Spaß«, sagte sie mit einem Anflug von Herablassung. »Auch ich bin in festen Händen. Da kann man nichts machen. Sorry, Süßer. Zu Hause wartet mein Mann auf mich.«

Diego hörte auf, den Tresen zu polieren.

»Aha.«

Aufreizend langsam öffnete Maria die restlichen Knöpfe des Mantels. Sofort saugten sich seine Augen an ihrem Dekolleté fest, glitten weiter zu ihrem kurzen Rock und ihre schwarz bestrumpften Beinen entlang bis zu den Highheels. Anerkennend pfiff er durch die Zähne. Maria sah an ihm vorbei. Ihre rechte Hand umschloss den Colt Government in der Manteltasche. Wie beruhigend der kühle Stahl sich anfühlte.

»Nach meine Beene is ja janz Berlin varrückt«, summte der Mann im Karojackett. »Mit meine Beene hab ick manchet Herz jeknickt.«

Unauffällig kontrollierte Maria den Sitz ihrer Perücke, um sicherzugehen, dass kein rotes Haar darunter hervorlugte. Sie tat so, als habe sie bereits vergessen, wer hinter dem Tresen stand. Jetzt war Diegos Jagdinstinkt geweckt. Grinsend funkelte er sie an.

»Die nächste Runde geht aufs Haus, Lady.«

Wie absichtslos spielte sie mit dem schwarzen Spitzenrand der Corsage und nahm einen Schluck von ihrem Gin Tonic. Diego verfolgte jede ihrer Bewegungen wie ein Hund, der schon den Knochen in der Hand seines Herrchens erschnüffelte und hoffte, dass der Leckerbissen in die Luft geworfen wurde, damit er ihn schnappen konnte. Mit eigentümlich federnden Schritten kam er hinter dem Tresen hervor und baute sich vor Maria auf.

»Zahln«, blaffte der Gast im Karojackett.

Ruckartig wirbelte Diego herum, mit drohend erhobenen Fäusten. Maria erinnerte sich gut daran, wie aggressiv er werden konnte, wenn man seine Ehre beleidigte.

»In dem Ton redest du nicht mit mir«, rief er. »Kapiert? Nicht mit mir!«

Erschrocken hob der Mann die Hände.

»Nu kiek ma nich so abjewohnt aus de Wäsche. Ick koffer dir schon nich wat vors Rejal.«

Nachdem er einen Geldschein auf den Tresen gelegt hatte, zog er grummelnd ab. Auch das Paar zahlte und ging. Jetzt war Maria mit Diego allein. Noch immer schien er nicht zu ahnen, wen er vor sich hatte. Merkwürdig, er wirkte fremd und vertraut zugleich. Einige Linien hatten sich auf seiner Stirn eingegraben, und er kniff neuerdings die Lider zusammen, als hätte er zu viel gesehen, was ihm nicht gefiel. Aber sein Hallodrilächeln hatte er nicht verlernt.

»Tja«, sie glitt vom Barhocker, »würdest du mir bitte die Rechnung fertigmachen?«

»Und dann? Wir könnten jede Menge Spaß haben.«

»Ist das eine Drohung?«

»Nee, ein Versprechen.«

»Hm«, Maria zierte sich noch ein bisschen, »ich weiß nicht …«

Dicht stellte er sich neben sie. So dicht, dass sie die Barthaare seines Schnauzers einzeln hätte zählen können. Langsam kroch seine Hand auf sie zu. Mit einem Finger berührte er den Punkt zwischen ihren Schlüsselbeinen, und sie erschauerte. Damit hatte er sie schon damals in den Wahnsinn getrieben.

»Wirst es nicht bereuen, Süße«, raunte er.

Von der Rechnung war nicht mehr die Rede. Diego bestellte ein Taxi und knipste den Hauptschalter aus, woraufhin die Glühbirnen erloschen und die Musik verstummte. Was Maria dachte oder wollte, fragte er nicht. Er streifte dicke Lederhandschuhe über, dann zog er sie einfach an der Hand nach draußen vor die Tür, die er zweimal abschloss. Noch bevor das Taxi kam, versuchte er, sie zu küssen.

»Nicht so schnell«, flüsterte Maria. »Ich will es genießen.«

Die Taxifahrt dauerte nur wenige Minuten. Fest hielt Diego sie im Arm, kraulte ihren Nacken, lachte leise. Maria kämpfte mit Lampenfieber, als der Wagen vor einem heruntergekommenen Altbau hielt, dessen Erdgeschossfenster mit Brettern vernagelt waren. Halb abgerissene Plakate hingen daran, übersprayt mit Graffiti. Eine Collage, die eines

Kurt Schwitters würdig gewesen wäre. Diego gab dem Fahrer einen Zehneuroschein und stieg aus, ohne aufs Wechselgeld zu warten. Mehr besitzergreifend als ritterlich reichte er Maria die Hand und zerrte sie aus dem Taxi.

Seine Grobheit war ernüchternd. Maria spürte keine Aufregung, kein Herzklopfen mehr, nur Zorn angesichts der Achtlosigkeit, mit der er sie als seine rechtmäßige Beute betrachtete. Kühl und gleichmäßig floss das Blut durch ihre Adern. Ich habe eine Mission, dachte sie. Ich weiß, was ich tue.

Sie folgte ihm zur Haustür, die er mit einem Fußtritt aufstieß. Pfeifend schnürte er durch den Flur, in dem es nach feuchtem Keller, wahrscheinlich auch nach Urin und Erbrochenem roch. Maria konnte es nicht genau bestimmen, weil sie sich ihren Schal vor die Nase hielt. Aus Erfahrung wusste sie, dass es in solchen Häusern schrecklich stank. Und ganz so, wie sie gehofft hatte, war es laut. Wummernde Bässe jagten durch das Treppenhaus, irgendwo stritt sich schreiend ein Paar, ein Hund jaulte und japste, das Geballer von Videospielen drang an ihr Ohr.

Deutlich zusammenhangloser pfeifend machte sich Diego nun daran, eine Tür im Erdgeschoss aufzuschließen. Fassungslos betrachtete Maria seinen leicht untersetzten Körper, die nassgegelten Haare auf seinem Hinterkopf. Und für dich habe ich mal was empfunden.

Sie betraten die dunkle Wohnung. Maria nahm den Schal ab. Auch hier roch es durchdringend, nach kaltem Zigarettenrauch, Pizzaresten und Lethargie. Das Licht einer Stehlampe flammte auf.

»Ich verschwinde mal kurz«, erklärte Diego, während er seine Handschuhe auszog und auf den Boden warf, »nicht weglaufen, Baby. Kannst ja schon mal ablegen.«

Schaudernd nahm Maria die Behausung in Augenschein.

Der einzige Raum diente als Wohnzimmer und Schlafzimmer. Es gab Tankstellen, die stilvoller eingerichtet waren. Ein dunkelblauer Futon mit einer zusammengeknüllten Bettdecke lag auf dem Boden, gegenüber stand ein riesiger Flachbildschirm neben übereinander gestapelten Spielkonsolen. Auf einer Umzugskiste drängten sich leere Gläser neben Bierdosen und Styroporverpackungen einer Fastfood-Kette, in der Ecke lag ein Haufen Klamotten.

Inmitten der Spielkonsolen entdeckte Maria eine Dockingstation. Sehr gut. Sie holte ihr Handy aus der Manteltasche, den Soundtrack dieser Nacht hatte sie bereits ausgesucht, *Man down* von Rihanna. Reggaeklänge erfüllten den Raum, untermalt vom Rauschen der Toilettenspülung. *If you're playing me for a fool I will lose my cool and reach for my fire arm.* Schon kam Diego zurück. In seinen Augen glitzerte es.

»Zieh dich aus, Baby.«

Von seinem Don-Juan-Charme war wenig übrig geblieben. Eigentlich gar nichts. Er war nur noch eine schlechte Kopie seiner selbst.

»Gehst du immer so simpel vor?«, fragte Maria. »Ein bisschen mehr Engagement hatte ich schon erwartet.«

Mürrisch riss er am Gürtel ihres Trenchcoats.

»Also, wenn du dich nicht bald ausziehst, wird das hier 'ne Podiumsdiskussion. Ich will dich knallen, was sonst?«

»Dann zieh dir eine Nummer und stell dich hinten an.«

Bevor er zu neuerlichen Annäherungsversuchen ansetzen konnte, wich Maria zwei Schritte zurück. Sie holte den geladenen Colt heraus. Mit der anderen Hand streifte sie sich die Perücke vom Kopf, nahm die Brille ab und steckte beides in ihre Manteltasche.

»Setz dich.«

Er blinzelte überrascht.

»Was?«

»Setzen, habe ich gesagt.«

Konsterniert schaute Diego zum Colt. Er schluckte so angestrengt, dass Maria seinen Adamsapfel auf und nieder hüpfen sah.

»Das Ding ist nicht echt, oder?«

»So echt wie ich. Setzen, oder ich schieße sofort.«

Gehorsam ließ er sich auf den Futon fallen. Wie schon in der Bar kniff er die Augen zusammen, und plötzlich malte sich ein ungläubiges Grinsen auf seinem runden Gesicht.

»Maja? Nee, warte – Marlene?«

»Maria.«

»Ach ja. Maria. Verdammt.«

Sie entsicherte den Colt, geladen hatte sie ihn schon zu Hause, und richtete die Mündung auf seine Brust. Voller Panik rutschte Diego auf dem Futon rückwärts, bis sein Rücken an die Wand stieß.

»Was willst du?«, fragte er mit halb erstickter Stimme. »Willst du dein Geld zurück? Kannst du haben, ehrlich jetzt, ohne Scheiß. Komm, wir gehen raus, ich zieh was am Automaten, den Rest gebe ich dir morgen.«

»Unwahrscheinlich. Du hast deine Scheckkarte doch nie zu etwas anderem benutzt als zum Koksen.«

»Nee, nee, ich kriege eine größere Summe, nächste Woche schon. Zahlemann und Söhne. Wie viel war es noch mal?«

»Unwichtig. Ich will kein Geld.«

»Was willst du dann?«

What started out as a simple altercation, turned into a real sticky situation, sang Rihanna mit ihrer betörend gleichmütigen Stimme.

»Du könntest den Anstand haben, dich zu entschuldigen.«

»Entschuldigen.« Ein quiekendes Kichern. »Scheiß drauf. Wofür denn? Dass ich dir früher mal das Hirn aus dem Schädel gevögelt habe?«

»Und da sag noch einer, es gäbe keine Kavaliere mehr«, erwiderte Maria trocken. »Du hast mich nicht nur mit einem Haufen Schulden sitzenlassen, du hast mein Herz gebrochen. Ich war völlig verzweifelt.«

Er lachte unsicher.

»Oh, da bin ich aber froh, dass es nichts Schlimmes war.«

Maria musste sich beherrschen, ihn nicht auf der Stelle zu erschießen, doch damit hätte sie sich um die Genugtuung dieses Gesprächs gebracht. Sie konzentrierte sich auf ihren Atem. Bleib ruhig, lass dich nicht provozieren. Einatmen, ausatmen. Unbeweglich sah sie zu, wie Diego die Knie ans Kinn zog und seine Arme darumschlang. Unter zusammengezogenen Augenbrauen warf er ihr einen verächtlichen Blick zu.

»Was ist das eigentlich für ein schlechter Film, den du hier veranstaltest?«

Sie zeigte auf die Waffe.

»Willst du, dass ich dir das Ende verrate?«

Einen Moment lang starrte er sie so hasserfüllt an, als wolle er ihr an die Gurgel gehen. Dann wechselte sein Gesichtsausdruck, und er begann, mit weinerlicher Stimme auf sie einzureden.

»Hör mal, Baby, du hast immer alles bekommen von deinen Eltern. Ich bin kein Wunschkind, nur das Produkt von zu viel Alkohol und einem geplatzten Kondom. Meine Kindheit war das Grauen, immer Ärger und Prügel und kein Geld. Da muss man sich irgendwie durchschlagen. Da kann man kein beschissener Gentleman werden.«

»Du hattest alle Möglichkeiten!« Allmählich wurde Maria zornig. »Weißt du noch? Fast wärst du Geschäftsführer eines Restaurants geworden, aber du musstest ja unbedingt in die Kasse greifen und nebenbei dealen, weil du das schnelle Geld wolltest. Du hast dir alles selbst eingebrockt. Auch, dass du jetzt in diesem Müllhaufen herumvegetierst.«

»Ach, leck mich.«

Er machte Anstalten aufzustehen. Kurz horchte Maria durch Rihannas *Rum bum bum bum, rum bum bum bum, rum bum bum bum, man down!* hindurch, ob der Lärm aus den Nachbarwohnungen noch laut genug war, dann feuerte sie einen Schuss auf den Futon ab. Blitzschnell duckte sich Diego zur Seite. Seine Stirn glänzte schweißnass, als er sich wieder aufrichtete. Wie ein auf frischer Tat ertappter Dieb hob er die Hände.

»Okay, okay«, er atmete hechelnd, »ich geb's zu, ich hab Scheiße gebaut. Kein Grund, mich abzuknallen. Steck das verdammte Ding ein, dann reden wir ganz in Ruhe.«

Maria lächelte.

»Glaubst du an Wunder?«

»Alles, woran ich glaube, ist Spaß, Koks und World of Warcraft«, brummte er. »Wir hatten auch 'ne Menge Spaß, falls du dich erinnerst.«

Mein Gott, diese blöden Sprüche. Offenbar meinte er selbst jetzt noch, er könne sie mit diesem lachhaften Larifari einwickeln und seinen eigenen Tod komödiantisch übertölpeln. Maria senkte die Waffe ein wenig ab.

»Spaß? Dann sollte ich wohl besser auf deinen Spaßbereich zielen.«

»Hey, willst du mir die Familienplanung ruinieren?« Abwehrend drehte er ihr die Handflächen zu. »Tickst du jetzt völlig aus?«

»Wo wir gerade beim Thema sind – warum hast du das Video ins Internet gestellt? Das, in dem wir beide …«

Trotz seiner aussichtslosen Situation konnte er sich das Grinsen nicht verkneifen. Eine rosa Zungenspitze erschien unter dem Schnauzer und leckte über die Lippen.

»War doch 'ne geile Nummer, Baby, außerdem brauchte ich das Geld. Es gab halt damals noch Pornowebsites, die für so was Kohle abgedrückt haben. Du warst echt gut. Naturtalent.«

Wie roh er war, wie entsetzlich roh. Maria wusste, dass ihre Worte ihn nicht erreichen würden, dennoch musste sie sich auch noch den Rest von der Seele reden.

»Du hast mich gedemütigt, Diego. Ich habe mich zu Tode geschämt, wochenlang wagte ich nicht einmal, aus dem Haus zu gehen.« Ihre Stimme versagte. Tonlos sprach sie weiter. »Und noch etwas. Früher war ich blond, wie du weißt. Nach dem Sexvideo hatte ich derartige Angst, erkannt zu werden, dass ich mir die Haare bis zum heutigen Tag rot färbe.«

»Na und? Steht dir doch super.« Er zwinkerte ihr durchtrieben zu. »Passt außerdem zu dir, du weißt ja – rote Dächer, feuchte Keller.«

Sie überging die unsägliche Anspielung.

»Es war entwürdigend. Jeden Morgen, wenn ich in den Spiegel schaue und mein Haar kämme, muss ich daran denken.«

Diego sah zur Seite. Mit einer Hand holte er eine zerdrückte Zigarettenpackung und ein Feuerzeug aus seiner Jeans. Seine Finger zitterten so sehr, dass er Mühe hatte, die Zigarette anzuzünden. Gierig zog er daran, inhalierte und blies langsam den Rauch aus.

»Wozu das ganze Gelaber? Versteh echt nicht, was deine komische Gefühlskirmes soll. Du bist spritzig wie ein Eimer Sirup, Baby. Langsam könntest du wirklich abhauen.«

»Lustig. Genau dasselbe habe ich auch gerade gedacht.« Maria spannte alle Muskeln an. »Aber vorher schicke ich dich auf den Hades und ins Land der Toten. Bestimmt hast du noch eine Münze in der Tasche, die du dem Fährmann geben kannst.«

Wieder zog er an seiner Zigarette. Es würde seine letzte sein.

»Ich mag keine Clowns, wo man bei jedem Witz auf Wikipedia nachgucken muss, bevor man ihn komisch findet. So, jetzt verschwinde endlich, du drückst ja sowieso nicht ab. Scheiße, du bist so langweilig, da renkt man sich beim Gähnen den Kiefer aus.«

Oh mama, mama, mama, sang Rihanna, *I just shot a man down.*

Gib ihm noch eine Chance. Eine allerletzte Chance. Maria holte tief Luft.

»Und, Diego? Entschuldigst du dich?«

»Einen Scheiß tue ich.«

Entgeistert starrte sie den Mann an, der sie selbst jetzt noch für eine Verliererin hielt, für ein schwaches kleines Mädchen, mit dem man nach Belieben umspringen konnte. Womöglich war er sogar überzeugt, eine wie Maria wolle es so, wolle schlecht behandelt und gedemütigt werden. Er verachtete sie. Er wartete nur darauf, dass sie in Tränen ausbrach, ihn um Verzeihung anwinselte, wie ein geprügelter Hund aus der Wohnung schlich. Diego hatte nichts begriffen. Gar nichts. Und das Schlimmste war: Nicht eine Spur von Bedauern oder gar Reue malte sich in sein Gesicht.

»Ist das dein letztes Wort?«

»Ja, du kleine untervögelte Schlampe«, er verzog höhnisch den Mund, »und jetzt pack mal das Ding ein, du stresst brutal.«

Ihre Armmuskeln begannen bereits zu schmerzen. Innerlich zählte sie bis drei, bevor sie auf seine Brust zielte, ihren Zeigefinger an den Abzugshahn legte und sacht dem Druckpunkt näherte.

»Tut mir leid, dass ich gefragt hab, Diego.«

Der Schuss löste sich schneller als erwartet, aber Marias Hände waren ruhig geblieben, kein Zögern, kein Mitleid, sie verriss die Waffe nicht. Ohne einen Ton sackte Diego in sich zusammen, sein Kopf fiel auf die Brust, die Hand mit der Zigarette erschlaffte.

Es war vorbei. Und doch ein Moment seltsamer Intimität.

Einige Sekunden verharrte Maria bewegungslos. *Oh mama, mama, mama, I just shot a man down.* Ein Ausdruck größter Ruhe lag auf Diegos Gesicht, so als habe er bis zuletzt nicht glauben können, dass Maria tatsächlich auf ihn schießen würde. Ein fataler Irrtum. Aus dem schwarzen T-Shirt sickerte Blut, der Spiegeltest fiel negativ aus – Diego atmete nicht mehr. Dafür war die Glut seiner Zigarette lebendig geblieben, fast unmerklich fraß sie sich durch die Bettdecke. Maria löschte sie mit einem Rest Bier aus einer der herumstehenden Dosen. Ein Feuer hätte zwar eventuelle Spuren vernichtet, aber sie wollte keine Unschuldigen gefährden. Eilig zog sie ihr Handy aus der Dockingstation.

Ein letzter Blick. Sie konnte nicht anders.

Eine eigentümliche Aura umgab den Leichnam, eine Würde, die Diego zu Lebzeiten nie ausgestrahlt hatte. Es war nicht gut gelaufen für ihn. Erst der Tod verlieh ihm so etwas wie Größe, kein Gekasper mehr, keine Sprüche, nur dieser tiefe Frieden. So long, Baby. Um ein Haar wäre Maria nun doch noch sentimental geworden, wenn nicht heftiges Klopfen ihre Schweigeminute unterbrochen hätte. Jemand hämmerte mit aller Wucht an die Tür.

O Gott. Sie erstarrte. Keine Zeugen. Niemand darf dich sehen, sei es mit oder ohne Perücke. Dass überhaupt eine Frau hier gewesen ist, darf niemand wissen. Aber wie sollte sie fliehen? Das winzige Badezimmer hatte kein Fenster, wie sie feststellen musste, die Fenster zur Straße waren mit Brettern vernagelt, was jetzt?

Nach kurzem Überlegen klaubte sie einen Parka mit Fellkapuze aus dem Kleiderhaufen in der Ecke und zog ihn über ihren Mantel. Dann suchte sie eine Jeans und Sneakers heraus, die sie ebenfalls anzog. Diegos Handschuhe lagen noch auf dem Boden, sie waren zu groß, würden aber die Wirkung der Maskerade vervollständigen. Ihre Highheels steckte Maria in die Parkataschen, eine Patronenhülse holte sie aus dem Futon, die andere fand sie neben den Spielkonsolen, halb verborgen unter der Hülle von World of Warcraft. Es war Diegos Lieblingsspiel gewesen. Virtuell hatte er die halbe Weltbevölkerung abgeknallt, geköpft, zerfetzt, explodieren lassen, jetzt lag er selbst erschossen in seiner Behausung.

Mit dröhnendem Herzklopfen schlich Maria zur Wohnungstür und lauschte. Waren da Stimmen? Schritte? Noch immer jaulte der Hund, auch die wummernde Musik durchdrang unverändert laut die Wände. Sie zählte bis zwanzig, dann drückte sie die Klinke der Tür herunter und spähte hinaus.

Auf dem Treppenabsatz stand ein abgemagerter junger Mann mit irren Augen, die tief in den Höhlen lagen. Ein Junkie vermutlich. Er trug ein durchlöchertes, schmutzigweißes T-Shirt über einer schwarzen Lederleggins, sein ausgemergeltes Gesicht war mit entzündeten Geschwüren übersät. Sie wandte ihm den Rücken zu, als sie die Tür hinter sich zuwarf und mit schweren Schritten zur Haustür ging.

»Ey, Alter, was war'n das für 'n Krach in deiner Bude? Neues Ballerspiel? Was ist mit meinem Stoff?«, schrie der junge Mann hinter ihr her.

Maria drehte sich nicht um. Sie hob nur die rechte Hand mit dem ausgestreckten Mittelfinger, bevor sie durch die Haustür nach draußen ins Freie schlüpfte. Im selben Augenblick hörte sie Schritte hinter sich. Federleichte Schritte, aber beunruhigend schnell, und schon legte sich eine Hand auf ihre Schulter.

»Scheiße, ich krieg noch was von dir«, keuchte die hysterisch fistelnde Stimme des jungen Mannes, »hundert Tacken hab ich dir gegeben, Scheiße, ich brauch was, bin voll auf Turkey, los, gib mir das Crystal, du Arsch! Ich hab ein Messer, ich stech dich sonst ab!«

Nicht umdrehen, dreh dich bloß nicht um, durchzuckte es Maria, während sie sich mit einem Ruck von der Hand befreite und loshastete, die Straße hinunter, bloß weg, weg, weg. Die Männer vor den Shisha-Bars hoben kaum den Kopf, als sie an ihnen vorbeirannte, den Junkie auf den Fersen. Offensichtlich waren sie solche Szenen gewohnt.

Ihr Brustkorb pumpte sich mit der kalten Nachtluft voll, dennoch hatte sie das Gefühl, keine Luft zu bekommen, sie schwitzte unter dem dicken Parka, Angst presste ihre Rippen zusammen, das Atmen schmerzte. Immerhin konnte sie von Glück sagen, dass sie nicht mehr ihre Highheels trug, sondern Diegos ausgetretene Sneakers, ihre dünn bestrumpften Füße rutschten allerdings in den Schuhen, sie war nicht schnell genug, der Junkie holte auf, schreiend und kreischend, als würde er bei lebendigem Leib verbrannt.

Hechelnd jagte sie um die nächste Ecke, stolperte, fing sich wieder, lief weiter. Er hat ein Messer, er sticht dich ab, damit er deine Taschen nach Geld und Drogen durchwühlen kann, Süchtige würden ihr eigenes Kind töten, wenn sie etwas brauchen. Renn um dein Leben, Maria!

Mittlerweile hatte sie jede Orientierung verloren. Planlos war sie losgestürmt, getrieben allein vom Fluchtinstinkt, ohne einen Blick für Kreuzungen oder Straßenschilder. Die Shisha-Bars und Spätkaufläden lagen längst hinter ihr, im grünlichen Licht der Gaslaternen tauchten gleichförmige Fassaden zur Rechten auf, zur Linken eine Brache, mannshohes Gestrüpp, Umrisse einer Industrieruine mit zwei Schornsteinen, die schwarz in den dunkelgrauen Himmel ragten. Ohne lange nachzudenken, spurtete sie quer über die Straße, kletterte außer Atem über einen durchhängenden Maschendrahtzaun, blieb mit dem Parka hängen, riss sich los, lief geduckt weiter und kauerte sich hinter einen Abfallhaufen.

Es stank erbärmlich hier, nach verrottendem Müll und Exkrementen, doch Maria hatte nur einen Gedanken: Er darf dein Gesicht nicht sehen. Er muss denken, du seist Diego. Keine Zeugen.

Ihre Lungen schmerzten immer noch vom Laufen, ihr Herz schlug rasselnde Trommelwirbel. Furchtsam schaute sie aus ihrem Versteck zur Straße. Der junge Mann war am Zaun stehen geblieben, vor einer Gaslaterne, die ihn von hinten beleuchtete, und hielt sich mit vorgebeugtem Oberkörper die Seiten. Seine Silhouette vor dem Lichtkegel fixierend, holte Maria die Pistole aus der Manteltasche. Es waren noch genug Patronen darin.

Würdest du das tun? Würdest du das wirklich tun, einen Unschuldigen erschießen?

Panik stieg in ihr hoch, als sie sah, wie die magere Gestalt gegen den Zaun trat und darüber hinwegstieg. Die Silhouette löste sich im Durcheinander des Gestrüpps auf, nur ein leises Scheppern von Blechdosen verriet Maria, dass ihr Verfolger näher kam.

»Ey, du Wichser!«, brüllte er. »Wo bist du?«

Maria entsicherte die Pistole. Ich will das nicht. Ich muss es tun. Aber ich kann es nicht. Lieber Gott, ist das die Strafe für Johannes und Diego? Dass ich auf einem Müllhaufen krepiere, weil ich nicht einfach irgendeinen x-beliebigen Menschen töten kann?

Handygeklingel. Die hysterisch ausgedünnte Stimme des Junkies, erschreckend nahe, keine zwei Meter entfernt.

»Hey, hey, hast du was? Ich …«

Die nachfolgende Stille zerriss Maria fast. Ihr gestreckter Zeigefinger zitterte, sie schaffte es nicht, ihn an den Abzugshahn zu legen, konnte nur ins Halbdunkel starren, mit angstvoll geweiteten Augen, während sie spürte, dass sie von der unbequemen Hockstellung einen Krampf in den Beinen bekam. Ignoriere es. Du darfst dich nicht bewegen. Nicht mal atmen.

»… okay, zehn Minuten. Aber verarsch mich nicht, kein gestrecktes Zeug, klar?«

Ein breiiger Husten folgte, etwas knackte, längere Stille, und auf einmal lösten sich die Umrisse des Junkies weit entfernt aus dem Halbdunkel, direkt vor dem Zaun. Schreiend und fluchend kletterte er darüber.

»Ich bin noch nicht fertig mit dir, Arschgesicht!«

Damit ging er, leicht humpelnd, mit merkwürdig schlenkernden Armen. Schlagartig fiel die ungeheure Anspannung von Maria ab. Sie konnte gerade noch die Waffe sichern, bevor sie in sich zusammensackte, sich einfach zur Seite fallen ließ, schluchzend und ohne Rücksicht darauf, dass sie in stinkendem Müll versank.

KAPITEL 12

»Happy birthday to you, happy birthday to you. Happy birthday, liebe Lea, happy birthday to you!«

Mit leuchtenden Augen saß Lea vor ihrer Geburtstagstorte, einem kunstvollen Gebilde aus Biskuit, Sahne und murmelgroßen Blaubeeren, und versuchte, die fünf Glückskleeblätterkerzen auszublasen. Zwei schaffte sie auf einen Streich.

»Pu-sten, pu-sten!«, skandierte die Geburtstagsgesellschaft.

Lea trug ein rosa Spitzenkleidchen über ihrer weißen Leggins, das helle Haar schmückte ein Strassdiadem. Der kindliche Ernst, mit dem sie sich auf ihre Aufgabe konzentrierte, rührte Maria.

»Du schaffst es«, flüsterte sie dem Mädchen zu.

Lea pustete aus Leibeskräften. Die restlichen Kerzen erloschen, und alle applaudierten – ihre Freundinnen aus dem Kindergarten, ihre Eltern, die Freunde ihrer Eltern, ihre Großeltern. Etwa dreißig Gäste hatten sich im Esszimmer der herrschaftlichen Wohnung eingefunden. Der Raum war kaum wiederzuerkennen, so liebevoll hatte Maria ihn dekoriert. Den gesamten Vormittag ihres freien Montags hatte sie damit verbracht, die perfekte Kulisse der perfekten Geburtstagsparty zu erschaffen. Überall hingen bunte Papiergirlanden und Luftballons, der große Esstisch mit den Biedermeierstühlen ertrank in Luftschlangenkaskaden, dazwischen ragten mit Kuchen beladene Teller auf.

Je weniger Kinder es gibt, desto hingebungsvoller werden sie gefeiert, dachte sie und sah Alex zu, der die Torte anschnitt. Zu Ehren seiner Tochter hatte er ein quietschrosa T-Shirt angezogen und ein glitzerndes Geburtstagshütchen aufgesetzt. Er wirkte in etwa so männlich wie ein rosa Zwergpudel.

Natürlich bekam Lea das erste Stück Torte. Sie probierte es, verzog den Mund und hüpfte davon. Auf einmal rannten alle Kinder um den Tisch herum. Schreiend spielten sie Fangen, wobei sie Trauben von Luftballons aufwirbelten. Immer schneller ging die Jagd, das Schreien und Kreischen wurde lauter, ein Kind riss an der Tischdecke, zwei Gläser fielen vom Tisch. Niemand schien sich daran zu stören. Die Großeltern hielten sich ohnehin zurück, die anderen Gäste gehörten zu den *neuen Eltern*, von denen Evi immer sprach. Eltern, die *bewusst* Kinder in die Welt gesetzt hatten, als Sinnstiftung und Lebensprojekt, immer darauf bedacht, den Kindern ihren *Freiraum* zu lassen.

Wie schon so oft fühlte sich Maria fremd in dieser Welt heiler Familien. Wer war sie denn schon? Doch nur die skurrile Tante, die zwar irgendwie dazugehörte, aber ohne Mann und Kind immer eine Randfigur bleiben würde. Eine Außenseiterin. Sie rieb sich die schmerzende Stirn. Erst um vier Uhr morgens war sie nach Hause gekommen, vor Kälte zitternd, verdreckt, verstört. Diegos Parka hatte sie noch auf der zugemüllten Brache ausgezogen und zusammen mit seinen Sneakers und den Handschuhen angezündet. Auf ihren wackeligen Highheels war sie anschließend durch die Straßen geirrt und hatte länger als eine Stunde gebraucht, ihren Wagen zu finden.

»Möchtest du ein Stück?« Unbeeindruckt vom Lärm der tobenden Kinder hielt Alex ihr einen Teller hin. »Der Tortenboden ist glutenfrei und die Sahne aus Mandelmilch gemacht, weil so viele Kinder eine Laktoseintoleranz haben.«

»Laktoseintoleranz ist das neueste Accessoire«, stöhnte Evi, die ein biederes dunkelblaues Hemdblusenkleid trug und nicht so aussah, als ob ihr der Trubel sonderliches Vergnügen bereitete. »Großer Gott, ich hatte Muffins gekauft für die Kita heute Morgen, aber die Erzieherin sagte: ›Haben Sie eine Liste der Inhaltsstoffe? Sind da Haselnüsse drin? Enthalten die Muffins Kuhmilch?‹ Ich habe alles wieder mitgenommen und im Büro verteilt.«

Die Ankunft neuer Gäste beendete das Gespräch. Ein Paar mit einem Jungen in Leas Alter kam herein, lachend und winkend, hübsch angezogen, übersympathisch. Wie die meisten anderen Eltern waren sie teuer, aber zurückhaltend gekleidet – Jeans, Kaschmirpullover, edle italienische Mokassins. Evi begrüßte alle drei mit Küsschen rechts und links. Alex verkündete, er werde jetzt den Prosecco aus der Küche holen, Lea gab den Neuankömmlingen artig die Hand und kletterte gleich darauf auf Marias Schoß. Ob sie die Anwesenheit der vielen Gäste genoss, war ungewiss.

»Hab dich lieb, Tante Mia.«

»Ich dich auch, Hase.«

»Papa sagt, ich bin eine Prinzessin. Wenn ich groß bin, wohne ich in einem Schloss. Du darfst auch da drin wohnen. Und der Prinz.«

Seufzend drückte Maria das Mädchen an sich. Liebe kleine Lea, noch glaubst du an Prinzen. Noch weißt du nicht, wie es läuft mit den Männern. Dass die Welt voller Mistkerle ist, die Frauen belügen, betrügen und dann verlassen. So wie Tom, so wie Johannes, so wie Diego.

Mein Liebster ist verschwunden. Eine lähmende Müdigkeit überkam sie. Die Macht des Negativen, ein Gefühl absoluter Sinnlosigkeit. *Er hat mir Treu versprochen, Gab mir ein'n Ring dabei, Er hat die Treu gebrochen, Mein Ringlein sprang entzwei.*

Auch Diego hatte ihr einst einen Ring geschenkt, einen Goldreif mit zwei protzigen Brillanten, nach deren Herkunft Maria lieber nicht gefragt hatte. Schon kurz darauf hatte sie den Ring zu einem Pfandleiher in Neukölln gebracht und nie wieder ausgelöst. Diego hingegen lag jetzt vermutlich in der Gerichtsmedizin, irgendein Weißkittel beugte sich über ihn und pulte das Projektil aus seiner geöffneten Brust. Im Internet war die Nachricht seines Todes heute auf den Websites lokaler Zeitungen aufgetaucht. Man hatte nicht einmal seinen Namen erwähnt.

Mann erschossen in seiner Moabiter Wohnung aufgefunden. Die Polizei vermutet den Täter im Drogenmilieu. Bei der Durchsuchung der Wohnung stellten die Beamten einige Gramm Kokain sowie diverse synthetische Drogen sicher.

Ja, es war richtig, die Mistkerle zu liquidieren, und als Nächstes würde Herrmann Sabielski dran glauben müssen, der Politiker, der sich eines untadeligen Familienlebens rühmte. Dennoch wünschte sich Maria hier, inmitten all der Paare, einen Mann an ihrer Seite. Ein Widerspruch, der sie innerlich aufrieb. Ich hasse Männer. Ich sehne mich nach einem Mann. Das Mühlrad in ihrem Kopf drehte sich um und um. Ich hasse Männer. Ich sehne mich nach einem Mann.

Hör ich das Mühlrad gehen: Ich weiß nicht, was ich will – Ich möcht am liebsten sterben, Da wär's auf einmal still. Der Gedanke erschreckte und faszinierte sie. Abgesehen von Lea und ihrer Todesliste gab es nichts mehr, wofür sich zu leben lohnte.

»Ich geh mal kurz für kleine Mädchen«, raunte sie Lea zu und ließ das Kind von ihrem Schoß gleiten.

Obwohl ihr zum Weinen zumute war, drängte sich Maria tapfer lächelnd durch die Gäste. Frisch aufgearbeitetes Parkett knarrte unter ihren Füßen, an den Wänden hingen silbern gerahmte Fotos von Evi, Alex und Lea in allen Altersstufen. Geschmackvolle Jugendstillampen aus Messing und grünem Glas erhellten den Raum, in den unaufhaltsam die Dämmerung des düsteren Novembernachmittags kroch.

Auf dem Weg zur Toilette kam sie an der Küche vorbei. Durch den Spalt der angelehnten Tür sah sie Alex, der sich tief über ein Silbertablett beugte, einen pinkfarbenen Strohhalm in der Hand. Wie angewurzelt blieb Maria stehen. Sie konnte kaum glauben, was sie sah. Gebannt beobachtete sie, wie er sich ruckartig aufrichtete, den Kopf in den Nacken warf und geräuschvoll die Luft durch die Nase einsog. Dann fiel sein Blick auf Maria, und er erstarrte.

»Wie lange stehst du schon da?«

»Lange genug, um echt verwirrt zu sein.« Sie machte einen Schritt auf ihn zu. »Alex, was soll das bedeuten? Seit wann nimmst du das Zeug schon?«

Mit dem Zeigefinger rieb er sich einen Rest des weißen Pulvers von der Nase.

»Seit wann spionierst du anderen Leuten hinterher?«

»Ich hab zuerst gefragt.«

Um Zeit zu gewinnen, rückte er sein lustiges Hütchen gerade, das beim Koksen etwas verrutscht war. Auf seinem T-Shirt klebte ein Sahnerest der laktosefreien Geburtstagstorte.

»Jetzt komm mir bloß nicht mit irgendwelchen Ermahnungen. Von Koks kriegt man gute Laune und behält einen klaren Kopf. Wie soll ich das alles denn sonst durchstehen?«

Wie vom Donner gerührt sah Maria ihn an.

»Das alles? Was – alles? Du hast eine gut verdienende Frau, ein entzückendes Kind, lebst in einer grandiosen Wohnung …«

»Die heilige Dreifaltigkeit der Hölle«, fiel er ihr ins Wort. »Und nur, damit du Bescheid weißt – Evi hat eine Affäre.«

»Wie bitte? Sei nicht albern.«

Alex musste völlig den Verstand verloren haben. Ohnehin überstieg es Marias Phantasie, sich vorzustellen, wie Lea entstanden war, doch einen Seitensprung traute sie ihrer nahezu soldatisch pflichtbewussten Freundin einfach nicht zu.

»Da staunst du, was?« Wieder rieb er sich mit dem Zeigefinger die Nase. »Evi tut hier wie die brave unterkoitierte Hausfrau, aber nix da. Die ist ein bretthartes Alpha Female. Da ist es nur logisch, dass sie fremdvögelt. Fällt mir trotzdem schwer, das nicht persönlich zu nehmen.«

Evi, Alex, Lea, der Inbegriff der heilen Welt. Eine schwarze Idylle. Maria stützte sich auf eine der polierten Marmorflächen. Trotz des Geburtstagstrubels sah die Küche absurd aufgeräumt aus.

»Alex«, flüsterte sie erschüttert, »was ist mit euch passiert?«

Er betrachtete seine Hausschuhe aus kariertem Samt.

»Man nennt es Ehe. Für Evi bin ich nichts weiter als eine Reproduktionsnatur, die kochen kann. Sie ist wieder schwanger. Rate mal, wer demnächst nachts aufsteht, dem Baby das Fläschchen gibt, die Windeln wechselt …«

»Moment, was macht dich so sicher, dass das Kind von dir ist?«

Mit seltsam abgezirkelten Bewegungen stellte Alex Sektgläser auf das Silbertablett.

»Mach dir mal darum keine Sorgen. Sie hat eine Affäre mit einer Frau.«

»Was?«

»Mit ihrer Chefin. Bei mir war's ein Downdating, jetzt versucht sie es ganz klassisch mit Hochschlafen.«

»Alex?« Von fern durchschnitt Evis scharfe Stimme die Luft. »Wo bleibt der Prosecco? Wir wollen Geschenke auspacken!«

»Komme gleich!«, rief er, um sofort darauf wieder seine

Stimme zu senken. »Wenn Lea nicht wäre, würde ich auf der Stelle gehen. Aber nie im Leben bekäme ich das Sorgerecht. Erstens werden Mütter bevorzugt, zweitens habe ich kein Einkommen. Jedenfalls nicht genug, um zwei Menschen zu ernähren. Evi war schlau genug, mich einen Ehevertrag unterzeichnen zu lassen. Im Falle einer Scheidung gehe ich leer aus.«

Mit hochrotem Kopf erschien Evi an der Küchentür. Jetzt erst bemerkte Maria die leichte Wölbung unter ihrem dunkelblauen Hemdblusenkleid.

»Du liebe Güte, was machst du denn?«, polterte ihre Freundin los. »Wir warten auf den Prosecco!«

»Bitte sehr, bitte gleich«, säuselte Alex mit parodistischer Unterwürfigkeit.

»Wir haben uns ein bisschen verplaudert«, kam Maria ihm zu Hilfe.

Evi stemmte die Hände in die Hüften.

»Wir hatten den Ablaufplan genau besprochen. Erst die Torte, dann den Prosecco, später das Eis für die Kinder. Auf nichts kann man sich mehr verlassen.«

»Wie recht du doch hast, Liebes«, erwiderte Alex. »Auf gar nichts.«

Misstrauisch sah Evi erst ihren Mann, dann Maria an.

»Hast du ihn aufgehetzt? Worüber habt ihr gesprochen? Wenn du denkst, dass du einen Keil zwischen uns treiben kannst, hast du dich getäuscht, aber gewaltig!«

»Evi, bitte …«

In Freundschaften, die ein Paar einschlossen, gehörte das Dreieck zu den komplizierteren geometrischen Formen. Ein Mann und zwei Frauen, das war eine heikle Konstellation, wie Maria wusste. Jetzt war panisches Wegschauen geboten. Sie wollte ihre Freundin nicht verlieren, vor allem aber wollte sie Lea nicht verlieren. Ein Leben ohne dieses Kind, das sie liebte und von dem sie sich geliebt fühlte, war nicht mehr vorstellbar.

»Was denn?«, fragte Evi.

Am ganzen Körper zitternd, ging Maria zu ihr und legte einen Arm um ihre Schultern.

»Alex hat mir erzählt, dass ihr wieder Eltern werdet.«

»Ach das.«

»Ich freue mich so sehr für euch. Und ich werde immer für euch da sein. Du kannst auf mich zählen, jederzeit. Einkaufen, Babysitten, Lea von der Kita abholen, was auch immer.«

Etwas weniger abweisend schaute Evi sie an, mit einem Blick, in dem freundschaftliche Gefühle und Skepsis miteinander rangen.

»Schon gut. Du kannst Alex helfen, die Gläser reinzutragen.«

Mit spitzen Fingern entledigte sie sich Marias Arm, machte auf dem Absatz kehrt und marschierte aus der Küche. Das war gerade noch einmal gut gegangen. Aber was hieß schon gut? Nichts war gut.

»Manchmal könnte ich sie umbringen«, murmelte Alex fast unhörbar.

Maria wusste nicht, ob sie entsetzt sein oder lachen sollte. Ja, dachte sie, das kann ich bestens nachvollziehen. Manche Beziehungen enden tödlich. Nacheinander entkorkte Alex drei Proseccoflaschen und goss die Gläser voll. Sein milchigblasses, ein wenig teigiges Gesicht wirkte angespannt, seine Augen hatten einen fiebrigen Glanz.

»Wir beide sind nur ihre Lakaien.«

Gern hätte Maria etwas wie »Alles wird gut, nimm's nicht so schwer« gesagt, aber das wäre reiner Hohn gewesen. Deshalb nickte sie ihm nur mit zusammengepressten Lippen zu, bevor sie das Tablett nahm und auf den Flur trat. In der Hosentasche ihrer Jeans vibrierte es, ein feiner Glöckchenklang ertönte. Eine Nachricht. Ob Tom sich noch einmal meldete? Tom. Eine schlecht verheilte Wunde, die dann und wann wieder aufriss.

Stoisch ging sie weiter, ins überfüllte Esszimmer. Unter Evis gestrengen Blicken bot sie den Gästen den Prosecco an, bis Evi lautstark Nachschub verlangte. Erst auf dem Rückweg in die Küche holte Maria ihr Handy heraus. Die erste Nachricht stammte von Henry, bei der zweiten handelte es sich um eine unbekannte Nummer.

Hallo Schatzi, alles okay? Hoffe, du hast es schön. Kiss & hug, Henry.

Maria tippte die zweite Message an.

Ciao, Frau Doktor Hafner, was macht die Migräne? Würde mich freuen, bei Gelegenheit einen Kaffee mit Ihnen zu trinken und mehr über die Heldin eines hochinteressanten erotischen Romans zu erfahren. LG Giovanni Tesoro.

Das scheppernde Geräusch, mit dem das Tablett auf dem Boden aufschlug, hörte sie kaum. Der Roman über den weiblichen Orgasmus. Tesoro weiß es. Dann hatte Johannes' ehemalige Sekretärin also doch so einiges ausgeplaudert über den Liebesverrat, mit dem Johannes die Karriere seiner engsten Mitarbeiterin vernichtet hatte. Was wusste Giovanni Tesoro noch?

KAPITEL 13

Eine aufsteigende Klavierkadenz riss Maria aus einem Traum, in dem sie auf einem südländischen Marktplatz stand, ein Gewehr im Anschlag, umringt von gesichtslosen Männern. Schlaftrunken rieb sie sich die Augen. Heute war der zweite Morgen, an dem sie die Weckfunktion ihres Handys auf sechs gestellt hatte. Schon am Tag zuvor war sie um halb acht Uhr im Café Einstein Unter den Linden zum Frühstück erschienen, an einem schwer erkämpften Einzeltisch, der sie einige Überredungskünste gekostet hatte.

Frühmorgens und dann wieder in den Mittagsstunden war das Einstein ein Treffpunkt der politischen Prominenz. Auch Herrmann Sabielski, Bundestagsabgeordneter und Vorsitzender diverser wichtiger Ausschüsse, frühstückte dort, entweder mit Kollegen oder Mitarbeitern, manchmal auch mit Journalisten.

Komm schon, steh auf. Hol ihn dir.

Doch Maria blieb noch einige Minuten liegen. Giovanni Tesoro. Seit Tagen schwieg sie ihn an. Ja, zur Abwechslung war sie es jetzt, die sich in Schweigen hüllte. Was sollte sie ihm antworten? Sollte sie ihm überhaupt antworten? Was fiel diesem Mann ein, ihr eine Textnachricht zu schicken? Es wirkte eigenartig distanzlos und bei weitem zu intim, wenn man einander nur flüchtig kannte. Weit beunruhigender noch wirkte der Text. Was bezweckte er mit der Anspielung auf Johannes' Roman? Hatte er einen konkreten Verdacht, oder wollte er sie nur aus der Reserve locken?

Mach es wie die Männer – Ghosting ist die beste Antwort. Lass ihn zappeln, irgendwann wird er vielleicht aufgeben.

Unschlüssig spielte sie mit dem Handy. Und Herrmann? Ihn anzurufen oder ihm eine Nachricht zu senden, hatte sie gleich zu Anfang ausgeschlossen. Nicht nur, weil man Anrufe und SMS nachverfolgen konnte, auch deshalb, weil Politikerhandys überwacht wurden. Wenn sie einander überhaupt SMS geschickt hatten, dann in verschlüsselter Form. *Ich würde Sie gern in der bereits erwähnten Sache sprechen*, hatte er ihr geschrieben, wenn er ein Date wollte. *Parlamentarische Gesellschaft* war das Codewort für Marias Wohnung gewesen, *Stiftung Deutsche Sporthilfe* bedeutete eine Bar am Potsdamer Platz, *Italienische Botschaft* ein kleines italienisches Restaurant in Dahlem.

Später dann, nach dem Ende ihrer Affäre, hatte er jeden Kontaktversuch abgeblockt, getrieben von der Angst, sie wolle ihn womöglich erpressen, ihn, den ruhmtrunkenen, aufstrebenden Politiker, der sich keine Skandale leisten konnte.

Wieder ertönte die Klavierkadenz. Maria warf die Bettdecke von sich, stand auf und schlurfte ins Badezimmer. Während sie sich die Zähne putzte, vermied sie die Begegnung mit ihrem Spiegelbild. Seit der Nacht bei Diego ertrug sie ihr rotes Haar nicht mehr. Zeit für eine Veränderung. Sie musste mit diesem Kapitel abschließen, endgültig. Ob sie ihr Haar wieder blond tragen sollte?

Nachdem sie geduscht hatte, zog sie ein braves beigefarbenes Kostüm mit Goldknöpfen an, dazu knotete sie ein bunt gemustertes Seidentuch um den Hals, das Herrmann ihr einst geschenkt hatte. Tempi passati.

Warum verloren Männer so schnell ihren Charme, ihren Witz, ihre Großzügigkeit, wenn ihr Erobererinstinkt befriedigt war? Warum registrierten sie die Liebe einer Frau irgendwann nur noch achtlos oder sogar verachtungsvoll? Wie hatte sie gelitten, als Herrmanns umständliches, etwas verschrobenes Werben in öde Sexroutine versickert war. Aber seine Gleichgültigkeit war nur eine Petitesse gewesen im Vergleich zu dem, was er ihr angetan hatte.

Ihren doppelten Espresso trank Maria in der Küche, im Stehen. Seit einiger Zeit frühstückte sie nicht mehr. Sie aß ohnehin kaum noch etwas. Irgendwie war ihr der Appetit abhandengekommen, an Kochen war gar nicht zu denken, nicht einmal an einen Salat. In ihrem Kühlschrank froren zwei Zitronen, sonst nichts.

Es war ein frostiger Abschied gewesen, damals, als ihre Beziehung in die kritische Phase geraten war. Als sie Herrmann, metaphorisch natürlich, die Pistole auf die Brust gesetzt hatte, weil sie eine Entscheidung wollte. Trennst du dich jetzt von deiner Frau oder nicht? Stehst du endlich zu mir? Löst du dein Versprechen ein, mich zu heiraten?

Sie sah aufs Handy. Sieben schon, du musst auf die Pirsch.

Draußen war der Nebel so dicht, dass Maria die Laternen am Ende der Straße nicht erkennen konnte. Geisterhaft schälten sich Schemen aus dem dunklen Dunst, die sich kurzfristig in Rentner mit Hunden verwandelten, um gleich darauf wieder unsichtbar zu werden. Ein feuchter, schmutziger Film bedeckte die Windschutzscheibe ihres Wagens. Warum lebte sie in einer Stadt, in der es fünf Monate im Jahr kalt und dunkel war?

Als sie gerade einsteigen wollte, klingelte ihr Handy. Nummer unbekannt. Es war kurz nach sieben, anständige Leute telefonierten nicht um diese Uhrzeit.

»Hallo?«

»Buongiorno, hier Tesoro.«

Mit fahrlässiger Verspätung wurde Maria klar, dass sie sofort seine Nummer hätte speichern müssen, um eventuelle Anrufe wegdrücken zu können. Sicher, unter anderen Umständen wäre seine Ungeduld möglicherweise schmeichelhaft gewesen, doch dieser Mann verhieß nichts Gutes. Sie fühlte sich wie ein gestelltes Wild.

»Leiden Sie unter Schlaflosigkeit?«, fragte sie heiser. »Oder haben Sie die Nacht durchgemacht?«

»Dasselbe wollte ich Sie gerade fragen. Was ist mit Ihrer Stimme passiert? Sie klingen wie siebzig.«

»Komisch, ich fühle mich wie hundert.« Sie räusperte sich ausgiebig. »Was ist denn bitte schön so wichtig, dass Sie mich vor Tag und Tau anrufen?«

»Ich habe darüber nachgedacht, warum meine Einladung zum Kaffee Sie derart erschreckt hat, dass Sie gar nichts mehr von sich haben hören lassen. Von einer Frau, die es zur Heldin eines ziemlich expliziten Romans gebracht hat, hätte ich mehr Abenteuerlust erwartet.«

»Erschreckt?« Sie hüstelte etwas verkrampft. »Ich verneige mich vor der Maßlosigkeit Ihrer Schlussfolgerungen, doch die Dinge liegen wesentlich einfacher: Ich bin äußerst beschäftigt.«

Er atmete kurz und heftig aus, was ein tonloses Lachen, genauso gut aber auch Unmut bedeuten konnte.

»Kein Grund, den Hüter des Gesetzes, wie Sie mich so schön nennen, derart sträflich zu vernachlässigen.«

Maria fühlte sich immer unbehaglicher. Nervös klimperte sie mit ihrem Schlüsselbund.

»Nur mal so aus Neugier: Haben Sie mich als Kommissar oder als Giovanni Tesoro zu einem Kaffee eingeladen?«

Wieder heftiges, kurzes Ausatmen, diesmal mehrfach hintereinander. Verdammt, er lachte.

»Oh, jetzt haben Sie mich aber in die Enge getrieben, Frau Doktor.«

»Perfekt«, grummelte Maria. »Was jedoch nicht meine Frage beantwortet.«

Ein Klicken, gefolgt von einem langen, geräuschvollen Ausatmen, sagte ihr, dass er eine Zigarette angezündet hatte und hingebungsvoll rauchte.

»Ich würde gern das Angenehme mit dem Nutzlosen verbinden«, erwiderte er nach einer längeren Pause. »Anders ausgedrückt: Meine Einladung zum Kaffee habe ich als Giovanni Tesoro ausgesprochen, nicht als Hauptkommissar Tesoro.«

Sie glaubte ihm kein Wort.

»Und?« Wieder blies er hörbar den Rauch aus. »Interesse?«

Jede Frau hätte Interesse an diesem pantherhaft eleganten Mann gehabt, an seinen olivfarbenen Augen, an der Art, wie er sich das Haar zurückstrich, an seinem … Wütend auf sich selbst trat Maria gegen das linke Vorderrad ihres Wagens. Du musst verrückt sein, auch nur daran zu denken.

»Ich überlege es mir.«

»Ist das ein – Ja?«, fragte er, wobei er die Worte dunkel vibrieren ließ.

Entweder bin ich völlig überspannt, oder er hat es tatsächlich geschafft, mir mit dem bloßen Klang seiner Stimme einen Schauer durchs Rückenmark zu treiben.

»Ein Vielleicht.«

Damit beendete sie das Gespräch. Dann starrte sie sehr lange ihr Schlüsselbund an, bevor ihr wieder einfiel, warum sie es in der Hand hielt.

Außer Atem öffnete sie zwanzig Minuten später die Glastür des Café Einstein Unter den Linden. Dunkelbraunes Thonet-Mobiliar im Wiener Stil empfing sie, ein intensiver Duft nach frisch gemahlenem Kaffee durchzog den Raum. Maria mochte das Lokal. Der Besitzer bezeichnete es als soziale Plastik, Henry nannte es einen Erlebnispark, für die Stammgäste war es die denkbar angenehmste Form betreuten Wohnens. Alles, was zeigefreudig war in Politik, Wirtschaft und Medienbusiness, fand im Einstein eine koffeinbetriebene Bühne.

Ein Kellner begrüßte Maria mit ausgesuchter Höflichkeit. Es hätte sie nicht gewundert, wenn sie ein »Küss die Hand, gnädige Frau« gehört hätte. An den noch spärlich besetzten Tischen des Eingangsbereichs vorbei steuerte sie die hinteren Räume an. Dort waren die Tische weiß eingedeckt, man bekam sie nur nach vorheriger Reservierung und blieb unbehelligt von Touristen und anderen Zaungästen. Es herrschte bereits Hochbetrieb. Fast alle Plätze waren besetzt, Kellner mit langen weißen Schürzen servierten Rühreier, Obstsalat und Eggs Benedict, da und dort standen trotz der frühen Stunde Champagnergläser neben den Tassen, die Luft summte von konspirativ gedämpften Stimmen.

Wie schon am Tag zuvor hielt Maria Ausschau nach Herrmann Sabielski. Fast hätte sie ihn übersehen, den Mann mit den schmalen Schultern und dem farblosen Haar, so unscheinbar wirkte er. Aber sie erkannte seine Referentin, es war immer noch dieselbe wie vor sieben Jahren, Gerlinde von Salen, breitschultrig, ehrgeizig, uncharmant.

»Einen schönen guten Morgen, Frau Doktor Hafner.« Der Majordomus, ein schlanker, altersloser Herr im dunkelblauen Anzug, begrüßte sie mit ausgebreiteten Armen. »Darf ich Sie an Ihren Tisch führen?«

Nirgendwo in dieser Stadt wurde man so freundlich behandelt wie hier, nirgendwo wurde man schon nach dem ersten Besuch mit Namen angesprochen. Möglicherweise lag es daran, dass der Restaurantleiter einst das Amt des Protokollchefs im Palast der Republik bekleidet hatte. Da merkte man sich nicht nur Gesichter, sondern auch die dazugehörigen Namen.

»Guten Morgen, ja, gern«, erwiderte Maria. »Wie geht es Ihnen heute?«

»Bestens. Immer viel zu tun, aber das ist ja auch gut so.«

Mit einer galanten Geste deutete er an, dass er vorgehen würde. Maria betete, dass sie in Herrmann Sabielskis Nähe gerieten. Ihre Gebete wurden erhört. Und sie hatte noch mehr Glück. In dem Augenblick, als sie seinen Tisch passierte, griff Herrmann zu einem Glas Orangensaft und sah an seiner Referentin vorbei in ihre Richtung. Seine Augen verengten sich, das Glas blieb auf halbem Wege zu seinem Mund in der Luft stehen.

»Oh, was für ein Zufall«, hauchte Maria. »Hallo, Herr Sabielski.«

Sie streckte ihm die Hand hin, worauf Gerlinde von Salen sich pikiert umdrehte. Im selben Moment klingelte das Handy der Referentin. Sie spähte auf das Display, nahm Haltung an und presste das Handy ans Ohr.

»Kanzleramt.« Aufgeregt wedelte sie mit der freien Hand und erhob sich. »Ich gehe mal kurz raus.«

Besser hätte dieses Wiedersehen gar nicht ablaufen können. Unbewacht von seinem Kettenhund, reichte Herrmann ihr eine kühle, trockene Hand und musterte sie aufmerksam. Auch sie musterte ihn. Er war inzwischen Ende fünfzig, arg zerknittert und nach wie vor vollkommen charismafrei. Sein schlecht geschnittener grauer Anzug sah aus wie vom Discounter, seine Krawatte wie selbstgehäkelt. Er wirkte immer noch wie der AOK-Filialleiter von Spandau, als der er einst seine Karriere begonnen hatte. Etwas fahrig setzte er das Glas ab.

»Hallo, Frau Doktor Hafner.«

»Ist lange her, dass …«, sagte Maria und ließ den Rest des Satzes in einem diffusen Lächeln ersterben.

Auch über Herrmanns Gesicht huschte ein Lächeln, jedoch wirkte es peinlich berührt. Seine Haut wurde so grau wie ein toter Karpfen. Und jetzt? Er war es, der die Initiative ergreifen musste, alles andere hätte nach Absicht ausgesehen. Bleib einfach stehen. Damit setzt du ihn unter Zugzwang.

»Möchten Sie sich vielleicht einen Moment«, er hüstelte verlegen, »äh, setzen?«

O ja. Genau das.

»Aber nur, wenn ich nicht störe …«

Es war eine bloße Floskel. Maria nahm Herrmann gegenüber Platz, der Majordomus entfernte sich diskret. Selbst in ihren kühnsten Träumen hätte sie nicht damit gerechnet, dass es so leicht sein würde, ein paar Worte mit ihrem prominenten Exgeliebten zu wechseln. Wie harmlos er aussah. Niemand wäre auf die Idee gekommen, dass er ein höchst vitales Interesse für das weibliche Geschlecht hegte. Genauso wenig ahnte man die Skrupellosigkeit hinter seiner staubgrauen Fassade. Herrmann hatte sie zu etwas gezwungen, was sie ihr Leben lang bereuen würde, und ihr dann seelenruhig eröffnet, man könne doch trotzdem ab und zu ganz zwanglosen, unverbindlichen Sex haben.

Kalter Zorn stieg in ihr auf. Ich werde ihn so was von abknallen. Aber so was von.

»Schönes Halstuch«, sagte er.

»Ja.« Sie legte eine Hand darauf und streichelte die bunt gemusterte Seide. »War ein Geschenk.«

»Was Sie nicht sagen.«

Nachdem er sich vergewissert hatte, dass die Gäste an den Nebentischen keinerlei sichtbares Interesse an ihm zeigten, lehnte er sich zu ihr herüber. Zum ersten Mal sahen sie einander wirklich in die Augen. In seinen flackerte es leicht. Argwohn las Maria darin, Unsicherheit, vor allem aber Begierde.

Er hatte seine Libido einfach nicht im Griff. Für ihn war Sex Währung, Lohn und Beute des Aufstiegs. Es kostete ihn einige Winkelzüge, all die Sekretärinnen, Praktikantinnen und Wahlhelferinnen, die er anfiel, anschließend mit guten Jobs zum Schweigen zu bringen. Seine wahllose Sexsucht grenzte an Debilität. Er wollte sie alle haben. Alle. Und stets tat er so, als sei es eine Ehre für die Frauen, wenn er sie bedrängte. Auch Maria hatte sich damals auf unerklärliche Weise geehrt gefühlt.

»Sie sehen phantastisch aus, Frau Doktor Hafner.«

Mittlerweile wusste sie, dass nicht sie gemeint war, doch das machte ihr nichts mehr aus. Nicht mehr, seit sie die stumpfen Waffen einer Frau mit echten vertauscht hatte.

»Und?«, spann sie den äußerst dünnen Gesprächsfaden weiter. »Wie geht es Ihnen?«

Er antwortete routiniert mit einer Aufzählung nichtssagender Phrasen, die Maria bis zum Überdruss von ihm kannte. Es waren die immerselben Versatzstücke. Zentrale Aufgaben. Politisches Mitgestalten. Wichtige Beiträge. Aktives Begleiten. Überragende Bedeutung. Dinge voranbringen. Sie stutzte. *Dinge voranbringen*, auch das war damals ein Liebescode gewesen. Ich will dich, hieß das, und zwar so schnell wie möglich.

Sie legte die gefalteten Hände aufs Tischtuch. Im Stillen wunderte sie sich darüber, wie schnell Männer vom Schlage eines Herrmann Sabielski von der offiziellen Seriosität in die inoffizielle Vertraulichkeit umschalten konnten. Unter dem Tisch berührte ein Männerschuh ihre bestrumpfte Wade.

»Ich bewundere zutiefst, dass Sie die Dinge immer so beherzt voranbringen, Herr Sabielski.«

»Nuuuun«, er zog den Vokal unnatürlich in die Länge, »ich gelte als ein Mann der Tat. Aber selbstverständlich nur dann, wenn sich dadurch keine Konfliktpotenziale ergeben.«

»Tjaaaaaa«, ahmte Maria seine wichtigtuerische Diktion

nach, »ich denke, dass man von einer erfolgreichen Deeskalation ausgehen kann. Die Verhältnisse haben sich beruhigt.«

Ihren ironischen Unterton nahm er nicht wahr. Zufrieden zog er seine grauenhafte Strickkrawatte straff.

»Dann würde ich Sie gern in der bereits erwähnten Sache sprechen.«

»Sehr gern«, versicherte Maria. »Ich könnte es am Sonntag einrichten.«

»Sonntag«, wiederholte er knapp.

Sie lächelte das Tischtuch an, während sie eine Visitenkarte aus ihrer Handtasche zog und unter den Rand seines Tellers schob. Sehr wahrscheinlich hatte er ihre Nummer gelöscht, oder seine Frau hatte es getan. Wortlos steckte er die Karte ein. Dann setzte er jene leutselige Miene auf, die in Ermangelung nennenswerter Kompetenzen sein wichtigster Trumpf im Politpoker war.

»Großartig«, beteuerte er. »Es ist wirklich großartig, Verantwortung für unser Land und unsere Mitbürger zu übernehmen. Wie gesagt, möchte ich wichtige Beiträge zu den zentralen Aufgaben des Landes leisten.«

Gerlinde von Salen kehrte zurück. Eine leichte Röte lag auf ihren Wangen, als sie an den Tisch trat und Maria mit den Hopp-hopp-Gesten eines Hundedompteurs signalisierte, sie habe gefälligst aufzustehen.

»Frau – Hattner? Rattner?«

»Hafner«, verbesserte Maria.

»Von mir aus Hafner. Wie auch immer, der Herr Abgeordnete hat zu tun.«

Sofort erlosch das Flackern in Herrmanns Augen.

»War überaus nett, Sie wiederzusehen, Frau Doktor Hafner. Dann alles erdenklich Gute!«

Verdammter Heuchler.

Maria hatte sich noch nicht ganz erhoben, als wie aus dem Nichts der Restaurantleiter neben ihr auftauchte.

»Wenn ich Sie dann jetzt zu Ihrem Platz begleiten dürfte«, wisperte er mit einem respektvollen Seitenblick auf Herrmann Sabielski.

Er zeigte auf einen Tisch direkt gegenüber. Von dieser Position aus konnte Maria hören, wie Gerlinde von Salen leise, aber beschwörend auf ihren Chef einredete und Herrmann noch kleiner und grauer wurde. Beide schienen völlig vergessen zu haben, dass ein aufmerksamer Zuhörer sie durch das Stimmengewirr hindurch belauschen konnte.

»Die Anmutung Ihrer Rede ist noch zu männlich, hier«, die Referentin tippte mit dem Finger auf einen Textausdruck, »wir brauchen die Generation Rushhour zwischen dreißig und vierzig, Work-Life-Balance und so weiter, so was geht doch weicher, frauenaffiner, schließlich brauchen wir auch die Wählerinnen. Vor allem die Wählerinnen.«

»Aber …«

Sie hatte schon einen Stift in der Hand und kritzelte Anmerkungen an den Rand des Textes.

»Das hier ist besser: ›Wir werden vor allem die Mütter entlasten, sie leisten Großartiges, sie brauchen Unterstützung, verlässliche Unterstützung‹ – verstehen Sie? Mütter, großartig, entlasten, Unterstützung, das sind die Schlüsselbegriffe. Mood adjustment, verstehen Sie, Herr Sabielski? Es muss sich gut anfühlen. Legen Sie Wärme in Ihre Stimme.«

Herrmann wirkte leicht überfordert. Was ihn auszeichnete, war eine erstaunliche Unfähigkeit, die Zusammenhänge hinter den auswendig gelernten Schlagwörtern zu begreifen. Er hatte keinen blassen Schimmer von seinem Ressort, keine Ahnung, wie man Netzwerke aufbaute, Mehrheiten beschaffte, sich in Szene setzte. Maria hatte er einst gestanden, er fühle sich wie ein Schülerlotse, den man für einen Verkehrspolizisten halte. Er habe nur gelernt, die Kelle hochzuhalten, aber jetzt solle er alle Straßenverkehrsregeln auf einmal beherrschen und auch noch neue erfinden. Von Mitleid war Maria weit entfernt. Dieser Mann hatte ein Menschenleben auf dem Gewissen.

»Außerdem brauchen wir ein Narrativ«, fuhr Gerlinde von Salen fort, »Storytelling ist das Geheimnis, eine kleine Geschichte, etwas, was die Leute behalten. Wie wäre es, wenn Sie sagen, dass Sie manchmal Ihren Enkel vom Kindergarten abholen?«

»Großer Gott, meinen Enkel?«

Maria hatte genug gehört. Herrmann Sabielski, die Hoffnung seiner Partei, würde unaufhaltsam Karriere machen, weil er das Produkt seiner Berater war und nicht durch Alleingänge auffiel. Es sei denn, jemand setzte seinem Aufstieg durch einen gezielten Schuss ein Ende.

Eine Weile genoss sie das Ballett der Kellner, die sich wie auf Schienen gleitend durch die eng stehenden Tische bewegten. Ihre Mélange trank sie mit Vergnügen, die beiden Croissants, die sie anstandshalber bestellt hatte, ließ sie verstohlen in ihrer Handtasche verschwinden. Noch immer hatte sie keinen Appetit. Nur das sichere Gefühl, dass der dritte Kandidat ihrer Liste den Sonntag nicht überleben würde.

Als Maria das Einstein verließ, quälte sich eine blasse Sonne durch den Nebel, der wie ein feuchtes graues Tuch auf den Dächern lastete. Von ihrem Stimmungstief an Leas Geburtstag hatte sie sich erholt, dennoch fühlte sie sich plötzlich einsam und verloren. Es war kurz vor neun, um elf öffnete die Galerie. Zwei Stunden Leere.

Du könntest ihn anrufen. Wen? Giovanni Tesoro. Nie im Leben. Warum? Er ist gefährlich. Stimmt, dumme Idee.

Zwischen hupenden Autos fädelte sie sich in den morgendlichen Verkehr ein. Wie von selbst schob er sie quer durch die Stadt, die unter dem Leichentuch des fahlen Morgenlichts seltsam erstarrt wirkte. Sie dachte an ihren Vater. Es fühlte sich an wie Heimweh. Ja, sie war krank vor Heimweh nach seiner zärtlichen, nachsichtigen Liebe, nach seinem unerschütterlichen, nahezu chronischen Optimismus. Auch die Gespräche fehlten ihr. Er war ein Geschichtenerzähler gewesen. Und er hatte ihr das Schießen beigebracht.

Man legt nie eine geladene Waffe ab. Stell die Füße leicht versetzt hin. Mach einen runden Rücken. Atme beim Schießen aus. Senk die Waffe kurz ab, wenn deine Hände zittern, dann erst ziele erneut. Kehre am Schluss immer die Patronenhülsen auf. Wie herzlich hatte er über die Sprüche der Waffenbrüder lachen können, wenn sie die Einschusslöcher auf der Schießscheibe begutachteten: *Na, was getroffen außer Freunden?*

Stoßstange an Stoßstange schlichen die Autos vorwärts, umrundeten Lieferwagen, die in zweiter Reihe parkten, verstopften die Kreuzungen, blockierten Einfahrten. Ohne es richtig zu bemerken, fuhr Maria zur Fasanenstraße. Sie stellte es erst fest, als sie bereits die Galerie auftauchen sah und einen freien Parkplatz direkt davor. Da ihr nichts Besseres einfiel, um die morgendliche Leere zu füllen, beschloss sie, Infomails an Sammler zu verschicken. Zwei Bilder hatte sie erst verkauft. Zu wenig, um einen ganzen Monat davon zu leben.

Nachdem sie die Glastür der Galerie aufgeschlossen hatte, umfing sie gespenstische Stille. Etwas war anders heute. Oder bildete sie sich das nur ein? Und doch – es war diese Art gespannter Stille, in der man begann, auf die kleinsten Geräusche zu achten, auf ein Knacken, ein Rascheln, leise Schritte.

Mach dich nicht verrückt. Alles normal.

Bevor Maria den Laptop aktivierte, steckte sie die Kopfhörer in ihr Handy und studierte ihre Playlists. Ganz konnte sie sich noch nicht von Toms Musik trennen, ein letztes Band, das sie verknüpfte. *Du kannst singen, wenn du sprechen kannst. Tanzen, wenn du gehen kannst. Stillstehen kannst du auch. Auf dem, was du zum Weglaufen brauchst.*

Ihr Körper war schneller als ihr Kopf. Maria bemerkte auf einmal, dass sie schwitzte. Weglaufen, das Wort triggerte sie. Seit dem frühmorgendlichen Anruf verdrängte sie die Angst, die sich in ihrem Hinterkopf eingenistet hatte wie ein Parasit. Dieser Tesoro war kein Mann, der ins Blaue hinein Einladungen zum Kaffee aussprach. Schon gar nicht, wenn es sich um eine Frau handelte, die er bei seinen Ermittlungen kennengelernt hatte.

Hat er Beweise? Wird er dich verhaften? Frag ihn doch. Da ist er. Sie riss sich die Kopfhörer aus den Ohrmuscheln.

»Hier finde ich also die geheimnisvolle Dame, die äußerst beschäftigt ist«, sagte Giovanni Tesoro. »Womöglich, weil sie auf Abwegen wandelt?«

KAPITEL 14

Vollkommen überrumpelt suchte Maria Halt am Empfangstresen. Nein, es war keine Halluzination: Übernächtigt, wie es schien, aber mit beunruhigend wachem Blick stand Giovanni Tesoro in der offenen Glastür, die Maria vergessen hatte abzuschließen. Mit der Hacke gab er der Tür einen Tritt, so dass sie klirrend zufiel. Es sah aus, als hätte ein Profifußballer ein besonders gekonntes Tor geschossen. Eins zu null für Giovanni Tesoro. Langsam fuhr er sich durchs Haar, während er ein bleistiftdünnes Lächeln aufsetzte.

»Und? Wandeln Sie auf Abwegen? Oder warum lehnen Sie meine Einladung zum Kaffee ab?«

Marias Mund wurde trocken.

»Wie bitte? Was haben Sie denn geraucht?«

Unbeirrt weiterlächelnd, förderte er aus seiner Manteltasche eine zerknitterte gelbe Zigarettenschachtel mit dem Schriftzug *Parisienne Jaune* zutage und steckte sie wieder ein. Der Mann mit dem italienischen Namen raucht französische Zigaretten, das war alles, was Maria dazu einfiel. In ihrem Kopf herrschte gähnende Leere. Etwa zwei Meter lagen zwischen ihnen, dennoch meinte sie, einen leichten Tabakduft wahrzunehmen und noch etwas anderes, sehr Beängstigendes. Ganz deutlich spürte sie die Gefahr, die von diesem Mann ausging, von seinem Raubtierinstinkt, der ihn auf ihre Fährte geführt hatte.

»Zu schade, dass Sie Ihre Zeit verschwenden, Herr Tesoro, ich habe heute bereits Kaffee getrunken.«

»Allora«, er lehnte sich an den Türrahmen, »normalerweise geht es ja eher um das Gespräch zum Kaffee. Aber im Einstein gab es sicherlich interessantere Gesprächspartner als mich.«

Der letzte Satz detonierte wie eine Bombe in Maria. Kalter Schweiß trat auf ihre Stirn. Also lässt er dich beschatten. *Stillstehen kannst du auch auf dem, was du zum Weglaufen brauchst.* Zu spät. Es gab kein Entrinnen, also musste sie zum Angriff übergehen.

»Sie spionieren mir nach! Sind Sie etwa ein Stalker?«

Interessiert betrachtete er seine Schuhe mit den orangefarbenen Schnürsenkeln.

»Aber nein. Nur ein Mann, der ein wenig mit Ihnen plaudern möchte. Ich könnte Sie beispielsweise mit den Details meiner jüngsten Mordfälle unterhalten. Oder wäre das zu blutig für eine zartbesaitete Frau wie Sie?«

Nervös spielte Maria mit ihrem Handy, ihre Finger waren schweißnass.

»Nur zu, mein Adrenalinspiegel hat noch Potenzial nach oben.«

»Heißt das, wir gehen Kaffeetrinken?«

Verflixt. Aus der Nummer kommst du nicht mehr raus.

»Okay, wenn Sie auf Langeweile stehen, haben Sie jetzt ein Date mit der heißesten Frau des Universums.«

Er lachte, auf diese unbekümmerte Art, bei der er seine Zähne zeigte und auf einmal um Jahre jünger aussah. Abgesehen von seinem Heiterkeitsausbruch wirkte er ohnehin nicht wie ein Polizist im Dienst, eher wie ein Flaneur, vor dem ein Tag des luxuriösen Müßiggangs lag. Heute trug er zu seinem übereleganten dunkelblauen Anzug ein rosafarbenes Hemd und eine Seidenkrawatte mit blaugelbrosafarbenem Paisleymuster.

»Ich mache nicht den Fehler, Sie zu unterschätzen«, sagte

er, nun wieder ernst. »Frauen sind im Allgemeinen intelligenter formatiert als Männer, und speziell bei Ihnen muss man mit allem rechnen.«

»Ja, ja, ich bin so schlau, ich könnte jederzeit wieder die Hauptschule abbrechen.«

Es sollte witzig klingen, obwohl nackte Angst ihre Kehle zuschnürte. Im selben Moment erklang ein sanftes Glöckchenklingeln. Automatisch schaute sie aufs Handydisplay. *Ich würde Sie gern in der bereits erwähnten Sache sprechen. Sonntag, 11 Uhr in meinem Büro? MfG HS*

Offenbar vertraute Herrmann darauf, dass die alten Spiele noch funktionierten. *Büro* war das Codewort für ein Kongresshotel am Stadtrand gewesen, inmitten einer bewaldeten Parklandschaft gelegen. Ein anonymes Etablissement, in dem nicht weiter auffiel, wer ein- und auscheckte. Es war immergleich abgelaufen: Maria buchte ein Zimmer, wo sie auf Herrmann wartete, wenig später klopfte er, mit Golfmütze und Sonnenbrille getarnt, an die Zimmertür. Dann folgten ein paar Stunden Liebe am Sonntagnachmittag, bevor er heim zu Frau und Kindern fuhr.

»Frau Doktor?«

Sie sah auf und erschauerte. Giovanni Tesoro stand auf einmal dicht vor ihr, die Augen wie geladene Pistolen auf sie gerichtet, als ahnte er, dass dies nicht irgendeine SMS gewesen war. Hatte ihr Gesichtsausdruck sie verraten?

»Das war …«

»Ja?«

»… eine SMS von meiner Mutter.«

Seine Wimpern flatterten, sie beobachtete es wie unter einem Vergrößerungsglas, überhaupt bemerkte sie so vieles an ihm, was ihr an anderen Menschen nie aufgefallen wäre. Winzige helle Hautschüppchen auf seinen vollen Lippen zum Beispiel, eine sichelförmige, kaum wahrnehmbare Narbe neben seinem linken Auge, leicht gerötete Nasenflügel, die auf einen beginnenden Schnupfen hindeuteten, die eigentümlich perfekten Halbmonde seiner Augenbrauen, das unregelmäßige Muster seines Bartschattens, der vermuten ließ, dass er entweder keine Zeit zum Rasieren gefunden oder tatsächlich die Nacht durchgemacht hatte. Eine weitere, höchst beunruhigende Möglichkeit kam Maria jetzt in den Sinn: dass er sie höchstpersönlich überwachte, womöglich in einem Wagen vor ihrer Haustür.

»Stimmt was nicht mit meinem Gesicht?«, fragte er und steckte die Hände in die Hosentaschen, wobei sich Trenchcoat und Jackett wie ein Theatervorhang zu den Seiten hin öffneten.

Maria war unfähig zu antworten. Sie starrte auf den Holstergurt, der sich quer über das rosafarbene Hemd spannte. Sehr wahrscheinlich war dieser Tesoro ein exzellenter Schütze und in allen Waffengattungen zu Hause. Augenblicklich hatte sie eine Eingebung. Ganz deutlich sah sie das alte G41 M ihres Großvaters vor sich, ein halbautomatisches Gewehr mit Drehriegelverschluss.

»Oder stimmt etwas nicht mit Ihrer Frau Mutter?«

Es war unmöglich, das Bild beiseitezuschieben, wie sie Giovanni Tesoro ins Visier nahm, auf kühlem, moosigem Waldboden liegend, das Gewehr im Anschlag.

»Es geht ihr gut«, versicherte sie.

Nein, nicht Giovanni Tesoro. Sie würde Herrmann Sabielski im Freien erschießen, ihn erlegen wie ein Stück Wild. Ja, das war eine gute Idee.

»Dann also einen Kaffee.«

Es klang mehr nach einer Anweisung als nach einer Frage. Er berührte sie an der Schulter, und Maria musste an sich halten, um nicht aufzuschreien.

»Ja, äh, klar.«

Noch immer lag seine Hand auf ihrer Schulter. Sanft, aber unmissverständlich dirigierte er sie zum Ausgang der Galerie. Es fühlte sich an, als würde sie abgeführt.

»Das Café im Kempinski? Ist das okay?«

Sie nickte. Bring es hinter dich, aber reiß dich um Himmels willen zusammen. Er kann dir nichts nachweisen, ganz ruhig, und vergiss nicht zu atmen.

Noch immer lag ein weicher Nebelfilm über der Stadt, als sie nach draußen traten. Doch die Sonne hatte ihren Kampf keineswegs aufgegeben, unangenehm grell strahlte sie durch das blässliche Grau, wie eine starke Lampe hinter Milchglas. Maria hätte gern eine Sonnenbrille aufgesetzt. Seit sie von Migräneanfällen heimgesucht wurde, war sie lichtempfindlich geworden, und ein scharfer Schmerz flammte hinter ihrer Stirn auf.

Giovanni Tesoro. Was wird das hier? Was hast du vor?

Das fragte sich Maria immer noch, als sie einander gegenübersaßen, sie mit einem doppelten Espresso, er mit einem Cappuccino. Fremdelnd schaute sie sich um, obwohl sie das Lokal seit Ewigkeiten kannte. Es lag direkt am Ku'damm und erwies dem französischen Bistrostil mit Marmortischchen und cognacfarbenen Korbstühlen seine Reverenz. Wem der Sinn nach Essen stand, konnte es im hinteren Restaurantbereich an weißgedeckten Tischen einnehmen. Alles wirkte auf lässige Weise gediegen, die polierten Messingstangen, die mit rotem Samt bespannten Sitzbänke, die goldgerahmten Spiegel an den Wänden.

Maria hatte sich hier immer heimisch gefühlt. Heute war es anders. Während draußen eine Touristengruppe vorbeischlenderte, die der Sightseeing-Bus gegenüber ausgespuckt hatte, raste es in ihrem Hirn. Wie sollte sie sich verhalten? Kokett? Naiv? Arrogant?

Der Kellner schlurfte heran, ein winziger älterer Herr, in

dessen kummervollem Gesicht sich die Achtlosigkeit unzähliger Gäste eingegraben hatte. Stoisch servierte er Wasser in kunstvoll geschliffenen Gläsern. Die stärker werdenden Sonnenstrahlen brachen sich in den Kristallornamenten und malten Lichtreflexe auf den Tisch, und erst jetzt wurde Maria klar, wie geschickt Giovanni Tesoro vorging. Er überließ nichts dem Zufall. Es war sein Vorschlag gewesen, sich an eines der runden Marmortischchen zu setzen, doch während er mit dem Rücken zum Fenster saß, so dass sein Gesicht im Gegenlicht kaum zu erkennen war, musste sich Maria der morgendlichen Helligkeit aussetzen wie dem Scheinwerferlicht einer Bühne.

Nichts wird ihm entgehen, kein Zucken eines Nervs, kein Lidschlag.

»Erzählen Sie von sich«, brach sie das Schweigen, das schwer und klebrig auf ihnen lastete.

Bring die Leute zum Reden, sagte Henry immer, dann denken sie, dass man sich gut mit dir unterhält, und du kannst entspannt zuhören. So weit der Trick. Giovanni Tesoro setzte zwar tatsächlich zu einer Erwiderung an, doch Maria entspannte sich keineswegs.

»Ich bin in Rom aufgewachsen«, erklärte er und lehnte sich auf seinem Stuhl zurück. »Als ich zehn war, kam ich nach Berlin, zu meinem Vater. Meine Mutter ist Italienerin, es war eine komplizierte Beziehung, ein opernreifes Drama, besser gesagt. Bei meinem Vater habe ich es aber nicht lange ausgehalten, er war mir immer fremd. Mit sechzehn bin ich ausgezogen und …«

Sie hörte seine Stimme, ohne ihm zuzuhören. Bei seiner Bewegung war das Jackett verrutscht, so dass die Waffe sichtbar wurde, die Giovanni Tesoro im Holster trug. Eine SIG Sauer P226, Neun-Millimeter-Kaliber, P6 im Polizeideutsch genannt, eine relativ kleine, kompakte Pistole aus grauem

Stahl, geladen stets schussbereit. Genau jene Waffe, mit der Maria sich hatte umbringen wollen. Sie schluckte krampfhaft. Man musste nur den seitlich angebrachten, flach anliegenden Entsicherungshebel herunterdrücken, und …

»Sie interessieren sich für Pistolen?«

Natürlich hatte er ihren Blick bemerkt. Und natürlich war ihm nicht entgangen, wie sie auf die Waffe reagierte.

»O nein«, wehrte Maria ab. »Ich komme aus einer durch und durch pazifistischen Familie. Man hat mich gewaltfrei erzogen.«

Hastig nahm sie einen Schluck Espresso, obwohl sie ihre Koffeindosis an diesem Tag bereits weit überschritten hatte. Vermutlich der Grund, warum ihr Herz schneller klopfte, als Giovanni Tesoro jetzt mit den Fingerkuppen über den Griff der SIG Sauer strich.

»Man kann sie schnell ziehen, die SIG. Sie wird vom Holsterfutteral nur durch zwei Druckknöpfe gehalten, und es ist Vorschrift, dass sie immer durchgeladen ist.«

Ja doch, Schlaumeier. Maria rührte in ihrem Espresso und konzentrierte sich auf das schaumige Braun. Nicht hinsehen. Schau die Waffe nicht mehr an.

»Haben Sie schon mal geschossen, Frau Doktor Hafner?«

»Ich bitte Sie«, antwortete sie mit relativ gut gespielter Entrüstung.

»Bei den letzten beiden Morden waren vermutlich eine Walther PPK und ein Colt Government im Spiel.«

Allmählich fühlte sich Maria vom Gesprächsverlauf überfordert. Einander widersprechende Gedanken rangelten in ihrem Kopf miteinander. Ich will hier weg. Ich möchte ihm über die unrasierte Wange streichen. Ich habe Angst. Er ist ein unglaublich aufregender Mann. Lauf, Maria, lauf!

»Namen wie Walther sagen Ihnen sicher nichts.« Mit seinem Kaffeelöffel hob Giovanni Tesoro ein wenig Schaum von seinem Cappuccino. »Unsere ballistische Abteilung hat die Projektile aus den Schusswunden analysiert und vermutet aufgrund der Riefungen, dass die Schüsse aus alten, nicht registrierten Waffen abgegeben wurden. Wahrscheinlich entstammen sie einer Liebhabersammlung. So etwas kommt nicht alle Tage vor.«

Der Milchschaum verschwand im Mund des Kommissars und hinterließ eine winzige weiße Spur am Oberlippenrand. Müsste man wegküssen, dachte Maria, und wenn du Wahnsinnige jetzt nicht aufpasst, verbringst du den Rest deines Lebens in staatlichem Gewahrsam.

»Das heißt, Sie können die Waffen nicht ihrem Besitzer zuordnen?«, fragte sie, obwohl sie die Antwort kannte.

»Nein, leider nicht.«

Neue Touristengruppen strömten draußen vorbei, angeführt von Fähnchen schwenkenden Stadtführern. Direkt vor dem Lokal postierte sich ein abgerissener Straßenmusiker, der auf seinem Akkordeon ein russisches Lied intonierte. Maria schlug die Beine übereinander und zupfte an dem Seidentuch, als ginge es um einen stilvollen Auftritt statt um ihr Leben.

»Somit wäre das also eine Geschichte ohne Pointe.«

Giovanni Tesoro lachte, diesmal leichthin, als sei das Ganze nur ein Spiel. Und war es das nicht auch, ein sonderbares, undurchschaubares Spiel? Irgendetwas sagte Maria erneut, dass dieser Mann nicht alles preisgab, was er wusste. Warum zögerte er? Worauf wartete er?

»Die Geschichte ist noch nicht zu Ende«, sagte er leise. »Unsere Geschichte ist noch nicht zu Ende.«

Völlig perplex sah Maria ihn an. Wie bitte?

»Nettes Lokal, netter Kellner«, wechselte er das Thema. »Das neueste Mordopfer war übrigens ein Barkeeper. Hm,

Sie haben auch lange gekellnert, wenn ich richtig unterrichtet bin.«

Maria vergaß, cool zu bleiben.

»Wer hat Ihnen das denn erzählt?«

»Frau Hallstein, die pensionierte Sekretärin von Professor Bernheimer. Offenbar hing sie sehr an ihrem ehemaligen Chef und stand ihm weiterhin für Schreibarbeiten zur Verfügung. Sie hatte einen Schlüssel zu seiner Wohnung. Sie war es auch, die ihn fand. Eine redselige Person.« Unter halb geschlossenen Lidern schaute er Maria an. »Muss ja ein ziemlicher Skandal gewesen sein damals, als der Herr Professor Ihre Affäre literarisch ausgeschlachtet hat.«

Sie versuchte, abfällig zu lachen, doch es klang wie ein Wimmern. Trotzig schob sie das Kinn vor.

»Ach, man sollte das alles nicht überbewerten. Professor Bernheimer hatte viele Affären, und ich bin nicht so eitel zu glauben, dass ausgerechnet ich seine Muse war.«

»Heißt die Ausstellung in Ihrer Galerie nicht ›Vom Vernichten der Musen‹? Bernheimer hat Sie bloßgestellt. Und Sie haben die Universität verlassen, um als Kellnerin zu arbeiten. Ich glaube kaum, dass es wegen des prallen Lebens war. Würde mich nicht wundern, wenn Sie Rachegelüste entwickelt hätten.«

Sein Gesicht, das im Schatten lag, nahm auf einmal dämonische Züge an. Er spielte Russisches Roulette mit ihr, er drückte einfach ab, in der Gewissheit, dass sich irgendwann ein Geschoss aus dem Trommelmagazin lösen würde. Noch schien er nicht zu wissen, dass das Magazin voll war und er bereits mehrere Treffer gelandet hatte. Oder doch?

Maria sah aus dem Fenster. Draußen wurde eine Hebebühne für die Installation der Weihnachtsbeleuchtung in Position gebracht. Bald würden die kahlen Bäume des Ku'damms mit Lichtergirlanden geschmückt sein. Noch knapp vier Wochen bis Weihnachten, bis zu ihrem vierzigsten Geburtstag. Bis dahin würde sie alle Kandidaten ihrer Liste abgehakt haben.

Ihr Blick wanderte zu Giovanni Tesoro zurück, der einen kleinen braunen Keks aus seiner Zellophanhülle befreite und in den Mund steckte.

»Rachegelüste liegen mir fern, Herr Tesoro. Ich glaube, dass Sie gerade ein Opfer Ihrer überaus lebhaften Phantasie werden.«

»Für eine Frau, die gern den *Tatort* schaut, haben Sie wenig Sinn für belastende Zusammenhänge, auch Motiv genannt«, erklärte er so beiläufig, als rede er übers Wetter. »Schade übrigens, dass der *Tatort* am vorletzten Sonntag ausgefallen ist, wegen einer Sondersendung über die jüngsten Terroranschläge. Sie wissen schon, das war der Abend, an dem Johannes Bernheimer ermordet wurde.«

Volltreffer. Damit erledigte sich ihr ohnehin wackeliges Alibi. Ihr Herz hämmerte so hart, dass es weh tat, der Schweiß lief ihr in Strömen den Rücken entlang, obwohl ihr kalt, eiskalt war. Sie saß in der Falle. Mit bebenden Händen griff sie nach dem Wasserglas. Und er? Ließ seelenruhig einen weiteren Löffel Milchschaum in seinen Mund gleiten.

»Wenn auch nur die Hälfte von dem stimmt, was der alte Bernheimer über Sie geschrieben hat«, ein durchtriebenes Lächeln glitt über sein Gesicht, »dann sind Sie eine unfassbar hingebungsvolle Geliebte.«

Der Augenblick gefror und zersplitterte gleich darauf in tausend kleine glitzernde Kristalle. Nein, es war das Glas, das Maria aus der Hand geglitten war. Und während sie auf die Scherben starrte, die blinkend und funkelnd in einer Wasserpfütze auf der Marmorplatte lagen, begriff sie plötzlich den Irrsinn seines Verhaltens. So klar, dass sie fast ebenfalls gelacht hätte, obwohl scharfkantige Kristallsplitter ihren Kopf zerschnitten.

Dieser Mann verdächtigte sie nicht. Er wollte sie erobern. Nach Raubkatzenart spielte er mit seiner Beute, der pantherhafte Giovanni Tesoro. Und ganz offensichtlich bereitete es ihm ein höllisches Vergnügen, so zu tun, als stehe sie unter Verdacht, obwohl er von ihrer Unschuld überzeugt war. Er bluffte. Das Ganze war ein hocherotisches Spiel.

Schwer atmend zerrte sie an ihrem Seidentuch. Sie musste sich einige Sekunden lang sammeln, bevor sie überhaupt sprechen konnte, so erschüttert und erleichtert und verwirrt war sie.

»Sie Schurke. Natürlich lief der Tatort am vorletzten Sonntag.«

Sein ungezwungenes, ja übermütiges Lachen bestätigte, was sie vermutet hatte. Er hatte geblufft. Sein Interesse an ihr war ausschließlich erotischer Natur. Wie ein kleiner Junge, den man beim Flunkern erwischt hatte, zwinkerte er ihr zu und leckte sich mit der Zunge den Milchschaum von der vollen, sinnlichen Unterlippe. Es wirkte lasziv, so wie der dunkel bewimperte Blick, der sich auf ihren Mund richtete.

»Und? Sind Sie eine hingebungsvolle Geliebte?«

Maria senkte den Kopf. Mechanisch begann sie, die Goldknöpfe auf ihrer Kostümjacke zu zählen. Eins, zwei, drei, vier … Lass dich auf das Spiel ein. Geh mit ihm aus, geh vielleicht noch ein bisschen weiter. Der Gedanke trieb ihr das Blut in die Wangen. Doch es blieb dabei: Sie hatte nur eine Chance, den Kopf aus der Schlinge zu ziehen – indem sie so tat, als mache es ihr nichts aus, sich mit einem ermittelnden Kommissar einzulassen. Nur eine einzige Regel musste sie beachten: Sie durfte sich nicht in ihn verlieben.

»Hingebungsvoll?« Sie brachte ein unschuldiges Lächeln zustande. »Man sollte immer zwischen Fakten und Fiktion unterscheiden. Die Heldin des Buchs ist beispielsweise eine exzellente Köchin, im Gegensatz zu mir.«

»Hm.« Mit seinem Kaffeelöffel rührte er in den Scherben wie in einem imaginären Kochtopf. »Ich könnte Ihnen zeigen, wie man eine gute Pasta asciutta macht, nach dem Geheimrezept meiner römischen Großmutter.«

Maria erhob sich. Diese kleine erotische Komödie mochte ihre Rettung sein, doch sie war mit ihrer Kraft am Ende.

»Das, lieber Hauptkommissar Giovanni Tesoro, verraten Sie mir, wenn wir uns das nächste Mal sehen. Es sei denn, ich habe Sie derart gelangweilt, dass Sie von einem neuerlichen Treffen Abstand nehmen.«

Ihre Blicke kreuzten sich und stürzten unversehens ineinander ab, wie es sonst nur bei Liebenden geschah. Eine taumelnde Sekunde lang ließ Maria sich in diesen Strudel hineinziehen, dann trat sie einen Schritt zurück.

»Danke für den Kaffee. Ich muss jetzt zurück in die Galerie.«

»Und ich muss noch Akten lesen.«

Giovanni Tesoro sah nicht wie jemand aus, der Akten anlegte.

»Außerdem kennen Sie bestimmt die Goldene Regel, Herr Kommissar.«

»Die Goldene … nein?«

Maria warf ihm eine Kusshand zu.

»Kein Sex beim ersten Date.«

KAPITEL 15

Schon von weitem sah Maria den Werbeaufsteller vor der Galerie auf dem Bürgersteig, in großen roten Buchstaben leuchtete ihr der Schriftzug *Vom Vernichten der Musen* entgegen. Es war erst halb elf. Gewöhnlich kam Henry nicht vor der offiziellen Öffnungszeit in die Galerie.

»Hallo Schatzi, ich war joggen und habe dich und den Kommissar zum Ku'damm schlendern sehen«, erklärte er, als Maria eintrat. »Da dachte ich, dass du vielleicht etwas Besseres zu tun hast, als hier herumzustehen. Ein schönes Paar seid ihr, aber mal ehrlich, der Typ passt zur Polizei wie ein Hummer zum Würstchenstand. Hast du seine handgenähten Schuhe gesehen? Und die aparten Schnürsenkel?«

»Orange, ja.«

»Ein Fashionista«, hauchte Henry.

Dabei war er selbst ziemlich sehenswert in seiner roten Lederhose und dem hautengen schwarzen Jackett, auf dem im Zickzack grobe weiße Ziernähte verliefen. Auch seine italienischen Slipper in dunklem Violett hätten auf jedem Catwalk Furore gemacht.

»Wenn ich zehn Jahre jünger wäre und einen kleinen Schwips hätte, könnt ich mich echt vergessen.« Er verdrehte schwärmerisch die Augen. »Aber das ist deiner. Du hast ihn zuerst gesehen.«

»Besten Dank. Du kannst ihn haben, wenn ich mit ihm durch bin. Er ist ganz putzig.«

Mit beiden Ellenbogen stützte sich Henry auf den Empfangstresen und schmiegte sein Kinn in die Handflächen. Er studierte Maria so eingehend, als ob er das Werk eines unbekannten Künstlers beurteilen sollte. Wachsam wanderte sein Blick von ihrem Gesicht bis zu ihren Pumps und blieb dann an dem bunten Seidentuch hängen.

»Wir müssen reden.«

Maria stöhnte innerlich auf.

»Wie jetzt reden – Wörter und so?«

»Sehr witzig. Sprechen wir mal nicht über dieses madamige Kostüm und das grauenhaft spießige Tuch. Gott, du siehst aus wie aus dem Ei gepult. Sprechen wir über dich. Was ist los, Schatzi? Sonst bist du doch immer die hysterische Jungfrau von Pannenburg, sobald ein neuer Mann auftaucht. Aber jetzt? Du wirkst so …«, er suchte nach Worten, »… hm, anders, härter, cooler. Und ich weiß ehrlich gesagt noch nicht, ob mir die neue Maria gefällt.«

Sie nahm das Tuch ab und stopfte es in ihre Handtasche.

»Besser?«

»Willst du mich verladen?«

Kopfschüttelnd machte sich Henry auf den Weg in die Teeküche, wobei er dem schönen jungen Mann in der Badewanne ironisch zuwinkte. Maria hörte den Wasserkessel pfeifen und Geschirr klappern, bevor Henry mit zwei Gläsern heißem Ingwerwasser zurückkehrte. Während er ihr ein Glas reichte, zog er seine Nase kraus.

»Neuerdings weichst du Gesprächen mit mir aus, bist unnahbar und verschlossen. Irgendwas stimmt da nicht. Wir kennen uns lange genug, du kannst mir nichts vormachen. Hat deine Mutter dich mit Psychopharmaka abgefüllt? Bist du einer Sekte beigetreten? Maria, was ist los mit dir?«

Er spürt es. Er riecht förmlich das Schießpulver. Natürlich tappt er im Dunkeln, aber er weiß, dass ich ein Geheimnis habe. Da hilft nur die Flucht nach vorn.

»Dir kann man es aber auch nie recht machen, Henry. Erst bin ich die zu nette Maria, und auf einmal bin ich die zu toughe Maria?«

Über den Rand seines Glases hinweg sah er sie misstrauisch an.

»Du bist verändert. Vielleicht hältst du es für Stärke, wenn du dich so verhärtest und verpanzerst, aber es tut dir nicht gut. Ich bestehe darauf, dass du heute zu Yamyang gehst, meinem Tantrameister. Du machst komplett dicht, Schatzi, und das in dem Moment, in dem zur Abwechslung mal ein echtes Sahneschnittchen auf der Matte steht. Dieser Kommissar ist genau richtig für dich. Vermassle es nicht, Maria.«

Es fiel ihr schwer, ihm nicht einfach die Wahrheit zu sagen. Wie erlösend wäre es gewesen, ihm alles zu beichten und um freundschaftliche Absolution zu bitten. Doch mehr noch als die Angst, er könnte etwas ausplaudern, beschäftigte sie der Gedanke, wie schockiert Henry sein würde. Er war die Gutartigkeit in Person. Es würde sein Menschenbild erschüttern, ja, zerstören, wenn er den Grund für Marias neue Stärke erfuhr.

»Also schön«, lenkte sie ein, »dann gehe ich eben zu diesem komischen Tantramann.«

Zufrieden legte Henry einen Arm um sie. Er duftete gut, nach Leder und einem würzigen Eau de Cologne. Bei ihm fühlte sich Maria sicher, fast so wie bei ihrem Vater.

»Ich mach dir einen Termin für heute Mittag, danach gebe ich dir frei.« Er lachte vergnügt. »Wenn Yamyang dich erst mal bearbeitet hat, kannst du sowieso nicht mehr gerade stehen. Ich sag nur: einmal Universum und zurück.«

Henry und seine Geheimtipps.

Um kurz nach zwei Uhr stieg Maria die ausgetretenen Stufen eines gewaltigen, leicht ramponierten Treppenhauses am Kaiserdamm hoch. Die Wände waren abgestoßen und beschmiert, die Stuckleisten zeigten klaffende Lücken. Trotz der lärmenden sechsspurigen Straße, an der das majestätische Gebäude lag, umfing sie kathedralenartig kühle Stille. Sie erwartete nichts. Nur Henrys Genugtuung, dass sie sich seinem Rat beugte und etwas gegen ihre angebliche Verhärtung tat. Wie sehr er sich täuschte. Zeugte es nicht von Flexibilität, von der Opferrolle ins Täterfach zu wechseln? Erforderte es nicht Mut und Selbstbewusstsein, die Konfrontation mit alten Verletzungen zu ertragen?

Etwas kurzatmig erreichte sie den fünften Stock. *Bodhi Tree* stand auf dem Klingelschild. Bodhi heiße im Sanskrit Erleuchtung, hatte Henry erläutert, und der Bodhi-Baum werde als Symbol des erleuchteten Buddha verehrt. Bei Yamyang gehe es aber höchst sinnlich zu, hatte er augenzwinkernd hinzugefügt und den Bodhi Tree einen Garten der Lüste genannt.

Nachdem Maria zweimal geklingelt hatte, erschien ein etwa vierzigjähriger Mann in einem weißen Baumwolloverall an der Tür. Sein Kopf war rasiert, ein blondes Bärtchen klebte an seiner Unterlippe. Sein sanftes Gesicht und sein ebenso sanftes Lächeln bestätigten Marias Verdacht, dass esoterische Praktiken in einer absolut testosteronfreien Nische stattfanden.

»Willkommen.« Er reichte ihr eine weiche Hand. »Ich bin Yamyang, das bedeutet freundliche, sanfte Stimme, mein zweiter Name ist Yamphel, die Liebenswürdigkeit und Zartheit.«

Für Maria sah er mehr nach einem Martin oder Marvin aus. Schweigend führte er sie durch eine der legendären labyrinthischen Berliner Altbauwohnungen, in denen es nicht nur mindestens zwölf Zimmer, sondern auch eine Unzahl von Abstellräumen, Kleiderkammern, Badezimmern und Gelassen für Bedienstete gab. Tür an Tür reihte sich hinter jeder neuen Biegung des Flurs. Manche waren mit Schildern versehen. *Kuschelgruppe. Dusche. Schweige-Retreat.*

»Was passiert denn bitte schön in einer Kuschelgruppe?«, erkundigte sich Maria.

»Es geht um sanfte Berührungen. Neurophysiologisch ist bewiesen, dass wir Menschen sie brauchen, damit die Energien im Fluss sind.«

Ja, klar. Und wenn er noch einmal sanft sagt, schreie ich. Wenig begeistert spähte Maria durch die Tür, die Yamyang öffnete. In dem hohen Raum befand sich eine Matratze mit einem orangefarbenen Frotteebezug, daneben Kerzen und allerlei seltsame Gegenstände – Papierfächer, Marabufedern, Holzmörser und Schalen mit farbigen Flüssigkeiten, die auf einem Gestell über flackernden Teelichtern standen.

»Hier«, er hielt ihr ein braunes Tuch hin, »du kannst dich ausziehen und das Tuch um die Hüften schlingen. Entschuldige mich bitte einen Moment, ich bin gleich bei dir.«

Nacheinander legte Maria ihren Mantel, das Kostüm und die Bluse ab. Ihren BH und ihren Slip behielt sie an. Dann streckte sie sich auf der Matratze aus und deckte sich mit dem Tuch zu. So. Was jetzt? Eine Weile lauschte sie der Harfenmusik, die aus unsichtbaren Lautsprechern klimperte, und war schon versucht, ihre Mails auf dem Handy zu checken, als Yamyang zurückkehrte, mit nichts als dem gleichen braunen Tuch um die Hüften bekleidet.

»Wir werden reden, und ich werde dich berühren«, raunte er. »Es wäre einfacher, wenn du alles ausziehst, auch die Wäsche.«

»Warum?«

»Du wirst es gleich verstehen. Vertrau mir.«

Seufzend entledigte sich Maria ihres BHs und streifte den Slip ab. Es war ihr unangenehm, sich einem Fremden nackt zu zeigen. Doch sie tat es für Henry. Nachdem sie sich wieder ausgestreckt hatte, kniete sich der Tantrameister neben sie. Er hatte einen schlanken, völlig haarlosen Körper, nicht sexy, aber appetitlich. Und das war schließlich das Mindeste, was man verlangen konnte, wenn man sich einem Unbekannten auslieferte.

»Entspann dich, schließ die Augen.«

Gehorsam tat sie, was er sagte. Daraufhin nahm er ihre rechte Hand, legte sie auf seinen Oberschenkel und knetete sie, natürlich sanft. Mit Bedacht massierte er die Fingerkuppen, strich über die Handfläche, drückte und streichelte das Handgelenk. Obwohl Maria fest entschlossen gewesen war, diesen ganzen Tantrahokuspokus lächerlich zu finden, gab sie dem Impuls nach, es zu genießen.

Verstohlen linste sie zu ihrem Wohltäter. Er war inzwischen nackt, hatte jedoch keine Erektion, eine Tatsache, die sie zutiefst erleichterte. Eingehend widmete er sich ihrer Armbeuge, pustete hinein, trommelte mit den Fingern auf die Haut und rieb sacht am Ellenbogen, was Maria überraschend erregend empfand. Wohlige Schauer überliefen sie. Nie hatte ein Mann sie derartig berührt. So selbstlos, absichtslos, fast demütig.

»Dein Körper ist dein Tempel«, flüsterte Yamyang.

Mein Körper ein Tempel? Maria hatte ihn bislang als ein Optimierungsprojekt betrachtet, von der bangen Frage begleitet, ob er Männern gefiel. Auf einmal drängten Tränen durch ihre geschlossenen Lider. Du hast so viel verpasst. So viel Hingabe, so viel Zärtlichkeit. Hast immer nur gegeben, erbärmlich wenig zurückbekommen, und am Ende haben dich alle verlassen. Du bist allein. Eine Einzelkämpferin.

»Was fühlst du? Was spürst du tief in dir?«, fragte Yamyang.

Nichts, wollte Maria sagen, doch jetzt drang eine Empfindung mit derartiger Gewalt in ihr Bewusstsein, dass sie zu schluchzen begann.

»Einsamkeit.«

Seine Hände streichelten ihren rechten Arm.

»Wie sieht deine Einsamkeit aus? Versuche, sie dir bildlich vorzustellen. Vielleicht als eine Figur.«

»Ich s-sehe ni-hichts.« Sie schluchzte nun völlig hemmungslos. »Das heißt, ich sehe – eine gebeugte Gestalt, in graue Tücher gewickelt.«

Yamyangs Hände erreichten ihre Schulter. Mit allen zehn Fingern zeichnete er deren Rundung nach und wiederholte die Liebkosung auf der anderen Schulter. Jede seiner Berührungen strahlte wellenartig in Maria aus. Sie meinte, jede einzelne Zelle zu spüren, Milliarden kleiner, tanzender Punkte, gefüllt mit Licht. Ein großes Fließen und Strömen ergriff sie, als badete sie in einem goldenen Meer und bestünde auch selbst nur noch aus diesem leuchtenden Pulsieren.

»Was möchte diese Gestalt? Was braucht sie?«

»Sie … sie …«, Maria wischte sich mit der Hand über die nassen Wangen, »möchte in den Arm genommen werden.«

Nun brachen alle Dämme. Ein Weinkrampf schüttelte sie, der erst abebbte, als die gespreizten Finger Yamyangs über ihre Schlüsselbeine und tiefer zu ihren Brüsten glitten, jedoch nicht erobernd oder fordernd, nur mit jener absichtslosen Zärtlichkeit, die sie vollkommen überwältigte. Er wusste alles über sie, kannte das Fließgefüge ihres Körpers und die Anatomie ihrer Seele. Nein, nie hatte ein Mann sie so berührt. Und noch nie hatte sie gleichzeitig Erschütterung und Begierde empfunden – abgrundtiefe Trauer und eine unwiderstehlich träge heranrollende Woge der Erregung.

»Dann nimm sie in den Arm, deine Einsamkeit«, wisperte Yamyang. »Tröste sie.«

Maria ignorierte die empörte Stimme in ihrem Hinterkopf, die immer noch etwas von Hokuspokus murmelte. Vor ihrem inneren Auge umarmte sie die Gestalt.

»Was siehst du?«, fragte Yamyang.

Sein Tonfall blieb neutral, während er mit etwas flaumig Weichem über Marias Brüste strich, vermutlich mit den Marabufedern, sie hielt die Augen fest geschlossen, ihre Erregung steigerte sich.

»Die … die Tücher«, Maria verstand selbst nicht, was da gerade passierte, aber es war so verwirrend real, was sie sah und spürte, »sie fallen ab.«

»Und? Was kommt darunter zum Vorschein?«

Wie ein Film, den man nicht mehr anhalten konnte, zogen die Bilder an ihr vorbei und verschmolzen mit der ekstatischen Erfahrung erigierter Brustwarzen. Doch anders als sonst drängte es sie nicht nach Erlösung, sie spürte auch keinerlei Verlangen, mit Yamyang zu schlafen, das Begehren gehörte nur ihr, und sie wünschte, es würde endlos andauern. Ihr Körper wand sich unter seinen federleichten Berührungen, Lichtschauer regneten auf sie herab, allmählich versiegten ihre Tränen.

»Ich sehe«, sie konnte kaum sprechen, »eine schöne, große Frau mit goldenen Haaren. Sie trägt eine weiße Toga, so wie die Statue im Columbia-Vorspann, falls du manchmal ins Kino gehst.«

»Diese Frau ist deine innere Stärke«, erklärte er. »Stell dir jetzt eine Glaskugel vor, die dich umhüllt, und lade die Stärke ein, zu dir in die Kugel zu treten.«

Noch während Maria weiter ihrem inneren Film zuschaute, fühlte sie statt der Federn warmes Öl, das mit kreisenden Bewegungen auf ihren Brüsten und ihrem Bauch verteilt wurde. Ein ungekanntes Wohlgefühl durchströmte sie, Wärme, quecksilbriges Prickeln. Ein feiner Schweißfilm legte sich auf ihre Haut, unwillkürlich öffnete sie die Schenkel.

»Alles in Ordnung?«, fragte Yamyang.

»Äh, ja.«

»Dreh dich bitte um, Maria. Komm, ich helfe dir.«

Behutsam rollte er sie auf den Bauch. Dann legte er sich auf sie, deckte ihren Körper mit dem seinen zu und umarmte sie stumm. Minuten vergingen, es hätten auch Jahre sein können. Absolute Geborgenheit, absolute Zeitlosigkeit. Es erschien Maria, als schwebe sie in einem Universum aus Licht, umfangen und beschützt von Yamyangs weichem Körper wie ein Kind im Mutterleib. Er legte eine Wange auf ihren Rücken.

»Ist noch etwas in dir, das du trösten und transformieren möchtest? Etwas Dunkles oder Bedrückendes?«

Ein metallisches Klicken, Mündungsfeuer blitzte auf, Schüsse durchlöcherten den inneren Film, und übrig blieb nur ein Wort: Rache. Ihr kostbarster Besitz. Sie würde ihn nicht hergeben. Im selben Moment erlosch das Leuchten. Wie ein Stein stürzte Maria ab und landete auf einer durchgelegenen Matratze mit einem ziemlich schauderhaften orangefarbenen Frotteebezug. Ihr Körper verkrampfte sich, intuitiv versuchte sie, sich aufzurichten. Sofort erhob sich Yamyang und gab sie frei. Mit ratloser Miene sah er zu, wie sie sich von der Matratze hochstemmte und ihre Kleidungsstücke zusammenraffte.

»Entschuldige, es liegt nicht an dir«, beteuerte sie.

Wortlos verbeugte er sich, knotete sein Tuch um die Hüften und ging gemessenen Schritts hinaus. Fünf Minuten später traf Maria ihn am Ausgang wieder. Beide waren sie angezogen, nichts erinnerte mehr an die Intimität, die sie für wenige Augenblicke geteilt hatten. Verlegen holte Maria ihr Portemonnaie heraus.

»Was soll ich dir geben?«

»Nichts. Ich würde mich freuen, wenn du wiederkommst, Maria. Für eine starke Frau wie dich ist es schwer, den Kontrollverlust zuzulassen. Aber wir stehen erst am Anfang der Reise.«

Sein Lächeln war von der verständnisvollen, professionell neutralen Art, die sie von ihrer Mutter kannte. Maria wollte nirgendwohin reisen, weder mit Yamyang noch mit sonst jemandem.

»Danke, lieber nicht«, erwiderte sie kühl.

Unverändert lächelnd legte er die Handflächen vor der Brust zusammen.

»Namaste. Du bist jederzeit willkommen.«

Du mich auch, dachte Maria. Dann ging sie, und während sie die ausgetretenen Stufen hinunterhastete, wusste sie, dass ihre Welt niemals lichterfüllt sein würde. Sie wollte keinen Trost, nur Vergeltung für das, was die Männer ihr angetan hatten, wollte den süßen Atem der Rache spüren.

Sie war noch nicht auf der Straße, als sie Bashkim, ihren Friseur, anrief und ihm erklärte, es gebe etwas, das sie unbedingt erledigen müsse, am besten sofort. Ja, er könne einen Termin dazwischenschieben, antwortete er, was denn los sei. Ein überfälliges Update, erwiderte Maria.

Auf der Fahrt in den Grunewald missachtete sie sämtliche Verkehrsregeln. Schleudernd überholte sie langsamere Autos, überfuhr rote Ampeln, hupte Fußgänger an, die erschrocken beiseitesprangen. Eine Viertelstunde später stand sie vor einer Gründerzeitvilla in der Grunewalder Hagenstraße und drückte auf den Klingelknopf.

Die Tür sprang auf. Im vorderen Teil der Souterrainetage befand sich eine Lounge mit Samtsesseln in Rot und Blau, auf denen überirdisch schöne Russinnen saßen und lautstark diskutierten. Maria durchschritt die Salven harter Silben, umrundete einen Tresen und gelangte in Bashkims Reich, einen geheizten Wintergarten mit Orangenbäumchen, künstlichen Schmetterlingen und einem Papageienkäfig.

Orientalische Deep-House-Musik hallte aus unsichtbaren Lautsprechern. Mit wiegenden Hüften, die muskulösen Arme erhoben, tanzte Bashkim ihr entgegen. Sein klares, schönes Gesicht mit dem dunklen Bart leuchtete. Ohne es richtig zu bemerken, tanzte Maria ein paar Schritte mit, schmiegte sich an seinen vibrierenden Körper, bis Bashkim sie in die Arme nahm und hochhob. Er musste nicht fragen, wie es ihr ging, dafür kannten sie einander zu gut. Vorsichtig stellte er sie auf die Füße zurück.

»Du bist ja komplett aufgelöst. Hast du geweint? «

Maria nickte und ließ sich auf einen der Stühle vor der Spiegelfläche fallen. Sie kannte Bashkim aus seinen Kreuzberger Anfängen, als er bei einem türkischen Friseur Gemüsehändler und Drogendealer barbiert hatte, und war ihm nach seinem Aufstieg zum Coiffeur der reichen Grunewaldgattinnen treu geblieben. Versonnen betrachtete er sie im Spiegel, mit halb geschlossenen Augen, den Oberkörper zurückgebeugt.

»Glatt. Ich sehe dich heute glatt. Ganz pur.«

»Nein, schneid mir die Haare kurz und färbe sie schwarz. Bitte.«

»Maria!« Er hob die Arme, als hätte sie ihn mit einer Waffe bedroht. »Bist du sicher, dass du das willst?«

»Genau das.«

»Ist es wegen Tom?«

Sie betrachtete die Schmetterlinge an der Wand, den Papageienkäfig, Bashkims dunkelblaues Samt-T-Shirt, auf dem ein goldener Tiger seine Pranke nach ihr ausstreckte.

»Ich möchte die alte Maria loswerden, das schwache Weibchen, das alles weglächelt und alles verzeiht.«

Bashkim nickte, sehr begeistert wirkte er allerdings nicht. Es war das erste Mal, dass ihm ein gewisser Widerwille anzumerken war, als er zur Schere griff.

»Gott steh mir bei, wenn du es dir morgen anders überlegst.«

Mit verschlossenem Gesichtsausdruck machte er sich ans Werk. Eine Weile hörte man nur das Geräusch der Schere. Wie blutiger Schnee schwebten rote Haarbüschel zu Boden, und mit ihnen die kleine Maria, die alles von den Männern ertragen hatte, Kälte, Betrug, Verrat. Zeit, erwachsen zu werden.

»Du, ich glaube, dein Handy hat geklingelt«, sagte Bashkim.

Seltsam, schoss es Maria durch den Kopf, früher habe ich so sehnsüchtig auf Anrufe und Nachrichten gewartet, dass mir nicht das leiseste Klingeln entgangen ist, jetzt bin ich unempfänglich dafür geworden. Sie holte ihr Handy heraus. Jemand hatte auf ihre Mailbox gesprochen. »Hallo, hier ist Carina, die Freundin von Diego. Ich muss dich dringend sprechen.«

Sie schluckte schwer. Diegos Freundin? Dunkel erinnerte sie sich daran, dass er sie in der *Furchtbar* erwähnt hatte. Was wollte diese Frau? Wie war sie überhaupt an die Handynummer gekommen?

Maria löschte die Nachricht. Sie würde niemanden anrufen, schon gar nicht Diegos Freundin. Nur keinen Staub aufwirbeln, geh deinen Weg, geh ihn bis zum Ende, lass dich nicht beirren, schau nicht rechts und nicht links. Fokussieren, Maria. Der nächste Kandidat ist fällig, Herrmann Sabielski. Es wird nicht leicht sein, ihn zu einem Spaziergang zu überreden.

»Kurz genug?«, fragte Bashkim.

Er hatte ganze Arbeit geleistet. Zunächst erkannte Maria kaum ihr Spiegelbild, so nackt und knochig starrte es ihr entgegen. Am Oberkopf stand das Haar in einzelnen Stacheln ab, an den Seiten hatte Bashkim es regelrecht geschoren.

»Gut, sehr gut. Und jetzt die Farbe, bitte. Rabenschwarz.«

Er stöhnte auf.

»Du machst mich fertig.«

Während Bashkim ein bräunliches Pulver in einen Plastiktiegel schüttete und mit dem heiligen Ernst eines Alchemisten anrührte, klingelte Marias Handy. Nummer unbekannt. Darauf würde sie nicht ein weiteres Mal hereinfallen. Eine Minute später hörte sie die Mailbox ab. »Hier ist noch mal Carina. Ruf mich sofort an, oder ich erzähle der Polizei …« An dieser Stelle brach die Nachricht ab.

»Maria, Süße, du bist ja weiß wie die Wand.« Bashkim hörte auf, in seinem Plastiktiegel zu rühren. »Willst du ein Glas Wasser?«

Schon bei seinen letzten Worten kippte sie nach vorn, und ihr Kopf fiel krachend auf die Ablage vor dem Spiegel.

KAPITEL 16

In der Nacht von Samstag auf Sonntag saß Maria in der Küche und reinigte das G41 M, ein schlankes, wenn auch nicht gerade handliches Gewehr mit einem Korpus aus Holz, fast fünf Kilo schwer. *Pflege deine Waffen*, hatte ihr Vater ihr eingeschärft. *Jede Waffe ist eine Gefährtin mit einer eigenen Persönlichkeit. Nicht von ungefähr nennt man die Bohrung des Laufs die Laufseele und die Schussachse die Seelenachse. Waffen haben eine Seele, vergiss das nie.*

Sie wusste, dass es sich um eine bei Sammlern hochbegehrte Rarität handelte. Nur knapp dreizehntausend Stück hatte die Firma Mauser für die Wehrmacht hergestellt, während von der bauähnlichen Walther-Version etwa zehnmal so viele Exemplare produziert worden waren. Das G41 von Mauser galt als unterlegen, weil es störanfälliger für Munitionsrückstände und eindringenden Schmutz war. Ein Schuss, der sich nicht löste oder einen anderen als den anvisierten Weg nahm, konnte in Gefechten tödlich enden – für den Schützen.

Umso sorgfältiger reinigte Maria den Lauf und die Munitionskammer, zunächst mit einem Lösungsmittel. Dann, nachdem sie beides mit einem weichen Lappen trockengerieben hatte, sprühte sie Waffenöl in den Lauf. Neben ihr auf dem Küchentisch lag eine Pappschachtel, in der jeweils fünf schlanke, spitze Patronen des Kalibers 7,92 mal 57 Millimeter auf einem Ladestreifen befestigt waren. Später würde sie einen der Streifen ins Magazin drücken. Später, wenn sie einen tödlichen Waldspaziergang mit Herrmann Sabielski machte.

Ihre Finger befühlten das vernarbte braune Holz des Gewehrschafts. Kerben waren darin eingeritzt, manche Spuren mochten von Ereignissen stammen, über die ihr Großvater beharrlich geschwiegen hatte. Was der alte Heinrich Hafner, Jahrgang 1922, Pfarrer aus Passion und dreifacher Familienvater, tatsächlich erlebt hatte, an der Ostfront, in Jalta, am Dnjepr und im Kessel von Tscherkassy, konnte Maria nur ahnen. Dass es jedoch blutig zugegangen war, stand außer Frage. Granaten, Geschützdonner, Gemetzel, die Politik der verbrannten Erde, Millionen unschuldiger Toter. Diesmal würde das G41 einen Schuldigen erwischen.

Ein rhythmisches Brummen holte Maria in die Gegenwart zurück. Vorsorglich hatte sie das Handy bereits stumm gestellt, nur der Vibrationsalarm war aktiviert. Hoffentlich nicht wieder diese Carina. Maria hatte sich zu Tode erschrocken, als sie das Wort Polizei gehört hatte, und Diegos Freundin mit einer SMS hingehalten. *Liebe Carina, wir kennen uns nicht, oder? Ist es wegen Diego? Steckt er in Schwierigkeiten? Ich bin übers Wochenende verreist und melde mich am Montag.*

Sie schaute aufs Display. Nein, nicht Carina. Es war Giovanni Tesoros dritte SMS nach ihrem gemeinsamen Kaffee am Freitag. Zunächst hatte er ihr einen Restaurantbesuch vorgeschlagen, dann einen Kinoabend, jetzt versuchte er es mit einer Einladung zu sich nach Hause.

Werte Frau Doktor, wir könnten auch gemeinsam kochen, wie bereits angedeutet. Eine Pasta asciutta vielleicht? Oder muss ich erst einen Drachen für Sie töten, damit Sie mich erhören? Beste Grüße, GT

Eine SMS mitten in der Nacht, das war eine neuerliche Grenzüberschreitung. Maria legte das Handy zur Seite. Mach nicht die alten Fehler, schreib ihm nicht sofort, ruf ihn bloß nicht an. Distanz ist das wahre Aphrodisiakum. Giovanni Tesoro darf nicht allzu schnell das Interesse an dir verlieren. Je mehr er durch dieses Spiel abgelenkt ist, desto weniger denkt er über Ungereimtheiten nach. Zum ersten Mal begriff sie, was so unwiderstehlich daran war, nicht sofort auf eine SMS zu reagieren. Es bedeutete, den anderen in der Schwebe zu halten, sein Verlangen mit Unsicherheit zu befeuern. Es bedeutete Macht. Bislang war sie immer die Wartende gewesen, jetzt ließ sie warten. Beschämt musste sie zugeben, dass es ein gutes Gefühl war.

Mit großer Sorgfalt packte sie die Reinigungsutensilien zusammen. Drei schlanke Bürstchen verstaute sie in einem Kasten, zusammen mit einer Plastikpipette und den messingfarbenen Stäben, die man, mit einem Lappen umwickelt, zum Ausputzen des Laufs benutzte. Das Waffenöl stellte sie aufs Fensterbrett, weil ihr die altmodische, saphirblaue Flasche so gut gefiel, sie würde es später wegräumen.

Die Küchenuhr zeigte kurz vor vier. Maria widerstand der Versuchung, sich noch einmal ins Bett zu legen. Worte eines sentimentalen Songs lösten sich aus ihrem Langzeitgedächtnis und ordneten sich zu zwei Zeilen: *Und wenn Dein Wille schläft, dann weck ihn wieder. Denn in jedem von uns steckt dieser Krieger*. Schlechte Reime, gute Message. Gähnend verstaute sie das Gewehr und die Munitionsschachtel in einer Golftasche, die sie zusammen mit einer schwarzen Kapuzendaunenjacke und fast neuen braunen Golfschuhen in einem Secondhandladen aufgetrieben hatte. Sie legte ihren hellen Blazermantel, Desinfektionstücher und eine Tafel Schokolade dazu, bevor sie den Reißverschluss zuzog.

Im Flurspiegel begutachtete sie die Frau mit dem pechschwarzen Bürstenschnitt, der schwarzen Jeans und der schwarzen Daunenjacke. Wenig erinnerte an Doktor Maria

Hafner, die schüchterne, stets etwas traurig wirkende Galerieangestellte. Die nur langsam heilende Platzwunde auf ihrer Stirn verlieh der düsteren Aufmachung zusätzlich etwas Verwegenes. Ihr Hausarzt hatte eine leichte Gehirnerschütterung diagnostiziert und Maria für ein paar Tage krankgeschrieben. Doch sie fühlte sich gut.

An alle Krieger des Lichts. Nein, mein Wille schläft nicht. Ich bin eine Kriegerin des Schattens.

Vier Uhr. Je eher sie aufbrach, desto besser. Sie würde einige Haken schlagen müssen, um eventuelle Verfolger abzuhängen. Ganz sicher war sie nicht, ob Giovanni Tesoro sie weiter beobachten ließ, doch sie musste jedes Risiko vermeiden.

Sei unsichtbar, Maria.

Nachdem sie eine graue Strickmütze bis über die Augenbrauen gezogen und braune Lederhandschuhe übergestreift hatte, verließ sie die Wohnung. Ohne ein Geräusch stieg sie die Treppe bis zum Keller hinunter. Am Tag zuvor hatte sie Hinterhöfe und Kellerzugänge ausgekundschaftet. Niemand würde sehen, wie sie das Haus verließ. Erst in der Parallelstraße würde sie auftauchen, ein Schatten im Schatten der Häuser, eine unerkannte Rächerin.

Ein wenig unwirklich war sie schon, diese nächtliche Expedition. Es gefiel Maria, durch die menschenleeren Straßen zu wandern, zu wissen, dass hinter den Fenstern bleierner Schlaf die Menschen lähmte, während sie ihrer Mission entgegenschritt. Und sie war nicht allein. Eine beseelte Gefährtin trug sie bei sich, frisch gereinigt und geölt, der Traum jedes Waffenliebhabers.

Ein leichter Nieselregen setzte ein. Dennoch ging Maria zu Fuß bis zur S-Bahn-Station. Keine Zeugen. Manche Taxifahrer waren dazu übergegangen, sich selbst und ihre Fahrgäste mit eingebauten Kameras zu filmen. Das konnte Komplikationen mit sich bringen. Sie überquerte die Spree, die dunkel und träge dahinfloss, und steuerte den Bahnhof Warschauer Straße an. Dort löste sie eine Fahrkarte am Automaten und wartete auf die S7 Richtung Potsdam.

Auch auf dem Bahnsteig gab es Kameras. Maria hielt den Blick gesenkt. Später würde sie die Daunenjacke mit dem Mantel vertauschen, der in der Golftasche lag. Später, wenn sie ihren Job erledigt hatte. Niemand würde auf die Idee kommen, dass die dick vermummte Gestalt mit der Wollmütze identisch mit der Frau war, die eine aparte schwarze Kurzhaarfrisur zu einem hellen Blazermantel trug.

Einen Job erledigen? Sie straffte ihre Schultern. Ja, es war so etwas wie ein Job. Es musste einfach getan werden.

Die einfahrende S-Bahn wirbelte herumliegendes Papier auf, grell kreischten die Bremsen. Maria hielt ihre Tasche eng an den Körper gepresst, während sie einstieg. Um diese Uhrzeit glich die Bahn einer Szene aus einem frühen Fellini-Film. Torkelnde, grotesk geschminkte Teenager kamen aus irgendwelchen Clubs, die meisten schwer angetrunken oder auf Drogen, daneben saßen teilnahmslose graue Gestalten auf dem Weg zu irgendeiner Frühschicht und finster dreinblickende Männer in billigen schwarzen Lederjacken, die die nächtliche Stadt als ihr Jagdrevier betrachteten.

Maria setzte sich auf einen freien Platz am Fenster. Schon flogen Häuser vorbei, flüchtige Schatten, zitternde Lichtpunkte, Leuchtreklamen und mit ihnen Erinnerungen an Yamyangs Berührungen, verstärkt durch das Schweben, Schaukeln und Gleiten des Waggons. Sie dachte an Yamyangs Atem, als er auf ihrem Rücken gelegen und sie umarmt hatte. Der Atem der Rache ist süßer, redete sie sich ein, doch ihr Körper sehnte sich nach dem pulsierenden Leuchten zurück, nach dem Strömen und Fließen absichtsloser Lust, nach Frieden.

Du führst einen Krieg gegen dich selbst, Maria. Nein, nein, du führst einen gerechten Krieg. Fokussieren, Maria, denk an Herrmann, an die nie heilende Wunde, die er dir zugefügt hat.

Um kurz nach sechs stieg sie in Potsdam aus. Ihre Glieder waren steif vom langen Sitzen, eine überfallartige Müdigkeit verlangsamte ihre Bewegungen. Aus einer Bäckerei, die gerade öffnete, fing sie den verweinten Blick einer jungen Verkäuferin mit weißer Schürze auf, die gleich darauf wieder ihr Handy anstarrte. Eine Frau, die auf eine Nachricht wartete. Maria würde nie wieder warten. Während sie einen Becher Kaffee bestellte, hätte sie der Verkäuferin gern gesagt, dass es andere, weit effizientere Möglichkeiten gab, mit rücksichtslosen Männern umzugehen. Der Kaffee schmeckte bitter.

Mit dem Becher in der Hand studierte Maria die Busverbindungen auf dem ausgehängten Fahrplan. Eine Stunde später umfing sie schwarzer, schweigender Wald. Der Regen hatte nachgelassen, bleich schob sich der Mond zwischen den Wolken hindurch. Es war vollkommen still. Kein Vogelruf, kein Knacken, kein Rauschen. Sie lächelte grimmig bei dem Gedanken, dass die Route ihrer Rache sie nun in die Eichendorff'schen Wälder geführt hatte. *Schaurig rühren sich die Bäume, Wolken zieh'n wie schwere Träume – was will dieses Grau'n bedeuten?*

Seit Monaten war Maria nicht mehr aus Berlin herausgekommen, und die Gegenwart der gleichmütigen Natur, die wohl nur noch wandervogelbewegte Schwärmer frei nannten, machte sie beklommen. Zwar fühlte sie sich eigenartigerweise weniger einsam als in der Stadt, doch die schwarze Wand der Bäume hatte etwas erschreckend Fatalistisches. Hier gab es nur das ewige »Stirb und werde«. Genau hier würde sie Herrmann töten.

Am liebsten hätte Maria es sofort getan. Dreieinhalb Stunden würde sie ausharren müssen, bis sie das Wild vor die Flinte bekam. Aber sie hatte es für klüger gehalten, den Schutz der Dunkelheit zu nutzen für ihre Reise in die Finsternis. Ein Schatten, der sich im Schatten bewegte.

Frierend stellte sie ihre Tasche auf den dunklen Waldboden und setzte sich darauf. Der Sonnenaufgang war für kurz nach acht angesagt, dann erst würde sie die ideale Stelle für das finale Rendezvous mit Herrmann suchen, dem Mann der großformatigen Sätze und großflächigen Verwüstungen. Sie hatte eine Passage aus Faurés Requiem für ihn ausgesucht. *Libera me, Domine, de morte aeterna* – Rette mich, Herr, vor dem ewigen Tod. Mit vor Kälte klammen Fingern schob sie die Kopfhörer unter ihre Wollmütze.

Ein Schauer überlief sie, als der düstere Mollakkord der Orgel einsetzte, begleitet von dumpf gezupften Kontrabasstönen. Leise sprach sie die Worte des Sängers mit, den Text hatte sie als Kind unzählige Male gesungen, es war das Lieblingsstück ihres Vaters gewesen. So wie damals spürte sie die furchterregende Demut des anschwellenden Chorgesangs, *dum discussio venerit*, denn die Rechenschaft naht, *dies irae, calamitatis et miseriae, dies magna et amara valde*, Tag des Zorns, des Unheils, des Elends, o Tag, so groß und so bitter. Mehr Verhängnis als Hoffnung lag darin, und sie dachte an Herrmann, an die Rechenschaft, die er ihr ablegen, und an den Zorn, dem er sich stellen musste.

Den Kopf auf die verschränkten Arme gelegt, dachte sie an ihr Kind, träumte schon ein wenig, glitt in eine Phantasie, in der sie ihr Neugeborenes im Arm hielt, winzige Finger, Augen, die sie fragend ansahen, jetzt nicht einschlafen, Maria.

Es war bereits taghell, als ein Geräusch sie aufweckte. Im selben Moment witterte sie den scharfen Geruch von verdorbenem Fleisch. Starr vor Schreck sah sie einige Wildschweine wenige Meter entfernt vorbeitrotten, monströse, plumpe Geschöpfe mit winzigen Augen, die Rüssel dicht am Boden. Reflexhaft zog Maria den Kopf ein und duckte sich seitlich weg. Doch die Wildschweine schienen kein sonderliches Interesse an ihr zu haben. Kurz schauten zwei große Bachen in ihre Richtung, dann zogen sie mit der Rotte weiter.

Würdest du auf ein Wildschwein schießen, Maria? Nein, es sei denn, es rast mit gesenktem Kopf auf mich zu. Notwehr, nicht Mordlust. Und war es nicht auch verspätete Notwehr, jene Männer zu erschießen, die sie verwundet hatten, so schwer, dass sie nicht weiterleben konnte, solange sie am Leben waren?

Glitzernder Raureif bedeckte den Waldboden, auf den eine unwirklich helle Sonne Lichtflecke malte. Durch die alles abtötende Kälte fühlte sich ihr Körper taub an, ihr Rücken schmerzte, sie spürte ihre Füße kaum. Halb zehn. Ihr blieben noch eineinhalb Stunden, um sich nach einem geeigneten Schauplatz für den Tag des Zorns umzuschauen.

Ihr wurde schwindelig, als sie ihre Tasche aufhob. Ein leichter Kopfschmerz kündigte sich an, das ferne Vorbeben einer Migräne, und sie hoffte inständig, dass es nicht zu einem Ausbruch kam. Sie hatte keine Tabletten dabei. Schwankend bahnte sie sich einen Weg durchs Unterholz, die Spazierwege meidend, um von möglichst wenigen Leuten gesehen zu werden. Bei jedem Schritt sanken ihre Stiefel in das durchweichte Laub unter dem Raureif ein, sie stolperte über Baumwurzeln, Zweige schlugen ihr ins Gesicht.

Mithilfe von Google Earth umkreiste sie das Kongresshotel, in dem sie mit Herrmann verabredet war, in etwa einem halben Kilometer Abstand. Maria musste die wenig befahrene Zufahrtsstraße überqueren, bis sie fand, was sie suchte. Eine kleine Lichtung, umgeben von dicht stehenden, niedrigen Nadelbäumen, die Sichtschutz boten. Dahinter mündete ein Nebenarm der Havel in den Großen Wannsee, wie sie dem Display entnehmen konnte.

Hier also. Sie rieb sich über die pochende Stirn. Mein Gott, wie soll ich das schaffen?

Entkräftet lehnte sie sich an eine Linde und holte die Tafel Schokolade aus der Golftasche. Kalt war ihr längst nicht mehr. Ihre Wangen brannten. Je näher die Begegnung mit Herrmann rückte, desto heftiger stürzte lang Verdrängtes in ihr Bewusstsein und sprengte den Schmerz auf, den sie in sich eingekapselt hatte. Die Trümmer trafen sie wie Granatsplitter. Gezackter, messerscharfer Schmerz. Die Tafel Schokolade zerbrach in ihren Händen, ihre Beine trugen sie nicht mehr. Ohne dass sie es verhindern konnte, rutschte sie an der schartigen Borke der Linde abwärts, bis sie auf den Knien lag, die Fäuste in den Bauch gepresst, halb ohnmächtig.

Auge um Auge, Zahn um Zahn, Wunde um Wunde. Steh auf, Maria.

Zwei Versuche waren nötig, bevor sie taumelnd auf den Füßen stand. Das Sonnenlicht blendete sie, ein neuerlicher Kopfschmerz spaltete ihre Stirn, und jetzt kam die Übelkeit, so schnell, dass sie sich gerade noch vorbeugen konnte, um sich nicht auf ihre Stiefel zu übergeben. Sie keuchte und würgte, verlor das Gleichgewicht, die Baumstämme drehten sich in die Waagerechte.

Steh auf, Maria.

Es war der heftigste Migräneanfall seit langem. Mit einem Taschentuch wischte sie sich den Mund ab und sog die kalte Morgenluft in ihre Lungen, bevor sie versuchte, sich neuerlich aufzurichten. Achte nicht auf den Kopfschmerz. Atme die Übelkeit weg. Schau nicht in die Sonne. Du musst es heute tun. Eine zweite Chance wird es nicht geben.

Vor ihren Augen zuckten Blitze. Sie hatte Mühe, die Karte vom Handydisplay abzulesen. Mit zusammengepressten

Kiefern kämpfte sie sich vorwärts, hangelte sich durch Büsche und hielt sich an tief hängenden Zweigen fest, bis die kiesbestreute Auffahrt des Hotels in Sicht kam. Zwei Minuten vor elf.

Schon von weitem erkannte sie Herrmanns Dienstwagen. Soeben hielt der Fahrer den hinteren Schlag der schwarzen Limousine auf. Marias Puls beschleunigte sich, als sie den hageren Mann aussteigen sah, der eine unförmige hellblaue Fleecejacke und karierte Golfhosen trug. Es folgte ein kurzes Palaver, woraufhin der Fahrer wieder einstieg, wendete und davonfuhr. Weißer Kies spritzte auf. Ohne Eile schlenderte Herrmann Sabielski auf das Hotel zu, wobei er eine albern große Sonnenbrille aufsetzte, viel zu groß für sein spitzes Fuchsgesicht.

Wie ein Phantomschmerz loderte noch einmal die Liebe auf, die Maria einst für ihn empfunden hatte. Nicht für den geschmacklos gekleideten Politiker, der inhaltlich für nichts und moralisch für gar nichts stand, sondern für den unbeholfenen Charmeur, den sie sechs Jahre zuvor für eine Presseagentur interviewt hatte.

Damals hatte er noch offen zugegeben, dass er ein unterdurchschnittlicher Hochstapler und seine Karriere ein Zufall war. Mit seiner Mittelmäßigkeit kokettierend, hatte er Maria hofiert, ihr Komplimente gemacht, sie gebeten, seine Antworten »etwas intelligenter« zu formulieren. Als Dank hatte er sie zum Essen eingeladen, danach in eine Bar, und sie war auf seine Unsicherheit hereingefallen, sein welpenhaftes Zutrauen. Dass es eine Taktik war, Frauen ins Bett zu bekommen, hatte sie erst sehr viel später durchschaut.

Bloß nicht zu emotional werden. Halte deinen Zorn im Zaum. Denk nicht an das Kind, das er auf dem Gewissen hat, dafür wird später Zeit sein. *O Tag, so groß und so bitter.* »Mach es weg«, hatte er lapidar gesagt, als sie ihm den Teststreifen hinhielt, und damit ein doppeltes Todesurteil ausgesprochen, für das Kind und für sich selbst.

Es herrschte einiger Betrieb auf dem Vorplatz des Hotels. Formell gekleidete Männer, die gerade ausgecheckt hatten, zogen kleine Aluminiumrollkoffer hinter sich her und steuerten einen wartenden Bus an, Familien mit aufgeregt herumhüpfenden Kindern strebten zum Eingang. Maria marschierte direkt auf Herrmann zu. Bis zum letzten Moment erkannte er sie nicht. Erst als sie unmittelbar vor ihm stand, stutzte er und runzelte ungehalten die Stirn.

»Maria? Warum bist du nicht im Zimmer? Und wie siehst du überhaupt aus?«

Wie man eben aussieht, wenn man die Nacht im Wald verbracht hat und gegen einen Migräneanfall kämpft. Der Presslufthammer ihrer Kopfschmerzen. Die viel zu helle Sonne. Würde ihre Kraft reichen? *Und wenn Dein Wille schläft, dann weck ihn wieder. Denn in jedem von uns steckt dieser Krieger.* Sei stark, Maria, stärker als der Schmerz. Die ersten zehn Sekunden entscheiden. Du musst ihn überzeugen, sonst waren alle Strapazen vergeblich.

»Tut mir leid, früher hat es immer geklappt mit dem extrafrühen Check-in, ich wollte mich auf dem Zimmer umziehen, aber du siehst ja, was für ein Auftrieb hier ist, toll siehst du aus, hübsche Jacke«, plapperte sie drauflos. »Der Concierge sagte, in einer halben Stunde sei das Zimmer bezugsfertig. Lass uns solange spazieren gehen – oder willst du dich in der Lobby von deinen Fans anstarren lassen?«

Herrmann Sabielski hatte keine Fans. Überhaupt tendierte sein Bekanntheitsgrad gegen null, doch bedeutungstrunken, wie er war, ging er davon aus, dass jeder ihn kennen müsse.

»Du hast recht, die Lobby ist keine annehmbare Option.« Er warf zunächst einen missbilligenden Blick auf die umstehenden Bäume, dann auf Maria. »Das sind ja völlig veränderte Rahmenbedingungen. Meine Erwartungshaltung war definitiv eine andere.«

Wie Maria diese Hohlraumtexte anwiderten. Sie lächelte, so verbindlich sie konnte.

»Ja, aber ein wenig frische Luft wird eine tragfähige Grundlage für konstruktive Gespräche sein, denen äußerst befriedigende Taten folgen dürften.« Wie auf einem Teenager-Selfie wölbte sie die Lippen zu einem Kussmund. »Verbal, oral und intravaginal.«

Er besaß nicht ansatzweise genügend Humor, um ihren parodistischen Tonfall zu bemerken, doch die Botschaft ihrer Lippen erreichte ihn. Ein Anflug von Durchtriebenheit huschte über sein Gesicht, das endlose Konferenzen in schlecht gelüfteten Räumen zu einer welken Maske gefaltet hatten.

»Also schön, laufen wir ein paar Schritte. Aber um vierzehn Uhr muss ich bei einer Wahlkampfveranstaltung in Mitte sein.«

Was bedeutete, dass er gerade mal eine gute Stunde hastiger erotischer Betätigungen einplante. Jede andere Frau hätte das als Herabwürdigung empfunden, für Maria war es nur ein weiterer Beweis seiner absoluten Gefühllosigkeit.

»Verstehe. Kein Familientag heute?«

Verdrießlich zog er die Mundwinkel herunter.

»Meine Frau hasst mich, wir leben inzwischen getrennt, wenn auch im selben Haus, um die Form zu wahren. Meine Kinder sind erwachsen und reden nicht mehr mit mir.« Er seufzte tief. »Das ist der Preis der politischen Verantwortung, die ich trage.«

»Die deutsche Bevölkerung wird es dir danken.« Maria zeigte auf das Waldstück, aus dem sie gekommen war. »Wir sollten verschwinden, die Leute sehen schon her.«

Etwas wackelig ging sie voran. Unter dem Vorwand, selbst hier im Wald könne man Leuten begegnen, die ihn möglicherweise erkannten, führte sie ihn abseits der Wege in das unüberschaubare Gewirr der Bäume und Büsche. Für Herrmanns Unterhaltung musste sie nicht sorgen. Ohne Unterlass sprach er über den bevorstehenden Wahlkampf, über Infrastrukturabgaben, Wachstumsimpulse, aktive Wohlstandspolitik. Er lebte in einer hermetisch abgeriegelten Welt, in der die Realität nur aus Terminen, Parolen und Umfragewerten bestand. Weder nahm er seine Umgebung wahr noch Marias schwere Golftasche.

»Proaktive Familienpolitik ist das inhaltliche Kernstück meines Wahlkampfs«, erklärte er gewichtig. »Deshalb fokussieren wir die Generation Rushhour. Wir werden vor allem die Mütter entlasten, sie leisten Großartiges, sie brauchen Unterstützung, verlässliche Unterstützung.«

Es hätte Maria amüsieren können, dass er lachhaft genau wiederholte, was seine Referentin ihm in den Mund gelegt hatte, doch die Erwähnung von Müttern traf sie mitten ins Herz. Falsches Thema, Herrmann. Denkst du denn gar nicht mehr an die Schuld, die wir gemeinsam tragen?

Kurz vor der Lichtung blieb sie stehen.

»Bestimmt hast du dich gefragt, was ich in der Tasche mitschleppe.«

»Äh, nein?«

»Eine Überraschung. Zur Anregung für spätere Interaktionen. Schau, da vorn ist eine kleine Lichtung, geh bitte schon mal vor.«

»Eine Überraschung«, wiederholte er lahm.

»Sei kein Spielverderber, wir wollen doch Spaß haben, oder?«

»Wir sollten endlich zum Hotel zurückgehen«, blaffte er, als sei ihm erst jetzt aufgefallen, wo er sich befand. »Mein Zeitfenster ist eng, wie du weißt, und meine Verpflichtungen erlauben mir nicht, untätig im Wald herumzustehen.«

»Ich habe Champagner dabei. Bitte. Um der Romantik willen.«

Verärgert zog er die Augenbrauen zusammen, doch er stapfte in die Richtung, die Maria ihm gezeigt hatte. Währenddessen riss sie schon den Reißverschluss der Golftasche auf und holte das Gewehr heraus. Ihre Handschuhe streifte sie ab. Sie brauchte Körperkontakt mit ihrer Gefährtin, das Gespür für das kühle Metall des Abzugs. Jetzt musste es schnell gehen, den Ablauf hatte sie zu Hause an die hundertmal geübt: Drehriegelverschluss öffnen, Ladestreifen einlegen, schließen, entsichern.

Wie ein Beil zerhackte der Kopfschmerz Stirn und Schläfen, als sie sich mit der Waffe aufrichtete. Stöhnend drückte sie den Kolben in die rechte Achselhöhe und stützte den Lauf mit der linken Hand ab. Fünf Kilo. Nicht gerade eine leichtgewichtige Gefährtin. Mit dem Gewehr im Anschlag näherte sie sich der Lichtung.

Herrmann telefonierte. Verdammt. Obwohl es allen Regeln widersprach, eine geladene und entsicherte Waffe abzusetzen, versteckte Maria sie hinter ihrem Rücken. Ihr Herz raste, als sie, die Arme nach hinten gedreht, den Lauf mit beiden Händen umklammernd, Schritt für Schritt auf Herrmann zuging. Falls sich ein Schuss löste, konnte das ihren Tod bedeuten. Doch wenn Herrmann das Gewehr entdeckte, während er telefonierte, würde er sofort Alarm schlagen.

»Überraschung!«

Er sah auf. Mit der freien Hand machte er ihr Zeichen, sie habe sich gefälligst zu gedulden, und wendete sich von ihr ab. Elender Mistkerl. Ich bin so müde, so furchtbar müde, mein Kopf wird zertrümmert, vor meinen Augen flimmert es. Endlich beendete er das Gespräch und verstaute das Handy in der rechten Jackentasche. Maria legte an. Als er sich zu ihr umdrehte, dauerte es ein paar Sekunden, bis er das Bild verarbeitet hatte. Den Anblick einer Frau, die eine Gewehrmündung auf seine Brust richtete. Er nahm die Sonnenbrille ab.

»Was – zum Teufel …«

»Wirf das Handy auf den Boden, oder ich schieße sofort.«

Sein Mund klappte auf und wieder zu, die Hand in seiner rechten Jackentasche bewegte sich.

»Los, los!«, schrie Maria. »Und denk nicht mal dran, jemanden anzurufen!«

Herrmanns angestrengter Miene konnte sie entnehmen, dass er seine Chancen abschätzte. Gewieft durch das zähe Tauziehen des politischen Alltags, war er gewohnt, selbst in aussichtslosen Situationen zu feilschen wie auf einem Teppichbasar.

»Vorschlag, Maria. Du wirfst das Gewehr weg, ich das Handy. Auf drei. Eins, zwei …«

»So läuft das nicht.«

Sie zielte zwischen seine grauen Schuhe mit den schmutzig gelben Gummisohlen, ein donnernder Schuss hallte durch den Wald, Laub wirbelte auf, ein paar Krähen flatterten krächzend über ihre Köpfe hinweg. Verdutzt starrte Herrmann auf den kleinen Krater zu seinen Füßen. Dann holte er das Handy aus der Jackentasche und warf es in hohem Bogen von sich.

»Sehr gut«, lobte Maria. »Übrigens kannst du dich freuen. Ich habe den Lauf nach der letzten Ölung zwar trockengewischt, aber die Zielgenauigkeit des ersten Schusses, auch Ölschuss genannt, ist erfahrungsgemäß beeinträchtigt. Jetzt kannst du sicher sein, dass die nächste Ladung direkt ins Herz geht.«

Instinktiv legte er die Hände auf seine Brust.

»Was?«

»Egal. Reden wir von etwas anderem. Warum hast du mir damals gesagt, du würdest dich von deiner Frau trennen? Für mich?«

Als solle er sich an etwas erinnern, was nie passiert war, kniff er die Augenlider zusammen. Natürlich hatte er alles längst vergessen, Marias verzweifelte Verliebtheit, seine zwischen Kopfkissen gemurmelten Versprechungen, die elende Taktiererei eines verheirateten Mannes, der beides wollte, die Ehefrau für die Beletage und die Geliebte fürs Souterrain.

»Es war durchaus«, er zögerte, »nun, eine Option. Damals.«

Marias Kopf zerbarst fast vor Schmerz, hart hämmerte er gegen ihre Schädeldecke, trotzdem hielt sie das Gewehr fest im Anschlag und fixierte Herrmann, der langsam rückwärtsging. Abwehrend hob er die Hände. Seine Augen irrlichterten nach rechts und links, offenbar in der Hoffnung, dass Spaziergänger ihn entdeckten.

»Bleib stehen!«, schrie Maria. »Du hast von Anfang an gelogen, aber das ist längst nicht alles!«

Unsicher tat er einen weiteren Schritt rückwärts, trat gegen eine Baumwurzel, stürzte fast, fing sich jedoch wieder. Jegliche Farbe war aus seinem Gesicht gewichen.

»Gib auf, Maria. Bestimmt hat man im Hotel den Schuss gehört, gleich wird man uns suchen.«

»Irrtum, die Jagdsaison erreicht gerade ihren Höhepunkt, Schüsse sind hier nichts Ungewöhnliches. Keine Schonzeit, Herrmann. Hör dir an, was ich dir zu sagen habe. Du hast mich gezwungen …«

»Ich habe dich nie zu etwas gezwungen«, fiel er ihr ins Wort, mit jenem Tonfall beleidigter Korrektheit, der typisch für ihn war. »Du wolltest es so, wie alle Schlampen, die sich mit einem verheirateten Mann einlassen. Du hast doch wohl nicht ernsthaft geglaubt, dass Herrmann Sabielski in einer weißen Kutsche mit dir zur Trauung fährt. Wofür hältst du dich, du Miststück?«

Marias Gesichtsfeld zersplitterte. Kaleidoskopartig zerfiel Herrmann in facettierte Fragmente, die sich wie Scherben in ihren Kopf bohrten. Mit aller Kraft versuchte sie, das Kaleidoskop wegzublinzeln.

»Ich habe unser Kind abgetrieben, weil du es so wolltest«, flüsterte sie.

»Dein Kind«, verbesserte er sie kalt. »Weiß der Kuckuck, von wem es war. Du hast doch bestimmt fröhlich durch die Gegend gevögelt, oder?«

Der zweite Schuss traf ihn in den rechten Oberschenkel. Ungläubig betrachtete er das Blut, das aus seiner karierten Hose quoll, bevor er mit einem dumpfen Geräusch auf den Waldboden prallte. Japsend schrie er um Hilfe, alle zehn Finger auf die Wunde gepresst. So ein Idiot. Maria stupste ihn mit dem Gewehrlauf an.

»Leise, Herrmann, sonst schieße ich dir in den Mund.«

Blanker Hass blitzte in seinen Augen auf. Sein Gesicht verzerrte sich zu einer diabolischen Fratze, die Maria diesem Aktendeckel niemals zugetraut hätte.

»Du wirst im Gefängnis verfaulen«, zischte er. »Und ich, ich werde das hier überleben, verlass dich drauf.«

»Der Kapitän der Titanic sagte, glaube ich, dasselbe, bevor er das Schiff verließ.«

»Hilfe!«, keuchte er, »Hilfe! Hört mich denn keiner?«

Glatt und warm schmiegte sich der hölzerne Gewehrkolben an Marias Wange. Ja, Waffen hatten eine Seele, sie war nicht allein, und trotz der Übelkeit und der Kopfschmerzen war sie fest entschlossen, dieses Gespräch zu Ende zu bringen. Als Investition in ihr Seelenheil.

»Fakt ist, dass du mir das Geld für die Abtreibung aufgedrängt hast, mit dem Hinweis, dass du mich fertigmachst, wenn ich mich weigere. Dein eigener Fahrer hat mich in diese schreckliche Klinik nach Schwerin gebracht, wo …« Die Blitze kamen zurück, zerhackten Herrmann, das Laub, die Bäume, doch Maria zwang sich, weiterzusprechen. »Sogar einen Job als Assistentin der Pressesprecherin hast du mir angeboten. Ist ja deine Masche, oder? Erst vögeln, dann wegloben? Wie viele Frauen hast du zerstört und mit irgendwelchen Jobs zum Schweigen gebracht?«

Er ächzte etwas Unverständliches, das in winselndes Gejammer überging. Zusammengekrümmt lag er im Laub, mit blutüberströmten Händen, den Kopf krampfhaft hochhaltend, um nicht den Boden zu berühren.

»Nur zu deiner Information, Herrmann: Die Abtreibung hat mich schwer traumatisiert. Ein Jahr lang war ich in stationärer psychiatrischer Behandlung, wurde als suizidgefährdet eingestuft, mit Psychopharmaka abgefüllt. Seitdem habe ich Depressionen und Migräneanfälle.« Sie atmete flach, Tränen liefen ihr bis zum Kinn. »Ich kann unser Kind nicht vergessen, verstehst du? Es ist tot, ein paar Gramm organischer Klinikabfall, die längst verrottet sind, aber für mich lebt es …«

»Hör auf«, stöhnte er.

»… es hat ein Gesicht, es hat Hände und Füße, es weint, es fragt mich, warum ich es nicht wollte, es schaut mich an, nachts, es schreit nach mir …«

»Aufhören!«, brüllte Herrmann auf einmal so laut, dass Maria unwillkürlich zurückwich.

Das Adrenalin. Er hat einen immensen Adrenalinschub, sei vorsichtig, jetzt bäumt sich noch einmal alles in ihm auf, und das kann gefährlich für dich werden. Tatsächlich versuchte er aufzustehen, mehr als ein Kriechen gelang ihm jedoch nicht, woraufhin er ein tierhaftes Wutgeheul anstimmte.

»Danke für dein Mitgefühl. Für einen Mann wie dich war die Abtreibung nur eine Komplikation, die Problemlösungskompetenzen erforderte«, sagte Maria mit belegter Stimme. »Für mich war es eine Vernichtung, von der ich mich nie erholt habe.«

Er gab es auf, weiterzukriechen. Kniend streckte er die Arme in die Luft, eine flehende Gebärde, die er mit seinen Worten Lügen strafte.

»Du ekelhafte Schlampe, was hättest du denn mit einem Kind gewollt? Das hättest du nie hingekriegt, ein Kind großzuziehen, weil du eine Versagerin bist, das Allerl…«

Ein Schuss beendete die Suada. Seine Arme flogen nach hinten, der Kopf überstreckte, tödlich getroffen fiel Herrmann rücklings ins Laub. Durch das verwirrende Chaos hindurch, das vor ihren Augen flimmerte, nahm Maria den Ladestreifen aus dem Magazin und hastete zu ihrer Tasche. So flink sie konnte, zog sie die Handschuhe an und lief zu Herrmann zurück. Es kostete sie kaum Überwindung, ihn an den Handgelenken zu packen und durch das Laub zum Havelufer zu ziehen. Er war leicht, ein schmächtiger, vertrockneter, nutzloser Körper.

Bevor sie ihn zur Uferböschung rollte, schaute sie über die bleigraue Havel, die hier breit wie ein See war. Gleißende Lichtreflexe dümpelten auf der Wasserfläche und verbrannten ihre Netzhaut. Sie holte die Sonnenbrille aus Herrmanns Jackentasche und setzte sie auf. Besser. Weit entfernt teilte ein Motorboot die kaum wahrnehmbaren Wellen, sonst war nichts zu sehen.

»Dann wollen wir die Dinge mal voranbringen«, murmelte sie.

Ein seltsamer Ausdruck des Erstaunens lag auf dem starren Gesicht. Maria gab dem Leichnam einen Schubs. Er plumpste so unspektakulär in den Fluss, wie es dem unauffälligen, staubgrauen Herrmann Sabielski angemessen war. Rasch saugte sich seine Fleecejacke mit Wasser voll, und mit einem gurgelnden Geräusch versank die Hoffnung seiner Partei in der Havel.

Schwieriger gestaltete sich der Abschied vom G41. Du meine beseelte Gefährtin. Du hast schon meinen Großvater beschützt und mir heute Glück gebracht. Es brach Maria fast das Herz, als sie die Fingerabdrücke mit Desinfektionstüchern abwischte und das Gewehr zusammen mit der restlichen Munition den Fluten übergab. Das Wasser würde alle eventuellen DNA-Rückstände wegspülen.

Tatortreinigung, Maria. Mit einem abgebrochenen Ast verwischte sie die blutigen Schleifspuren und häufelte Laub darüber. Herrmanns Handy fand sie nach einigem Suchen hinter einer Baumwurzel. Zeit, die Patronenhülsen aufzulesen, hatte sie nicht mehr. Gleich würde der Fahrer zurückkommen, um Herrmann abzuholen. Und da sein Chef für seine stechuhrgenaue Pünktlichkeit bekannt war, würde es nicht lange dauern, bis er Verdacht schöpfte.

Herrmanns Handy. Gott, es war so einfach. Maria hätte fast gelacht über ihre Begriffsstutzigkeit.

Sie zog die Handschuhe aus und wählte das Nummernverzeichnis an. Pedantisch, wie Herrmann war, hatte er alle Kontakte mit der dazugehörigen Funktion gespeichert, das wusste sie noch. Fahrer Heimerdinger, Fahrer Michalsky, Fahrer Wolf. *Wider Erwarten wird der Gesprächstermin längere Zeit beanspruchen als geplant, bitte Wahlkampftermin in Mitte absagen*, schrieb sie allen dreien per SMS. *Abholung nicht vor sechzehn Uhr in Potsdam, genaue Adresse folgt. HS*

Spaßeshalber schaute sie unter dem Namen Hafner nach. Er war nicht gelöscht. *Anschlussfähige Kommunikation* hatte Herrmann dazu notiert. Er würde nie wieder kommunizieren. Ein Schuss ins Herz hatte alles verändert, der Einbruch der Realität in seine künstliche Welt, in der es kein Verantwortungsbewusstsein gab, keine Gefühle, nicht einmal Schuldgefühle.

Ich habe es auch für dich getan, mein geliebtes Kind.

Eine große Gelassenheit überkam Maria. Gefiltert durch die Sonnenbrille sah sie einem Segelboot zu, das am anderen Ufer vorbeiglitt. Fast war sie versucht zu winken. Bräunliche Schilfhalme bogen sich im Wind, eine plötzlich auffrischende Brise strich über das Wasser und über ihre heiße Stirn. Die Kopfschmerzen flauten ab, die Übelkeit war kaum noch zu spüren.

Frieden. Tiefer Frieden.

Eine knappe Stunde brauchte sie, bis sie sich weit abseits des Hotels zur nächsten Bushaltestelle in einem Wohngebiet durchgeschlagen hatte. Geisterhafte Sonntagsruhe lastete über den Vorgärten, Reihenhäuser hielten hinter Jägerzäunen still, kein Mensch zeigte sich auf der Straße. Maria hatte das Gefühl, aus dem wahren Leben in eine Todeszone geraten zu sein. An einer Imbissbude versorgte sie sich mit trockenen Brötchen, die ihr Magen widerspruchslos akzeptierte, und nahm den nächstbesten Bus. Bloß weg von hier.

Mehrfach musste sie umsteigen, bis sie den kleinen Ort Werder an der Havel erreichte. Dort wischte sie Herrmanns Handy sorgfältig ab und ließ es am Ortsrand zwischen die Furchen eines Ackers fallen. Da es per GPS zu orten war, würde man hier später alles umpflügen, um Herrmann zu finden, der stumm in der Havel ruhte. Seltsam, dachte Maria, die leibhaftige Präsenz eines Menschen wird durch seine digitale Anwesenheit definiert.

Auf der Fahrt in die Hauptstadt hörte sie wieder Fauré. *Tag des Zorns, des Unheils, des Elends, o Tag, so groß und so bitter.*

Du hast ihn gequält, Maria. Der Schuss ins Bein war eine neue Dimension deiner Rache. Sie erschrak über sich selbst, weil sie kein Bedauern spürte. Nur eine beschämende, aber auch unendlich befreiende Genugtuung. Was waren schon ein paar Minuten körperlicher Schmerz gegen das, was er ihr angetan hatte?

Die S-Bahn beschleunigte. Maria sah aus dem Fenster, schaute ins honiggelbe Licht der sinkenden Sonne, und tief in ihr schloss sich eine Wunde.

KAPITEL 17

Er saß auf den staubigen Treppenstufen neben ihrer Wohnungstür. Ein Bein lässig ausgestreckt, das andere angewinkelt, einen Kaffeebecher in der Hand.

»Dio mio, Ihre Haare! Schwarz? Und so schrecklich kurz? Ich habe Sie fast nicht erkannt!«

Maria war so überrumpelt, dass ihr nur sein Name über die Lippen kam.

»Tesoro.«

»Frau Doktor Hafner.« Grüßend hob er die rechte Hand, eine Geste, die bei diesem Mann ausgesprochen parodistisch wirkte. »Wissen Sie überhaupt, was Tesoro bedeutet?«

»Nein?«

»Schatz.«

Einige schwingende Sekunden lang ließ sie das Wort auf sich wirken. Es war dämmrig im Treppenhaus, ein penetranter Kohlgeruch schwängerte die Luft, gemischt mit den modrigen Aromen feuchter Wände. Irgendwo spielte jemand Klavier.

»Was machen Sie hier am Sonntagnachmittag?«, fragte Maria.

»Was ist mit Ihrer Stirn passiert?«

Sie antworteten gleichzeitig und brachen in ein etwas verspanntes Gelächter aus. Während der Kommissar aufstand, klopfte er sich den Staub vom Trenchcoat. Statt eines Hemds trug er zu seinem dunkelblauen Anzug einen grauen Rollkragenpullover, was ihm ausgezeichnet stand.

»Haben Sie meine Nachrichten erhalten?«

Es hatte keinen Sinn, es abzustreiten.

»Ja.«

»Was ist – lassen Sie mich rein?«

Habe ich das Waffenöl weggepackt? Den Vorratsschrank vor den Tresor geschoben? Erinnert noch irgendetwas an meinen nächtlichen Aufbruch? Ganz sicher war sich Maria nicht und, ermattet von den endlosen Fußmärschen und der aufreibenden Begegnung mit Herrmann Sabielski, keineswegs in der Verfassung, mit Giovanni Tesoro den Abend zu verbringen. Immerhin konnte sie von Glück sagen, dass die Golftasche mitsamt der schwarzen Jacke, der Wollmütze und Herrmanns Sonnenbrille in einem Potsdamer Müllcontainer lag.

»Haben Sie nichts Besseres zu tun?«

»Eigentlich schon.« Er knüllte den leeren Pappbecher zusammen. »Vor einer Stunde ging eine Vermisstenmeldung ein. Top secret. Ein Politiker ist verschwunden, mehr darf ich nicht sagen. Also? Öffnet die Prinzessin die Tore ihres Schlosses?«

Maria zuckte zusammen. Prinzessin, so hatte Tom sie immer genannt. Die magische Vokabel. Eine Detonation der Erinnerungen, Schreie und Flüstern, Haut an Haut, Toms Huskyaugen. Sie räusperte sich.

»Meine Zofen haben heute frei, deshalb sind die Gemächer leider nicht in einem Zustand, in dem man bei Hofe empfängt.«

»Verstehe.«

Er fuhr sich durchs Haar, aufreizend langsam, bis zum sauber ausrasierten Nacken hinab, und Maria spürte seine Enttäuschung, aber auch seine Entschlossenheit, sich nicht mit dieser Ausrede zufriedenzugeben. Vermutlich lag es an seiner vollen, trotzig vorgeschobenen Unterlippe, vielleicht am flirrenden Augenaufschlag unter den Halbmonden seiner Brauen, ganz bestimmt aber an der pantherhafte Gefahr, die von ihm ausging, dass sich Maria auf die Zehenspitzen stellte und ihm einen Kuss auf die Wange hauchte.

Jetzt war er der Überrumpelte. Einen Augenblick lang erstarrte er völlig. Dann umschloss er langsam, zögernd, als traue er seinen eigenen Bewegungen nicht, ihr Gesicht mit den Händen und sah sie sehr lange an, bevor seine Lippen, die Maria von Anbeginn hatte küssen wollen, ihren Mund streiften. Etwas in ihr explodierte. Ein Stern vielleicht oder ein Feuerwerkskörper, sie wusste es nicht. Unter ihren geschlossenen Lidern wurde es taghell, während er sie an sich zog und küsste, leidenschaftlich küsste, wie es so schön hieß, mit einem Ungestüm, den sie niemals erwartet hätte.

Es war überwältigend. Und es hörte nicht auf.

In irgendeinem weit entfernten Areal ihres Hirns, das diesem Ansturm noch einigermaßen standhielt, formten sich undeutliche Gedanken, die Maria jedoch sofort beiseitewischte, so dass nur Stichwörter zurückblieben. Die Musikalität des Küssens. Rhythmus, Form und Gestalt. Motive, Kadenzen. Tremolo. Tanz der Pheromone. Accelerando. Dann verblassten auch diese Wörter, und übrig blieb ein solch drangvolles Sehnen, dass Maria zu zittern begann.

Mit einem leise schmatzenden Geräusch, das ihr überhaupt nicht peinlich war, löste sie sich von seinen Lippen. Er musste nichts sagen und nichts fragen. Nur die Finger seiner linken Hand in die Finger ihrer rechten Hand gleiten lassen, so dass sie sich wie zum Gebet ineinanderfalteten. Ganz fest hielten sie einander, als ob einer von ihnen über einem Abgrund schwebte und der andere ihm die rettende Hand entgegenstreckte. Es war das Innigste, was Maria jemals erlebt hatte. Nicht loslassen, bitte. Nie wieder loslassen.

»Ja«, flüsterte sie.

Mit der freien Hand tastete sie nach dem Hausschlüssel in ihrer Manteltasche. Das Risiko war ihr egal. Alles war ihr egal, nur nicht dieser Mann, der immer noch seine Hand in die ihre geschlungen hatte, mit kräftigem, fast schmerzhaftem Druck, und dem sie rettungslos verfallen war von dem Moment an, als er ihre Wohnung betreten hatte. Sie musste eine Weile im Schloss herumstochern, bis die Tür offen war. Schon im Flur begannen sie, einander auszuziehen, erst vorsichtig, dann immer rascher, und die Ungeduld des Begehrens choreographierte auch ihren Pas de deux ins Schlafzimmer.

»Muss … duschen«, murmelte Maria dicht an seinem Hals, glückselig den Duft inhalierend, der sie gleich am ersten Tag überwältigt hatte, und er gab ein »Unsinn, du riechst so gut, das hat mich gleich am ersten Tag wahnsinnig gemacht« zurück. Wenigstens die Hände habe ich mir gründlich gewaschen am Potsdamer Bahnhof, dachte sie, nicht, dass er das Schießpulver wittert, und dann war endlich und wirklich und unwiderruflich der Moment gekommen, in dem Doktor Maria Hafner gar nichts mehr dachte, sondern sich der Intelligenz der Körper anvertraute. Zweier Körper, die alles voneinander wussten, den Lageplan der empfindsamsten Zonen, die geheimen Mechanismen verborgener Leuchtpunkte, das Stöhnen und den Schrei.

»Bist du durstig? Soll ich dir ein Wasser holen?«, fragte Giovanni Tesoro Lichtjahre später, die Arme hinter dem Kopf verschränkt.

Schläfrig rollte sich Maria auf ihn, küsste seine linke Achselhöhle und vergötterte kurz die von Bartschatten modellierten Wangen, bevor sie versuchte, sich an seine Frage zu erinnern.

»Ich hole uns was.« Er war schon halb aus dem Bett. »Schätze mal, ich werde deine Küche ohne Navi finden.«

Ein echter Kavalier, seufzte Maria bei sich, wie nett, wie zuvorkommend, er holt mir etwas zu trinken. Eine Sekunde später schnellte sie aus dem Bett, rutschte auf ihrem Seidenslip aus, rannte los und holte ihn ein, als er gerade die Klinke der Küchentür herunterdrückte.

»Nein, nicht!«, japste sie.

Er lächelte belustigt.

»Lass mal, Unordnung stört mich nicht besonders, ich bin Kummer gewohnt.«

Schon hatte er die Tür aufgeschoben, seine Hand suchte den Lichtschalter, es wurde hell in der Küche. Angstvoll checkte Maria den Tisch, die Arbeitsflächen, den Boden. Und dann sah sie es. Das Fläschchen Waffenöl auf dem Fensterbrett. Verdammt. Sie konnte den Schrei nicht mehr unterdrücken, und obwohl sie die Hand vor den Mund schlug, drang ein heiseres Kieksen aus ihrer Kehle.

Er drehte sich erstaunt zu ihr um, so dass er dem Fenster den Rücken zukehrte. Nackt, wie sie war, presste sie sich an ihn, küsste das Grübchen zwischen seinen Schlüsselbeinen und schlang im Sprung ihre Beine um seine Hüften. Erfreut funkelte er sie an.

»Noch mal?«

Sie nickte. Mit sanftem Schenkeldruck dirigierte sie ihn zum Küchentisch, bis er rücklings darauffiel und ihre Knie die Resopalplatte spürten. Der Tisch erzitterte unter den harten Stößen und rutschte in Richtung Fensterbrett, ganz so, wie Maria es erhofft hatte. Sie musste nur noch die Hand nach dem verfluchten Fläschchen ausstrecken. Ihr Kopf hing über Giovannis Gesicht, über seinen Augen mit den halb geschlossenen Lidern. Weit beugte sie sich vor. Ihre Finger umklammerten den Flaschenhals. Mit dem Daumen schob sie den Metallriegel hoch, der die beiden Fensterflügel zusammenhielt. Ein Luftzug bewegte den rechten Flügel und wehte ihn gerade weit genug auf, dass sie die vermaledeite Flasche auf den Hinterhof werfen konnte. Im selben Moment bäumte sich Giovanni stöhnend auf, und das zarte entfernte Klirren verlor sich im zweistimmigen Keuchen.

Schweißbedeckt schmiegte sich Maria an den Mann, der soeben um ein Haar ihr Geheimnis entdeckt hätte.

»Also, ich finde«, er streichelte ihre heißen Wangen, »dass dieser komische Bernheimer nicht übertrieben hat in seinem Roman.«

Im gesamten Erdenrund war Johannes Bernheimer der letzte Mensch, an den Maria jetzt denken wollte. Dennoch lächelte sie spitzbübisch.

»Ach, dann hast du also gerade recherchiert?«

»Immer im Dienst«, grinste er.

»Schade, dass du im Dienst nichts trinken darfst. Ich hätte eine Flasche toskanischen Weißwein im Kühlschrank. Und Mineralwasser natürlich.«

»Perfekt.« Er strich durch ihr bürstenkurzes schwarzes Haar. »Meine kleine Amazone. Leg dich wieder ins Bett, die Getränke werden sofort serviert.«

Ich bin mindestens so durchtrieben wie er, dachte Maria, als sie erschöpft ins Schlafzimmer wankte. Aber was für ein fahrlässiger Leichtsinn, ihn einfach in meine Wohnung zu lassen.

Sie warf sich ins Bett, zog die seidene Decke bis ans Kinn und horchte auf das Quietschen der Kühlschranktür, das dumpfe Flappen des Hängeschranks, das leise Klingeln von Gläsern, das Tapptapp nackter Füße auf den Flurdielen. Mit seinem gewinnendsten Lächeln kehrte Giovanni Tesoro zu ihr zurück, ein Tablett mit zwei Wassergläsern, zwei Weinkelchen und den beiden Flaschen in den Händen.

»Musik?«

Maria zeigte auf die Dockingstation, die auf dem Kaminsims stand, es war die gleiche wie im Badezimmer. Angenehm ermattet sah sie zu, wie er die Gläser füllte und ihr zunächst das Wasser, dann den Wein auf den Nachttisch stellte. Aus seinem Jackett, das er Lichtjahre zuvor auf den Teppich geworfen hatte, kramte er sein Handy heraus. Er tippte mehrmals darauf und setzte es auf die Dockingstation.

Wirbelnde Streicherklänge schraubten sich eine Oktave nach unten, gefolgt von Dean Martins samtweichen Seufzern. *Volare*. Eine vergilbte Postkarte von der Amalfiküste schwebte vor ihrem inneren Auge, *nel blu dipinto di blu*, mürbes Blau über blumengesäumten Küstenstraßen, in der Ferne das Meer, *e cantare*, und sie sah sich selbst im Bett mit einem atemberaubend schönen, dunkelhaarigen Mann, der einen Arm um sie legte, *felice di stare lassù*.

Leise sang er mit. Heiser, kehlig, vergnügt, in der Sprache Petrarcas, Dantes, Verdis und Puccinis, in der Sprache der Eisverkäufer und Pizzabäcker, der venezianischen Maler und toskanischen Bildhauer, mit dieser verheißungsvollen Melodie, die nach Süden und ewigen Ferien klang. Sie legte ihre Wange an seine Brust. Noch nie war sie so glücklich gewesen, obwohl ein Unheil über dem Bett schwebte, ein Menetekel, in blutigen Lettern.

Du hast getötet, Maria.

»Was sind deine Lieblingswörter?«, fragte er.

Verständnislos sah sie ihn an.

»Ich weiß nicht. Deine?«

»Kladderadatsch. Humbug. Plunder. Einfaltspinsel. Kinkerlitzchen. Aber mein absolutes Lieblingswort ist Geborgenheit.«

Sie schluckte. Kein Mann benutzte dieses Wort. Bisher.

»Wirklich?«

Lächelnd zog er sie an sich, als wolle er die Bedeutung in die Körpersprache übersetzen.

»Das sind Wörter, die es im Italienischen nicht gibt. Nur Umschreibungen. Komm, wir machen ein Spiel. Du sagst deine Lieblingswörter, und ich sage sie dir auf Italienisch.«

Ein Sprachliebhaber. Nie hatte sich Maria von einem Mann so geliebt und verstanden gefühlt.

»Tunichtgut«, flüsterte sie. »Halunke.«

Als sie am nächsten Morgen erwachte, war er verschwunden. Sie presste ihr Gesicht in das Kopfkissen, auf dem er gelegen hatte, atmete tief ein, erkannte seinen Duft und lächelte. Nie wieder würde sie ohne diesen Duft einschlafen können. Erst Minuten später entdeckte sie seine SMS.

Danke für die unvergessliche Nacht. Ich muss für zwei Wochen nach Rom reisen, wegen einer Familienangelegenheit. Melde mich sofort nach meiner Rückkehr. Baci e abbracci (ich küsse und umarme dich), Don Giò. PS Kennst du eine gewisse Carina? Sie erwähnte dich im Zusammenhang mit einem gewissen Diego. PSS Du bist unglaublich, weißt du das?

Maria hatte das Gefühl, mit einem defekten Fahrstuhl ins Bodenlose zu rasen. Sie biss in ihre Faust, aus Angst, Wut, vor allem aber Angst. Sie hatte sich auf ein Spiel eingelassen, das sie nur verlieren konnte. Als Frau, die nun wieder darauf warten musste, dass ein Mann sich bei ihr meldete. Als Kriegerin, die diesen Mann nicht wiedersehen durfte, damit er sie nicht ans Messer lieferte. Und als Mörderin, die nicht zögern würde, ihn zu erschießen, falls er es versuchte.

KAPITEL 18

Ein grauer, trostloser Montagmorgen schleppte sich von Stunde zu Stunde, als sei er zu träge, um mit der vergehenden Zeit Schritt halten zu können. Lustlos fielen ein paar Hagelkörner vom Himmel, die tief hängende Wolkendecke schien sich keinen Millimeter zu bewegen. Maria hatte es zu Hause nicht mehr ausgehalten und war einkaufen gegangen, um ihre Putzmittelvorräte aufzufüllen. Schwer zogen zwei Plastiktüten an ihrer linken Hand, mit der rechten schob sie gerade die Haustür auf, die tagsüber unverschlossen blieb, als ein Schrei hinter ihrem Rücken gellte.

»Warte! Bleib stehen, verdammt!«

Sie drehte sich um. Quer über die Straße lief eine Frau in einem speckigen braunen Ledermantel auf sie zu, lange weißblonde Haarsträhnen flatterten wie eine zerschlissene Fahne im Wind.

»Maria?«, rief die Frau atemlos. Sie blieb stehen und kniff die Lider zusammen. »Ja, klar, ich hab dich auf einem Foto mit Diego gesehen. Ich bin Carina.«

Entsetzt starrte Maria in das abgezehrte, tief gebräunte Gesicht. Mund und Augenbrauen waren von stümperhaftem Permanent-Makeup entstellt. Ein breiter violetter Rand zog sich um die Lippenkontur, die Augenbrauen saßen unnatürlich hoch auf der Stirn und schimmerten bläulich. Es sah aus, als habe ein Kind mit dicken Filzstiften auf dem Gesicht herumgemalt.

»Oh, hm, hallo«, stammelte sie.

»Was heißt hier ›hallo‹?« Carina spuckte einen Kaugummi auf den Bürgersteig. »Du wolltest dich melden. Hast du aber nicht gemacht. Denkst du etwa, du kannst mich verarschen?«

Der Wind fegte Maria ein paar Hagelkörner ins Gesicht. Nervös zupfte sie an ihrer gelben Strickmütze.

»Ich, äh, hatte viel zu tun.«

»Ach nee.« Die ledrig dunkle Bräune in Carinas Gesicht färbte sich rötlich. »Kannst du das noch mal ganz langsam sagen? Ich spreche nämlich kein Ich-scheiß-auf-Diegos-Freundin-und-ruf-sie-nicht-zurück.«

Schweigend fixierten sie einander. Ein Fahrradfahrer fuhr klingelnd vorbei, ein Mann kam aus dem Zigarettenladen, dessen Schaufensterscheibe wie ein böse funkelndes rechteckiges Auge zwischen den Sandsteinquadern der Hausfassade klemmte.

»Jetzt bist du platt, was?«, stieß Carina schließlich hasserfüllt hervor. »Fee hat mir deine Nummer gegeben. Sie wusste auch deine Adresse. Eins ist doch klar wie Korn: Du hast Fee gefragt, wo Diego ist, und dann hast du ihm das Hirn weggeballert.«

Das Herz, wollte Maria sie schon verbessern, bemerkte aber rechtzeitig, dass das keine gute Idee gewesen wäre. Fieberhaft durchforstete sie ihre Erinnerungen an das Telefongespräch. Ja, gut möglich, dass Fee bei ihren Klatschgeschichten auch eine Carina erwähnt hatte. Auf jeden Fall kannten sich die beiden Frauen, eine katastrophale Neuigkeit. Maria wurde flau. Um Zeit zu gewinnen, stellte sie ihre Einkaufstüten auf die feuchten Gehwegplatten und legte mit einer Geste größten Erstaunens beide Hände auf die Brust.

»Sorry, ich verstehe kein Wort. Was ist mit Diego?«

»Tot. Abgeknallt. Und es war eine Frau, das hat mir Karl gesagt, der Pianist, der immer in der Furchtbar rumhängt.

Diego hat dich an dem Abend abgeschleppt, stimmt's? Pass auf, ich weiß, was er damals mit dir abgezogen hat. Jeder weiß es. Und deshalb hast du ihm die Lampe ausgeknipst.«

Das war leider vollkommen logisch und entsprach haargenau den Tatsachen, auch wenn Maria es ein wenig anders formuliert hätte. Aber was folgte daraus? Obwohl sich in Carinas verzerrtem Gesicht eher Wut als Anzeichen von Trauer zeigte, beschloss Maria, es mit Anteilnahme zu versuchen.

»Carina, hör zu, ich bin mindestens so erschüttert wie du, und es tut mir wahnsinnig leid für dich. Es muss schrecklich sein, einen so wunderbaren Freund wie Diego zu verlieren, und dann noch durch ein Verbrechen. Da sucht man nach Antworten …«

Mit ihrem ausgestreckten Zeigefinger, an dem ein absurd langer, bunt bemalter Nagel klebte, stach Carina in Marias Richtung.

»Ach, jetzt gehst du auf Kuschelkurs? Den Mist kannst du dir sparen. Diego war ein Arsch. Trotzdem. Du hast was damit zu tun.«

Maria wich einem Rentnerpaar aus, das einen dicken, kläffenden Dackel auf dem Bürgersteig spazieren führte. Ihr wurde immer mulmiger zumute.

»Aber ich habe Diego schon seit Jahren nicht mehr gesehen. Wir hatten keinen Kontakt. Wie sah die Frau in der Furchtbar denn aus?«

»Weiß nicht. Lange Haare oder so.«

Langsam, den Überraschungseffekt genießend, zog Maria die Wollmütze vom Kopf. Carina musterte die schwarzen Stoppeln so angewidert, als zwinge man sie, den Ausschlag einer ansteckenden Krankheit zu betrachten. Wenig verwunderlich bei einer Frau, die weißblonde Extensions bis zum Bauchnabel für den Gipfel weiblicher Schönheit hielt.

»Trotzdem.« Sie zog einen Flunsch. »Irgendwas ist da faul.«

Maria wollte sie nur noch loswerden. Wollte endlich zurück in die warme Wohnung, statt in der Kälte herumzustehen mit einer Frau, deren bloße Anwesenheit eine Bedrohung bedeutete.

»Und warum hast du dem Kommissar nicht gesagt, dass du mich verdächtigst?«, trat sie die Flucht nach vorn an.

»Meinst du diesen Testosteron oder wie der Typ heißt?«

»Tesoro«, korrigierte Maria.

»Ach, scheiß auf die Bullen.« Auf einmal veränderte sich Carinas Gesichtsausdruck. Etwas Gieriges trat in ihre Augen, eine Gier, die Maria kannte. Es war der Blick einer Süchtigen. »Na ja, die Beerdigung und so. Das kostet, Sarg und Blumen und Trallala.«

Darum ging es also. Ganz sicher war Maria nicht, ob sie das Richtige tat, dennoch holte sie mit steifgefrorenen Fingern ihr Portemonnaie aus der Manteltasche, zog einen Fünfzigeuroschein heraus und hielt ihn Carina hin.

»Hier. Ich beteilige mich gern an einem Kranz.« Natürlich würde es keinen Kranz geben. »Und jetzt entschuldige mich bitte, ich muss arbeiten gehen.«

Der Schein verschwand so schnell in der Innentasche des braunen Ledermantels, als hätte er nie existiert.

»Ja, ja, für dich komme ich aus Asiland«, keifte Carina. »Du denkst, du bist was Besseres und kannst mich mit Geld zum Schweigen bringen. Aber da hast du dich geschnitten.«

Es war ein Rückzugsgefecht. Carina versuchte nur, ihr Gesicht zu wahren. In Wirklichkeit hatte sie bekommen, was sie von Anfang an gewollt hatte, und Maria konnte aufatmen. Sie setzte eine mitfühlende Miene auf.

»Wenn du Hilfe brauchst – meine Mutter ist Therapeutin. Ich könnte sie fragen, ob …«

Die erwartete Reaktion kam prompt.

»Therapeutin.« Carina spuckte das Wort aus wie anfangs ihren Kaugummi. »Also ich mach mich vom Acker.«

Auf klappernden Absätzen zog sie eilig ab, die Schultern hochgezogen und mit diesen merkwürdig schlenkernden Armen, die Maria an den Junkie aus Diegos Haus erinnerten. Sie wartete, bis Carina außer Sichtweite war, dann nahm sie ihre Einkaufstüten und schob die Haustür auf. Jetzt erst wurde ihr bewusst, wie sehr sie das Gespräch mitgenommen hatte. Die Wunde auf ihrer Stirn schmerzte, ihr war schwindelig. Einige Minuten hielt sie sich wie betäubt am Treppengeländer fest, bevor sie Stufe um Stufe in den dritten Stock hochstieg.

Im Wohnungsflur lehnte sie sich erschöpft an die Wand.

Carina würde wiederkommen. Immerhin würde sie keinen Staub aufwirbeln, solange hier und da Geld floss. Zudem gehörte es nicht zu den Gepflogenheiten einer Süchtigen, freiwillig die Polizei aufzusuchen. Dennoch blieb ein gewisses Risiko.

Kaum hatte Maria die Tüten abgestellt und ihren Mantel ausgezogen, als das Handy perlende Harfenklänge von sich gab. *Mutter*, kündigte das Display an. Maria hatte schon mit dem Anruf gerechnet, weil das sonntägliche Kontrollgespräch ein weiteres Mal ausgeblieben war.

»Es geht mir gut!«, rief sie statt einer Begrüßung ins Handy.

»Davon würde ich mich gern selbst überzeugen, Kind«, erwiderte Gundula Hafner sehr ruhig. »Ich stehe unten auf der Straße, und ich weiß, dass du da bist. Soeben habe ich dich mit dieser schauderhaften Person vor dem Haus gesehen.«

Im selben Moment schellte es. Keine Chance. Maria drückte das Gespräch weg, öffnete die Tür einen Spaltbreit und lauschte. Die hurtigen Schritte auf den Stufen waren unverkennbar. Niemand huschte so eichhörnchenhaft die Treppen empor wie ihre Mutter.

»Guten Tag«, sagte sie förmlich, als sie oben angelangt war, und prallte im selben Moment zurück. »Kind! Dein Haar! Und deine Stirn ist verletzt!«

»Kleine Typveränderung.«

Plötzlich wurde Maria bewusst, dass sie in einen eisgrauen, rissigen Spiegel schaute. Sie trug die gleiche millimeterkurze Frisur wie ihre Mutter. Die gleiche Selbstverstümmelung, die gleiche Leugnung von Weiblichkeit.

»Über deine Wunde sprechen wir später, Kind. Hier, ich habe dir etwas mitgebracht.«

Gundula Hafner streckte ihrer Tochter eine kleine Schachtel entgegen, und ihr bemühtes Lächeln genügte Maria, um zu erraten, was es mit diesem Präsent auf sich hatte.

»Andere Mütter bringen Süppchen mit oder einen selbstgebackenen Kuchen, du hast immer nur irgendwelche Psychopharmaka dabei. Hättest wenigstens eine Schleife drummachen können.«

Unbeeindruckt knöpfte Gundula Hafner ihren grauen Kaschmirmantel auf. Noch immer lag ein mechanisches Lächeln auf ihrem Gesicht, wie eine Sonnenbrille, die sie vergessen hatte abzusetzen, obwohl die Sonne lange untergegangen war.

»Wir beide verstehen uns nicht besonders, was?«, bemerkte sie trocken.

Maria sah zu Boden. Es ging ja nicht nur um die professionelle Kälte ihrer Mutter. Was sie früh einander entfremdet hatte, war eine zähe, unausgesprochene Rivalität gewesen, die Eifersucht einer Ehefrau, die nicht ertrug, dass ihre Tochter ein ungewöhnlich inniges Verhältnis zum Ehemann hatte. Fast tat sie Maria leid.

»Möchtest du etwas zu trinken, Mutter? Einen Espresso vielleicht?«

»Nein, danke. Ich würde mich gern setzen.«

Stumm zeigte Maria auf die offene Wohnzimmertür und ging vor. Bewusst wählte sie den Schreibtischstuhl, um Abstand zu wahren, während ihre Mutter auf der roten Couch Platz nahm, genau in der Mitte, so wie Giovanni bei seinem ersten Besuch. Ach, Don Giò. Maria seufzte unhörbar. Ihr Körper glühte, wenn sie an ihn dachte, doch ihre Seele fror, und ihr Verstand stellte ein Warndreieck nach dem anderen auf.

Er weiß zu viel. Eines Tages wird sich der Nebel in seinem testosterongefluteten Hirn lichten, und dann sieht er glasklar, was mit dir los ist.

»Heute ist der zehnte Todestag deines Vaters«, sagte Gundula Hafner leise. »Ich habe in den Morgenstunden einen Rosenstrauß auf sein Grab gelegt.«

Papa. Maria schluckte schwer. Ein Meer von Kränzen im Schneeregen, penetranter Lilienduft, schwarze Mäntel, die ein frisches Grab umstanden, unendliche Verzweiflung.

»Falls du mich aufheitern wolltest, ist dir das gründlich misslungen«, flüsterte sie mit tränenerstickter Stimme.

»Nun, man spricht von Trauerarbeit, weil es sich in der Tat um harte Arbeit handelt«, erwiderte ihre Mutter ausdruckslos. »Darüber hinaus gibt es etwas, das du wissen solltest.«

»Ja?«

Starr sah Gundula Hafner geradeaus, den Blick auf einen undefinierbaren Punkt zwischen Marias Augenbrauen gerichtet.

»Ich habe nie darüber gesprochen, weil ich dich nicht damit belasten wollte. Angesichts deiner desolaten Verfassung scheint es mir jedoch angezeigt, damit du den Ernst deiner Lage begreifst.« Sie machte eine Pause, in der sie ihren Ehering betrachtete, den sie immer noch trug. »Dein Vater war ein Melancholiker, das ist kein Geheimnis. Dass er unter äußerst starken Depressionen litt, wusste nur ich. Vergeblich bat ich ihn, mithilfe von Medikamenten dagegen vorzugehen.«

Maria spürte plötzlich eine Beklemmung, die nicht recht fassbar war, in den Tabuzonen ihres Bewusstseins jedoch bereits unheilvolle Gestalt annahm.

»Was – was willst du mir eigentlich sagen?«

Mit feierlicher Langsamkeit faltete Gundula Hafner die Hände.

»Er hat sich umgebracht.«

Eine dünne Eisschicht überzog Maria, wie gefrierender Regen einen zu früh erblühten Baum. Hätte sie auch nur einen Finger gerührt, sie wäre zerbrochen wie Glas. Nur unter größter Anstrengung konnte sie überhaupt die Lippen bewegen.

»Aber – aber, er ist doch an Herzversagen gestorben.«

»Das hat sein Freund und Kollege Doktor Krüger mir zuliebe auf den Totenschein geschrieben.« Marias Mutter drehte an ihrem Ehering. »Dein Vater hat sich erschossen.«

Die Stille nach dem Schuss. Der Kipppunkt ins Nichts. Äußerste Anspannung, die in Kraftlosigkeit verendet. Vollkommen reglos saß Maria auf ihrem Stuhl.

»Es scheint, als liege eine genetische Disposition vor, denn auch dein Großvater hat sich erschossen. Deshalb habe ich damals darauf bestanden, dass dein Vater die Waffen weggibt. Eine hat er leider heimlich behalten. Und jetzt fürchte ich«, Gundula Hafner schlug ein Bein über das andere, »dass auch du suizidgefährdet sein könntest. Schon dein Vater sagte, deine Wiege schwebe über einem Abgrund. Nimm die Tabletten, Maria, ich bitte dich inständig darum. Ich sehe doch, dass die Sache mit Tom dich destabilisiert. Begleitend schlage ich weitere Maßnahmen vor. Ich habe bereits mit einer Kollegin gesprochen, du kannst bei ihr kurzfristig einen Therapieplatz bekommen.«

Schon nach den ersten Sätzen des kleinen Vortrags hatte Marias Fassungsvermögen die Grenze erreicht. Vater, Großvater, Selbstmord, erschossen, das war alles, worauf sie sich konzentrieren konnte. Sie sah sich selbst vor dem Tresor stehen, den Lauf der SIG Sauer im Mund, den Geschmack des kühlen Metalls auf der Zunge. Genetische Disposition nannte ihre Mutter das also. Sie hatte vollkommen emotionslos gesprochen, in ihrem nüchternen, sachlichen Tonfall.

»Ich weiß, dass die Wahrheit wenig erfreulich ist«, brach Gundula Hafner nach einer gefühlten Ewigkeit das Schweigen. »Umso dringlicher ist es, dass du ein Phasenprophylaktikum nimmst. Zwei Tabletten täglich, und alles kommt in Ordnung.«

Wie durch einen Schleier hindurch betrachtete Maria den grauen Mantel, den schwarzen Rollkragenpullover, das eisgraue Haar ihrer Mutter. Vor ihr saß eine Fremde.

»Ich vermute eine bipolare Störung«, fuhr Gundula Hafner fort. »Schon als junge Frau hattest du zuweilen starke Stimmungsschwankungen. Manchmal hypomanisch, mit der Neigung zu ungewöhnlichen Aktivitäten, ja geradezu waghalsigen Unternehmungen – ich erinnere nur an das Hochgebirgsklettern und das Kanurafting. Dann wieder der Absturz ins Grüblerische, in die Selbstentwertung. Zwar sehe ich zurzeit keine Anzeichen für die hemmungslose hypomanische Seite, die bis zum Größenwahn reichen kann, doch man kann nie wissen. Am Ende tust du noch etwas Verrücktes, Gefährliches, das dir später leidtut.«

Mir tut gar nichts leid, dachte Maria, außer der Tatsache, dass du über mich sprichst wie über eine beliebige Klientin.

»Bist du jetzt fertig, Mutter?«

Ungehalten schüttelte Gundula Hafner den Kopf.

»Sei froh, dass ich ein Profi bin.«

Die Luft im Wohnzimmer schien zu fluoreszieren. Ein heller Schein blendete Maria, zeitgleich flammten grelle, gezackte Kopfschmerzen auf.

»Froh?« Sie sprang auf. »Ich hätte gern eine Mutter gehabt, die mich ohne Wenn und Aber liebt. Die mich akzeptiert, so wie ich bin. Die mich einfach in den Arm nimmt, wenn mal nichts mehr geht, und mir sagt, dass alles gut wird. Eine warme, liebende Mutter.«

Auch Gundula Hafner stand nun auf. Bedächtig knöpfte sie ihren Mantel zu.

»Eines Tages wirst du verstehen, dass kritische Begleitung wertvoller ist als die unkritische Affenliebe all dieser sentimentalen Gluckenmütter, die ihren Kindern einreden, sie seien die besten, gesündesten und talentiertesten Kinder der Welt. Ich lasse dir die Tabletten hier. Ruf mich jederzeit an, wenn du willst. Ich bin für dich da.«

Ein aufmunterndes Kopfnicken, dann ging sie und hinterließ eine alptraumhafte Leere, in die sich wispernde Stimmen einnisteten. Dein Großvater hat sich erschossen. Dein Vater hat sich erschossen. Du bist die Nächste, die diese stolze Familientradition weiterführt, Maria. Doch du nimmst ein paar Männer mit ins Grab.

KAPITEL 19

Erste Schneeflocken klebten am Küchenfenster, wo sie zu kleinen, zitternden Tropfen zerrannen, für die es nur eine Richtung gab: abwärts. Gebannt beobachtete Maria die wässrigen Schlieren. Schnee, Geburtstag, Weihnachten. Seit sie denken konnte, gehörten diese drei Dinge zusammen. Jetzt hatten sie eine vollkommen andere Bedeutung – am Heiligen Abend würde sie ihr Werk vollbracht haben.

Der Sog, inzwischen war er ein vertrauter Begleiter geworden. Sie musste töten, sie konnte nicht anders, es zog sie zu den Delinquenten mit der Naturgewalt einer riesigen zurückflutenden Welle, die alles mit sich riss. Ein Mahlstrom, der sie am Ende verschlingen würde, doch das war ihr gleichgültig. Seit Jahren versuchte Marias Mutter, ihr regelmäßige Therapiestunden aufzuschwatzen, aber das hier, das war die wahre Therapie: die blutige Aufarbeitung all ihrer Traumata. Einmal noch die Wunden aufreißen und dann für immer verschließen.

Giovanni hatte ihr aus Rom täglich eine SMS geschickt, und jedes Mal, wenn Maria sie gelesen hatte, war sie in Tränen ausgebrochen. Weil sie sich gegen alle guten Vorsätze in ihn verliebt hatte. Und weil sie sehr wahrscheinlich auch ihn töten musste. Ein Spürhund wie Hauptkommissar Giovanni Tesoro glaubte ganz gewiss nicht an Zufälle. Dass Maria gleich zwei Männer gekannt hatte, die kurz hintereinander ermordet worden waren, würde er niemals für eine aparte Laune des Schicksals halten. Aber warum befragte er sie dann nicht ganz offiziell? Warum saß sie nicht längst in einem Verhörraum oder gleich in Untersuchungshaft?

Mach weiter, Maria. Lass dich nicht beirren.

Sie löste sich vom Anblick der schmelzenden Kristalle. Es war Sonntag. Der Tag des Todes. Vor ihr auf dem Küchentisch lag eine weitere Rarität aus der Sammlung ihres Großvaters, eine Parabellum, auch 08 genannt, konstruiert von einem findigen Österreicher namens Georg Luger. Allein den körnigen rehbraunen Griff zu berühren, war ein Genuss, und was für ein hübsches Motto sich die Deutschen Waffen- und Munitionsfabriken, kurz DWM, doch ausgedacht hatten: *Si vis pacem, para bellum* – wenn du Frieden willst, bereite den Krieg vor. So war die Pistole zu ihrem anmutigen Namen gekommen.

»Wenn du Frieden willst, führe Krieg«, variierte Maria den Spruch halblaut.

Ja, sie wollte Frieden, und je länger sie darüber nachsann, wie heroisch sie Johannes, Diego und Herrmann ins Jenseits geschossen hatte, desto unausweichlicher erschien es ihr, ihren persönlichen Krieg in aller Konsequenz und Präzision zu Ende zu führen. Sie war keine Mörderin. Sie vollstreckte höheres Recht.

Der Nächste auf der Liste hieß Konstantin. Maria klickte ihre Fotodateien auf dem Handy an. Er wirkte so seriös, so verdammt seriös. Auf verwechselbare Weise gutaussehend und immer im Anzug, ob am Schreibtisch, beim Spaziergang oder am Frühstückstisch. Blond gesträhntes Haar, eckiges Kinn, stets leicht gebräunt. Gute Umgangsformen.

Banker sei er, hatte er behauptet, als sie sich in einer Opernpause am Sektstand kennenlernten. Einladungen in exzellente Restaurants folgten, klassische Konzerte in der Philharmonie, ein kultiviertes Dating-Programm, das jede künftige Schwiegermutter entzückt hätte. Konstantin von

Hülsen entstammte einer stadtbekannten Immobiliendynastie, die sich mäzenatisch in Kunst und Kultur hervortat. Ein Mann, mit dem man sich eine Zukunft vorstellen konnte.

Maria sah genauer hin. Nun ja, das Haar vielleicht eine Spur zu lang, das Gesicht etwas zu weich, die Mundpartie zu schlaff. Eine gewisse Haltlosigkeit lag in seinen Zügen. Mittlerweile wusste sie, dass er eine Spielernatur war, ein Artist in der Zirkuskuppel der Finanzwelt. Aber nichts hatte sie ahnen lassen, zu welcher Brutalität er fähig war.

Erste Zweifel waren Maria gekommen, als er mit Freunden und Kollegen einen lukrativen Geschäftsabschluss gefeiert hatte, in einem Privatclub in Mitte. Dunkle Wände, schwere Ledercouchen, zu starke Cocktails. Etwas künstlich Überdrehtes hatte in der Luft gelegen, die Männer wie angeknipst, große Gesten und brüllendes Gelächter, die Frauen hysterisch hyperaktiv. Dann hatte sie das weiße Pulver gesehen, auf einem riesigen runden Silbertablett, und es für Kokain gehalten.

Crystal, sie hörte noch Konstantins windiges Lachen, das sei der Kitzel des Seins, gesteigerte Wirklichkeit, auf Meteoriten surfen, ein Geschenk Gottes, weil es einem die Illusion der Lebendigkeit verschaffe. Ob sie auch etwas wolle? Na, los doch, keine Angst mehr, kein Hunger, kein Schmerzempfinden, aber volle Konzentration. Der Trip ohne Rausch, freizeitverstärkend und jobtauglich, was will man mehr? Und das Beste sei, er hatte anzüglich gegrinst, es mache scharf, rattenscharf.

Maria war entsetzt gewesen. Sie hatte nur eine vage Vorstellung von Crystal gehabt, was man eben so las und hörte, aber in ihrer grenzenlosen Naivität lediglich um Konstantin gebangt, um seine Gesundheit, seine Geistesverfassung, nicht etwa um sich selbst. Ein verhängnisvoller Fehler. Höchste Zeit, seinem Treiben ein Ende zu setzen.

Auf ihre Mail aus dem Spätkauf, unterzeichnet mit Elisabeth von Zinzendorf, hatte er prompt geantwortet. Selbstverständlich sei er gern bereit, das umfangreiche Familienvermögen gewinnbringend anzulegen. Auch ein Termin am Sonntag sei kein Problem, er führe ohnehin ein Twenty-four-seven-Leben, der globale Finanzmarkt schlafe nie.

Sie legte die Pistole ab, stand auf und suchte im Tresor nach der passenden Munition. Das mittlerweile gängige Neun-Millimeter-Kaliber war eigens für die Parabellum erfunden worden. Dass es an ihrer Zielgenauigkeit auf weite Distanzen haperte, hatte dem Erfolg der 08 keinen Abbruch getan. Sie war eine Nahkampfwaffe, eingeschossen auf fünfzig Meter, und für Marias distanzlose Zwecke bestens geeignet.

Aus den aufgeschichteten Munitionspackungen an der Rückwand des Tresors zog sie eine längliche, große Pappschachtel heraus, an den Ecken eingerissen, mit Stockflecken übersät. Sie roch muffig und war mehrfach mit Bindfäden verschnürt, als müsse der Inhalt geheim bleiben. So wie alles andere, was Marias Vater ihr kurz vor seinem Tode überlassen hatte, war auch diese Schachtel all die Jahre unberührt geblieben. Warum hatte sie jemand so sorgfältig gesichert?

Den Grund hielt Maria einige Sekunden später in den Händen: ein abgeschabtes, ledergebundenes Notizbuch. Ihr stockte der Atem, als sie es aufschlug. *Heinrich Hafner, 1942–1945*, stand in energisch geneigter Schrift auf der ersten Seite. Was unter den wie Zinnsoldaten aufgereihten Neun-Millimeter-Patronen einen alles verheerenden Krieg und mehr als sieben Jahrzehnte Frieden überdauert hatte, war das Tagebuch ihres Großvaters. Sie begann zu lesen.

Im Munitions-LKW auf dem Wege von Simferopol nach Jalta, 4. 5. 1942

Herrliche Fahrt durchs Jaila-Gebirge. Hoch ragen die Gebirgsklippen, teilweise noch mit Schnee bedeckt, bis in die Wolkendecke hinein. Malerisch die schroffen Felswände, von der Sonne beschienen. Dann wieder ein Dorf wie an den Hang geschmissen, so dass es kleben blieb. Das Tal vor uns öffnet eine schier unendliche Aussicht auf die Küstenebene und das weite Schwarze Meer. Winzig liegt vor mir die Welt offen. Du wirst hineingefahren in diese Welt, wo der Kampf und das Verderben hinter aller Schönheit auf dich warten. Doch frisch gewagt … Ich bin ja nicht allein!

Fassungslos stand Maria vor dem Tresor, mit polterndem Herzen, und wusste nicht, ob sie einen Schatz gehoben oder einen Giftschrank geöffnet hatte. Ihr graute vor dem, was dieses Tagebuch enthalten mochte. Zugleich war sie gefangen von dem unbekümmerten Tonfall, mit dem ihr Großvater Momentaufnahmen des Ungeheuerlichen belichtet hatte. Ihre Finger bebten, als sie weiterblätterte.

Jalta 6. 5. 1942
Kann man die Spannung ertragen, die zwischen zwei Verliebten entsteht? Warum leben wir so enthaltsam? Könnten wir es wirklich einmal bereuen, dass wir das Leben nicht »genossen« haben? Nein, ich bereue nicht! Jeder Mensch hat nur ein ganz bestimmtes Quantum an Fähigkeit, sich liebend an das andere Geschlecht zu verschenken. Wer viele »Verhältnisse« gehabt hat, dem fehlt in seiner Ehe eben das gedeutete Quantum »Liebe«. Er kann nicht mehr so von ganzem Herzen lieben, sondern es bleibt dann alles Oberflächenbewegung.

Maria stellte sich vor, wie der zwanzigjährige Heinrich Hafner während der Niederschrift im Schützengraben gelegen hatte, verdreckt, mit dem Gewehr im Anschlag, eingezwängt in eine Uniform, die er seit Wochen nicht mehr ausgezogen hatte, und zwischen zwei Gefechten über die Liebe räsonierte. Es war – absurd? Bewegend? Erschütternd? Und dann dieses Wort, »Oberflächenbewegung«, das etwas in ihr auslöste, Bedauern und die Sehnsucht, noch einmal in aller Unschuld von vorn beginnen zu können. Sie schlug die nächste Seite auf.

21.6.1942
Auf dem Flugplatz. Wir warten auf die Ju 52, die uns nach Simferopol fliegen soll. In der Nacht um 0.30 Uhr hat unser Regiment die Adlerhöhe nehmen sollen. Wir sollten dann, wenn die Schützenkompanie die erste Arbeit gemacht hatte, mit unseren schweren Maschinengewehren nachschwingen. Schon vorzeitig schritten wir voran durch einen Graben, der noch rings vom Russen umgeben war. Am Ende dieses Grabens ging ich mit meinem schweren MG in Stellung. Jedes Mal, wenn dunkle Gestalten auf mich zukamen, drückte ich etwas auf die Tube (= ich gab jeweils einen Feuerstoß ab), oder auch, wenn ich es aufblitzen sah. Allmählich wurde die Kiste brenzlig. Die Schützenkompanie grub sich schon ein, weil das Granatwerferfeuer um uns stärker und stärker wurde. Ich war beim 3. Kasten Munition (die mein Schütze 2 mir zureichte), da erwischte mich ein Splitter über dem rechten Auge. Es blutete stark.

Maria meinte den Geschützdonner zu hören, das scharfe Sirren und den krachenden Einschlag der Granaten, die Feuerstöße des Maschinengewehrs, mit dem ihr Großvater den gesichtslosen, entpersonalisierten Feind beschoss wie in einem Computerspiel. Wie hatte er all das überlebt? Wie hatte er nach dem Krieg weitermachen können, als Pfarrer in einem kleinen Dorf, alltags bei seelsorgerlichen Gesprächen und sonntags auf der Kanzel? Der Eintrag schloss mit den Worten:

Ich habe das Empfinden, als ob solch eine Verwundung, allerdings auch der Tod, ein Ausweg, eine Flucht aus dieser Hölle ist. Denn das hier vor Sewastopol ist kein Kampf, kein Krieg mehr. Das ist die wahre Hölle, wo alles an Material aufgeboten wird, was irgend brauchbar ist, um alles Leben zu vernichten.

Der Tod als Ausweg, als Flucht. Maria musste an die Worte ihrer Mutter denken – eine genetische Disposition hatte sie den Entschluss zum Selbstmord genannt. Was sie hier las, klang eher nach Panik, auch nach Schuldgefühlen. Und ohne Frage hatte Pfarrer Heinrich Hafner nach dem Krieg damit gehadert, dass er auf Menschen geschossen hatte, in einer Hölle, die sein Selbstverständnis tief erschüttert haben musste.

Sie schlug das Tagebuch zu. Ob ihr Vater darin gelesen hatte? Er hatte es mit keinem Wort erwähnt. Doch etwas anderes hatte er erzählt: dass man den Soldaten unter dem schönen Namen Pervitin euphorisierendes Methamphetamin, also Crystal verabreicht hatte. Unter den Spitznamen Hermann-Göring-Pillen und Panzerschokolade äußerst beliebt in der Wehrmacht, sollte es Angst und Müdigkeit vertreiben und die Wehrtüchtigkeit erhöhen. Blitzkriege auf Droge, kristallinwache Stuka-Flieger, aufgeputschtes Kanonenfutter. Auch Hitler, so werde spekuliert, habe sich damit hochgeschossen.

Das Kriegsdoping als Droge in Friedenszeiten, was verriet das über Männer wie Konstantin? Dass der Frieden zu langweilig für sie war, weil sie den Kick der Aggression brauchten? Dass sie ihr Leben als Kampf auffassten, den sie ohne psychogene Beschleuniger weder führen noch gewinnen konnten? Maria nahm einige Patronen aus der Schachtel und setzte sich an den Küchentisch, um das Magazin der Parabellum zu bestücken. Lieber tot als ein Verlierer, hatte Konstantin immer gesagt. Um neunzehn Uhr war sie mit ihm verabredet, und diesmal war sie es, die gewinnen würde.

Du wirst hineingefahren in diese Welt, wo der Kampf und das Verderben hinter aller Schönheit auf dich warten.

Mein Leben, meine Lieben, mein Kampf.

Und der Soundtrack? Was passte zu Konstantin? Sie entschied sich für *Fly me to the moon* in der Version von Frank Sinatra. Aufgekratzter Swing, eine Stimme wie brüchiger Samt und ein Text, der Konstantins gedoptem Lebensstil entsprach: Flieg mich zum Mond und lass mich zwischen den Sternen spielen. Über ihre Aufmachung musste Maria nicht lange nachdenken. Auf dem Flohmarkt hatte sie einen unförmigen tibetischen Gebetsmantel aus grob gewebter naturfarbener Wolle erstanden, der praktischerweise eine Kapuze hatte, jedoch kratzte wie ein Scheuerschwamm. Es würde ihr nicht schwerfallen, sich wieder von ihm zu trennen.

Ein Blick zur Küchenuhr sagte ihr, dass sie gehen musste.

Maria war überpünktlich. Zwanzig Minuten vor der Zeit glitt sie auf einer Rolltreppe aus dem S-Bahn-Schacht hinauf zum zugigen Potsdamer Platz. Oben angekommen, blieb sie stehen und betrachtete die wahllos hingeklotzten Gebäude, die im Dunkeln eine anonyme Schönheit entfalteten, gesichts- und geschichtslos. Man hätte in irgendeiner größeren Stadt sein können. Vielleicht war es das, was Konstantin dazu bewogen hatte, hier ein Büro zu mieten, in einem entwurzelten Terrain.

Doch Maria dachte an das Versunkene unter dem Asphalt, an die belebteste Kreuzung Europas in den zwanziger Jahren, zwanzigtausend Autos pro Tag, sechsundzwanzig Straßenbahnlinien, Massen von Passanten. Sie dachte an die Kraterlandschaft, die der Kampf um Berlin hier hinterlassen hatte, und an ihren Großvater, der irgendwo an der Ostfront um sein Leben geschossen hatte.

Ihre Finger, die in roten Wollhandschuhen steckten, betasteten die 08 in der Manteltasche so vorsichtig wie einen

Sprengsatz. Wie wird Konstantin reagieren, wenn er mich erkennt? Schnieft er jetzt gerade sein verfluchtes Crystal, um ausgeschlafen und konzentriert zu wirken? *Fly me to the moon*, sang Frank Sinatra, *let me play around the stars.* Wirklich ein guter Soundtrack für Konstantin, den ewigen Player.

Sacht begann es wieder zu schneien. Schon nach wenigen Minuten trug Maria einen weißen Pelz aus Schneeflocken auf ihrem Mantel. Sie zog die Kapuze tief ins Gesicht. Langsam schlenderte sie durch die Kältekammer zwischen dem Glasturm der Deutschen Bahn und dem verklinkerten Kollhoff-Tower, dann bog sie rechts ein, unter das blau schimmernde zeltförmige Dach des Sony Center. Ein riesiger Weihnachtsbaum stand im trockengelegten Brunnen darunter, mit blinkenden Lämpchen und blauen Glitzergirlanden. Ringsum reihten sich Restaurants und Kneipen aneinander, Menschenwellen wogten über die künstliche Piazza.

Neben einem Kino fand Maria den Eingang zu dem Bürogebäude, in dem Konstantin seinen Geschäften nachging. Warum jemand hier freiwillig seine Zeit verbrachte, in diesem touristischen Epizentrum der formatierten Lokale und angetrunkenen Drängler, hatte Maria nie verstanden. Man musste vollkommen verkommen sein, um das alles ertragen zu können. Oder Konstantin von Hülsen heißen, was so ziemlich aufs Gleiche rauskam.

Gleich nachdem sie geklingelt hatte, quoll sein munteres Parlando aus der Gegensprechanlage.

»Ja, grüß Gott, die Frau von Zinzendorf ist aber pünktlich, das nenne ich just in time, complimenti, achter Stock, Mylady, ich schicke Ihnen den Fahrstuhl runter, und herzlich willkommen natürlich, also bis gleich, gute Fahrt.«

Es hätte charmant klingen können, für jemanden, der ihn nicht kannte. Anfangs war Maria ja selbst darauf hereingefallen, auf dieses Potpourri aus Floskeln, Anglizismen und reinen Füllwörtern, das er beständig absonderte und das seinen Erfolg als Anlageberater begründet hatte. Ich könnte Sand in der Sahara verkaufen und dem Papst ein Doppelbett, war seine stehende Rede. Erst nach und nach hatte Maria begriffen, dass seine fröhliche Beredsamkeit etwas Manisches an sich hatte, so als fürchte er sich vor Redepausen wie ein Kind vor dem dunklen Keller. Überhaupt fürchtete er sich vor der Leere. Deshalb füllte er sie mit einer ununterbrochenen Abfolge von Meetings, Business Lunchs, Personal-Trainer-Einheiten, Events und Partys, mit denen er die Zeit, die bedrohlich leere Zeit totschlug.

Der Summer ertönte, und Maria betrat ein hell beleuchtetes, mit grauem Marmor ausgekleidetes Entrée. Der Empfangstresen war unbesetzt, nur ein überdimensionierter Strauß weißer Lilien stand darauf, dessen Duft mit dem typischen Neubaugeruch konkurrierte. Maria war bewusst, dass es in diesem Gebäude Kameras gab, doch die Kapuze ihres unförmigen Mantels schützte sie. Im verspiegelten Lift hielt sie den Kopf gesenkt. Auch hier wurde alles von unsichtbaren Kameras abgetastet, Konstantin hatte ihr das nahezu lückenlose Überwachungssystem damals erklärt.

Mit einem elektronisch imitierten Glockenton hielt der Lift im achten Stock. Sonntagsgeläut. Maria fiel ein, dass der Sonntag ihr gemeinsamer Tag mit Tom gewesen war, vielleicht deshalb, weil sich Singles vor der Sonntagsleere fürchteten. Ja, das waren sie gewesen – zwei Singles, die sich sporadisch trafen, um sich eine Beziehung vorzugaukeln, wenn die anderen bei ihren Familien waren.

Die Lifttüren schlossen sich bereits wieder. Im letzten Moment schlüpfte Maria durch den schmaler werdenden Spalt. Ein grauer Nadelfilzteppich dämpfte ihre Schritte. Die Etage wirkte unbewohnt, so fleckenlos erschien der Teppich, so unberührt die weißgelackten Wände.

Eine Tür wurde aufgerissen, und Konstantin stürzte auf den Flur. Maria erschrak. Sein übereleganter grauer Nadelstreifenanzug und der blütenweiße Kragen konnten nicht darüber hinwegtäuschen, dass die umfassende Zerstörung bereits eingesetzt hatte. Seine Wangen wirkten hohl, unter einer maskenhaften Puderschicht bedeckten Geschwüre seine Haut.

»Frau von …« Er zwinkerte nervös. »Maria?«

Zu früh. Er erkannte sie zu früh. Wenn er sie schon jetzt abwies, hatte sie verloren.

»Konstantin«, ihre Stimme klang weich, »ich habe gehört, dass es dir nicht gut geht. Ich mache mir Sorgen um dich, deshalb bin ich hergekommen.«

Unschlüssig zupfte er an seinen schneeweißen Manschetten. Dann warf er einen Blick auf den grob gewebten Mantel, der nass und schwer an ihr hing.

»Du siehst auch nicht gerade toll aus. Shit happens. Also spar dir dein Mitleid, Sweetheart. Du weißt doch, wenn's mal blöd läuft, gehen Männer ins Bett, weinen ein bisschen und rufen ihre Mutter an. Haha. Aber mal im Ernst: Ich steh nicht auf Betroffenheitsmarketing.«

»Lass uns einfach ein bisschen reden, ja?«

»Time is money, ich habe noch ein paar Meetings heute, also klau mir nicht die Zeit.«

Ob auch hier Kameras eingebaut waren? Flüchtig checkte Maria Wände und Decke des Flurs. Außer Halogenstrahlern und Rauchmeldern konnte sie nichts entdecken, dennoch hatte sie ein ungutes Gefühl und ließ die Waffe in der Manteltasche. Sie überlegte. Mit Geld konnte sie Konstantin nicht locken, davon besaß der reiche Erbe genug. Sie musste seinen sportlichen Ehrgeiz wecken.

»Okay, dann kommen wir gleich zur Sache. Ich habe eine größere Summe dabei, die einerseits verschwinden muss und sich andererseits vervielfältigen sollte.«

Auf der Stelle verwandelte sich Konstantins Abwehr in fiebriges Interesse. Neugierig beäugte er Marias Manteltasche, die sich durch die Parabellum ausbeulte. Schwarzgeld war seine Spezialität.

»Ist nicht dein Ernst. Seit wann hast du denn was auf der Naht?«

»Ich arbeite jetzt im Kunsthandel, da ist Geldwäsche an der Tagesordnung, und für mich fällt auch was ab«, schwindelte sie. »Du kennst die Contemporary Cum Gallery? Sagenhaft. Die Leute rennen uns die Bude ein, um ihr Bares loszuwerden. Drogengeld, Bestechungsgeld, was auch immer. Da kommt was zusammen. Ich hab's dabei.«

»Cash auf die Kralle? Wie viel?«

»Ungefähr eine Viertelmillion. Was kannst du mir anbieten?«

Ein Grinsen zeigte sich auf dem zerstörten Gesicht. Einladend hielt Konstantin die Tür auf.

»Come in and find out.«

Aufatmend folgte sie ihm durch einen engen Vorflur in sein Büro. Der Raum war klein, keine zwanzig Quadratmeter, und relativ niedrig. Es hätte auch eine Besenkammer sein können, für Konstantin zählte allein die standesgemäße Adresse. Ein penibel aufgeräumter Schreibtisch aus grünlichem Glas zeugte von der Untätigkeit seines Besitzers. Maria fiel auf, wie still, nahezu friedhofsstill es hier oben war. Die Fenster zeigten zwar zum belebten Innenhof des Sony Center, doch durch die dicken, leicht getönten Scheiben drang kein Laut. Beste Voraussetzungen für geräuschvolle Unterhaltungen.

Sie nahmen in niedrigen schwarzen Ledersesseln Platz, die unter dem Gewicht ihrer Körper pfeifend aufseufzten. Auf dem Glastisch davor standen Gläser und eine angebrochene Flasche Whisky. Maria streifte die Kapuze ab. Sie genoss Konstantins konsternierten Blick.

»Fuck, du solltest deinen Friseur verklagen, das sieht ja so was von daneben aus.« Er schraubte die Flasche auf, ohne ihr etwas anzubieten. »Zeig mir das Geld.«

Lächelnd zog sie ihre Handschuhe aus und langte in ihre Manteltasche. Während sie die Pistole herausnahm, zog sie blitzschnell den eindrucksvollen Kniegelenkverschluss bis zum Anschlag zurück, ließ ihn wieder einrasten und drückte den seitlich angebrachten Schwenkhebel hoch. Entsichert. Es war eine Sache von zwei Sekunden gewesen.

Totenstille. Sie liebte diesen Moment. Weil er sofort das Machtgefüge änderte und weil die Wahrheit einer gezogenen Waffe keine windelweichen Halbwahrheiten duldete. Konstantin fiel die Flasche aus der Hand. Klirrend rollte sie über den Boden und hinterließ bräunliche Pfützen auf dem Parkett.

»Das ist ein Scherz.«

»Das ist der Beginn eines Gesprächs.«

Sie rieb ein Stäubchen vom Lauf der Pistole.

»Ist die geladen?«, erkundigte er sich heiser.

»Geladen und entsichert«, bestätigte Maria. »Warum hast du mich damals fallen lassen? Ohne ein Wort des Abschieds, ohne Erklärung?«

Breitbeinig ließ er sich in den Sessel zurückfallen.

»Du solltest an deinem Aussehen arbeiten, dein Verstand bringt dich offensichtlich nicht weiter. Du hast nichts im Leben erreicht, außer dir selbst leidzutun. Also pack die Knarre ein und verlass mein Büro.«

Einmal mehr stellte Maria fest, dass man ihr nicht zutraute, sie könnte tatsächlich abdrücken. Die liebe Maria. Die duldsame Maria. Das dumme Ding, das in Gefühlen zerfloss. Warum hielten Männer die Gefühle der Frauen für deren größte Schwäche? Und warum glaubten sie, Frauen könnten keine Wut empfinden, keinen gerechten Zorn?

»Es gab eine wilde Partynacht, das weiß ich noch, danach warst du auf einmal unerreichbar.«

Er zuckte nur mit den Schultern.

»Was ist damals passiert, Konstantin? Ich konnte mich am nächsten Morgen an nichts erinnern.«

»Offenbar willst du mich nicht erschießen, sondern totquatschen. Schau mich an. Siehst du das? Das ist mein Istmir-egal-Gesicht.«

Vergeblich versuchte sie, sich an den kultivierten Mann aus bester Familie zu erinnern, der für Schumann schwärmte und sie in die Philharmonie ausgeführt hatte, an den Mann, der Antiquitäten sammelte, Kunstausstellungen förderte und charmant sein konnte, verführerisch charmant.

»Ich möchte es verstehen, Konstantin. Über ein Jahr lang waren wir zusammen, du hast mich sogar deinen Eltern vorgestellt. Wie kam es zu deinem plötzlichen Rückzug? Hatte es etwas mit jener Nacht zu tun?«

Unwirsch hieb er auf die Sessellehne ein.

»Ach, jetzt spiel mal nicht die Heilige. Glaub mir, wenn du nicht so zugedröhnt gewesen wärst, hättest du es super gefunden. Das mit uns war nur Spaß, verstehst du? Ich wollte nie das Spießerprogramm. Heiraten und Kinder, das ist nichts für einen Freigeist wie mich. Also hab ich noch mal richtig mit dir abgefeiert, und dann war das Ding durch.«

Maria spürte ihren Zorn nahen, den gerechten Zorn einer Frau, die sich nichts mehr gefallen ließ.

»Durch nennst du das?«

Selbstgefällig drehte er an dem schweren goldenen Siegelring, den er am linken kleinen Finger trug.

»In deiner kleinen Bambiwelt hat diese Vorstellung vielleicht keinen Platz, aber für mich ist das Konzept der Monogamie hoffnungslos veraltet. Wer will denn noch jahrzehntelang mit derselben Frau schlafen? Schon mal was von

Polyamorie gehört? Komm in der Gegenwart an, Maria. Männer wie ich haben mehrere Häuser, mehrere Autos und eben auch mehrere Frauen. Willkommen im Spaßuniversum.«

»Und warum hast du mir nicht gleich von Anfang an reinen Wein eingeschenkt?«

Ein verachtungsvolles Lächeln überzog sein zerstörtes Gesicht.

»Weil Frauen wie du das große Gefühlskino brauchen. Du hast eine gewisse Klasse, Maria, und genau das reizte mich. Glaub mir, was man für Geld kaufen kann, hatte ich schon im Bett. Der wahre Kick sind höhere Töchter wie du. Ich liebe es, ihren Willen zu brechen. Nun ja, in dieser letzten Nacht musste ich halt etwas nachhelfen.«

Maria schluckte unwillkürlich.

»Mit Drogen.«

»Gott, wie albern sich das aus deinem Mund anhört. Drogen. Nennen wir es Spaßverstärker. Wir waren alle gut drauf, auch du. Eine kleine, feine Community, die das Lustprinzip feierte, ein Spiel ohne Grenzen. Was für eine unvergessliche Nacht. Endlich hatte ich dich da, wo ich dich haben wollte, mit der unvermeidlichen Nebenwirkung, dass die Schlampenmaria mich danach nicht mehr interessierte. Das ist es, was, ich mit ›durch‹ gemeint habe.«

Marias Zorn wuchs ins Unermessliche. Es war der kalte Zorn, der Vergeltung verlangte. Und Leiden, echtes Leiden.

»Mein Freund, du begibst dich jetzt in die Welt der Schmerzen.«

Sie zielte auf die rechte Hand, die Konstantin auf die Lehne des Sessels gelegt hatte, und drückte ab. Mit einem gellenden Schrei riss er die blutende Hand hoch und schwenkte sie hilflos hin und her, als gehöre sie nicht mehr zu ihm.

»Fuck«, wimmerte er, »fuck, fuck, fuck.«

Wie schon bei Herrmann registrierte Maria die Abwesenheit jeden Mitgefühls. Sie klappte den Kniegelenkverschluss herunter, der sich durch den Schuss aufgerichtet hatte wie ein Hahnenkamm, und zielte auf seinen Bauch.

»Immer noch durch?«, erkundigte sie sich vollkommen ruhig.

Noch immer wusste er nicht, wohin mit dem zerfetzten Ding, das einmal seine Hand gewesen war. Krampfhaft hielt er den Arm hoch, während das Blut seine weiße Manschette und den Ärmel seines zweifellos maßgefertigten Jacketts tränkte. In seinen Augen standen Tränen.

»Was willst du?«, schrie er. »Geld?«

»Die ganze Wahrheit, und nichts als die Wahrheit.«

»Scheiße, das ist doch alles so lange her!«

»Die Vergangenheit ist nicht vergangen, solange man nicht genau weiß, was sich ereignet hat«, erwiderte Maria eisig. »Und glaub mir, ich habe mehr Tränen vergossen als du jetzt.«

»Bloody bitch. Ich sage gar nichts mehr.«

Bauchschüsse waren keine appetitliche Angelegenheit. Sofern der Darm getroffen wurde, platzte er auf und gab seinen Inhalt preis. Zudem galt ein Schuss in den Bauch als äußerst schmerzhaft und bedeutete einen langsamen, qualvollen Tod. Das wusste Maria von ihrem Vater, der als Mediziner detailliert über solche Dinge hatte dozieren können. Ein Problem bestand allerdings darin, dass der Getroffene durch den Schmerz ohnmächtig werden konnte, was die Stunde der Wahrheit vorzeitig beendet hätte. Bei Konstantins exzessivem Crystalkonsum stand andererseits zu vermuten, dass sein Schmerzempfinden stark eingeschränkt war. Maria legte den Zeigefinger an den Abzug und ließ den Schuss kommen.

Ein heiseres Gebrüll erschütterte den Raum. Die unverletzte Hand auf die Wunde gepresst, sank Konstantin nach vorn und stierte Maria mit dem Blick eines Wahnsinnigen an.

»Ww-as w-willst d-du wissen?«, stammelte er.

Sie zwang sich, nicht zur Wunde zu sehen, aus der das Blut in einem Schwall nach dem anderen austrat, vermischt mit formlosem, schleimigem Zeug, das äußerst unangenehm roch.

Ächzend rutschte Konstantin vom Sessel und krümmte sich auf dem Boden zusammen wie ein Embryo. Er war unfähig zu sprechen. Ein Röcheln kam aus seinem Körper, der sich in einer Lache aus Blut und weißlichen Klumpen wand.

»Weiter!«, befahl Maria.

Seinem unzusammenhängenden Gestammel konnte sie nur noch vage Informationen entnehmen, doch vor ihrem inneren Auge entstand eine Pieter-Bruegel-Hölle der unendlichen Erniedrigungen. Ohne einen Laut weinte sie. Die Tränen liefen einfach ihre Wangen herunter. Ich wollte ihn bestrafen. Und jetzt heulen wir beide.

»M-mach … ein … ein Ende«, wimmerte er unter größter Anstrengung. »Knall mich schon ab.«

Schluchzend stand Maria auf und brachte den Verschluss in Position. Dann richtete sie die Parabellum auf das blutige Bündel zu ihren Füßen.

»Bereust du es?«

Ein irrer Ausdruck trat in seine Augen, als er ihr mühsam den Kopf zudrehte. Sein schmerzverzerrtes Gesicht zuckte, eine grässliche, grinsende Grimasse, die unablässig etwas flüsterte, so leise, dass Maria es erst beim dritten Mal verstand.

»… würde … es … immer wieder … tun.«

Sie tötete ihn aus einem Abstand von etwa eineinhalb Metern durch einen präzise geführten Schuss in den Hinterkopf. Eine Exekution. Gehirnmasse spritzte auf, überall Blut.

Marias Zorn verpuffte. Was dort bewegungslos auf dem Parkett lag, war kein Mensch mehr. Genau genommen war Konstantin schon lange vor seinem unrühmlichen Ableben kein Mensch mehr gewesen.

Ihre Muskeln erschlafften. Sie verlor die Kontrolle. Rücklings fiel sie auf den Glastisch, der mit ihr zu Boden ging. Minutenlang lag sie in dem Bett aus Scherben, bevor sie aufstehen konnte. An ihrem Mantel klebte Blut. An ihren Händen klebte Blut. Hatte Konstantin nicht gesagt, er erwarte weitere Klienten? Hektisch steckte sie die Pistole ein, sammelte die Patronenhülsen auf, zog die roten Wollhandschuhe an und die Kapuze über den Kopf. Dann lief sie zur Tür. Der Flur war leer. Auch im Lift begegnete sie niemandem. Ein Hightech-Geisterschloss.

Draußen unter dem blauen Zeltdach war das Gedränge dichter geworden. Die neongrell beleuchteten Kinos spien verbrauchte Menschen aus und sogen neue ein, Kinder wurden auf den Schultern ihrer Väter durch die Menge getragen wie Trophäen, Blumenverkäufer hielten in Cellophan verpackte Rosen hoch. Als sei sie gar nicht anwesend, schob sich Maria durch die Menge.

»Hey, cooler Mantel«, rief ihr ein junges Mädchen in Jeans und Tarnmusterparka zu. »Hammer, das rote Muster, total abgefahren. Designerteil, oder?«

Schnell ging sie weiter. Ihre Stiefel erzeugten schnalzende Geräusche im Schneematsch, den andere Stiefel auf den überdachten Platz getragen hatten. Es roch nach Feuchtigkeit und Popcorn. Hinter einem Schaufenster leuchtete blau ein Monitor, auf dem eine Nachrichtensendung lief. Man sah nur die Bilder, das Gesagte blieb ein Geheimnis hinter der Scheibe. Ein Foto wurde gerade eingeblendet, die Großaufnahme eines grauen, spitzen Gesichts.

Maria blieb stehen. *Politiker entführt*, stand in roten Buchstaben unter dem Portraitfoto von Herrmann Sabielski. Dann sah man, wie uniformierte Suchtrupps mit Schäferhunden ein Waldstück durchschritten.

Sie wandte den Blick ab. Das alles war weit, weit weg … Auf dem Weg zur S-Bahn setzte sie die Earphones ein, ohne Musik zu hören. Sinatras gut gelaunte Stimme ertrug sie nicht mehr.

KAPITEL 20

Schwer senkte sich der Himmel auf die Stadt, stahl ihr die Geschwindigkeit, stellte sie mit immer neuen Schneemassen ruhig. Wattierte Geräusche landeten wie hingetupft am Küchenfenster. Mit gleichmäßigen Bewegungen riss Maria Papiertücher von einer Rolle und begann, die Scheiben zu putzen. Aus einer durchsichtigen Plastikflasche sprayte sie ein Reinigungsmittel darauf, wischte es ab, sprayte erneut, wischte wieder.

Es war Montagmorgen, elf Uhr. Möglicherweise fand man gerade Konstantin, eine zerfetzte, blutige Masse auf einem hoffnungslos ruinierten Parkettboden. Sprayen, wischen, sprayen, wischen, und die Masse verflüchtigte sich allmählich, bis sie gänzlich verschwand. Jetzt standen noch drei Kandidaten auf der Todesliste.

Ich muss die Waffen woanders verstecken, ging es Maria durch den Kopf. Es ist zu gefährlich, sie in der Speisekammer zu lagern. Was, wenn Giovanni wiederkommt und sich genauer umschaut? Was, wenn in seiner Abwesenheit ein Kollege anordnet, die Wohnung durchsuchen zu lassen? Don Giò. Seit einer Woche hatte sie ihn nicht gesehen, nur seine SMS bekommen. War er wirklich in Rom? Oder gehörte er jener Spezies Männer an, die gleich zu Beginn auf Abstand gingen, damit sich nur keine Beziehung entwickelte, damit alles unverbindlich blieb?

Einer Eingebung folgend, suchte Maria nach der Visitenkarte, die Giovanni ihr gegeben hatte. Sie fand das zerknitterte Stückchen Pappe zwischen losen Zetteln auf ihrem Schreibtisch, wählte die Nummer der Polizeibehörde und ließ sich mit dem Anschluss von Hauptkommissar Giovanni Tesoro verbinden.

»Friedhelm Finkbeiner, Apparat Tesoro«, meldete sich eine unbekannte Stimme.

Maria fiel ein Stein vom Herzen. Sie erinnerte sich, dass Giovanni den Namen bei seinem ersten Besuch erwähnt hatte. Offensichtlich hatte alles seine Richtigkeit mit der Romreise, und Kollege Finkbeiner vertrat den abwesenden Hauptkommissar.

»Entschuldigung«, sie hüstelte, »ich hatte es ganz vergessen – Herr Tesoro ist ja in Italien.«

»Italien? Nee, nee, Giovanni steht direkt neben mir, gnädige Frau. Wollen Sie ihn sprechen?«

Etwas in Maria zerriss. Ihr Mund öffnete sich zu einem tonlosen Schrei. Sie sah sich selbst in der spiegelnden Fensterscheibe, eine neue Variante der berühmten Gemälde von Munch, sah den weit aufgerissenen Mund, der den Blick des Betrachters einsaugte wie in einen Höllenschlund. Er hat dich belogen. Er zieht sich zurück, so wie alle Männer vor ihm. Es war nur eine Episode, ein winziger Lichtspalt in einer schwarzen Leere. Sie duckte sich, als hätte sie einen Schlag bekommen. Dann unterbrach sie die Verbindung.

Was hast du denn erwartet, Maria? Hast du es immer noch nicht begriffen? Kannst du bitte mal aufhören mit diesem faustdicken Hoffen?

Manisch putzte sie die Scheibe, immer und immer wieder, um auch die Liebesnacht mit Giovanni wegzuwischen, die urvertraute Nähe, die Raserei, das himmelschreiende Glück. Für Giovanni war es lediglich ein Spiel gewesen. Mit dem Jagdinstinkt des Panthers hatte er eine Weile mit seiner

Beute gespielt, schließlich seine Pranken hineingeschlagen und war dann weitergezogen.

Umso besser, versuchte Maria es sich schönzureden. Wenn er das Interesse an dir verliert, wird er dich auch nicht weiter mit polizeilichen Ermittlungen behelligen. Und doch rebellierte alles in ihr dagegen, Giovanni ad acta zu legen, als sei sie die Sekretärin ihres eigenen Liebeslebens, die einen abgeschlossenen Vorgang abheftete. Maria spürte nicht einmal Wut. Nur die Bereitschaft, in den düsteren Tunnel aus Enttäuschung und Trauer zu gleiten, der sich vor ihr auftat. Ja, es schien, als habe ein zynisches Schicksal ein letztes Mal demonstrieren wollen, wie sinnlos ihr Leben war.

Du führst deine Rache zu Ende, dann machst du Schluss. Dein vierzigster Geburtstag ist die Deadline, im wahrsten Sinne des Wortes.

Stück um Stück räumte sie den Tresor aus, umwickelte Pistolen, Revolver und Gewehre mit buntem Seidenpapier und packte sie in Kartons. Nur die SIG Sauer und ein paar Schuss Munition behielt sie zurück, für alle Fälle. Ganz ohne Waffe hätte sie sich nackt gefühlt.

Nach kurzem Überlegen holte sie eine Packung Suppengemüse aus dem Gefrierfach, kratzte vorsichtig den Inhalt heraus und legte die SIG in einem verschließbaren Gefrierbeutel hinein. Anschließend wanderte die Pappschachtel zurück in den Kühlschrank.

Und das Tagebuch ihres Großvaters? War es ein belastendes Indiz? Ratlos blätterte Maria darin und hatte sich im selben Moment festgelesen.

Am Morgen des 27. 6. 1942

»Wir haben hier keine bleibende Statt, sondern die zukünftige suchen wir.« Hebr. 13, 14. Das war die Losung für heute. Zum dritten Male ziehe ich jetzt in den Kampf in die Hölle von Sewastopol.

Diesmal wird's da vorn noch mörderischer zugehen als bisher, denn jetzt gilt es, die Stadt zu nehmen. Der Weg vom Tross nach vorn bedeutet immer eine Krisis. Denn da muss tief drinnen in der Brust etwas überwunden werden, was man als inneren Schweinehund bezeichnen kann. Es ist der Lebenswille, der von der Todesbereitschaft überwunden werden muss. – »Keine bleibende Statt, die zukünftige suchen wir.«

So also hatte ihr Großvater seinen Todesmut, möglicherweise auch seine spätere Todessehnsucht begründet – mit diesem Bibelvers. Wie weltverloren musste dieser Mann gewesen sein. Und jetzt fühlte sich seine Enkeltochter ebenso unbehaust und unbeheimatet wie er, das sichere Ende vor Augen. Aber wenigstens sein Tagebuch würde eine bleibende Statt finden. Maria nahm es mit ins Wohnzimmer und stellte es hoch oben ins Bücherregal, neben die Eichendorff-Gesamtausgabe.

Zwei Stunden später klingelte sie bei Alex. Am Telefon hatte sie bereits in kurzen Zügen erläutert, worum es ging, und Alex war sofort einverstanden gewesen. Bereitwillig half er ihr, die schwere Umzugskiste auf den Speicher zu tragen, die mehrere kleinere Kartons in allen Regenbogenfarben enthielt, bunt und heiter, als seien es Geschenkkartons.

»So«, sagte Alex, als sie danach in der Küche saßen, »jetzt musst du mir einiges erklären. Erstens: die Wunde auf deiner Stirn. Hattest du einen Unfall? Zweitens: Warum diese Frisur? Drittens: Was ist in den Kartons?«

Das Radio lief. Gleißender Bigband-Swing erfüllte den Raum mit Reminiszenzen an Tanztees und Winterbälle. Alex klopfte den Rhythmus auf der Tischplatte mit. Seine Miene drückte Neugier aus, aber auch etwas Herausforderndes, Keckes. Maria versteckte ihr Gesicht halb hinter einem Teebecher, beige natürlich, passend zur Kücheneinrichtung.

»Sagen wir es so: Du hast ein Geheimnis, und ich habe auch eins. Versuch bitte nicht, die Kartons zu öffnen. Ich habe sie mit Klebeband gesichert und sehe sofort, wenn jemand es abgerissen hat. Dafür bewahre ich Stillschweigen über deine Kokserei.«

»Schon gut«, er hob die Achseln. »Ich gehe mal davon aus, dass du keine Waffen schmuggelst.«

Sie lachten beide herzlich über seinen Scherz.

»Im Ernst, Maria, was soll das mit deinen Haaren? Ratzeputz alles runter, und dann noch schwarz – ist dein Friseur gestorben?«

»Ja, ich weiß, ich sollte was mit meinen Haaren machen, schließlich beginnt gerade die Ballsaison.« Sie trank einen Schluck Tee, es war ein grüner mit Vanillegeschmack, der typische Alex-Tee. »Am Anfang meiner romantischen Karriere dachte ich noch, der Prinzessinnenstil könnte mich weiterbringen, aber du weißt ja, es hat alles nichts genützt. Kurz ist praktischer.«

Er legte den Kopf schräg. Sein farbloses Haar hing unordentlich in die Stirn, als sei er gerade dem Bett entstiegen, am linken Mundwinkel klebte ein Zahnpastarest. Sein nachlässiger Aufzug stand in seltsamem Kontrast zu der penibel aufgeräumten Küche. Nichts Zufälliges, nichts Störendes war darin zu bemerken, nur diese neurotisch anmutende Ordnung.

»Ich begreife nicht, wieso du immer Pech mit den Kerlen hast. Sogar mit diesem Lesbenlook siehst du sexy aus. Eigentlich schärfer als vorher.«

»Wie bitte?«

»Du hast dich verändert, Maria. Nicht nur äußerlich. Keine Ahnung, wieso, aber irgendwie kommst du stärker, selbstbewusster rüber. Hast du einen Coach? Machst du eine Therapie? Oder nimmst du was Abgefahrenes, was ich noch nicht kenne? Verrat es mir. Mein Selbstbewusstsein kriecht nämlich gerade unterm Teppich durch.«

Unbestimmt lächelnd angelte sich Maria einen der Kekse, die in einer beigefarbenen Schale auf dem Tisch standen. Laktosefreie Mandelkekse, die Alex mit Lea und ihren kleinen Freundinnen fabriziert hatte.

»Meine … Therapie ist nicht für jeden geeignet.«

»Hm.« Missmutig betrachtete er seine Hände. »Ist es eine Verhaltenstherapie?«

»Könnte man so sagen. Aber …«

Die Radiomusik brach ab. Ein fetziger Jingle kündigte die Nachrichten an, eine bemüht neutrale Stimme erklang.

»Berlin. Mann in Mitte tot aufgefunden. Nach derzeitigem Ermittlungsstand wurde er in seinem Büro am Potsdamer Platz erschossen. Es handelt sich um Konstantin von Hülsen, einen stadtbekannten Investor. Inzwischen hat sich auch das Verschwinden des Politikers Herrmann Sabielski aufgeklärt, der seit dem vorvergangenen Sonntag vermisst wurde. Taucher fanden seine Leiche in der Havel, der Tod wurde durch Gewehrschüsse verursacht. Im Umkreis der Ermittler spricht man vom Sonntagsmörder, da es bereits der vierte Mord in Folge ist, der an einem Sonntag verübt wurde. Die Polizei bittet um Hinweise, entweder telefonisch oder unter www.internetwacheminuspolizeiminusBerlin.de. Neue Runde beim Flughafenstreit. Der Aufsichtsrat des BER …«

»Krass«, brummte Alex. »Der Sonntagsmörder. Diese Stadt tickt aus. Ich würde gern aufs Land ziehen, schon wegen Lea, aber Evi will unbedingt hierbleiben.«

»Ja, auf dem Land zu leben muss wunderbar sein«, erwiderte Maria, froh, dass Alex das Thema gewechselt hatte. »So ein Haus mit Garten wäre bestimmt das Richtige für eine Familie mit Kindern.«

Schon während sie es sagte, veränderte sich die Atmosphäre. Alex starrte unverwandt auf ihren Mund, seine Augen, unter denen ein bläulich dunkler Schimmer lag, verengten sich.

»Ich muss Lea erst in zwei Stunden vom Kindergarten abholen. Wir könnten eine kleine Siesta einlegen. Ich will dich, Maria.«

Sie war so überrascht, dass sie sich nicht mehr rechtzeitig in Sicherheit bringen konnte, bevor er aufsprang, sie eher grob als leidenschaftlich bei den Schultern packte und seine Lippen auf ihren Hals presste.

»Komm schon«, keuchte er.

Sanft, sehr sanft machte sich Maria von ihm los. Sie durfte ihn nicht vor den Kopf stoßen, solange ihre Waffen ein Asyl brauchten.

»Nicht jetzt, nicht hier«, wisperte sie. »Schlechtes Karma.«

Aus fiebrig glänzenden Augen stierte er sie an. Vermutlich hatte er bereits eine Line gezogen, was seine Entgleisung erklärte.

»Wann, Maria? Sag mir, wann und wo?«

Sie stand auf. Ihr Blick fiel auf eine ungelenke Buntstiftzeichnung, die gerahmt neben dem Kühlschrank hing, Mama, Papa, Kind unter einer dottergelben Sonne. Lea war ein kluges Mädchen. Ihre Mutter überragte die beiden anderen Figuren um Haupteslänge.

»Ich habe Angst, dass Evi es herausbekommt. Denk an deine Familie, Alex, denk an Lea.«

»Ich denke den ganzen gottverdammten Tag daran, und abends mit Beleuchtung«, knurrte er. »Das ist doch kein Leben. Wolltest du jemals zu Hause rumsitzen, Breichen kochen, Kinderchen hüten und das Bidet putzen?«

Ein ziehender Schmerz in der Herzgegend. Unerfüllte Sehnsüchte, verpasste Chancen.

»Ja, Alex, das wollte ich«, flüsterte sie und kämpfte vergeblich mit den Tränen. »Ein ganz stinknormales Familienleben, dafür hätte ich alles geopfert.«

Sie weinte immer noch, als sie die Treppen hinunter und auf die Straße lief. Warum kannten Männer keinen Anstand, keine Moral? Warum hintergingen sie die Frauen? Tom, Diego, Herrmann, Konstantin, Alex. Selbst Giovanni bildete in dieser Hinsicht keine Ausnahme.

Und jetzt, endlich, kam die Wut zurück. Ruckartig zog Maria ihr Handy aus der Hosentasche und schrieb ihm eine SMS, die an Deutlichkeit nichts vermissen ließ.

Ich weiß, dass du nicht in Rom bist. Hätte nicht gedacht, dass ausgerechnet du mich belügst. Vergiss das mit uns. Ich hab's schon getan. Fahr zur Hölle, Maria

Sie drückte auf *Senden*, doch ihre Wut war damit keineswegs besänftigt. Unbeherrscht kickte sie eine Bierdose über den verschneiten Bürgersteig. Vor ihren Augen drehten sich glühende Kreise, ihre Halsschlagader pochte zum Zerspringen, genau dort, wo Alex sie mit seinen Lippen berührt hatte.

Am liebsten hätte Maria wahllos um sich gefeuert. Sie wusste, dass es unklug war, in dieser hochexplosiven Verfassung zu fahren, doch in Ermangelung einer Waffe kam ihr der Wagen gerade recht. Sie ließ den Motor der Giulia Super aufheulen, schlitterte aus der Parklücke und raste los. Weder der Schneematsch auf der Straße noch der dichte Verkehr konnten sie aufhalten. Zum ersten Mal verstand sie, was Amokläufer empfinden mochten, wenn sie sich durch Frustration, Verzweiflung und Wut hindurch ihre Seele freischossen. Immer wieder setzte sie zu riskanten Überholmanövern an, überfuhr rote Ampeln, brüllte über die heruntergelassene Fensterscheibe hinweg Radfahrer an.

Erst als sie vor einer Mutter mit zwei Kindern eine schleudernde Vollbremsung vollführen musste, auf einem Fußgängerüberweg, den sie übersehen hatte, kam sie zur Besinnung. Der angstvolle Blick der Frau, die einen kleinen Jungen und ein etwas größeres Mädchen an der Hand hielt, trieb ihr die Schamesröte ins Gesicht. Schuldbewusst machte sie den dreien Zeichen, dass es ihr leidtue. Die Mutter rief etwas Unfreundliches, dann zog sie ihre Kinder eilig vom Zebrastreifen.

Fokussieren, Maria, sonst trifft es die Falschen. Halte dich an die Richtigen.

Deutlich vorsichtiger steuerte sie den Wrangelkiez an. Sie würde die nächsten Sonntage nicht mehr abwarten. Es musste alles raus, jetzt, sofort. Dieses Mal wählte sie ein anderes Internetcafé. Drei neue Mailadressen richtete sie ein, drei Mails hackte sie in die Tasten und hoffte inständig, dass sich die Delinquenten so schnell wie möglich meldeten. Sie wollte nicht mehr warten. Sie wollte nie wieder warten. Im Hochgefühl der bevorstehenden Treffen fuhr sie nach Hause.

Schon während sie die Treppe zu ihrer Wohnung hochstieg, fiel ihr auf, dass etwas nicht stimmte. Fußgetrappel erschütterte die morschen Holzstufen, Männerstimmen unterhielten sich oben im Hausflur. Eine heiße Röte überlief Maria, als sie den vorletzten Treppenabsatz erreichte. Drei uniformierte Polizisten und ein untersetzter, glatzköpfiger Herr in einem dunkelblauen Dufflecoat erwarteten sie.

»Frau Doktor Hafner?«, fragte der Mann in Zivil.

Bleib aufrecht und selbstbewusst. Lass dir nichts anmerken.

»Ja, die bin ich, aber Sie müssen sich im Haus geirrt haben, meine Herren. Einen schönen guten Tag erst einmal. Ich vermute, dass Sie nach Drogendealern fahnden, richtig? Nun, man munkelt, dass sich im Nachbarhaus einige Männer aufhalten, die bei einschlägigen Tätigkeiten im Görlitzer

Park gesehen wurden. Natürlich helfe ich Ihnen gern, falls Sie Hinweise benötigen.«

Der Mann im dunkelblauen Dufflecoat musterte sie misstrauisch. Mit einer raschen, eckigen Bewegung, als ziehe er eine Pistole, streckte er ihr ein Schriftstück entgegen.

»Gestatten, Hauptkommissar Giovanni Tesoro, Mordkommission. Wir haben einen Durchsuchungsbeschluss.«

KAPITEL 21

Maria wusste nicht, was sie mehr schockierte – die Tatsache, dass die Polizisten ihre Pistole im Gefrierfach finden könnten, oder der Name, den dieser Mann genannt hatte. Sie lachte leicht hysterisch.

»Das ist ja wohl ein schlechter Witz. Zufällig kenne ich Kommissar Tesoro persönlich. Und wer sind …«

Er hielt ihr seinen laminierten Dienstausweis vor die Nase. Einen ähnlichen, wie sie ihn vor genau drei Wochen schon einmal gesehen hatte. Mit dem Unterschied, dass dieser Ausweis zweifellos echt war, wie man aus der Anwesenheit dreier uniformierter Polizisten schließen konnte, die feixend im Treppenhaus standen.

Marias Knie wurden weich. Hilflos lauschte sie auf den hohen Summton in ihren Ohren, der ihre beginnenden Kopfschmerzen begleitete. Wenn das hier Kommissar Tesoro war, wer um Himmels willen war dann der pantherhafte Mann mit den orangefarbenen Schnürsenkeln, der sich aufreizend langsam durchs Haar fuhr und sie im Vorübergehen einkassiert hatte? Wer war Don Giò? Und woher hatte er von Johannes gewusst, von Diego, Carina, sogar von Herrmanns Verschwinden, bevor es in der Zeitung stand? Es ergab alles keinen Sinn.

Der glatzköpfige Beamte, zu dem der Name Giovanni Tesoro in etwa so gut passte wie ein Château Lafite zu einer Currywurst, schlug mit dem Handrücken auf das DIN-A4-Blatt.

»Die Kopie des Durchsuchungsbeschlusses. Ein konkretisierter Anfangsverdacht, wie in Ihrem Falle, ist noch kein Tatverdacht, reicht der Staatsanwaltschaft jedoch aus. Wir werden jedes Zimmer zu zweit durchsuchen, was uns und Ihnen eine gewisse Sicherheit gibt, dass es zu keinen unerlaubten Handlungen kommt. Bitte lassen Sie kein Bargeld, Scheckkarten oder Handys herumliegen, am besten, Sie tragen alles am Körper, beispielsweise in der Hosentasche. So weit das Procedere. Anschließend händige ich Ihnen ein Durchsuchungsprotokoll aus. Jetzt verlese ich die Rechtsbelehrung.«

Schnarrend trug er einen Text vor, dessen labyrinthischer Satzbau offenbar einzig und allein dem Zweck diente, dass sich der Zuhörer darin verirrte. Aber Maria hörte ohnehin nicht zu. Sie war damit beschäftigt, ihren Körper zu beaufsichtigen, bevor er vollends außer Kontrolle geriet. Die Kopfschmerzen strahlten mittlerweile bis in den Nacken aus. Nervös drehte sie an den Knöpfen ihres beigefarbenen Blazermantels. Mein Gott, Don Giò, ich verstehe es nicht. Wer bist du?

»Wir müssen Sie nach Waffen durchsuchen«, sagte eine Frauenstimme.

Jetzt erst bemerkte Maria, dass sich unter den Uniformierten eine Frau befand, wenn ihr auch weibliche Attribute weitgehend fehlten. Mit ihren fast zwei Metern Körpergröße, ihrer knabenhaften Figur, dem dunklen Lockenkopf und dem leichten Flaum auf der Oberlippe hätte man die Polizistin für einen hübschen Mann halten können. Mit routinierten und doch eigentümlich zudringlichen Griffen tastete sie Maria ab, bat sie, die Stiefel auszuziehen, und klopfte ihr unnötigerweise zweimal auf den Po. Die anderen Beamten grinsten erfreut.

»Worum geht es hier eigentlich?«, fragte Maria so ruhig, wie es in ihrer Verfassung möglich war.

»Um vierfachen Mord.« Der Kommissar kratzte sich den kahlen Kopf. »Wo und mit wem haben Sie die letzten vier Sonntage verbracht?«

Siedend heiß fiel ihr ein, dass sie bei ihren Taten keine Handschuhe getragen hatte. Wenn man sie jetzt auf Schmauchspuren untersuchte, war sie so gut wie überführt. Also musste sie jeden Verdacht als eine Absurdität von sich weisen.

»Bitte, Herr Tesoro, ich lese Zeitung. Wenn ich es richtig verstehe, suchen Sie den Sonntagsmörder, einen Killer, der wahllos Menschen erschießt. Verzeihung, ich respektiere Ihre Arbeit, aber glauben Sie im Ernst, ich hätte jemals eine Waffe in der Hand gehabt? Ich bin eine Frau.«

»Und Frauen machen nur fünfzehn Prozent aller verurteilten Mörder aus«, mischte sich die Polizistin ein.

»Ah, unsere Genderfachkraft«, stöhnte der Kommissar. »Wissen Sie denn nicht, Frau Bockheim, dass die weibliche Delinquenz beim Serienmord in den vergangenen Jahren zugenommen hat?«

»Ja, aber Frauen morden mit Gift oder Medikamenten. Waffen fassen sie so gut wie nie an.«

Die Polizistin genoss das beifällige Gemurmel ihrer beiden uniformierten Kollegen und sah den Kommissar herausfordernd an.

»Ruhe!«, rief er grimmig. »Wenn Sie dann bitte aufschließen würden«, fügte er leiser in Marias Richtung hinzu.

»Aber gern.« Sie rang sich ein Lächeln ab. »Bitte schauen Sie sich nach Herzenslust um. Sie werden unschwer feststellen, dass ich nichts zu verbergen habe. Scheußliches Wetter, oder? Macht es Ihnen etwas aus, die Schuhe auszuziehen? Ich lege großen Wert auf Sauberkeit, müssen Sie wissen.«

»Das interessiert hier niemanden«, bellte der Kommissar. »Los, Leute, rein jetzt.«

Grob drängte er sich an ihr vorbei in die Wohnung, gefolgt von seinen Kollegen, die im Eingangsbereich stehen blieben und auf weitere Kommandos warteten. Bitte nicht in die Küche gehen, durchzuckte es Maria.

»Bitte nicht ins Schlafzimmer gehen, ich habe das Bett noch nicht gemacht!«, jammerte sie und zeigte erst auf die Schlafzimmertür, dann auf den Durchgang zum Wohnzimmer. »Und auch hier muss ich erst noch aufräumen, vor allem meinen Schreibtisch!«

Blicke flogen hin und her. Ein knappes Kopfnicken des Kommissars, und er betrat mit der Polizistin das Schlafzimmer, woraufhin die anderen beiden Beamten sich das Wohnzimmer teilten. Maria beschloss, den Kommissar im Auge zu behalten. Während die Polizistin sichtlich fasziniert den elektrischen Kamin begutachtete, riss Giovanni Tesoro bereits die Schubladen der Kommode auf und wühlte darin wie ein Schnäppchenjäger beim Sommerschlussverkauf. Mit Daumen und Zeigefinger holte er das rote Latexkleid heraus.

»Gehört das etwa Ihnen, Frau Doktor Hafner?«

Die Polizistin bedachte Maria mit einem flackernden Seitenblick, bevor sie sich wieder mit dem Kamin beschäftigte. Maria tat so, als sei ihr das Ganze furchtbar peinlich.

»Ja, eigentlich schon. Entschuldigung, mir wird etwas schwummrig, ich hole mir ein Glas Wasser aus der Küche, ja?«

»Bockheim, Sie gehen mit«, knurrte der Kommissar.

Dass er durchaus nichts dagegen hatte, den Anblick hocherotischer Wäsche entgegen jeder Vorschrift privatim zu genießen, verrieten die hochroten Flecken auf seinen Wangen.

»Wie Sie wollen, Chef«, erwiderte die Polizistin. »Auf Ihre Verantwortung.«

Schweigend, aber mit einem unmerklichen Lächeln folgte sie Maria in die Küche und blieb dicht neben ihr stehen, als sie die Kühlschranktür öffnete, um eine Wasserflasche herauszuholen. So dicht, dass Maria ihr herbes Parfum roch. Nachdem sie eine Migränetablette mit einem Glas Wasser hinuntergespült hatte, deutete sie auf die Flasche.

»Möchten Sie vielleicht auch etwas trinken, Frau Bockheim?«

Die Polizistin nickte, und Maria goss ihr ein Glas ein.

»Seien Sie ehrlich«, flüsterte Maria, »diese Durchsuchung ist doch reine Zeitverschwendung, oder?«

»Ganz meine Meinung.«

»Aber ich zeige Ihnen was«, raunte Maria geheimnisvoll. »Es gibt einen Tresor in der Speisekammer, und Sie dürfen gern behaupten, dass Sie ihn allein gefunden hätten. Das kommt bestimmt bestens an beim Chef. Wir Frauen müssen doch immer doppelt so gut sein, damit man uns anerkennt. Ich koche uns inzwischen eine schöne Suppe, das wärmt bei dem kalten Wetter.« Beiläufig nahm sie die Pappschachtel mit dem Gemüseaufdruck aus dem Gefrierfach. »Was ist, sind Sie neugierig geworden?«

Lächelnd biss sich die Polizistin auf die Unterlippe und musterte Maria von oben bis unten, ganz so, wie es sonst nur Männer taten.

»Ich bin immer neugierig auf Frauen, die Latex tragen.«

Maria klemmte die bunte Schachtel unter den Arm und ging in die Speisekammer. Währenddessen spürte sie den Atem der Beamtin in ihrem Nacken und den Blick, diesen offensiven Blick, der ein geheimes Einverständnis zwischen ihnen schuf.

»Hier ist es. Ich helfe Ihnen, Frau Bockheim. Der Tresor ist hinter dem Schrank in die Wand eingelassen. Sie drücken rechts, ich ziehe links, auf drei. Eins, zwei …«

Bei drei presste die Frau ihre Schulter an das schwere Möbelstück. Ein beherzter Ruck, und der Tresor lag frei. Die

Polizistin schaute so gebannt auf das metallisch schimmernde Viereck, dass ihr entging, wie Maria auf der anderen Seite des Schranks den Gefrierbeutel mit der Pistole aus der Schachtel holte und seitlich in ihren Hosenbund steckte, so dass ihr Pullover darüber fiel.

»Na, habe ich zu viel versprochen?«, strahlte Maria.

»Chef!«, rief die Polizistin. »Ich hab was gefunden!«

Mit kurzen, watschelnden Schritten kam Giovanni Tesoro – im Stillen weigerte sich Maria, ihm diesen schönen Namen zu gönnen – angelaufen. Gewichtig neigte er das Kinn zur Brust und sah Maria schräg von unten an.

»Schlüssel.«

Wie sich herausstellte, enthielt der Tresor die bescheidene Sammlung des Hafner'schen Familienschmucks. Eine altmodische goldene Anstecknadel mit einem einzigen erblindeten Diamanten, drei Ringe mit farbigen Edelsteinen von geringer Qualität, eine dünne Goldkette, an der ein eiförmiges Medaillon hing. Marias Mutter hatte nichts damit anfangen können und die Schmuckstücke deshalb schon vor langer Zeit ihrer Tochter überlassen.

»Trotzdem gute Arbeit«, lobte der Kommissar die Polizistin.

Frau Bockheim bedankte sich drei Sekunden später mit einem komplizenhaften Lächeln bei Maria.

Es wurde zusehends ungemütlich in der Wohnung. In jeder Ecke kramte jemand herum. Auf indiskrete, fast unverschämte Weise nahmen die Beamten Möbel auseinander, zerfledderten Bücher, schlitzten Kissen auf. Tatenlos musste Maria mit ansehen, wie ihre heimische Welt nach und nach zerstört wurde. Es war, als würden alle Brücken zu ihrem alten Leben abgebrochen. Und war es nicht sie selbst, die die Normalität verlassen hatte und in ein Niemandsland driftete?

Insgeheim hatte sie gehofft, sie könne ihren gewohnten Alltag zumindest bis zum siebten Mord aufrechterhalten. Ein Trugschluss. Innerlich nahm sie bereits Abschied. Es gab kein Zurück mehr. Wenn die Polizisten gegangen waren, würde nichts mehr sein wie vorher. Das erschreckte sie mehr, als sie vermutet hatte.

Zwei geschlagene Stunden vergingen, bis das Werk der Zerstörung vollendet war. Danach glich die Wohnung einem Trümmerfeld. Schranktüren standen offen, Wäsche und Kleidungsstücke verteilten sich auf dem auseinandergenommenen Bett, aufgeschlagene, teilweise zerrissene Bücher lagen kreuz und quer auf dem Wohnzimmerboden, sogar Marias Drucker hatten die Beamten auseinandergeschraubt. Auf dem Küchentisch stapelten sich Töpfe und Geschirr.

»Entschuldigen Sie vielmals die Unannehmlichkeiten«, sagte der Kommissar, als sich alle wieder auf dem Flur versammelten. »Doch es gab einen Anfangsverdacht aufgrund eines Hinweises, dem wir nun mal nachgehen mussten. Ihren Laptop müssen wir leider mitnehmen, den werden unsere Spezialisten auswerten, aber Sie bekommen ihn schnellstens zurück.«

Maria hielt die Tür zum Treppenhaus auf. Ihre linke Hand spielte mit dem Schlüsselbund, das immer noch von außen im Schloss steckte. In ihrer Konfusion hatte sie vergessen, es abzuziehen, als sie den Beamten geöffnet hatte.

»Ach, Sie tun ja nur Ihre Pflicht.«

Bewusst wahrte sie die Form. Bis jetzt war alles glattgegangen, einer freundlichen Verabschiedung stand nichts mehr im Wege. Alle schienen erleichtert zu sein, dass der Spuk vorbei war.

»Sagen Sie mal, Frau Hafner, wo ist eigentlich das Gemüse?«, fragte die Polizistin plötzlich. »Wollten Sie nicht eine Suppe kochen?«

Nein. Bitte nicht. Entsetzt starrte Maria die Frau an, die im letzten Moment alles vereitelte. Eine Gänsehaut kroch über ihren Rücken, ihre Hände wurden klamm. Sie saß in der Falle.

»Also wirklich, Frau Bockheim, was denn für eine Suppe?«, erkundigte sich der Kommissar ungehalten.

»Wir haben die gesamte Küche durchsucht, jeden Millimeter, sogar den Müll«, die Stimme der Polizistin nahm eine schrille Färbung an, »und nur die Schachtel gefunden, nicht das Gemüse!«

Ihre Kollegen sahen sie an, als sei sie soeben einer Irrenanstalt entsprungen. Nur Maria begriff den katastrophalen Sinn der Worte. Ihre List war aufgeflogen, jetzt blieb ihr nur noch die Flucht. Blitzschnell warf sie die Wohnungstür von außen zu, drehte den Schlüssel herum und riss ihn heraus. Ohne Mantel und auf Socken hastete sie die Treppe hinunter, mehr rutschend als laufend immer zwei Stufen auf einmal nehmend. Als sie das Erdgeschoss erreichte, hörte sie donnerndes Getöse. Holz splitterte, Schritte polterten auf der Treppe. Wie ein Schatten schlüpfte sie durch die Kellertür, die sie von innen verschloss, und dankte ihrem düsteren Schicksal, dass sie den Fluchtweg bereits kannte.

KAPITEL 22

Cara, ich bin untröstlich. Stimmt, ich musste meine Reise vorzeitig abbrechen, hatte aber fest vor, dich am Abend anzurufen. Ich mache es wieder gut, versprochen. Mille baci, Don Giò.

Maria saß in der U-Bahn, das Gesicht zum Fenster gedreht. Bald würde ihr Fahndungsfoto veröffentlicht werden, ihr blieb nicht mehr viel Zeit. Wort für Wort rief sie sich die SMS des namenlosen Mannes ins Gedächtnis, der sich die Identität des Kommissars geliehen hatte. Während sie in den schneegedämpften grauen Dämmer der vorbeifliegenden Stadt starrte, strich sie mit dem Zeigefinger über das Display. Sollte sie diesem Betrüger antworten?

Sie zog die Füße auf den Sitz. Glücklicherweise war sie der Anweisung des echten Kommissars gefolgt, Geld, Kreditkarten und Handy in die Hosentaschen zu stecken. In einem Ein-Euro-Laden hatte sie trockene Socken und Plastikstiefel gekauft, ihren Kopf vermummte eine Mütze aus Schaffellimitat, um ihren Pullover hatte sie eine billige dunkelbraune Fleecedecke geschlungen. Trotzdem fror sie erbärmlich. Nein, keine Antwort. Stattdessen rief sie Henry an, der bereits mehrere Nachrichten hinterlassen hatte. Sofort stürzte eine ganze Kaskade von Fragen auf sie ein.

»Schatzi, wo bist du? Wie geht es dir? Was macht die Gehirnerschütterung? Wie lange bist du noch krankgeschrieben? Wann kommst du wieder in die Galerie?«

»In einer Woche«, schwindelte sie. »Und bei dir? Alles schön?«

»Dein Giovanni war heute zweimal da. Er dreht ziemlich am Rad. Warum datest du ihn nicht mehr?«

»Ich muss mich noch ausruhen. Bin gerade unterwegs zum Arzt. Ich rufe wieder an, ja?«

»Maria, warte bitte, weich mir nicht aus. Noch nie hast du dich so lange nicht gemeldet, und mein Bauchgefühl sagt mir, dass du in Schwierigkeiten steckst. Bitte denk daran, dass ich dein Freund bin. In guten und in schlechten Tagen.«

»Bis dass der Tod uns scheidet«, flüsterte Maria.

»Wie bitte? Es ist so laut, ich kann dich schlecht verstehen.«

Sie beendete das Gespräch und entfernte die SIM-Card aus dem Handy. Solange sie sich rasch durch die Stadt bewegte, konnte man sie zwar nur ungenau orten, doch das Risiko blieb hoch. Am Bahnhof Bayerischer Platz stieg sie aus. Wenig später klingelte sie bei Alex. Erstaunt, sie zu sehen, bat er sie herein. Maria blieb nicht lange. Auf dem Dachboden holte sie eine Smith & Wesson und Munition aus einem Karton. Den Revolver würde sie sich für Tom aufheben.

Als sie später wieder in einer S-Bahn saß, lehnte sie ihre Wange an die Fensterscheibe. Schicht um Schicht breiteten die Wolken grauweiße Teppiche über Häuser und Straßen aus, milchige Nebelfetzen schwebten vorbei, und sie sehnte sich nach Sonne, nach Farben, nach dem blauen Meer. *Nel blu dipinto di blu*, summte sie vor sich hin, und schon bei den ersten Worten wusste sie, dass sie einen Fehler begehen würde. Hastig legte sie die SIM-Card ein.

Don Giò, du bist kein Kommissar, schrieb sie. *Wer bist du?*

Binnen Sekunden kam die Antwort, mit dem Glöckchenklingeln eines Pferdeschlittens, der durch sonnenbeschienene, glitzernd verschneite Wälder fuhr.

Das würde ich dir gern persönlich sagen. Es ist kompliziert. Treffen heute Abend? Küsse!

Das konnte nur eine Falle sein. Sofort nahm sie wieder die SIM-Card aus dem Handy. Vielleicht war er ein V-Mann der Polizei und wusste bereits von ihrer Flucht. Ein Judaskuss, dann würde jemand »Zugriff« schreien, und ein Einsatzkommando würde sie verhaften. Sie konnte niemandem mehr trauen.

Nachdem sie den Revolver in einem Schließfach am Bahnhof Zoo deponiert hatte, stromerte Maria ziellos durch die Stadt, wechselte die S-Bahn-Linien, aß an einer zugigen Bude einen Hamburger, bestieg Busse, U-Bahnen und wieder S-Bahnen, träumte davon, wie es gewesen wäre, wenn sie doch nur ein wenig stärker gewesen wäre, bevor die Waffen sie stark gemacht hatten. Sie sah reglosen Fahrgästen zu, die wie in Agonie mit offenen Mündern schnarchten, beobachtete, wie im Rhythmus des Waggons verschneite Böschungen vor den Fenstern sanft anstiegen und jäh abrissen, schaute auf dunkle Hauswände, die dicht vorbeizogen, jedes helle Rechteck darin ein erfülltes oder vertanes Leben oder endlose Langeweile, und auf einmal wusste sie, was zu tun war. Einmal noch aktivierte sie für wenige Sekunden ihr Handy.

Morgen Abend, über den Ort sprechen wir noch. Komm allein. Keine Spielchen. M.

Es war falsch. Und es fühlte sich richtig an.

KAPITEL 23

Seit Stunden war Maria bereits auf der Flucht, ohne länger als wenige Minuten an einem Ort zu verweilen, stets auf der Hut vor uniformierten Polizisten, deren Anzahl auf den Bahnhöfen sich zu vervielfältigen schien. Sie brauchte dringend einen Unterschlupf. Aber wer würde schon eine flüchtige Mörderin aufnehmen? Abgesehen davon, dass es eine strafbare Handlung war, würde ihre Mutter es aus Prinzip nicht tun, Henry aus Sorge um seine Reputation als Geschäftsmann, und Evi und Alex kamen schon wegen Lea nicht in Frage.

Lea. Maria bedauerte nicht die Morde. Niemand würde diesen Männern eine einzige Träne hinterherweinen. Nur dass Lea unerreichbar geworden war, zerriss ihr das Herz.

Das Auftauchen zweier Polizeibeamter im S-Bahn-Waggon unterbrach ihre Gedanken. Personenkontrolle. Sie sank in sich zusammen. Mit würgend aufsteigender Panik beobachtete sie, wie die Polizisten schnarrend nach den Ausweisen fragten. Einer der beiden warf ihr einen prüfenden Blick zu. Während ihr Atem aussetzte, lächelte sie ihn kläglich an und sah dann an ihm vorbei, als hätte sie sich geirrt.

Wie viele Fahrgäste sind noch vor mir dran? Wann ist der nächste Halt? Sie spürte das heftige Verlangen wegzulaufen, bei voller Fahrt aus dem Waggon zu springen, sich den Weg freizuschießen. Nichts von alledem war auch nur ansatzweise realistisch. Die Beamten kamen näher. Ein aufsässiger Jugendlicher in Jeans und schwarzem Hoodie fesselte ihre Aufmerksamkeit, und Maria dankte dem allgemeinen Ungemach der Pubertät, das den jungen Mann zu unflätigen Pöbeleien veranlasste. Schon verlor die S-Bahn an Tempo, Bremsen kreischten leise auf, zu leise noch. Würde sie rechtzeitig den nächsten Bahnhof erreichen?

Der Polizist, den Maria unnötigerweise angelächelt hatte, trat auf sie zu. Schweißperlen lösten sich unter ihrer Kunstfellmütze, tu was, so tu doch etwas, gleich wirst du verhaftet, und dann kannst du dich nicht einmal mehr umbringen. In absurder Koinzidenz stellte sie staunend fest, dass sie weiterleben wollte, wie ein Blitzstrahl traf sie diese Erkenntnis, ein ungekannter Lebenswille durchströmte ihre Adern, auf einmal fühlte sie sich unverwundbar, und sie sprang auf.

»Großartig, dass Sie hier für Ordnung sorgen! Sie machen wirklich einen tollen Job!«

Der Beamte wich irritiert einen Schritt zurück, so dass ein schmaler Korridor zwischen Sitzbank und Tür entstand, die Bremsen kreischten lauter, Maria erhaschte einen Haltegriff und schob sich Richtung Tür, ein Stück Bahnsteig kam in Sicht, sie redete lauter und schneller.

»Ich werde es gleich meiner Mutter erzählen, sie ist eine gebrechliche alte Dame und traut sich kaum noch auf die Straße, aber wenn Sie jetzt regelmäßige Kontrollen durchführen, ändert das natürlich einiges!«

Zischend hielt die Bahn an, die Türen öffneten sich, und Maria hatte die Stirn, dem Polizisten auf die Schulter zu klopfen, bevor sie kontrolliert langsam, ohne jede Eile ausstieg und sich in das Gedränge des Bahnsteigs mischte.

Niemand schrie ihr etwas nach, niemand verfolgte sie, unbehelligt durchschritt sie die Menge, im Bewusstsein einer neu erwachten Kraft. Erst als sie sich weit abseits des Bahnhofs in einer Fußgängerzone wiederfand, fiel die Anspannung von ihr ab, und sie lehnte sich schwer atmend an eine Schaufensterscheibe.

Ich habe mich viel zu spät aus der Opferrolle befreit, überlegte sie in seltsam klarer Nüchternheit. Erst mit einer Waffe in der Hand hatte ich den Mut, in die Konfrontation zu gehen, mich meinen vertrackten Liebesbeziehungen zu stellen, und jetzt, endlich, kann und will ich leben. Jetzt, wo es fast zu spät ist.

Aber was ließ sie denn schon hinter sich? Bei Licht besehen, hatte sie ein erstarrtes, ereignisarmes Leben voller Enttäuschungen gegen ein großes Abenteuer eingetauscht, auch wenn man es als einen groben Scherz des Schicksals betrachten musste, dass sie erst im Angesicht des Todes ihrer Lover auflebte. Umso fester war sie entschlossen, ihr Werk zu vollenden.

Die Fleecedecke um Kopf und Schultern geschlungen, drückte sie sich in das nächste Internetcafé. Man hätte sie für eine fromme Muslimin halten können. Verstohlen schaute sie sich in dem klosterartig kahlen, von Neonröhren ausgeleuchteten Raum um, bevor sie sich zwischen Trauben jugendlicher Besucher an einen freien Rechner setzte. Überall hörte man Maschinengewehrsalven und explodierende Granaten, ein wahrhaft inspirierendes Ambiente.

Kandidat Nummer fünf hieß Cedrick und trat unter dem reichlich markigen Namen CC Evil Slash auf. Seine Website verbreitete den rüden Gangsta-Glamour seiner amerikanischen Idole. In Wahrheit war er nicht einmal ein Kleinganove, nur ein mäßig erfolgreicher Rapper, der es in der Hauptstadt zu überschaubarer Bekanntheit gebracht hatte.

Maria kannte Cedrick noch aus ihrer Zeit an der Universität. Damals hatte er Geige studiert und von einer Weltkarriere geträumt. Nach einem wenig glorreichen Examen war ihm von wohlmeinenden Professoren eröffnet worden, es reiche allenfalls für die zweite Geige im Stadttheater Lüneburg, woraufhin er sich eine Weile an drittklassiger Popmusik versucht hatte. Mittlerweile hielt er sich für prädestiniert, als Rapper sein Glück zu machen.

All das konnte man in einer gekonnt stümperhaft formulierten Vita auf seiner Website nachlesen. Doch es gab etwas, was Maria weit mehr interessierte: eine Agenda, auf der verzeichnet war, wo und wann Cedrick auftrat. Am heutigen Montagabend sollte ein Gastauftritt in einem obskuren Kleinstclub in Friedrichshain stattfinden, um zweiundzwanzig Uhr.

Nachdenklich tippte sie auf die Löschtaste. Es missfiel ihr, von ihrem ausgeklügelten Zeitplan abzuweichen, der in ihren Augen eine erhabene rituelle Schönheit besaß. Der folgende Sonntag wäre ihr deshalb lieber gewesen, und auch ein Hausbesuch bei Cedrick in Dahlem, inmitten unsäglich schmucker Walmdachbungalows, hätte ihr besser gefallen. Doch ihre Zeit lief ab, und die erniedrigende Wohnungsdurchsuchung hatte ihren Zorn angefacht. Auf weitere Irrfahrten mit der S-Bahn war ihr die Lust vergangen. Nachdem sie einen Teil des Abends mit Fußmärschen durch belebte Straßen überbrückt hatte, nahm sie ein Taxi nach Friedrichshain. Die Wahrscheinlichkeit, von einem Taxifahrer erkannt zu werden, war wesentlich geringer, als in der S-Bahn in eine neuerliche Polizeikontrolle zu geraten.

Um halb elf betrat sie den Club. Pfiffe, Klatschen und Geschrei hallten durch den engen, unverputzten Betonbunker, der ohne die bunte Lichtshow wie ein kafkaesker Gefängniskeller ausgesehen hätte. Etwas verloren stand Cedrick auf der Bühne und gab alles, um sein Publikum bei Laune zu halten – Beatboxgeräusche, pathetisch ausgespiene Halbsätze, kalauernd hingeholperte Reime. Mit hochgerissenen Armen stand er auf der kleinen Bühne, in einem überdimensionierten weißen T-Shirt, auf dem dicke Goldketten hingen wie vergessenes Weihnachtsbaumlametta.

Abwartend nippte Maria an einer Cola light. Fast rührte es sie, wie viel Mühe Cedrick darauf verwandte, den juvenilen Womanizer zu spielen, obwohl er mittlerweile die Vierzig überschritten haben musste. Seine roten Baggypants hingen in den Kniekehlen, die koitierenden Bewegungen seines Beckens wirkten einstudiert. Am Bühnenrand kreischten ein paar Mädchen, aber vermutlich bezahlte er sie dafür, denn besonders voll war es nicht in dem Club.

Weit nach Mitternacht verließ er endlich die Bühne. Maria durchschritt die streng riechenden Rauchschwaden der Joints und selbstgedrehten Zigaretten und schob sich unauffällig an ihn heran. Umringt von seinen gekauften Fans, ließ er sich feiern wie ein alternder Schlagerstar. Ein Mädchen hängte ihm ein weißes Frotteehandtuch um den verschwitzten Hals, ein zweites setzte ihm eine Sonnenbrille auf. Er sah aus wie ein bleicher Nachtfalter, der sich verflogen hatte.

Maria kannte seine Eltern, die naturgemäß große Hoffnungen in einen Sohn gesetzt hatten, der bereits mit neun sämtliche Bachpartiten auf seiner Geige spielen konnte und immer ein Einserschüler gewesen war. Ein Wunderkind. Es war ihm nicht gut bekommen. Zu viele leichthändige Erfolge, zu große Erwartungen, zu wenig Disziplin. Nur dank eines verstorbenen wohlhabenden Patenonkels konnte er sich die Illusion eines wilden Rapperlebens leisten.

»Was geht ab?«, grölte er in die Runde.

Maria tippte ihm auf die Schulter.

»Hallo, du warst Hammer. Echt jetzt.«

»Maria!« Übertrieben euphorisch umarmte er sie. »Ist ja Wahnsinn. Ewig nicht gesehen. Coole Frisur. Was machst du hier, Süße?«

»Die guten alten Zeiten aufleben lassen.«

Knappe sechs Monate lang waren diese alten Zeiten gut gewesen. Maria hatte Cedrick nach Jahren in einem Konzert wiedergetroffen und immer noch den Studenten von einst in ihm gesehen, nicht den vorzeitig abgestumpften Mann, der alles wahllos konsumierte, Frauen, Drogen, Alkohol. Damals hatte er das Haus in Dahlem gekauft. Für sich, Maria und die mindestens zwanzig Babys, wie er ihr lachend erklärte, und sie hatte ihm geglaubt.

»Sorry, Mädels, ich gehe jetzt mit meiner alten Freundin Maria einen trinken«, verkündete er aufgekratzt.

Niemand schien es zu bedauern. Ohrenbetäubend laute Musik setzte ein, der Raum füllte sich mit Gästen, da und dort wurde schon getanzt. Maria führte das V von Zeige- und Mittelfinger an die Lippen und sah Cedrick fragend an.

»Klar hab ich was zu rauchen«, rief er durch die lärmende Musik hindurch.

»Dann lass uns rausgehen, hier können wir nicht reden.«

»Okay, cool.«

Er zeigte ihr den Weg durch dunkle Schächte zum menschenleeren, tief verschneiten Hinterhof, auf den das rötliche Licht einer entfernt stehenden Peitschenlampe fiel. Die wummernden Bässe der Musik waren verstummt, kein Laut drang durch die meterdicken Mauern. Hier draußen hätte ein Airbus abstürzen können, ohne dass es jemand drinnen im Bunker bemerkte.

In Marias musikalischem Gedächtnis erklang die erste Violinpartita von Bach, einst Cedricks Bravourstück. Die reinste und einsamste Musik des Universums. Eine tapfer vorwärtstastende Melodie, die zwischen kalten Gestirnen umherirrte und sich immer wieder von arpeggierten Akkorden und Doppelgriffen trösten lassen musste. Ja, das war der Soundtrack für Cedricks Tod.

Lässig lehnte er sich an die Mauer des Bunkers, holte einen Joint hinter seinem Ohr hervor und zündete ihn an. Hinter der Flamme des Feuerzeugs leuchtete sein verlebtes Gesicht noch einmal auf, dann legte sich das gnädige Zwielicht des Hinterhofs darüber.

»Mann, ist das kalt. Und? Wie geht's dir so?«, erkundigte er sich gelangweilt, als ob er es schon bereute, mit ihr hierhergegangen zu sein.

»Hast du es wirklich vergessen?«

»Was denn?«

Unter dem Schutz der Fleecedecke zog Maria die SIG aus dem Hosenbund und schmiegte den Lauf in die linke Armbeuge. Die Pistole war körperwarm, wie ein Schoßtier, das sie mit sich trug.

»Wir wollten zusammenziehen, eine Familie gründen, viele, viele kleine Babys.«

»Ja und?« Er ließ zwei dünne Rauchsäulen aus der Nase quellen. »Erzähl mir was Neues.«

Erbitterung schnürte Maria die Kehle zu.

»Ich habe dich bei allem unterstützt, damit wir uns gemeinsam etwas aufbauen konnten, habe deine Konzerttouren organisiert, deine Honorare verhandelt, dir den Rücken freigehalten. Sogar als ich einmal schwerkrank war, habe ich dich zu Auftritten und Interviews gefahren. Anschließend bekam ich eine lebensgefährliche Lungenentzündung.«

Entnervt verdrehte er die Augen.

»Wird das hier 'ne Sprechstunde?«

Der ideale Moment, um ihn mit der alles verändernden Präsenz einer Waffe zu konfrontieren. Maria holte sie aus der warmen Armbeuge, entsicherte sie und richtete den Lauf zwischen die abgeschmackten Goldketten. Ohne ein Wort schaute Cedrick in die Mündung der Pistole, als ob darin der rettende Ausweg verborgen sei. Eine absurd irrige Annahme.

»Du hast verlangt, dass ich meinen Job aufgebe und dir als unbezahlte Managerin zur Verfügung stehe. Aus Liebe natürlich. Ein ganzes Jahr war ich deine Assistentin, deine Köchin, deine Mami, weil ich dachte, das mit uns sei für immer. Und ich sei die Einzige. Bis ich erfuhr, dass du mich bei jeder Gelegenheit betrogst. Und bis du dann eines Tages einfach verschwandst, monatelang, und ich es schließlich aufgab, dich suchen zu lassen.«

Allmählich belebte sich sein erstarrter Körper. Er sog an dem Joint, hob die Hände.

»Okay, scheiße gelaufen, klar, aber jetzt hör mal auf, dir diesen Film zu schieben. Ich war ja wohl auch nicht der Einzige, mit dem du rumgemacht hast.«

»Halt den Mund!«

»No risk, no fun, das solltest du eigentlich wissen. Jede kleine Schlampe weiß das. Ein Mann wie ich hat ein Recht auf Groupies. Jeder Künstler hat das. Und da kommst du mit deinem kleinbürgerlichen Schrebergartenmist und denkst, du kannst mich einsperren?«

Marias Zorn ging in schäumende Wut über.

»Welchen Teil hast du nicht verstanden? ›Halt‹ oder ›Mund‹?«, schrie sie und feuerte einen Schuss auf seinen linken Fuß ab.

Wie ein Streichholz knickte Cedrick ein. Der Länge nach fiel er in eine Schneewehe neben einem Müllcontainer.

»Mein Fuß, mein Fuß!« Wimmernd wischte er sich den Schnee vom Gesicht und betastete seinen blutigen linken Schuh. »Du bist ja ein Fall für die geschlossene Anstalt!«

Marias Lust auf derartige Konversationen war längst verflogen. Seine Beleidigungen interessierten sie nicht mehr. Zweimal schoss sie auf den Brustkorb. Der Nachhall war gigantisch. Als ob er durch die eiskalte Nachtluft bis zum Himmel reichte. Dann registrierte sie die Genugtuung. Cedrick fehlte zwar das Format für ein letztes Kräftemessen, für die große Abrechnung, doch die Gewissheit, dass sie nun mit ihm quitt war, mehr als quitt, vergrößerte ihr Gefühl der

Stärke. Die duldende, dienende Maria war Geschichte. Diese berauschende Gewissheit weckte ihre Lust auf mehr. Es war keineswegs Mordlust, die sie antrieb, vielmehr die Sehnsucht, ihre Stärke zu spüren, in jenem Moment größter Intimität und Nähe, die das Sterben eines Mannes bedeutete, der ihr beides verweigert hatte.

Am besten, sie machte gleich weiter. Während sie durch den Schnee zur Straße stapfte, angelte sie ihr Handy aus der Hosentasche, legte die SIM-Card ein und überflog die eingegangenen Mails. Daniel, Kandidat Nummer sechs, hatte ihr noch nicht geantwortet. Alle Vorsichtsmaßnahmen außer Acht lassend, rief sie ihn an, das Handy in der einen, die SIG in der anderen Hand.

»Maria.« Er klang nach Feierlaune, im Hintergrund hörte sie Stimmengewirr und Musik. »Wo bist du? Ich hab deine Mail gelesen. Klingt super. Setz dich ins Taxi und komm in die Odessa Bar, wir nehmen ein paar Drinks und besprechen alles.«

»Lieber bei dir zu Hause. Ist schließlich ein vertrauliches Angebot, das ich dir zu unterbreiten habe. Oder willst du, dass einer dieser Blogger mithört und alles twittert, bevor es spruchreif ist?«

»Auch wieder wahr. Wann kannst du bei mir sein?«

Sie sah auf die Uhr. Kurz vor eins. Glücklicherweise war Daniel ein Nachtmensch.

»Halb zwei, abgemacht?«

»Zieh deine schärfsten Stiefel an.«

KAPITEL 24

Vor dem Club winkte Maria ein Taxi heran, vom Sog erfasst, der sie ihrem nächsten Kandidaten entgegentrug. Schnell aufeinanderfolgende Schnappschüsse formten sich zu einem Trailer für die bevorstehende Begegnung. Daniel auf einer Bühne, wie er Blickkontakt mit ihr aufnahm, als sie ihn von der ersten Reihe aus angeglüht hatte. Daniel, der eines seiner Bücher für sie signierte und nonchalant den kleinen Zettel mit ihrer Telefonnummer einsteckte. Daniel in einer Bar, einen Arm völlig selbstverständlich um ihre Schultern gelegt. Daniel in seinem Penthouse, tropfnass, mit einem Handtuch um die Hüften, das langsam zu Boden fiel. Und natürlich Daniel, der Diskurszampano, präsent in allen Medien.

Er war sein eigener Glücksfall. Parkettkompatibel und klatschseitentauglich, mit der Beredsamkeit eines Club-Animateurs, der noch die missgelauntesten Touristen in Begeisterung versetzte, hatte er Erstaunliches erreicht.

Irgendwann musste er beschlossen haben, bedeutend zu sein. Sein Konzept war den akademischen Gepflogenheiten entlehnt und simpel: aus hundert alten Büchern ein neues zusammenzuschreiben. Seines geriet jedoch äußerst publikumswirksam. Die Liaison mit einer alternden Literaturkritikerin tat ein Übriges – sie verfasste Elogen, er wurde über Nacht zum Beststellerautor.

Sein wahres Geheimnis aber bestand in seiner Wirkung auf Frauen. Sie liebten sein Jungsgesicht mit dem etwas zu langen, schräg in die Stirn fallenden Haar, schwärmten für das angeraute Timbre seiner Stimme, lagen seiner lässigen Erotik zu Füßen. Schlau und sexy, das gab es nicht oft in einem Land, dessen protestantische Zurückhaltung lauter asexuelle Intellektuelle hervorbrachte. Mittlerweile sonnte er sich im Ruf des versierten Talkshowgastes, weil er zu jedem erdenklichen Thema etwas gleichermaßen klug wie provokativ Klingendes sagen konnte.

Maria kannte Daniel gut genug, um seinen sehnlichsten Wunsch zu erraten: die Fernsehzuschauer als Gastgeber einer eigenen Talkshow zu beglücken. Deshalb war ihre Mail mit der frech geflunkerten Botschaft, ein großer Medienkonzern biete ihm einen Sendeplatz an, auf die erhoffte Resonanz gestoßen.

Die Fahrt ging nur schleppend voran. Dichtes Schneetreiben nahm dem Fahrer die Sicht, die Scheibenwischer waren kaum in der Lage, den weißen Ansturm zu bändigen. Erst um viertel nach zwei hielt das Taxi vor dem Gebäudekomplex, in dem Daniel ein Penthouse bewohnte, direkt gegenüber der Museumsinsel, dort, wo gleichermaßen ambitionierte wie wohlhabende Neu-Berliner residierten. Mehrfach waren auf seiner Dachterrasse Werbespots gedreht worden, mal für Bier, mal für eine Versicherung, weil die Aussicht *very, very Berlin* war, wie es hieß. Kein Hauptstadtfilm kam mehr ohne diese Kulisse aus: ein unordentliches, vom Abendlicht besonntes Häusermeer, aus dem der Fernsehturm am Alexanderplatz herausragte.

Maria stieg aus und sah unwillkürlich nach oben. Das Haus war gesichert wie Fort Knox. Eine moderne Festung, ausgestattet mit Lichtschranken, Alarmsystemen und Überwachungskameras, deren Aufzeichnungen eine Woche lang gespeichert wurden. Das ließ Maria kalt. Sorgen machte ihr Daniels potpourrierende Beredsamkeit. Ein leichter Kandidat würde er nicht sein.

Nachdem sie geklingelt hatte, sauste ein gläserner Außenaufzug zu ihr hinab. Man musste schwindelfrei sein, um mit diesem Lift ins oberste Stockwerk zu fahren. So wie damals wandte Maria ihr Gesicht von der grandiosen Aussicht ab und studierte zum hundertsten Mal das Schild mit der Aufschrift *Maximale Tragfähigkeit 300 kg*. Mit einem fast nicht spürbaren Ausschwingen blieb der Aufzug stehen. Sie drehte sich um.

Die gläsernen Türen glitten auseinander und gaben den Blick auf einen weitläufigen Raum frei, der so stilsicher und unpersönlich wie die Lobby eines Luxushotels eingerichtet war. Mehrere ausladende Sitzgruppen in Grau und hellem Braun verteilten sich darin. Große steinerne Buddhaskulpturen, von Halogenlampen effektvoll beleuchtet, verliehen der Szenerie den modisch asiatischen Touch.

Mit einem Glas Rotwein in der Hand kam Daniel auf Maria zu geschlendert. Eher knochig als schlank, kultivierte er einen pseudorebellischen Look, der nicht unwesentlich zu seinem Erfolg beigetragen hatte: Jeans, Cowboystiefel, weit offenes, wild gemustertes Hemd. Seine Züge waren härter geworden, seit sie ihn das letzte Mal gesehen hatte, und nach Hipstermanier trug er einen flusigen Vollbart, der ihm überhaupt nicht stand.

»Das sind ja phantastische Neuigkeiten, Maria! Wie viele Minuten Sendezeit bekomme ich denn? Eines vorweg: Ich möchte unbedingt meinen eigenen Production Designer engagieren. Kulisse, Licht, Maske, es muss ein Gesamtkunstwerk werden, ein Bayreuth der Fernsehgeschichte. Denkst du, du könntest als Postillon d'Amour zwischen mir und den Produzenten vermitteln?«

Sie setzte die Mütze ab.

»Hi, Daniel.«

»Maria? Wie siehst du überhaupt aus? Mein Gott, wie

eine Schiffbrüchige mit dieser räudigen Fleecedecke, und die Haare, was für ein Jammer, bist du überfallen worden?«

Um sofort klarzustellen, worum es ging, holte sie die SIG Sauer aus dem Hosenbund. Unter Daniels linkem Auge zuckte ein winziger Nerv.

»Oh. Ach so.« Längeres Schweigen. »Schön, dich zu sehen.«

»Spar dir deinen Sarkasmus.«

Nachdenklich fuhr er sich mit der Zunge über die Zähne, während er die Waffe betrachtete. Dann hob er die Augenbrauen, eher belustigt als furchtsam, als er die Gummistiefel an ihren Füßen entdeckte.

»Das sind deine schärfsten Stiefel?«

»Stimmt.«

»Ich nehme an, du hast ein Problem, Maria.«

»Könnte man so sagen.«

»Ein Problem, das du zu meinem machen willst.«

»Genau.«

»Und deshalb kreuzt du hier mit einer Waffe auf.« Bedächtig trank er einen Schluck Rotwein. »Eine beachtliche Leistung im Segment des Schwachsinns, würde ich sagen. Sorry, aber das Phänomen der einseitigen Emotionalisierung ist mir hinlänglich bekannt. Du bist wahrlich nicht die erste Frau, die mich aus Gründen verschmähter Liebe behelligt.«

Herrgott, diese himmelschreiende Arroganz. Er ließ sie auflaufen. Und Maria musste zugeben, dass seine blasierte Herablassung nicht ohne Wirkung auf sie blieb. Wie machte er es nur, dass sie sich auf einmal klein und dumm fühlte, obwohl sie ihn mit einer Waffe bedrohte?

Mit der einladenden Geste eines Zirkusdirektors zeigte er auf die sterile Lounge.

»Wollen wir uns nicht erst mal setzen? Inzwischen kannst du in Ruhe überlegen, ob du mir etwas Originelleres bieten kannst als die Performance einer verlassenen Frau. Überrasch mich mit einer Idee, die diesen Namen verdient.«

Er besaß die Kaltblütigkeit, ihr den Rücken zuzukehren, während er den riesigen Raum durchquerte, so saumselig schleppend, dass Maria innerlich zu kochen begann.

»Ein bisschen schneller, bitte.«

»Ich empfehle dir die Entdeckung der Langsamkeit durch leichte Tempoverzögerungen. Goethe hasste die Geschwindigkeit, er nannte es das Veloziferische, wusstest du das?«

Maria verzog das Gesicht.

»Jetzt lass mal diesen Überfliegerscheiß. Ich will über uns reden.«

Völlig entspannt, wie es schien, setzte er sich auf eine niedrige graue Couch und legte seine Füße in den Cowboystiefeln auf den dazugehörigen Glastisch. Sein maliziöses Lächeln ging ihr durch und durch.

»Ein ›uns‹ setzt ein ›wir‹ voraus. Es gab nie ein ›wir‹, Maria. Wenn du den romantischen Schutt unserer kleinen Geschichte wegräumst, wirst du wenig mehr finden als einige sexuell motivierte Begegnungen, ohne jede emotionale Ausführlichkeit. Alles andere ist Gefühlsfolklore.«

»Für dich vielleicht.«

Es hatte aufgehört zu schneien. Hinter der verglasten Front zur Dachterrasse hin durchwanderte ein hellblinkender Punkt den dunklen Nachthimmel, vermutlich ein Hubschrauber, der einen Toppolitiker oder einen Wirtschaftsboss zum Flughafen Tegel brachte. Wieder spürte Maria kalten Zorn in sich aufsteigen. Reichte es denn nicht, dass er sie damals erniedrigt hatte? Musste er sie jetzt ein zweites Mal demütigen?

»In dem, was sich zwischen einem Mann und einer Frau ereignet, ergibt sich immer eine gewisse Asymmetrie«, dozierte er so gespreizt, als säße er in einem Doktorandenkolloquium. »Du musst deinen Vorwurf schon präzisieren, damit ich deinen negativen Enthusiasmus verstehe.«

Du mieses Schwein, hätte Maria am liebsten geschrien. Doch sie wollte ihr Gesicht wahren, um jeden Preis. Sie gönnte ihm einfach nicht den Triumph seiner geschmeidigen Rhetorik über ihren gerechten Zorn.

»Hast du dir mal Gedanken über deine Zukunft gemacht, Daniel?«

Er grinste.

»Hört sich so an, als hättest du es getan.«

»Hört sich so an, als ob du gerade deine Interpretationshoheit verlierst.« Sie hob die Waffe ein wenig an. »Das war's dann zum Thema Deutungselite, oder?«

Plötzlich fing er an zu lachen. Er lachte stets ansteckend und manchmal sogar aufrichtig, doch in dieser Situation hatte sein Heiterkeitsausbruch etwas Aberwitziges.

»Wieso lachst du?«

»*Und falsch heiße uns jede Wahrheit, bei der es nicht Gelächter gab.*« Er wischte sich eine Träne aus dem Augenwinkel. »Nietzsche, Zarathustra.«

»Schön zu sehen, dass du dich noch freuen kannst. Dabei ist dein Programm heute sehr pointenarm. Goethe, Nietzsche, na, da geht doch noch was.«

»Wie wäre es mit deinem Spezi Eichendorff? *Die Nacht bedecket die Runde, Nur von den Bergen noch rauschet der Wald, Und mich schauert im Herzensgrunde.* Ich könnte dir auch einen Wein anbieten. Hast du besondere Vorlieben? Ich erinnere mich nicht mehr so genau, bin jedoch sicher, dass du der Aristokratie des Lasters angehörst.«

»Ich trinke alles, solange es ein Richebourg Grand Cru aus dem Jahr 1985 ist. Nein, Spaß beiseite – du bleibst, wo du bist. Ich trinke keinen Alkohol vor dem Schießen.«

Sitzend deutete er einen Kratzfuß an.

»Madame, Sie überraschen mich immer wieder durch Ihre unnachahmliche Contenance.«

»Durch meine Disziplin und Duldsamkeit, wolltest du sicherlich sagen. Was du als flüchtige erotische Begegnungen in Erinnerung hast, war eine Beziehung. Ich habe hier gewohnt, Daniel. Wir haben zusammen gelebt, zusammen gekocht, zusammen gearbeitet. Monatelang habe ich für dich recherchiert. Und wenn du jetzt sagst, ich sei deine Muse gewesen, drücke ich sofort ab.«

Ärgerlich schaute er zur Seite. Mit seiner selbstgewissen Arroganz verschwand auch das jungenhaft Übermütige aus seinem Gesicht. Auf einmal sah er aus wie Marias alter Mathematiklehrer, ein ungelüfteter Ausbund schlechter Laune.

»Wir sind uns doch wohl einig darüber, dass es vorrangig eine Fleißarbeit war, wie geschaffen für meine kleine Textsklavin, auch wenn ich sagen muss, dass du dich eines recht flotten Stils befleißigt hast. Verbindlichsten Dank. Willst du Geld?«

Drei Buddhastatuen mussten dran glauben. In großen Brocken flogen sie auseinander, dass es eine wahre Freude war. Eine weit größere Freude noch bereiteten Maria Daniels entgleisende Mimik und seine ungewohnte Sprachlosigkeit. Ganz deutlich spürte sie ihr neues Selbstbewusstsein, das sich kurzzeitig verflüchtigt hatte, den neuen Mut zur Konfrontation. Sie war es, die über den weiteren Verlauf dieser Nacht bestimmte, nur sie. »Musik«, kommandierte sie. »Die Nocturnes von Chopin. Fast zu schön für dich, aber betrachten wir es als ironisch gebrochene Schönheit. Na los.«

Eilig ging er zur Musikanlage und tippte sich durch eine Playlist, bis gläserne Klavierläufe erklangen. Dann setzte er sich wieder.

»Kommen wir nun zum Ghosting«, erklärte Maria mit

der weichen Stimme einer sehr geduldigen Kindergärtnerin. »Nachdem das Buch seinen Siegeszug angetreten hatte, war ein gewisser Daniel verschwunden. Und ich thematisiere hier nicht etwa finanzielle Belange. Ein Jahr lang hast du mich deiner alles umfassenden Liebe versichert, zufälligerweise genauso so lange, wie ich dir nützlich war, und dann, Abrakadabra, warst du unerreichbar.«

Der Glaskelch zersprang in seiner Hand, so fest hatte er ihn zusammengedrückt. Rotwein floss auf sein weinrot-dunkelblau gemustertes Hemd, auf seine Jeans und auf die Couch.

»Ich hasse nun mal theatralische Abschiedsszenen.«

»Und hast es deshalb vorgezogen, mich im Ungewissen zu lassen. Im luftleeren Raum. Alleingelassen mit meinen Selbstzweifeln, alleingelassen mit meinen Gefühlen. Über Nacht kaltgestellt.«

Mit beiden Händen rieb er sich über das Gesicht.

»Oh, Lady Drama bittet zu Hofe. Das sind seelische Unpässlichkeiten, die ein guter Endokrinologe spielend ausgleichen kann. Altersbedingt könnte ein Östrogenmangel vorliegen. Hormone spielen im Hirnstoffwechsel eine kardinale Rolle, nicht nur bei der Ausschüttung des Bindungshormons Oxytocin, das nach befriedigendem Sex abgesondert wird.«

»Keinen Mucks mehr«, flüsterte sie. »Sonst bist du tot.«

Um seine Mundwinkel zuckte es.

»Das heißt, ich soll mich selbst totschweigen?«

»Ich schlage etwas Amüsanteres vor. Zieh dich aus.«

»Was?«

»Zieh dich aus«, wiederholte Maria, die diesen Satz so oft von ihm und nicht nur von ihm gehört hatte, dass sie es an der Zeit fand, den Spieß umzudrehen.

Zwei Schüsse feuerte sie ab, und der Anblick weiterer zerschossener Buddhastatuen schien ihn zu überzeugen.

Zunächst streifte er die Cowboystiefel ab, dann Jeans und Hemd.

»Alles«, befahl Maria. »Ich möchte meinen Spaß haben. Nennen wir es eine naturbelassene Hormontherapie durch körpereigene Glückshormone.«

Die weiße Designer-Unterhose flog beiseite. Vollkommen nackt saß Daniel auf der Couch und wusste plötzlich nicht mehr, wohin mit den Händen.

»So?«

»Spreiz die Beine.«

»Das ist krank.«

»Nein, das hören Frauen täglich. Also los.«

Endlich lag er auf der Couch, wie ein toter Käfer schon, die Schenkel geöffnet, sein Gemächt schamhaft mit den Händen bedeckend. Maria schlug die Beine übereinander und betrachtete die Pistole.

»Da du dich ja theoretisch wie praktisch mit den Geheimnissen der Liebe beschäftigt hast, möchte ich die Gelegenheit nicht ungenutzt lassen, etwas von dir zu erfahren, lieber Daniel. Was meinst du – sind Männer lernfähig? Werden sie ihre genetische Codierung der breit gestreuten Fortpflanzung jemals überwinden und sich für eine einzige Frau entscheiden können?«

Er atmete tief ein und wieder aus, um Zeit zu gewinnen, klug genug, nicht nach einer realistischen, sondern nach einer der prekären Situation angemessenen Antwort zu suchen.

»Die Decke der Zivilisation ist dünn, wie ein berühmter Soziologe sagte.« Er betrachtete seine schamhaft verborgene Körperzone. »Andererseits spricht einiges dafür, dass auch Erfahrungen, nicht nur Eigenschaften vererbt werden. Es wäre also durchaus möglich, nein, sogar im Sinne der Evolution geboten, dass sich das Paarungsverhalten der Männchen, pardon, Männer ändert. Dass sie sich tatsächlich auf eine Partnerin fokussieren, als Resultat eines langen Entwicklungsprozesses.«

Maria hatte genug gehört. Sie stand auf und stellte sich sehr gerade vor ihn hin, wobei sie einen Abstand von etwa zwei Metern wahrte.

»Danke für den hübschen kleinen Fantasyroman. Leider warst du nicht sonderlich überzeugend.«

»Doch, doch«, er begann nervös zu zwinkern, »es könnte sein, dass das Konzept der Männlichkeit proaktiv überdacht werden muss. Wir könnten es gemeinsam tun. Was hältst du von einem Buch über den neuen Mann? Du könntest schildern, was du erlebt hast, was Millionen von Frauen erleben, Betrug, Verrat, Ghosting, und dann läuten wir eine neue Ära ein, Maria, das Goldene Zeitalter der Beziehung!«

»Bitte, schweig jetzt.«

Eine Weile war nichts zu hören als die fragile Anmut der Klavierklänge.

Arme nach vorn, fokussieren, Schuss kommen lassen. Keine letzten Worte. Schüsse waren beredt genug.

Von Geschossen durchsiebt, klebte der Körper an der Couch. Maria trat zur Fensterfront. Der besternte Nachthimmel hatte etwas Tröstliches. Und jetzt spürte sie ihn wieder, den süßen Atem der Rache. Ein perfekter Moment. Ruhiges Innehalten im Gefühl völliger Balance.

Doch etwas störte. Wie eine misstönende Kirmeskapelle mischten sich auf einmal ferne Polizeisirenen in das zarte Gewebe der Nocturnes. Alarmiert holte Maria ihr Handy aus der Hosentasche, und ihre Augen weiteten sich entsetzt. Sie hatte vergessen, die SIM-Card herauszunehmen. Man hatte sie geortet.

KAPITEL 25

Geisterhaft geräuschlos glitt der Aufzug nach unten. Endlich. Maria war kostbare Zeit verlorengegangen. Wertvolle, unwiderruflich vergeudete Zeit. In Daniels Jeans hatte sie keine Schlüsselkarte für das komplizierte Zugangssystem des Gebäudes gefunden und das gesamte Penthouse absuchen müssen, bevor sie die weiße Magnetkarte vor das entsprechende Feld neben dem Lift halten konnte. Die Nottreppe wäre zu gefährlich gewesen, dort gab es auf jeder Etage Brandschutztüren, die sich nur mit speziellen Codes öffnen ließen, und die aktuellen Codes herauszufinden, hätte zu lange gedauert.

Schon während Maria auf das Ende der Abwärtsfahrt wartete, sah sie den blauflackernden Widerschein in der gläsernen Kabine. Ihr Atem wurde flach und hektisch. Zitternd hielt sie die Magnetkarte erneut vor das Lesegerät, ein Viereck aus dunklem Glas, in dem ein glühend roter Leuchtstrich vibrierte, und hämmerte gleichzeitig auf das kleine Metallfeld darüber ein. P wie Penthouse. Mach schon. Schneller. Doch Aufzüge konnten nicht umkehren wie Menschen, die sich erbarmten, es waren emotionslose Maschinen, auf feste Abläufe programmiert, und Maria musste warten, bis sie unten angelangt war, um wieder aufsteigen zu können.

Schneller, bitte, bitte, bitte. Qualvoll langsam öffneten sich die Lifttüren und ließen ungehindert Sirenengeheul einströmen, Motorengeräusche, knapp gebrüllte Kommandos, die echolos abrissen, als die Türen sich wieder schlossen.

Maria wollte nicht hinschauen. Wollte nicht die Polizeiwagen sehen, die dunkel vermummten Beamten des Einsatzkommandos, die Helme, die gezogenen Waffen. Wie ein Kind, das hoffte, alles Furchteinflößende könne verschwinden, wenn man nur die Augen ganz fest schloss, kniff sie die Lider zusammen, bis bunte Muster in der Schwärze tanzten.

Fast hätte sie das Öffnen der Lifttüren verpasst, so tief hatte sie sich in den schützenden Kokon ihrer selbst erzeugten Dunkelheit eingesponnen. Im letzten Moment sprang sie mit einem einzigen großen Satz in die Lounge, stolperte über die Kappen ihrer klobigen Gummistiefel und fiel auf Hände und Knie. Schwer atmend hob sie den Kopf. Wohin? Auf die Dachterrasse? Oder doch zur Nottreppe? Standen sie dort schon, mit quäkenden Funkgeräten, ihre Sturmgewehre im Anschlag?

Die intakt gebliebenen Buddhas lächelten höhnisch.

Es trieb Maria ins Freie. Sie lief zur Fensterfront, hielt die Magnetkarte an einen länglichen Leuchtstreifen in der Wand, und mit majestätischer Langsamkeit, als würde der Vorhang vor einem festlichen Schauspiel beiseitegezogen, schoben sich die riesigen Scheiben in die dafür vorgesehenen seitlichen Schlitze. Eisige Nachtluft brandete wie eine gestaute Wasserwand in den Raum. Maria trat auf die Dachterrasse. Von hier oben ähnelten die Lichtpunkte der Häuser und Straßenlaternen den Knöpfen einer gigantischen Schaltzentrale. Daniel musste sich wie der König der Welt gefühlt haben.

Durch den zentimeterdicken weichen Schnee rannte Maria an weißbemützten Deckchairs und Daybeds vorbei bis zur Brüstung. Ihr wurde übel, als sie sich darüberbeugte. Polizeifahrzeuge parkten die Straße zu, ihre rhythmisch aufzuckenden Blaulichter überlagerten sich zu einem unnütz schönen Farbballett. Dazwischen liefen insektenhafte schwarze Gestalten umher. Auch wenn es ihr selbst abwegig erschien, hatte Maria ein schlechtes Gewissen, dass ihretwegen so viele Menschen mitten in der Nacht hinaus in die Kälte fahren mussten, statt daheim im warmen Bett zu liegen, einen geliebten Menschen zu küssen oder ein Kind in den Armen zu halten, das nach einem Alptraum weinend aufgewacht war.

Ihr keuchender Atem malte Wölkchen in die Luft wie eine Spielzeuglokomotive, mahnend spürte sie ihr Herz schlagen. Trotz ihrer Höhenangst spähte Maria nach rechts und links. Linker Hand erstreckte sich ein Neubau mit einer glatten, fugenlosen Fassade, zur Rechten schloss sich ein stuckbeladener Altbau an. Dank der reglementierten Geschosshöhe in Mitte bildeten das Flachdach des Penthouse und der First des Schindeldachs nebenan eine schnurgerade Linie. Ein Würgereiz drückte Marias Kehle zu, als sie das Dachfenster auf der Schräge sah, denn im selben Augenblick wusste sie, dass sie nur entkommen konnte, wenn sie dort hinüberkletterte.

Selbst für einen sportlichen Menschen wäre es ein Himmelfahrtskommando gewesen. Es gab keine Haltgriffe, keine Vorsprünge, nur die verschneiten Schindeln. Die Worte ihres Großvaters fielen ihr ein: *Der Weg vom Tross nach vorn bedeutet immer eine Krisis. Denn da muss tief drinnen in der Brust etwas überwunden werden, was man als inneren Schweinehund bezeichnen kann. Es ist der Lebenswille, der von der Todesbereitschaft überwunden werden muss.*

Mit dieser Devise hatte er überlebt. Was bedeutete, dass ohne Todesbereitschaft kein Überleben möglich war. Also gut. Maria lief in die rechte vordere Ecke der Dachterrasse. Vorsichtshalber überprüfte sie, ob die SIG gesichert war, dann erklomm sie die gemauerte Brüstung und stellte einen Fuß auf die abschüssigen Schindeln daneben. Sofort rutschte er ein paar Zentimeter nach unten. Ihre kalten Finger wühlten im Schnee, fanden einen Spalt zwischen zwei Schindeln, und im nächsten Moment hing sie auch schon bäuchlings auf der Schräge, mit zappelnd Halt suchenden Beinen, die Finger in den Spalt gekrallt, von dem in dieser Sekunde ihr Leben abhing.

Weiter. Gleich wird die Polizei das Penthouse stürmen, dann holen sie dich mit einem Fangschuss vom Dach wie einen räudigen Marder. Sie ertastete den nächsten Spalt, verlagerte ihr Gewicht, hangelte sich ächzend weiter, mit mahlenden Kiefern, jeden Muskel anspannend, weiter, bloß weiter, denk nicht an die Straße unten, nur an den nächsten Spalt, ja, so ist es gut, bezwinge ihn, den inneren Schweinehund, denk an deinen Großvater, er hat es auch geschafft. Und plötzlich, ohne dass sie es zu hoffen gewagt hatte, stießen ihre eiskalten, blutenden Finger an glattes Metall. Der Fensterrahmen.

Sie weinte, grenzenlos erleichtert, die Anspannung ließ nach, die Kraft ihrer Finger erlahmte, und mit einem gepressten Schrei rutschte sie in die Tiefe. Es ging so schnell, dass sie wie ein lebloser Sack über die Schindeln schlitterte, ihr Kinn schlug mehrmals auf, sie biss sich in die Zunge, schmeckte Blut, das war's, das überlebst du nicht, es ist vorbei.

Ein Aufprall, wie ein Schlag mit einem Baseballschläger gegen den Rücken. Dumpfer Schmerz. Maria öffnete die Augen. Ein Gitter aus senkrechten Metallstreben, keinen halben Meter hoch, hatte ihren Höllensturz aufgehalten. Es verlief über der Regenrinne, als Schutz vor herabfallenden Schindeln. Keuchend hielt sich Maria am Gitter fest. Sie wusste nicht, wem sie danken sollte. Welcher Gott würde sie denn retten, die Frau, die sechs Männer erschossen hatte?

Halb richtete sie sich auf. Hoch oben, praktisch unerreichbar, sah sie das Dachfenster. Ein Aufstieg war unmöglich, noch dazu in der geringen Zeit, die ihr blieb. Vorsichtig wagte sie einen Blick über das Gitter nach unten. Ihr Magen stülpte sich um, doch sie erlaubte sich keinen weiteren Gedanken, kein Zögern. Mit beiden Händen die obere Querstrebe des Gitters umschließend, hievte sie erst das rechte, dann das linke Bein darüber, hing kurz in der Luft und ließ sich auf den kleinen Balkon darunter fallen, dessen geschwungene Brüstung leicht vorkragte.

Sie stürzte in zusammengeschobene Klappstühle. Stechende Schmerzen in Rücken und Beinen. Hoffentlich hat man das Geschepper nicht gehört. Weiter. Wo bist du?

Im Halbdunkel erkannte sie verschneite Blumenkästen und die spargeldünne Stange eines Sonnenschirms. Die Balkontür war natürlich verschlossen. Nicht aufgeben, Maria. Auf Knien kroch sie auf die zweiflügelige Tür zu und lauschte. War das Musik? Eine Frauenstimme? Mit blutigen Knöcheln klopfte sie an die Scheibe. Die Stimme verstummte, danach auch die Musik. Ein Vorhang wurde zur Seite geschoben, ein gelber Lichtstreifen durchtrennte den Balkon. Maria hockte auf der Grenzlinie und starrte in das Gesicht einer nicht mehr ganz jungen schwarzhaarigen Frau, die ein grauseidenes Nachthemd mit Spaghettiträgern trug. In der einen Hand hielt sie eine Zigarette, in der anderen ein Handy.

Das Handy, die grausamste Waffe. Ein Fingertippen, und Maria würde für immer weggeschlossen werden. Sie war in die nächste Falle geraten.

Wie auf Dürers *Betenden Händen* legte sie ihre Handflächen aneinander. Flehentlich. Eine Geste, die auf der ganzen Welt verstanden wurde. Die Frau schüttelte langsam den Kopf. Aber sie blieb stehen, rief niemanden zu sich, sprach auch nicht ins Handy, starrte nur die blutende Frau an, die vor ihr auf dem Balkon kniete. Maria hob die Hände wie zum Zeichen der Kapitulation. Ihre Lippen formten ein überdeutliches »Bitte«.

Pumpendes Blau irrlichterte über die Scheibe und über

das Gesicht dahinter. Niemand öffnete jemandem, der ganz offensichtlich von der Polizei gesucht wurde, auch Maria hätte es nicht getan.

»Bitte!«, rief sie.

Die Frau trat beiseite, verschwand aus Marias Blickfeld und kehrte ohne Zigarette und ohne Handy zurück. Mit energischen Bewegungen öffnete sie die Balkontür.

»Sind Sie etwa diese Wahnsinnige, die meinen Nachbarn erschossen hat?«

Maria nickte schuldbewusst.

»Wunderbar, kommen Sie rein.«

Wie war das? Ungläubig rappelte sich Maria auf und wankte ins Licht. War sie vom Dach gestürzt und hatte jetzt eines dieser berühmten Nahtoderlebnisse? Eine paradiesische Rettungsvision? Andererseits wirkten die Schmerzen ihres geschundenen Körpers höchst irdisch. Sie beschloss, den Balkon, die Frau und das helle Licht für real zu halten.

»Danke. Aber warum …«

»Ich weiß Bescheid«, erklärte die Frau und nahm die glimmende Zigarette aus dem Aschenbecher, um einen Zug zu inhalieren. »Gerade hat die Einsatzleitung bei mir geklingelt. Wissen Sie was? Den ganzen Abend und die halbe Nacht habe ich auf den Kerl gewartet. Erst um ein Uhr hat er abgesagt. Und bei der Gelegenheit auch gleich mit mir Schluss gemacht.«

»Daniel?«, fragte Maria.

»Genau.«

Die Frau zeigte auf das cremefarben bezogene Bett, die heruntergebrannten Kerzen auf dem Nachttisch, den silbernen Kübel, aus dem eine geschlossene Flasche Champagner ragte, und Maria begriff auf der Stelle, was sich hier abgespielt hatte.

»Schnell jetzt.« Hektisch löschte die Frau ihre Zigarette.

»Dies ist ein altes Haus. Es gibt einen Lift und eine offizielle Treppe, aber auch einen seit Jahrzehnten unbenutzten Dienstbotenaufgang. Wenn Sie sich beeilen, könnten Sie es schaffen.«

Sie lief schon vor, und Maria folgte ihr durch die Wohnung in den Hausflur. Neben dem schmiedeeisernen Aufzugkäfig kam hinter einem verschlissenen grünen Samtvorhang eine unscheinbare, niedrige Holztür zum Vorschein.

»Los, und viel Glück«, wisperte Marias Retterin.

Maria stammelte ein weiteres »Danke«, hob mit einem beherzten Tritt die Tür aus den Angeln und zwängte sich in den engen, dunklen Schacht. Ihre Stiefel traten auf die knarrenden Stufen einer Wendeltreppe. Spinnweben berührten ihr Gesicht, muffige, staubige Luft legte sich auf ihre Lungen, blind tastete sie sich an dem gewundenen Handlauf entlang, ohne zu wissen, wo dieser Gang endete. Gab es überhaupt einen Weg ins Freie? Sie wollte nicht darüber nachdenken. Ohne jede Orientierung stieg sie tiefer und tiefer hinab, bis sie einen unebenen Boden unter den Füßen spürte. Panisch tastete sie die Wände ab. Nichts. Keine Tür, kein Fenster, kein Ausgang.

KAPITEL 26

Gefangen. Maria legte ihre Stirn an die schartige Wand. Minutenlang stand sie im völligen Dunkel, atemlos, mit schmerzenden Gliedern, und horchte auf ihren Herzschlag. Hier also endete alles, in dieser schwarzen, muffigen Gruft. Ihre Beine gaben nach, und sie fiel auf die Knie.

War es eine Falle gewesen? Hatte diese Frau sie bewusst in eine Flucht ohne Ausweg geschickt?

Ein leises Brummen, das langsam verebbte. Maria kroch in die Richtung, aus der das Brummen gekommen war, und presste ein Ohr an die Mauer. Ihre Handflächen rieben über rauen, feuchten Putz, der sich bröckelnd löste. Nach einem Augenblick ungläubigen Innehaltens holte sie die Pistole aus dem Stiefel und begann, mit dem Griff auf die Wand einzuhämmern. Bald hatte sie eine kleine Mulde geschaffen, und obwohl sie nicht wusste, ob es irgendeinen Sinn ergab, machte sie weiter. Immer tiefer trieb sie ein Loch in die Wand, bis sie auf einen Holzbalken stieß.

Wieder ein Brummen, diesmal anschwellend, das plötzlich abbrach. Ein Klacken. Stille. Wie von Sinnen hackte Maria unterhalb des Balkens auf den mehlig feuchten Putz ein, etwas gab nach, durch einen winzigen Spalt fiel ein fahler Lichtschimmer. Mit beiden Händen umfasste sie den Lauf der Pistole und vergrößerte das Loch mit schnellen Schlägen des Griffs, Putzbröckchen flogen ihr ins Gesicht, dann sah sie ein metallisches Rot. Immer schneller hackte sie, es gab jetzt nichts außer diesem Rot und dem fahlen Licht, sie hätte schon eine Hand durch das Loch stecken können, und wenn auch ihre Muskeln brannten und ihre Arme zu erlahmen drohten, hörte sie nicht auf, die Ränder der Öffnung wegzubrechen, größere Stücke lösten sich, und auf einmal sah sie einen roten Geländewagen und eine Neonröhre, die darüber hing.

Es roch nach Benzin. Sie hatte sich zur Tiefgarage des Gebäudes durchgearbeitet.

Zitternd steckte sie die Pistole in den Stiefel zurück, kletterte durch das Loch und kauerte sich neben das Heck des Wagens. Niemand war in der niedrigen Halle zu sehen. Die Neonröhre erlosch. Nur ein grünliches Notlicht modellierte die Konturen der parkenden Autos.

Unter Schmerzen richtete sich Maria auf. Ihre Hände tasteten sich an dem Wagen entlang, bis zur Fahrertür. Sie war unverschlossen. Der Schlüssel steckte noch. Wie passte das zu den Brummgeräuschen? Vermutlich hatte der Besitzer losfahren wollen, dann war ihm eingefallen, dass er etwas in der Wohnung vergessen hatte, und hatte den Wagen noch einmal abgestellt. Gleich würde er zurückkehren.

Das Herz klopfte Maria bis zum Hals, als sie einstieg. Sie drehte den Schlüssel im Zündschloss, der Motor sprang an, Scheinwerfer flammten auf. Vorsichtig drückte sie den Hebel des Automatikgetriebes von der Parkposition auf die nächste, und der Wagen setzte sich schwerfällig in Bewegung.

Aufs Geratewohl lenkte sie nach links. Ein Rolltor kam in Sicht. Was jetzt? Sie suchte die Mittelkonsole ab und fand eine Fernbedienung. Unerträglich langsam fuhr das Rolltor hoch, ein sich stetig verbreiternder Lichtstreifen schob sich über den Betonboden, und im nächsten Moment glitt Maria auch schon die steile Rampe hoch. Ein Innenhof. Ein Torbogen. Sie konnte ihr Glück kaum fassen. Also führte diese Ausfahrt nicht zur vorderen Seite des Gebäudes, wo sich dicht an dicht Polizeiwagen aneinanderreihten, sondern in die schmale Gasse dahinter.

Rasch gab sie Gas, fuhr durch den Torbogen und bog, ohne zu bremsen, in die Gasse ein. Inzwischen hatte der Besitzer des Wagens sicherlich den Diebstahl bemerkt, gleich würde die Fahndung ausgegeben werden, jetzt zählte jede Sekunde.

Nach zwei Kreuzungen erreichte Maria die Straße Unter den Linden. Nur wenige Autos waren unterwegs. Immer noch fassungslos, dass sie sich tatsächlich aus ihrer Gruft befreit hatte, jagte sie auf das Brandenburger Tor zu. Und dann? Wohin? Sie wusste es nicht, drückte nur das Gaspedal durch, eine Ampel sprang auf Grün, weiter, einfach weiterfahren.

Eine Viertelstunde später fand sie sich in der Fasanenstraße wieder. Mittlerweile war es fünf Uhr morgens. In der Wohnung über der Galerie zeigte sich kein Licht, Henry schlief, vielleicht übernachtete er auch bei seinem Freund. Ihn anzurufen, wagte Maria nicht, sie würde nicht noch einmal den Fehler begehen, sich orten zu lassen. Aber sie musste ihn noch einmal sehen, bevor sie untertauchte, es drängte sie danach, einmal noch seine Umarmung zu spüren und ihm zu erklären, was sie dazu bewegt hatte, eine Mörderin zu werden.

Nein, du darfst Henry nicht in diese Sache hineinziehen. Vollende allein, was du begonnen hast, und dann gnade dir Gott.

KAPITEL 27

»Da ist so 'ne Irre am Start, zwei Männer hat sie letzte Nacht abgeknallt, ich sag immer, die Frauen drehen durch, und das liegt nur an diesem blöden Feminismusding.« Der Fahrer hieb mit der Handkante auf das Armaturenbrett ein. »Sind ja alles Männerhasserinnen, diese Emanzen.«

Maria setzte eine unbeteiligte Miene auf und schaute aus dem Fenster. Am Bahnhof Zoo hatte sie die SIG Sauer in einen Papierkorb geworfen und den Revolver aus dem Schließfach geholt, jetzt saß sie im Fond eines Taxis, das sie zum Prenzlauer Berg brachte. Der frühmorgendliche Berufsverkehr hatte noch nicht eingesetzt, es ging zügig vorwärts, und obwohl ein gewisses Risiko bestehen blieb, aktivierte sie ihr Handy.

Unzählige Nachrichten waren eingegangen. Sie scrollte die Liste hinunter, bis sie den ersehnten Absender las. Er hatte ihr mehrfach geschrieben, die letzte SMS war keine Stunde alt.

Maria, ich beschwöre dich: Bitte komm her. Jetzt. Hiroshimastraße 1. Ich warte auf dich.

Aufgewühlt starrte sie auf das Display. Er ist ein Spitzel. Er lockt dich in eine Falle. Und dann, ohne dass sie sich dagegen wehren konnte, überwältigte sie eine so gewaltige Sehnsucht, dass sie all ihre Pläne und Vorsätze fallenließ.

Ja, schrieb sie ihm, einfach nur: *Ja.*

Ihr Herzschlag beschleunigte sich, als sie die SIM-Card aus dem Handy zog. Hiroshimastraße, kein gutes Omen.

»Entschuldigen Sie, das Fahrziel hat sich geändert, in die Hiroshimastraße eins, bitte. Ich hatte zwei Adressen verwechselt.«

»Ja, ja, einmal falsch abgebogen, und schon kann das Leben verdammt schiefgehen«, lachte der Fahrer. »Signora geht bestimmt auf einen Empfang, was?«

Die Berliner Taxifahrer waren berüchtigt für ihren schrägen Humor, deshalb ließ Maria die seltsame Bemerkung auf sich beruhen. Sie dachte und fühlte nichts mehr, flüsterte nur den Namen des Mannes, der vermutlich ihr Verderben war und den sie dennoch wiedersehen musste. Alles erschien ihr wie ein Fiebertraum, die Morde der vergangenen Nacht, ihre Flucht, die breitspurigen, strahlend erleuchteten Straßen, über die das Taxi raste. Nur der kühle Stahl des Revolvers in ihrem Hosenbund vermittelte ihr ein Gefühl von Wirklichkeit.

»So, da wären wir«, sagte der Taxifahrer nach einer Weile und hielt an.

Maria zahlte. Der Wagenschlag wurde aufgerissen, und das schmale, schöne Gesicht von Don Giò erschien.

Eine jähe Hitze überlief sie. Etwas in ihr schmolz, als hätte sie keine Knochen mehr, als sei sie ein wirbelloses Weichtier, das durch einen unendlichen Ozean driftete. Er half ihr auszusteigen und ließ ihre Hand nicht los, während er sie lange betrachtete. So, als falle es ihm schwer, das, was er über sie wusste, mit dem in Einklang bringen, was er sah.

»Ich habe so sehr gehofft, dass du kommst.«

Über seine Schulter hinweg spähte Maria zu der imposanten Villa, deren Eingang zwischen Säulen verborgen lag. Ein gutes Versteck für Scharfschützen. Gleich kommen sie. Gleich nehmen sie dich fest.

»Wohnst du hier?« Ihre Stimme bebte. »In diesem Palast?«

»Leise. Komm mit.«

Sie gingen seitlich an dem prächtigen Gebäude entlang zu einer kleinen, unscheinbaren Tür, die er aufschloss. Eine hohe Halle. Marmor. Messingkandelaber. Hinweisschilder. Dies war kein Wohnhaus.

»Was …«

Er legte einen Finger an die Lippen. Seine Schritte hallten an den Wänden wider, als er auf eine geschnitzte Tür zusteuerte. Maria folgte ihm widerstrebend. Dann stand sie in einem verschwenderisch dekorierten Salon. Goldverzierte Möbel schmückten den Raum, alte Gemälde schimmerten im Licht einer hohen Stehlampe aus verschnörkeltem Messing.

»Wer bist du, Don Giò?«

Er ließ ihre Hand los.

»Ich heiße Antonio Cavaliere. Meine Mutter ist Sabrina Cavaliere, die vor vier Jahrzehnten eine Affäre mit Professor Johannes Bernheimer hatte.«

»Nein, das kann doch nicht …«

Ihr Verstand weigerte sich, das Ungeheuerliche zu begreifen, die Wahrheit, die alles Vorstellbare überstieg. Wie ein Luxusliner in schwerer See begann der Raum zu schwanken. Don Giò. Giovanni. Antonio. Strafend blickte ein Herr in einer braunsamtenen Renaissancerobe mit weißem Spitzenkragen von seinem goldgerahmten Gemälde auf Maria herab.

»Du bist – Johannes' Sohn.« Sie konnte ihm nicht mehr in die Augen schauen. »Du musst mich hassen.«

»Ja, das müsste ich.«

Ihr wurde flau.

»Was hast du vor? Mich umbringen? Die Polizei holen? Aber warum diese abgeschmackte Komödie? Warum hast du dich als Kommissar ausgegeben?«

»Warte, nicht so schnell.«

Wie ein Tänzer seine Balldame umfasste er ihren Unterarm und führte sie zu einer gelb-weiß gestreiften Récamiere. Sie setzten sich. Maria machte sich sehr gerade, als habe sie auf einer Anklagebank Platz genommen, Don Giò stützte die Ellenbogen auf die Knie und legte den Kopf in seine Hände.

»Erinnerst du dich, als wir am Ku'damm einen Kaffee tranken? Damals erzählte ich dir, dass meine Mutter Italienerin sei und dass ich zunächst bei ihr in Rom, später bei meinem Vater in Berlin lebte.«

»Du sagtest eben, deine Mutter heiße Sabrina?«

»Ja, warum?«

Sabrina. Der Name aus der Mail, der Name, mit dem Johannes angeblich nichts hatte anfangen können.

»Mein Vater und ich, wir standen uns nie sonderlich nahe«, fuhr Don Giò fort. »Er war so spröde, so distanziert. Ich vermisste meine Mutter, ich vermisste Rom, die Sonne, das gute Essen, alles. Natürlich wollte er einen Vorzeigeintellektuellen aus mir machen, und ebenso natürlich widersetzte ich mich. Nach dem Studium ging ich in den diplomatischen Dienst. Was du hier siehst«, mit einer Hand wedelte er in den Raum hinein, ohne den Kopf zu heben, »ist das Büro des Kulturattachés der Italienischen Botschaft. Mein Büro.«

Maria knetete ihre Hände. Hatte Henry nicht von Anfang an gesagt, dieser elegante Giovanni sehe nicht aus wie ein Kommissar? Hatte sie es nicht selbst insgeheim gedacht? Und das Offensichtliche verdrängt?

»Der Anruf kam um neun Uhr morgens.« Stöhnend rieb er sich die Stirn. »Mein Vater sei tot. Erschossen. Sofort fuhr ich in seine Wohnung. Zu meiner größten Verblüffung empfing mich mein alter Berliner Schulfreund Giovanni Tesoro. Als Italiener waren wir ein verschworenes Duo gegen die deutschen Jungs in der Klasse gewesen, hatten uns aber nach dem Abitur aus den Augen verloren. Ich wusste nicht, dass er es inzwischen zum Hauptkommissar gebracht hatte.«

Diese Szene konnte sich Maria lebhaft vorstellen. Ein Wiedersehen unter tragischen Vorzeichen, betretenes Schulterklopfen, die alte Verbundenheit.

»Und wie kam ich ins Spiel?«

Er fuhr sich durchs Haar, mit der vertrauten Geste.

»Auch seine ehemalige Sekretärin war da, Frau Hallstein. Ich glaube, zeit ihres altjüngferlichen Lebens war sie heimlich in meinen Vater verliebt. Sie heulte, sie tobte, es war furchtbar. Mit dieser grauenhaften weiblichen Ranküne schrie sie plötzlich deinen Namen und erzählte von dem Roman …«

»… über den weiblichen Orgasmus«, flüsterte Maria.

»Genau. Mein Freund Giovanni hielt das für irrelevant. Aber mein Interesse war geweckt, frag nicht, warum. Also ließ ich mir von der untröstlich heulenden Frau Hallstein deine Kontaktdaten geben. Allora – und stand vor deiner Tür. Mit Giovannis Visitenkarte und einem gefälschten Ausweis.«

»Du hast mich verdächtigt, ausspioniert und dann verraten«, sagte sie leise.

Er wandte ihr das Gesicht zu. Seine Nasenflügel bebten, seine vollen, ein wenig trockenen Lippen wölbten sich aufgebracht vor.

»Blödsinn. Als ich dich sah, war ich überzeugt, dass du es auf keinen Fall gewesen sein konntest.« Ein schwaches Lächeln. »Das weiße Kleid. Der Unschuldsblick. Dein Höhere-Tochter-Gehabe. Du warst gut, Maria, Applaus, Applaus.«

Sie spürte auf einmal nur noch eine tiefe Müdigkeit. Dennoch blieb sie aufrecht sitzen.

»Hat es Spaß gemacht, dem Unschuldslamm ein bisschen Angst einzujagen? So zu tun, als ob du mir aus jedem Detail meiner Sätze einen Strick drehen könntest?«

Die olivfarbenen Lichter in seinen braunen Augen funkelten.

»Ja. Einen Mordsspaß.« Das Funkeln wurde schwächer, wie ein verglühendes Feuerwerk. »Durch Giovanni war ich immer über die Ermittlungen auf dem Laufenden. Er erzählte mir auch von diesem Diego, nicht ahnend, dass die beiden Fälle zusammenhingen. Weiß der Teufel, warum ich diesen Namen in einer SMS erwähnt habe. War nur ein kleines Störfeuer. Aber dann merkte ich, dass du nervös wurdest. Merkwürdig nervös. Anfangs meinte ich noch, dass es an meiner, na ja, Ausstrahlung liegt. Allmählich gewann ich jedoch den Eindruck, dass hinter deinem hübschen Gesicht ein Abgrund lauert. Giovanni fand das absurd. Beweise, sagte er. Wir brauchen Beweise.«

Maria stand auf. Sie ertrug seine körperliche Nähe nicht mehr. Mit steifen Schritten ging sie zu dem aufwendig geschnitzten Schreibtisch und hockte sich auf die Kante.

»Verstehe, deshalb bist du mit mir ins Bett gegangen.«

»Nein. Ja. Verdammt. Ich war von dir fasziniert. Und ich war neugierig. Immerhin ging es um meinen Vater, gleichgültig, was ich von ihm hielt. Tja, das Fläschchen Waffenöl hat dann alles zusammenstürzen lassen.«

Er hatte es also doch gesehen.

»Damit war klar«, ein gequälter Ausdruck trat in sein Gesicht, »dass ich dich nicht wiedersehen darf. Ich erzählte Giovanni von dem Waffenöl. Schon vorher hatte ich ihm gestanden, dass ich dir nachgeschlichen war. Ins Einstein. Sogar nach Potsdam. Und ins Sony Center. Im Nachhinein passten die Puzzleteile auf grausige Weise zusammen.«

Er ließ seinen Kopf wieder in die Hände sinken. Ratlos betrachtete Maria die schönen, schlanken Finger, die im dunklen Haar wühlten.

»Du hast gesagt, dass du mich nicht wiedersehen darfst. Warum dann dieses Treffen?«

Plötzlich schoss er von der Récamiere hoch, wieder ganz

der Panther, der nur scheinbar ruhte, in Wahrheit jedoch sprungbereit blieb. Aus seiner Manteltasche holte er eine Zigarette und zündete sie an. Stoßweise blies er den Rauch aus.

»Du bist eine sechsfache Mörderin! Ich sollte dich wirklich hassen. Oder zumindest verabscheuen.«

Maria wartete. Der Renaissancefürst starrte sie immer noch an, durch milchig blaue Rauchschwaden hindurch, irgendwo tickte eine Uhr, und auf einmal empfand sie die Situation nur noch als grotesk. Giovanni alias Don Giò alias Antonio traf sich mit der Mörderin seines Vaters, weil er ihr genauso heillos und unwiderruflich verfallen war wie sie ihm.

Maliziös lächelnd verabschiedete sich die Realität. Dies war ein Traum, ein surrealer Traum, in dem nichts galt, was normalerweise angemessen und geboten war. Logik zum Beispiel, Anstand, Verantwortungsbewusstsein.

»Machst du jetzt gleich mit mir Schluss?«, fragte sie. »Oder wartest du, bis wir mit dem Sex fertig sind?«

Entgeistert sah er sie an, gleich darauf verhärteten sich seine Gesichtszüge, und etwas Animalisches trat in seine Augen. Er warf die Zigarette in einen Aschenbecher, quer durch den Raum stürzte er auf sie zu, schlug seine Pranken in ihr Fleisch. Gierig fielen sie übereinander her, zogen sich gegenseitig aus, sanken auf den Teppich, machten es so hart und grob und rücksichtlos, dass Maria aufschrie.

Keuchend würgte er sie mit seiner Krawatte. Dann schrien sie beide, unkontrolliert, roh, bis die letzten Zuckungen verebbten. Unendlicher Taumel, unendliche Stille.

»Es gibt ein Bett nebenan«, sagte er schließlich heiser und stand auf. »Ich überlasse dir die Entscheidung, ob du bleibst oder gehst.«

Wie betäubt blieb Maria zurück. Sie dachte an den Revolver, der unter dem Kleiderhaufen lag, an Tom und daran, dass es nichts mehr gab, was die Hoffnung auf irgendeine Zukunft zuließ. Dann ging sie ins Nebenzimmer.

Er empfing sie mit ausgebreiteten Armen, der schönste Mann, den sie jemals gesehen hatte. Groß und muskulös, aber feingliedrig, eine griechische Statue, die ein Gott, dem es mit dem Schicksal der Menschen zu spielen beliebte, zum Leben erweckt hatte. Eng schmiegte sie sich an ihn, sog seinen Duft ein, strich durch sein Haar.

»Ti amo«, murmelte er zärtlich. »Wir haben noch zwei Stunden. Bitte erinnere mich daran, dass ich dich vor dem Aufstehen vögele.«

KAPITEL 28

Sie hatte ihn verlassen, bevor er aufgewacht war, nach einem letzten Blick auf sein friedlich schlafendes Gesicht, den leicht geöffneten Mund, die halbmondförmigen Augenbrauen, und bei der Gelegenheit festgestellt, dass sie sogar seine Wimpern liebte. Jetzt saß sie in einem Café in der Kurfürstenstraße, wo sich übernächtigte Kellnerinnen den Schlaf aus den Augen rieben und verstohlen auf die Uhr schauten.

Fast alle Marmortische in dem hohen Raum waren besetzt. Dann und wann musterte ein Gast die Frau mit der Kunstfellmütze, um sofort wieder wegzuschauen. Allenfalls entfernt ähnelte sie dem Foto, das neben den zentimeterhohen Schlagzeilen einer lokalen Zeitung abgebildet war.

Mutmaßliche Mörderin entkommen. Schwere Vorwürfe an die Berliner Polizei.

Maria rührte in ihrem doppelten Espresso. Es war der dritte. Sie brauchte einen klaren Kopf. Noch konnte sie versuchen zu fliehen, über die Grenze zu kommen, vielleicht im nahen Polen unterzutauchen. Ihr Bargeld würde für eine Fahrkarte nach Krakau oder Warschau reichen.

Sie winkte der Kellnerin. Nein, sie würde nicht fliehen, bevor sie Tom getötet hatte.

Unerkannt verbummelte Maria den Tag, eine Touristin in der eigenen Stadt. Sie nahm Abschied. Einmal noch über den Ku'damm schlendern und so tun, als sei sie an den Auslagen der Geschäfte interessiert. Einmal noch diese Stadt einatmen, in der sie fast vierzig Jahre ihres Lebens verbracht hatte.

Einzelne Schneeflocken fielen halbherzig vom Himmel, als sie um acht Uhr abends vor dem gelb geklinkerten Industriegebäude am anderen Ende der Stadt stand. Die Fenster von Toms Loft waren hell erleuchtet. Sie klingelte, und sofort ertönte der Summer. Offenbar rechnete Tom nicht mit ihr. In der Zeitung hatte gestanden, man vermute die mehrfache Mörderin bereits im Ausland.

Als er ihr die Tür öffnete, schaute er in die Mündung eines Revolvers.

»Er ist geladen und entsichert«, sagte Maria. »Ich schieße sofort, wenn du nicht tust, was ich dir sage. Hallo Tom.«

»Um Gottes willen, nein!«

Er wirkte kleiner, als sie ihn in Erinnerung hatte. Nicht wie der große, strahlende Tom, die Lichtgestalt, die sie in ihm gesehen hatte. Sein Oberkörper war nackt.

»Vorwärts«, kommandierte sie kalt. »Zum Bett.«

Ohne ein Wort drehte er sich um, und Maria beobachtete die kontrollierten, gleichmäßigen Bewegungen, mit denen er sein Atelier durchschritt, die breiten Schultern, die muskulösen Oberschenkel, die sich unter der engen Jeans abzeichneten. Einen Körpersnob hatte sie ihn einmal im Streit genannt. Ihr Blick schweifte durch das weitläufige Loft, über die großformatigen Bilder an den Wänden, die Stahlrohrmöbel, den matt glänzenden dunkelbraunen Pitchpineboden. Das zerwühlte Bett, das Erinnerungen an Liebesnächte heraufbeschwor.

»Setz dich aufs Bett.«

»Was habe ich dir denn getan?« Seine Stimme bekam etwas Flehendes. »Denk dran, wie wir … Scheiße, Prinzessin, das meinst du nicht ernst.«

»Nenn mich nicht Prinzessin.«

»Okay – Maria. Warum bist du hier?«

Sie hatte ihm so viel zu sagen, doch ganz unerwartet gewannen fast vergessene Gefühle Oberhand. Tränen stiegen in ihre Augen. Sie weinte um Tom. Sie weinte um Don Giò.

»Du … du hast mich getäuscht.«

Mit beiden Händen strich er sich über den rasierten Schädel, dann legte er die Handflächen auf die Knie. Seine wasserhellen Huskyaugen richteten sich auf den Revolver.

»Getäuscht? Wie kommst du darauf?«

»Ich habe alles gegeben, und du hast immer nur genommen. Ich habe dir meine Zeit geopfert, meine Liebe, meine Energie. Du hast mir Hoffnungen gemacht, dass wir eines Tages zusammenleben würden. Stattdessen hast du dich zurückgezogen, eine andere Frau kennengelernt und irgendwelche Depressionen vorgeschützt, weil du zu feige warst, unsere Beziehung anständig zu beenden.«

»Das war keine Beziehung.« Er runzelte die Stirn. »Ich fühlte mich zu nichts verpflichtet. Es fand alles in deinem Kopf statt, Maria. Reines Wunschdenken. Für mich warst du eine sehr gute Freundin, mit der man sehr, sehr guten Sex haben konnte.«

Sprachlos starrte sie ihn an. Dass er ihr so viel Kummer bereitet hatte, war das eine. Aber dass er nachträglich die Kathedrale ihrer Erinnerungen zerstörte, empfand sie als vandalistischen Akt.

»Frauen hören, was sie hören wollen, Maria. Ein Mann sagt, ich mag dich, und sie hören: Ich liebe dich. Ein Mann verabredet sich ein paar Mal mit einer Frau, und sie meint, er will dauernd mit ihr zusammen sein. Ein Mann findet sie scharf und geht mit ihr ins Bett, sie denkt an Kinder. Falls ich dir Hoffnungen gemacht habe, tut es mir leid. Das war nicht meine Absicht.«

Seine Analyse hatte etwas von der Sachlichkeit, mit der ein Pathologe eine Leiche sezierte. Als stünde vor ihm kein lebenswarmer Mensch. Als stünde nicht sie vor ihm, die

Frau, die ihn geliebt, verwöhnt, beschenkt und in den Himmel gehoben hatte.

»Du weißt«, seine rechte Hand malte Kreise auf das Bettlaken, »ich habe ein Nähe-Distanz-Problem, das sagt ja auch mein Therapeut.«

»Bitte behellige mich nicht mit deinen Sprüchen. Du wolltest keine Nähe zu mir. Mit der Frau, die du heiraten wirst, hast du in dieser Hinsicht offenbar keine Probleme.«

»Mag sein. Aber mal ehrlich – ist das ein Grund, hier mit einer geladenen Waffe aufzumarschieren? Du willst mich umbringen, weil ich deine Erwartungen nicht erfüllt habe?«

»Da war mehr, viel mehr«, flüsterte Maria.

»Schon möglich. Aber mein einziges Verbrechen besteht darin, dass ich an eine Beziehungsfanatikerin geraten war und es zu spät bemerkt habe. Deshalb habe ich mich immer mehr zurückgezogen.«

»Ich habe dich so geliebt.«

»Und du bist mir wahnsinnig auf die Nerven gegangen mit dem, was du Liebe nennst. Inzwischen habe ich eine Frau getroffen, die ein eigenes Leben hat. Sie braucht Freiraum, so wie ich. Luft zum Atmen. Im Moment macht sie eine Backpackertour in Myanmar. Sie ist absolut unabhängig, und das liebe ich am meisten an ihr.«

Bis zu diesem Augenblick hatte Maria vor allem ihre eigenen Gefühle wahrgenommen. Plötzlich wurde ihr bewusst, dass Tom sich nicht wie ein Mann verhielt, der Todesangst hatte. Er machte keinerlei Versuche mehr, beschwichtigend oder begütigend auf sie einzuwirken. Er fühlte sich zu sicher. Irgendetwas stimmte hier nicht. Sie sah sich um, horchte, ob Geräusche aus dem Badezimmer kamen.

»Sag mal – sind wir allein? Oder ist noch jemand da?«

»Gleich werden wir nicht mehr allein sein. Ich wusste, dass du kommst.« Er zeigte auf eine Kamera, die fast unsichtbar in die Decke eingelassen war. »Dieses Gespräch wird aufgezeichnet, übrigens auch mit Ton. Gleichzeitig ist es eine Überwachungskamera. Die Polizei wird gleich hier sein.«

Die Kamera. Auf diesem Bett hatte sie Tom zuliebe das gesamte Repertoire seiner SM-Phantasien durchexerziert.

»Hast du etwa auch Videos, wie wir …«

»Die sind das Beste, was von uns geblieben ist«, lächelte er. »Du warst die perfekte Sklavin. Echte Demut, das findet man selten. Du hast es geliebt, dich dominieren zu lassen. Du bist dafür geschaffen. Du stehst einfach darauf, erniedrigt zu werden, deshalb kannst du mich auch nicht erschießen. Du bist nicht fähig dazu. Eine Sklavin gehorcht ihrem Dominus.«

»Ich habe mich verändert. Wenn du gleich den Schmerz fühlst, wirst du begreifen, wie sehr.«

Mit weit aufgerissenen Augen schaute er sie an. Ein letzter Funken Hoffnung, der in jäh hochschießender Panik erlosch.

»Maria, meine Freundin ist schwanger.«

Wie ein Messer rammte sich das Wort in Marias Brust. Er hatte sie an ihrem empfindsamsten Punkt getroffen.

»Schwanger? Du wolltest nie Kinder!«

Er zuckte mit den Achseln.

»Es ist halt passiert, und ich werde versuchen, ein guter Vater zu sein.«

Wie sehnlich hatte sie sich ein Kind gewünscht, und wie entschieden hatte er das abgelehnt. Sie atmete tief ein, riss die Smith & Wesson hoch und senkte sie im Ausatmen kontrolliert ab, so lange, bis Kimme und Korn Toms nackte Brust fokussierten. Ihr rechter Zeigefinger legte sich um den Abzug, langsam, ganz langsam, zog sie das kühle, gebogene Stück Metall zu sich heran.

Der Revolver war schwer. Sie musste die Muskeln ihrer ausgestreckten Arme aufs äußerste anspannen, um den silberfarbenen Lauf präzise auszurichten. Sechs 44er Magnum-

Patronen steckten in dem Trommelmagazin, eine würde nach den Gesetzen der Zielballistik reichen: hohe Penetrationskraft, gute Splitterbildung, schnelle Tötungswirkung, das war das Wichtigste. Ein mit Adrenalin gefluteter Körper konnte sonst ungeahnte Energien mobilisieren.

Von draußen drang Sirenengeheul in den Raum. Maria versuchte, es zu ignorieren. Unmöglich. Die Sirenen wurden lauter, Toms Kopf fuhr herum, zum Fenster, von wo blau zuckendes Licht auf das Bett fiel.

»Gib auf, Maria. Die kriegen dich.«

Nicht hinhören. Alles ausblenden. Konzentrier dich. Das Blut pochte in ihren Ohren. Für sie existierte nichts auf der Welt außer dieser nackten, aufgepumpten, haarlosen Brust.

Sie zielte aufs Herz. Was sonst.

»Maria, ich flehe dich an! Du würdest eine Familie zerstören! Nimm diesem Kind nicht den Vater.«

Diesem Kind. Ein lächelndes Baby mit Toms hellen Augen, das die Arme nach ihr ausstreckte. Maria dachte an Lea, an die Abende, an denen Alex sie auf dem Rückweg vom Restaurant auf seinem Arm nach Hause getragen hatte, weil sie zu müde zum Laufen war. Und sie dachte an ihren eigenen Vater, den wichtigsten Mann ihres Lebens.

»Bitte«, Tom ließ den Kopf auf die Brust sinken, »bitte.«

Marias Zeigefinger erreichte den Druckpunkt, ein Knall zerriss die Luft. Doch ihre Hände hatten im letzten Moment gezittert, ganz leicht nur, aber was hieß das schon, wenn es auf äußerste Präzision ankam. Verrissen. Mit einem scharfen Plopp bohrte sich das Geschoss in das gepolsterte Kopfteil des Betts. Tom sprang auf. Sein überdefinierter, muskulöser Körper flog, seine Halsadern pulsierten. Wie hypnotisiert hatte er dagesessen, jetzt machte er einen Schritt auf Maria zu, ohne den Revolver aus den Augen zu lassen, den sie für den nächsten Schuss spannte.

Das Trommelmagazin drehte sich und rastete klickend ein. Plötzlich ging alles ganz schnell. Vom Hausflur hörte man Fußgetrappel, Tom sprintete los, sie wirbelte herum, rannte ins Badezimmer, der zweite Schuss löste sich, verfehlte knapp ihren rechten Fuß. Herrgott, du machst Fehler wie eine Anfängerin! Fluchend verriegelte sie die Badezimmertür, sicherte den Revolver und steckte ihn in den linken Stiefel. Mit einem Satz war sie am Fenster, dessen Flügel weit geöffnet waren, eiskalte Nachtluft legte sich wie eine Maske auf ihr Gesicht.

Na los doch, spring!

Den Bruchteil einer Sekunde lang schätzte sie die Höhe ab. Knapp drei Meter, zu hoch, aber sie kletterte schon auf das Fensterbrett und ließ sich einfach fallen.

Großer Gott, was tue ich da?

Wie eine Katze landete sie auf allen vieren, stechende Schmerzen in Unterarmen und Knien, ihre Handflächen wie zerfleischt, etwas Scharfkantiges im Dreck, vielleicht Scherben. Sie achtete nicht darauf. Im Zickzack lief sie über den dunklen Hinterhof, sah das Blaulicht in der Toreinfahrt, wich zurück, stürzte die Stufen zum Kellereingang des Nachbarhauses hinunter. Die Holztür ließ sich leicht aufstoßen. Atemlos hastete sie durch muffige Schwärze, ertastete Wände, stolperte keuchend durch die Gänge, raus, raus, bloß raus hier, fand die Kellertreppe, erreichte den Hausflur.

Obwohl sie kein Licht einschaltete, sah sie im Halbdunkel, dass ihre Hände bluteten. Egal, später. Hart klopfte ihr Herz gegen die Rippen, während sie zum Hauseingang schlich. Sie öffnete die Tür, langsam, als hätte sie alle Zeit der Welt, und schlenderte gemächlich hinaus. Schaulustige strömten heran, Sirenen gellten, die ganze Straße voller neugieriger Gesichter, zerhackt von flackerndem Blaulicht. Alle sahen zum Nachbarhaus.

Tief zog sie die Fellmütze in die Stirn, dann mischte sie sich ohne Eile unter die Gaffer, ihre Hände in den Manteltaschen vergraben. Stimmengewirr umgab sie. »Was'n da los?« – »Schießerei.« – »Bestimmt wieder Ausländer.« – »Ja, die ballern rum wie bekloppt.« – »Hey, mach mal Platz für den Krankenwagen.« – »Nee, ist ein Mercedes mit Blaulicht.« – »Kiek ma, was will der feine Pinkel denn hier?«

Aus dem Augenwinkel sah sie, wie Don Giò einer silbergrauen Limousine entstieg, im Trench, elegant wie immer, mit diesen unerträglich geschmeidigen Bewegungen, formvollendet, das Gesicht schmal und blass, die dunklen Augen … O Gott. Bloß nicht hinsehen, doch ihre Blicke trafen sich, aber vielleicht bildete sie sich das auch nur ein, vielleicht schützte sie die Dunkelheit, beschattete ihr Gesicht, vielleicht …

»Bleib stehen!«

Er hatte sie erkannt. Und schon tauchte sie ab, glitt in die Menge, bahnte sich mit eckigen Schwimmbewegungen ihrer Arme einen Fluchtweg, schlug Haken, fing an zu laufen, da, hinter der nächsten Ecke die Straßenbahn, rein da, spring rauf, los doch, schnell jetzt, die Türen schlossen sich hinter ihr.

»Bleib stehen, verdammt!«

Sein heiserer Schrei durchdrang das Zischen der Türen, das elende Gebimmel der Straßenbahn, das Rumpeln der Räder auf den Schienen. Es war noch nicht vorbei. Keuchend hielt sich Maria an einer Sitzlehne fest. Warum war er hergekommen? Um ihrer Verhaftung beizuwohnen?

Eine halbe Stunde später, inzwischen lief sie über die Friedrichstraße, auf dem Weg zum Hauptbahnhof, aktivierte sie ein letztes Mal ihr Handy. Danach würde sie es wegwerfen. Ja, er hatte ihr geschrieben.

Maria, noch gibt es eine Chance. Für dich, für uns. Komm um Mitternacht zum Brandenburger Tor. Küsse.

EPILOG

Kaltes, bläuliches Licht lag auf dem Pariser Platz. Er war so gründlich ausgeleuchtet, dass Maria keinen Schatten warf. Das Schreckliche, Nächtliche, Unberechenbare war ausgesperrt in diesem ordentlichen Rechteck, das an einen Kasernenhof erinnerte. In der Mitte stand ein Weihnachtsbaum, er leuchtete und schimmerte, und Maria dachte daran, dass sich ihr Vater damals kurz vor Weihnachten umgebracht hatte.

Langsam ging sie durch den graugescheckten Schnee, der das Pflaster bedeckte. Er sah aus wie eines von Toms hingesudelten Gemälden. Nein, sie hatte ihn nicht erschießen können, und Maria wusste nicht, ob das ein gutes oder ein schlechtes Zeichen war.

Dann sah sie Don Giò. Rauchend lehnte er an einem der riesenhaften Pfeiler des Brandenburger Tors, klein und verloren in der Triumpharchitektur. Maria spürte einen Anflug glückseliger Verzweiflung. Sie würde sich dem ergeben, was er vorhatte. Auf einmal wurde ihr bewusst, dass sie auf dem menschenleeren Platz ein ideales Ziel abgab. *Hast ein Reh du lieb vor andern, Lass es nicht alleine grasen, Jäger zieh'n im Wald und blasen, Stimmen hin und wieder wandern.* Man brauchte nicht einmal Scharfschützen, um sie zu erlegen. Bei jedem Schritt erwartete sie den Schuss, die Augen auf den Mann gerichtet, dem sie sich schutzlos auslieferte. *Hast du einen Freund hienieden, Trau ihm nicht zu dieser Stunde, Freundlich wohl mit Aug' und Munde, Sinnt er Krieg im tück'schen Frieden.*

Er wandte ihr erst das Gesicht zu, als sie direkt vor ihm stand.

»Maria.«

Sie dachte an die armselige Ration Liebe, mit der sie in ihrem bisherigen Leben hatte auskommen müssen, dachte daran, wie ihre Hände einander umklammert hatten, als sie sich vor ihrer Tür zum ersten Mal küssten.

»Ich habe Diplomatenstatus, Cara. Wir könnten gleich jetzt nach Italien fliegen, in einer Privatmaschine.«

Es klang so wunderbar, so vollkommen unwahrscheinlich. *Du wirst hineingefahren in diese Welt, wo der Kampf und das Verderben hinter aller Schönheit auf dich warten.*

»Lass uns ein paar Schritte gehen«, sagte er und warf die Zigarette fort.

»Wie du willst.«

Sie überquerten den Vorplatz des Brandenburger Tors, die vierspurige Straße und tauchten in das Halbdunkel des Tiergartens ein. Überdeutlich nahm Maria alles wahr. Das leise Knirschen ihrer Stiefel im Schnee, die schwarz-weiß gefleckten Stämme der Bäume, die Anmut fallender Schneeflocken.

Er blieb stehen, breitete die Arme aus, sein Mantel öffnete sich leicht zu den Seiten wie ein Theatervorhang. Es war ein Déjà-vu. Das Café am Ku'damm. Sonnenlicht, das sich in den Splittern eines Glases brach. Der Holstergurt über seinem Hemd. Maria schmiegte sich an ihn, legte eine Hand an seine linke Hüfte und ertastete die Pistole.

»Du bist bewaffnet.«

Er atmete scharf ein.

»Meine diplomatische Karriere hat mich unter anderem nach Afrika und Südamerika geführt. Seitdem besitze ich diese Waffe. Es schien mir angebracht, sie heute Nacht zu tragen. Ich wusste nicht, ob …«

Seine Hände umfassten ihre Wangen, seine Lippen streiften ihren Mund. Der Sog. Maria spürte, wie er sie erfasste, wie sie ins Taumeln geriet. Unwiderstehliche Todessehnsucht. *Wir haben hier keine bleibende Statt, sondern die zukünftige suchen wir.* Sie öffnete die Druckknöpfe der Holstertasche, holte die SIG Sauer heraus und hielt sie ihm hin.

»So, wie es jetzt ist, ist es perfekt. Erschieß mich, Don Giò. Ich liebe dich mehr als mein Leben, und ich ertrage nicht, dass du mich eines Tages verlassen wirst. Tu es, bitte.«

Bestürzt starrte er auf die Waffe in ihrer Hand.

»Das kann ich nicht.«

Vorsichtig, fast zärtlich legte sie ihm die Pistole in die Hand.

»Doch, das kannst du. Es ist ganz leicht.«

Etwas knackte. Ein leises Rascheln, metallisches Klicken, Schritte im Schnee, die sich vervielfältigten. Aus dem Augenwinkel sah Maria in einiger Entfernung dunkle Silhouetten hinter den Bäumen hervorkommen. Seltsamerweise war sie nicht im mindesten überrascht.

»Du hast mich also doch verraten.«

»Hast du das ernst gemeint?«, fragte er und sah sich gehetzt um. »Dass du mich liebst?«

Sie nickte, und er ließ die Finger seiner linken Hand in die Finger ihrer rechten Hand gleiten, so dass sie sich wie zum Gebet ineinanderfalteten. Sein Schrei hallte von den Bäumen wider.

»Lauf, Maria! Lauf um dein Leben!«

DANK

Diesen Roman hätte ich nicht schreiben können ohne jene wunderbaren Menschen, die mir beratend und unterstützend zur Seite standen. Allen voran danke ich meiner großartigen Lektorin Stefanie Werk vom Aufbau Verlag, deren kluge und empathische Begleitung ich hoch schätze, sowie dem gesamten Aufbau-Team. Auch den engagierten Mitarbeitern der Agentur Graf & Graf möchte ich danken, namentlich Karin Graf und Heinke Hager, die von Anfang an an das Romanprojekt glaubten. Besonderer Dank gilt Franz Renhart vom Verein Rudower Schützen 1960 e. V., der mich geduldig, humorvoll und sachkundig in die Kunst des Schießens einführte. Des Weiteren danke ich meinem Bruder Dieter, der die Kriegstagebücher, Aufzeichnungen und Gedichte unseres Vaters in rechercheintensiver Arbeit transkribiert und kommentiert hat. Meinem Sohn Florian danke ich, dass er als erster Leser des Romans ein wichtiger Gesprächspartner und versierter Begleiter war. Danken möchte ich außerdem all jenen, die mir wertvolle Lernprozesse in Sachen Liebe, Liebesverbrechen und Liebesvertrauen ermöglichten. Und nicht zuletzt danke ich Anton, meinem unvergleichlichen, seelenverwandten Schützenkönig.